侗戏音乐卷

吴太祥　编

中国戏剧出版社

图书在版编目（CIP）数据

贵州省文化艺术研究院院藏资料文献．侗戏音乐分卷／吴太祥主编．-- 北京：中国戏剧出版社，2020.6
ISBN 978-7-104-04954-8

Ⅰ．①贵… Ⅱ．①吴… Ⅲ．①文艺－作品综合集－贵州②侗戏－戏曲音乐－贵州－选集 Ⅳ．①I218.73 ②J643.573

中国版本图书馆 CIP 数据核字（2020）第 095217 号

责任编辑：赵成伟　齐　钰
责任印制：赵成伟

出版发行：中国戏剧出版社
出 版 人：樊国宾
社　　址：北京市西城区天宁寺前街 2 号国家音乐产业基地 L 座
网　　址：www.theatrebook.cn
电　　话：010-63381560（发行部）
　　　　　010-63385980（总编室）
传　　真：010-63383910（发行部）

读者服务：010-63387810
邮购地址：北京市西城区天宁寺前街 2 号国家音乐产业基地 L 座（100055）

印　　刷：廊坊市海涛印刷有限公司
开　　本：710mm×1000mm　1/16
印　　张：21.5
字　　数：215 千字
版　　次：2020 年 6 月北京第 1 版第 1 次印刷
书　　号：ISBN 978-7-104-04954-8
定　　价：89.00 元

贵州省文化艺术研究院院藏资料丛书

编纂委员会

总　序

上世纪70年代末，有“中国文化建设万里长城”之称的中国“十大文艺集成志书”编撰工作启动。贵州省文化艺术研究院（原省艺术研究室）积极参与此项工程，先后完成《中国戏曲志·贵州卷》《中国曲艺志·贵州卷》《中国戏曲音乐集成·贵州卷》《中国曲艺音乐集成·贵州卷》《中国民族民间舞蹈集成·贵州卷》《中国民族民间器乐曲集成·贵州卷》共六部文艺集成志书。在此过程中，贵州省文化艺术研究院积累了大量文献史料和田野调查资料，极具学术价值。然而受集成志书篇幅所限，相当部分都未能公开出版发行，影响了其学术价值的发挥。

今天，贵州省文化艺术研究院（贵州省戏剧创作中心）以“院藏资料丛书”形式对这些文献资料进行整理研究，相对于前述“十大文艺集成志书”而言，属于“后集成”的工作，但更重要的是这项工作突破了以往收集整理层面的局限，强化了对贵州民族民间音乐、舞蹈、戏曲、曲艺等艺术门类进一步的形态研究、比较研究、发展变迁研究等，总体分为“研究性整理”和“整理性研究”，按音乐、舞蹈、戏曲、曲艺等门类进行。

这是一项很有意义的工作。丛书所选资料，具有特定年代特定人文史特征，不可复制而弥足珍贵，具有较高文化艺术史价值和艺术形态学、艺术人类学、文化人类学等学术学科价值。且大多系我省具有代表性的文化艺术事象，对其再整理、再研究并成册出版发行，将为我省文化艺术科研工作的开展提供较为翔实的史料基础，推动我省民族民间文化艺术的当代传播。同时这也是贯彻中央和省委精神的具体体现，对推动具有贵州特色的民族文艺理论研究具有重要意义。

习近平总书记在文艺工作座谈会上指出，文艺创作不仅要有当代生活的底蕴，而且要有文化传统的血脉。在哲学社会科学工作座谈会上再次指出，中国特色哲学社会科学要体现继承性和民族性。中共贵州省委高度重视民族特色文化理论研究工作，印发的《关于建设多彩贵州民族特色文化强省的实施意见》中提出要实施“民族特色文化理论研究工程”，并强调要开展文化资源普查，认清文化资源优势，探索民族特色文化发展规律，挖掘阐发民族特色文化的社会价值与经济价值，形成民族特色文化研究整体优势，推出贵州民族特色文化高端研究成果。

面向未来，我们将继续以习近平新时代中国特色社会主义思想为指导，准确把握中国特色社会主义文化发展趋势和规律，善于继承和弘扬中华优秀传统文化精华，在文旅不断走向深度融合的大背景下，以编撰该系列丛书为契机，推动基础研究和应用研究更好结合，努力呈现具有地域民族特色的思维方式和艺术表现形式，推动贵州民族特色文化的创造性转化和创新性发展，为建设多彩贵州民族特色文化强省和旅游强省作出积极贡献。

贵州省文化艺术研究院院藏资料丛书编委会

2020 年 6月

目 录

总　序……………………………………………………………………………001

一、概述……………………………………………………………………………001

（一）民族简介……………………………………………………………………001

（二）剧种介绍……………………………………………………………………003

二、侗戏音乐简析…………………………………………………………………009

（一）侗戏音乐的分类……………………………………………………………009

（二）侗戏音乐的渊源……………………………………………………………010

（三）侗戏音乐的基本特征………………………………………………………011

（四）侗戏演唱特点………………………………………………………………015

（五）侗戏乐队……………………………………………………………………016

三、侗戏音乐选例…………………………………………………………………018

扶妹上鞍郎南行（选自《梅良玉》良玉唱段 ……………………………018

抬脚出门信步行（选自《李旦凤姣》凤姣唱段 …………………………020

腿熟绑带脚熟鞋（选自《朱砂记》中武婴唱段 …………………………022

晚辈未到贵家门（选自《珠郎娘美》珠郎唱段 …………………………023

巧遇（选自《芒岁流美》芒岁唱段 ………………………………………024

你要问我名和姓（选自《许娇青》许娇青唱段） …………………………026

得奶相帮我才闲（选自《三媳妇争奶》大媳妇唱段） ……………………028

奶奶帮嫂难答应（选自《三媳妇争妈》小媳妇唱段） ……………………030

约郎饮血盟誓（选自《珠郎娘美》娘美唱段） ……………………………031

母亲你莫骂（选自《珠郎娘美》娘美唱段） ………………………………033

鲤鱼回头转大江（选自《万宁》乃宁唱段） ………………………………035

雹落何处何处陷（选自《乃宁》乃登、乃宁对唱） ………………………036

我俩同下峨眉山（选自《白蛇传》白素贞、小青对唱） …………………037

兄妹姐妹本应常来往（选自《红楼梦》中林黛玉唱段） …………………040

我住三宝命何苦（选自《三郎五妹》金随唱段） …………………………041

妹从何处来（选自《红楼梦》宝天、黛玉对唱） …………………………044

决意结伴随那老人骂（选自《三郎五妹》五妹唱段） ……………………046
结不成对眼茫茫（选自《梅良玉》杏元唱段） ……………………047
只盼乌云过了太阳出（选自《梅良玉》乃良玉唱段） ……………………048
王乔当了大款首（选自《孤独的王乔星》众人、王乔对唱） ……………………050
离家整整十八春（选自《孤独的王乔星》伴唱、王乔唱） ……………………051
龙女探亲未回转（选自《丁郎龙女》虾兵唱段） ……………………053
但愿水英早日康复（选自侗戏移植《龙江颂》阿坚伯唱段） ……………………054
我们一同奔远方（选自《珠郎娘美》中珠郎娘美对唱） ……………………055
绍女家住对门河（选自《门龙》中绍女、门龙对唱） ……………………056
门龙娶妻多欢喜（选自《门龙》二场合唱） ……………………057
来到世间怎么这样苦（选自《美道》中婢道唱段） ……………………058
给你生崽怎么还怪我（选自《美道》中婢道唱段） ……………………059
小婆还比大婆甜（选自《丁郎龙女》索梅唱段） ……………………060
祖传三代好弓箭（选自《善郎恶梅》荒赢唱段） ……………………061
想个主意把她请（选自《乃宁》朱老爷唱段） ……………………062
村宽宅大无命住（选自《梅良玉》杏元唱段） ……………………063
手持白骨招魂灵（选自《珠郎娘美》娘美唱段） ……………………064
人死灯灭再也难相见（选自《珠郎娘美》娘美唱段） ……………………065
那就是郎骨（选自《珠郎娘美》娘美唱段） ……………………066
乌云压顶狂风吹（选自《珠郎娘美》娘美唱段） ……………………067
心如刀绞象那断藤的瓜（选自《许娇青》许娇青唱段） ……………………067
双膝跪地烧纸诉衷肠（选自《善郎娥妹》娥妹唱段） ……………………068
娘在西边儿在东（选自《朱砂记》娘娘唱） ……………………069
可怜我命运不如人（选自《萨岁》萨岁唱段） ……………………070
喜童夭亡苦哭不转（选自《梅良玉》良玉唱段） ……………………071
难赔父母桃李情（选自《梅良玉》杏元唱段） ……………………071
命运真可怜（选自《乃宁》婢宁唱段） ……………………073
独我一人活着做那样（选自《陈光鲁》唱段） ……………………074
伤心多（选自《孝顺公婆》婆婆唱段） ……………………076
许郎怎就丧黄泉（选自《白蛇传》白素贞唱段） ……………………077
天黑了哩（选自《金汉》列美唱段） ……………………078
真伤心（选自《珠郎娘美》娘美唱段） ……………………079
真伤心（选自《珠郎娘美》娘美唱段） ……………………081
菩萨哎我好苦啊（选自《金贵》金贵唱段） ……………………082
伤心多（选自《珠郎娘美》娘美唱段） ……………………083

是谁把你拐（选自《华团阮墬》阮墬唱段） ……084
独我香莲苦中苦（选自《陈世美》秦香莲唱段） ……084
见信如见亲人面（选自《抢秀才》厦美唱段） ……086
恋丁郎心慌慌（选自《丁郎龙女》龙女唱段） ……087
得郎成双心欢喜（选自《珠郎娘美》娘美唱段） ……089
真恋郎（选自《珠郎娘美》娘美唱段） ……090
漂亮姑娘请你陪我唱（选自《珠郎娘美》珠郎娘美坐月对唱） ……091
就像鱼儿配龙女（选自《银耳环中银巨唱段》） ……096
不知你是哪方来的客（选自《友和小妹》中坐月歌） ……096
男女同堂就像三叶的秧（选自《珠郎娘美》娘美唱段） ……097
我还没有夫君（选自《刘花亮、王玉保》刘花亮唱段） ……098
像那画眉找柿子（选自《珠郎娘美》中娘美并众姑娘唱段） ……100
河头古州一条根（选自《乃宁》坐月歌） ……101
姣娘寻欢抢小辈（选自《乃宁》乃宁唱段） ……103
一身清白献情郎（选自《梅良玉》杏元唱段） ……104
邱大人坐堂（选自《梅良玉》邱大人唱段） ……106
双膝跪地求大人（选自《刘志远》王上唱段） ……108
珠郎娘美结夫妻（选自《珠郎娘美》序歌片段） ……111
珠郎娘美（选自《珠郎娘美》幕前合唱） ……112
纺棉歌（选自《珠郎娘美》唱段） ……114
寻得好鹞回家转（选自《芒岁流美》芒岁唱段） ……115
出门容易回门难（选自《乃宁》序歌） ……117
是非曲直众人评（选自《丁郎龙女》幕后合唱） ……119
总盼有天勉王还故乡（选自《抢秀才》卜常唱段） ……120
飞月火烧山（选自《珠郎娘美》娘美唱段） ……123
约起情人逃（选自《珠郎娘美》兰骂唱段） ……124
歌儿到手我匆匆走（选自《四艾传歌》四艾唱段） ……125
仙女歌（选自《四艾传歌》中的女生合唱段） ……126
采蕨歌（选自《珠郎娘美》婢娘、娘美唱段） ……127
我与你们做媒人（选自《乃宁》中媒人唱段） ……128
姑妈姑妈来喝酒（选自《乃宁》中的敬酒歌） ……129
打蕨菜（选自《珠郎娘美》打蕨菜姑娘唱段） ……130
侗家待客喜盈盈（选自《抢秀才》婢美唱段） ……131
扎根侗乡“国旋拜”（选自《抢秀才》对唱） ……132
先生来到侗家欢（选自《抢秀才》踩歌堂） ……133

多高兴（选自《乃宁》大场踩歌堂合唱）……134
万户侗家傍榕江（选自《四也传歌》合唱）……136
进船了（选自《元东》）……137
撑船下河滩接滩（选自《乃宁》大场踩歌堂合唱）……138
撑船下滩靠篙浆（选自《元懂》船工唱段）……139
我要跟你回古州（选自《三郎五妹》黄小姐唱段）……140
不知世尧在哪方（选自《刘世芳》黄小姐等唱段）……141
只怕难相会（选自《刘世芳》黄云章唱段）……142
不知世尧在哪方（选自《刘世芳》黄小姐等唱段）……143
何日单线搓成索（选自《抢秀才》婢美唱段）……144
侗家盼你好比鱼盼水（选自《抢秀才》婢美唱段）……145
大喊三声要缸补（选自《金汉》中补锅匠与老板娘唱段）……147
毛主席把阳光雨露洒满人间（选自侗戏移植《龙江颂》盼水妈唱段）……148
只盼深山出太阳（选自侗戏移植《智取威虎山》小常宝唱段）……151
斗水歌（选自《丁郎龙女》二牧童唱段）……155
女儿回转心欢畅（选自《丁郎龙女》龙女、龙母唱段）……156
铸个好名传千年（选自《丁郎龙女》龙女、丁郎唱段）……157
你莫走（选自《丁郎龙女》丁郎、索梅对唱）……159
过了季节不合林（选自侗戏移植《买薄膜》老会计唱段）……160
亲哥害妹下崖壁（选自《芒岁流美》流美唱段）……161
天上升起一颗星（选自《孤独的王乔星》众人唱段）……162
嫉妒害死父杀子（选自《孤独的王乔星》群众、流美唱段）……163
劝君莫学王乔样（选自《孤独的王乔星》合唱）……167
天上难知地上事（选自《善郎娥梅》善郎唱段）……169
动人的故事传遍融河（选自《善郎娥梅》幕后伴唱）……171
你是月亮我是星星（选自《良三传奇》中生月歌）……173
还望你等来相帮（选自《良三传奇》吴勉唱段）……175
风声紧，脚步急（选自《良三传奇》良三唱段）……177
闹台调（一）……181
闹台调（二）……182
闹台调（三）……183
闹台调（四）……183
闹台调（五）……184
闹台调（六）……184
闹台调（七）……185

闹台调（八） …… 185
转台调（一） …… 186
转台调（二） …… 186
转台调（三） …… 187
转台调（四） …… 187
转台调（五） …… 187
幕前曲 …… 188
出台调（一） …… 189
出台调（二） …… 190
出台调（三） …… 190
出台调（四） …… 191
出台调（五） …… 191
出台调（六） …… 192
丑角出场调（一） …… 193
丑角出场调（二） …… 193
丑角出场调（三） …… 193
抬轿曲 …… 194
幕间曲 …… 194
闹台锣鼓 …… 196
过门锣鼓 …… 196
尾声锣鼓 …… 197
四、选场 …… 198
五、传记 …… 207

后 记 …… 211

一、概述

（一）民族简介

侗族是中华民族大家庭中的一员，主要聚居于黔、湘、桂三省（区）毗连的地区。1982 年全国第三次人口普查时，侗族人口有一百四十多万，分布于贵州省的黎平、天柱、从江、榕江、玉屏、剑河、三穗、镇远等县；湖南省的新晃、通道、芷江、靖州、会同、城步、绥宁等县；广西壮族自治区的三江、龙胜、融水、融安、罗城等县；湖北省也有少数侗族居住。贵州省侗族有八十四万余人，占侗族总人口的半数以上。

侗族自称为“干”（gaeml）、“更”（geml）或“金”（jeml），古属“骆越”的一支。今侗族地区的古代居民，秦称为“黔中蛮”；汉代称为“武陵蛮”或“五溪蛮”；魏晋南北朝称为“僚”；到唐代，在称“僚”的同时又称为“僚浒”或“乌浒”。宋以后，这一地区居民的称谓更为复杂，分别称为“仡伶”“仡佬”“仡偻”、苗、瑶等；明清则多称为“侗苗”“洞民”，或泛称为苗。史学界认为，史书上记载的“仡伶”“伶”乃是侗族的自称。“仡伶”之名见于宋代，所以侗族至迟于宋代就已经成为单一民族载入史册，自秦汉到隋唐五代一千余年，中央王朝虽然在侗族地区先后建立了郡县，但多为“入版图者存虚名，充府库者亡（无）实利”之地。当时侗族社会内部仍处于“千人团哗，百人合款，纷纷籍籍不相兼统，徒以盟诅要约，终无法制相縻”状态，以地缘为纽带的氏族农村公社组织，仍然起着重要作用。宋时，地方建置改为路、州、县三级，中央王朝对侗族地区的开发，经营有所加强，促使封建制度在这一地区确立，并以当地“土人”为长官，出现了土司统治。元袭宋制，贵州侗族地区皆为大、小土司管辖，与中央王朝为羁縻州的关系。由唐至元这一历史时期，侗族地区经济文化有了较大发展，兴修水利，扩大农田，提倡种棉，采矿业和冶炼金、铜、朱砂等都有了一定规模；并先后在诚州、靖州、融州等地建立了学舍、书院。但由于历史、社会、自然条件等方面的原因，侗族社会的发展极不平衡，湘西南地区和黔东南北部地区。凡州、县所在地封建经济文化较为发达，广大农村和边远山区仍保留着原始公社的残余。

明代在州府的设置上又有所调整，永乐年间贵州建行省后，始置黎平府，今榕江、从江均属黎平府辖区，区内出现了土流并治的局面，进一步密切了和中央王朝的联系。清雍正年间，实行改土归流，侗族地区才基本上结束了土司制度。明清两代，由于大量江南汉族人口的迁入，带来了先进的生产技术，纺织业有了长足的进步，开始外销；商业阜镇逐渐出现，乡村集市贸易亦随之发展。府学、书院逐渐由北向南扩展，仅黎平府境内即先后建立了“龙标”“黎阳”“龙溪”“双江”“双樟”“上林”“清泉”“印阳”等八个书院；其他各地也还设置有县学和私塾。明万历年间，出现了侗族第一个生员吴国佐（黎平皮林人），随后贡生、举人等均有侗族入选，标志着侗族地区文化水平不断提高。

随着中央王朝对侗族地区加强控制和封建统治日趋稳固的同时，阶级矛盾和民族矛盾在明清两代也日益激化。侗族人民反压迫的斗争此起彼伏，一直未曾停息过。明洪武年间，吴勉、林宽先后领导的侗乡农民大起义，震撼了湖广。清咸（丰）同（治）年间，在太平天国革命影响下，分别以姜应芳、姜芝灵、梁维干为首的农民大起义，皆长达二十余年，给封建王朝以沉重打击。侗族人民这种革命斗争精神后来得到进一步发扬，辛亥革命时期，王天培、李世荣等在革命浪潮的影响下，加入同盟会，投身到推翻封建王朝的斗争中。新民主主义革命时期，龙大道、罗统一等侗族儿女，参加中国共产党，为建立新中国献出了宝贵的生命。1930 年红七军由广西左右江转移，1934 年红军长征北上抗日，均途经侗族地区，不少侗族儿女参加了革命行列。

中华人民共和国成立后，侗族人民在中国共产党的领导下，和全国各族人民一道，进入了社会主义新时期。

侗族有自己的语言。侗族属汉藏语系壮侗语族侗水语支，侗语以贵州省锦屏南部侗、苗、汉杂居地带为界，分为南北两大方言区。每一方言区又各分成三个土语区。北部方言区地处沅江水系的源头，南部方言区地处珠江水系的源头。北部方言区的侗族，历史上归顺朝廷较早，与汉族人民往来较密切，懂汉语、汉文的人较多，因此侗语中吸收汉语词和汉语语法形式也比较广泛，语音趋于简化，长短元音的对立消失，塞音韵尾开始脱落或合并。南部方言区的侗族，由于归顺朝廷较晚，受汉文化影响较小，因此语言上保持较为古老的面貌；元音仍分长短，有声韵。

侗族历史上长期没有和本民族语言相适应的文字，民间盛行用汉字记录侗语，俗称“汉字记侗音”。中华人民共和国成立后，党和政府十分重视发展少数民族的语言文字，1958 年国务院批准了新创制的侗文方案。新创制的侗文是一种采用拉丁字母的拼音文字。

侗族聚居的黔、湘、桂毗连地区，春少霜冻，夏无酷暑，秋无苦雨，冬少严寒，气候宜人，发展农业、林业得天独厚，且侗家多依山傍水而建寨，风景秀丽。侗族擅长建筑艺术，侗寨的鼓楼与花桥均以其独特的风格、工艺而著称国内外。鼓楼在明代即已出现，以巨大杉木为柱，楼层三、五层以至十五层不等，高者可达十五六米，楼檐覆盖青瓦，檐角附以龙凤、花鸟；楼顶呈伞形，多为葫芦宝顶，顶盖下方镶木格“若蜂窝一样千孔万眼”，既有宝塔之英姿，又有楼阁之优美，更重要的它是侗族政治、文化活动的阵地，楼内设火圹，寨内大小事都在此处理；入冬，少长闲集于此，谈古说今，歌唱、“多耶”（歌舞）。丰富多彩的侗族文化艺术，就是在这样的文化生态中诞生和发展的。

侗族民间文艺品种形式甚多，就体裁看，有“嘎”（al，即“歌”）、“耶”（yeeh，即歌舞）、“垒”（le，即条理话），“碾”（nyonc，即传说故事）、“锦”（jach，即曲艺）、“戏”（yih，即戏剧）等。

“嘎”和“耶”的演唱，文献上有所记载。宋人陆游在《老学庵笔记》中曾这样写过：“农隙时，至一、二百以为曹，手相握而歌，数人吹笙前导之。”名人邝露在《赤雅》中也提到：“侗……善音乐，弹胡琴，吹六管，长歌闭目，顿首摇足，为混沌舞。”这些形式，至今仍在侗族民间广为流行。

“垒”是一种有一定对仗的韵文，通过形象的比喻叙述历史故事，生活哲理，教育子孙。“垒”和“嘎”相结合，又产生了“叙述故事、塑造人物、表达思想感情、反映社会生活”的新形式——“锦”。

“锦”这种说唱艺术在清朝中叶空前繁荣，侗族民间涌现了陆大用、吴万麻、吴金随、乃告化等一批民间歌师，而且有了吴文彩、杨志太等一批文人歌师；他们互相学习，互相促进，推动着这一时期侗族文学艺术的发展。于是，在广为流传的《起源之歌》《开天辟地》等古歌、念词之外，又出现了《珠郎娘美》《三郎五妹》《金汉列美》《门龙赛女》《元东》等一大批优秀的说唱曲目，为后来侗戏的诞生奠定了基础。

清初，随着侗族地区交通的开发，汉族地区的戏剧逐渐传入，仅榕江（古州）城内乾隆年间建立的会馆就有四处之多（江西会馆、福建会馆、广东会馆、两湖会馆）。会馆均有戏台，当年演出的剧种及剧目因无记载，无从查考，侗族群众概称为“汉戏”。

此外，跳端公之风在侗族地区也颇为盛行。跳时，大巫小巫或扮土地、或饰诸神，头戴面具，叙述傩仪中诸神的故事。这些“汉戏”和傩夹戏的活动，在很大程度上成了侗戏的催生婆，催化着侗“锦”，向戏剧表演形态演变。

（二）剧种介绍

侗戏流传于黎平、榕江、从江（以上均在贵州境内）、三江、龙胜（广西境内）、通道（湖南境内）等县，是侗族人民喜闻乐见的艺术形式之一。现将侗戏在贵州境内流布情况，渊源及艺术特征等分述于下：

1. 侗戏流布地域的地理背景

侗戏流布于侗语南部方言地区：黔东南苗族侗族自治州所属的黎平、榕江、从江三县。三县位于贵州东南部，东与湖南省的靖州、通道两县接壤，南与广西壮族自治区的三江、融水、环江三县毗邻；西与本省的荔波、三都、雷山三县交界；北与本省的剑河、锦屏两县相连。三县总面积一万一千零二点六平方公里，人口共八十五万六千余人，有侗、苗、汉、水、壮、瑶等民族。侗族人口在黎平占

60.3%、在榕江占32%，在从江占38.39%。

三县在明、清时均属黎平府，民国年间至建国初期属独山专区（后改为都匀专区）；1956年7月23日黔东南苗族侗族自治州正式宣告成立，始归属自治州管辖。

2. 侗戏的渊源

侗戏的起源，文字无可查考，据民间口碑和演戏开始祭词推断，为嘉庆、道光年间，黎平县腊洞村侗族文人吴文彩所创。

侗戏开始的祭词为："阴师父，阳师父，吴文彩师父，不请不到，有请就来，日请日来，夜请夜来，马上开台。"过去戏班演出前都要进行请戏祖降临的仪式，广西三江等县的侗戏班也均认定是向贵州学的戏。

吴文彩的生平无史可稽，据其友人吴正理的墓碑推断，约生于嘉庆戊午年（1798），殁于道光乙巳年（1845）。相传他三十多岁以后，由外乡看"汉戏"回来，立志要创造侗戏，满足群众愿望，闭门三年，终于将汉族唱本《二度梅》改编成用侗语道白和演唱的侗戏剧本《梅良玉》，宣告侗戏的诞生，其时间当在1830年左右。

编剧和创腔是同时进行的，吴文彩青年时代不仅爱唱歌，而且爱看戏。当时湘剧、阳戏已传入黎平，阳戏处于二小戏阶段。吴文彩采用了阳戏"七字句"的音调、伴奏形式、伴奏乐器和二人移位、转圈的表演，与侗族嘎锦的文字形式相结合，于是搬上舞台就形成了侗戏。

3. 侗戏的组织和传授

侗戏的戏班组织，侗语叫"高戏"（gaos yik）。一般小村寨以寨为单位，一寨一个戏班；大村寨以鼓楼或族性为单位，一个鼓楼一个戏班或一个大族姓一个戏班，像榕江的车寨、黎平的肇兴、从江的龙图等大村寨，有的多达四五个戏班。侗戏长期来都没有专业班子，由侗戏爱好者自由结合。戏班由戏师、演员、乐队三部分人员组成，一个戏班十余人。除戏师外，其余人员随年龄的增长，不断轮换。解放前，戏班里没有女演员，乐队三至五人，由一善拉二胡的琴师负责。

戏班活动时间多在正月、二月的农闲季节。村寨之间"委叶"（weex yeex即集体做客或集体迎客）时，也是侗戏演出的好时机。解放后，在一些法定节日或群众集会，也常演出侗戏。

戏班的开支均由群众捐款支付；戏台的搭设，由众人献工献料；外寨戏班来访，由众人共同接待。因此，侗戏班的组织均较巩固。戏班的好坏，演出水平的高低，都直接与村寨、鼓楼和族姓的声誉有关，所以群众对戏班非常关心。

侗戏传授，一靠戏师，二靠戏本。戏师侗语叫"嗓戏"（sangh yin），是戏班的台柱，由他们组织演出、编录脚本、传授技艺、提示台词等。

演出时戏师就按"戏本"向徒弟们传授。侗戏剧目有的长达四五百首歌，要连演几天才完成，单凭记忆难以记住，所以必须有手抄的戏本。戏本系汉字记侗音。

4. 侗戏的传播和发展

自从吴文彩移植改编的最早两出侗戏《梅良玉》和《李旦凤姣》在黎平腊洞上

演以后，周围侗寨纷纷派人到腊洞来找吴文彩拜师学戏。侗戏很快传遍黎平四乡八寨，又从黎平四乡八寨传到邻县榕江、从江；19 世纪 70 年代传到广西三江、融水，20 世纪 50 年代初期，又从广西三江传到龙胜和湖南通道。至今，侗戏几乎传遍黔湘桂三省（区）毗连的侗族南部方言区的所有村寨。仅黎、榕、从三县就有 500 多个民间侗戏班。

随着侗戏《梅良玉》《李旦凤姣》的传播，各地有文化的歌师、戏师也纷纷改编侗族民间传说故事，或将叙事歌搬上舞台，先后出现了张洪干创作的《金汉列美》、吴通简改编的《刘志远》、石玉秀改编的《门龙绍女》等，其他如《三郎五妹》《芒隋流美》《华团阮坠》《元懂金美》《甫桃乃桃》《芭汉与梅化》《花赛》《郎夜》《美道》《顺保》《金俊与娘瑞》《郎红梅郎》《雪妹》等叙事歌也陆续被改编上演。此外，又移植改编了部分汉族题材剧目，如《毛红玉英》《刘世尧》《山伯英台》等。到清末，侗戏已有了相当数量的剧目，而且从借鉴汉族题材转向了采用侗族自己的题材。

民国年间，由于兵祸、匪患，加上连年灾荒，社会生产遭到严重破坏，人民生活困苦难堪，侗戏的创作和演出走向了低潮。这段时间只创作和改编了为数不多的几处反映阶级矛盾的剧目；如从江县梁绍华（1893—1978）改编的《珠郎娘美》，从江县小黄村潘埔基、吴埔明、吴德太等人创作的《埔贯》等。

5. 侗戏的改革和繁荣

1949 年 10 月 1 日，中华人民共和国成立，党和政府就十分关心侗戏的成长，派出有关人员深入侗乡收集民间侗戏，辅导业余侗戏班排练和演出，有力推动了侗戏的改革发展。1956 年从江县龙图乡业余侗戏班排练和演出了著名戏师梁绍华改编的《珠郎娘美》，参加全省第一届工农业余文艺会演，荣获一等奖。1958 年，榕江、从江、黎平三县在省侗戏工作的指导下，联合组织侗戏班排练和演出《珠郎娘美》，出席文化部在云南举行的西南区民族文化工作会议观摩晚会，荣获一等奖，并拍了纪录片，通过这些演出活动，使侗戏在全国范围内得到更多广泛的宣传介绍。

1959 年 12 月，榕江县（当时从江并入榕江）成立侗戏实验剧团（次年九月撤销），侗戏有了第一个专业团体。该团成立后，曾创作排演了《珠郎娘美》《甫桃乃桃》《金汉》《危险的道路》等一批传统剧目和新编剧目，受到广大侗族人民欢迎，并出席全省文教群英大会，受到省人民政府的嘉奖。

1964 年 6 月，黔东南苗族侗族自治州举行第五届民族文艺会演，从江县代表队排演了侗戏《嘎吴办夜校》。同年 8 月，该剧参加全省业余文艺会演，获优秀节目奖。

“文化大革命”的十年，侗戏也和其他地方剧种一样遭到了摧残，在全国开展地方戏移植“样板戏”的阶段，黎、榕、从三县不少侗戏班也进行了侗戏移植“样板戏”的工作，借以恢复活动、保存侗戏艺术，为后来的侗戏改革积累了经验。黎平县并由此建立了县民族文工队（中途曾一度夭折，1984年后重建，一直活动至今）。

1984 年 8 月，我省黔东南苗族侗族自治州在黎平举行全州首届侗戏调研，对全州侗戏进行了一次检阅，并选拔出侗戏《丁郎龙女》《善郎娥美》《送礼》三个剧目出席全省首届少数民族戏曲研究汇报演出。同年 12 月，《丁郎龙女》出席了文化部在昆明举行的全国少数民族剧种录像演出暨座谈会，受到戏剧界的好评，获文化部颁发的优秀剧目演出奖。1985 年 10 月，在全国首届民族题材剧本创作评奖中，《丁郎龙女》荣获“团结奖”。

解放后，侗戏的创作和改编超过了清代和民国年间剧目的总和，特别是出现了一批反映现代侗族人民生活的剧目，更受人们的欢迎。与此同时，黎、榕、从三县还分别培养出了一支具有一定水平的本民族戏剧工作队伍，从剧本、音乐、伴奏、表演到舞台美术都进行了大胆的探索，加快了侗戏改革的步伐。

6. 侗戏的艺术特征

（1）剧目

我省侗戏剧目大约有一百五十余出，分传统剧目和现代剧目两大部分。每部分又分本民族题材剧目和他民族题材剧目两大类。本民族题材剧目多于他民族题材剧目，现代题材剧目多于传统题材剧目。

传统侗戏剧本和民间新编的侗戏剧本，多数都有“汉字记侗音”的唱本。这种唱本，只有唱词，没有道白和舞台提示。唱本不分场次，按人物出场先后顺序排列。侗族戏师们在创作时，都下功夫编唱词，民间有“唱词越多越好”的说法。计算剧目的大小，也不以场次的多少来区分，而以唱词的数目多少来表示。如“吴文彩编的《梅良玉》有三百多首歌”，“梁绍华编的《珠郎娘美》有四百多首歌”等等。由此，也可以看出侗戏源自叙事歌的痕迹。

侗戏剧本，一般开头均有“序歌”或“念词”叙述人类的来源、民族的迁徙等，然后对剧本进行简单扼要的介绍；也有略去前面部分，只有一段近乎于内容简介的“序歌”。如《丁郎龙女》就有一段这样的序歌：“弹起琵琶把那往事唱，唱唱丁郎龙女结合又分散，龙女纯真爱情传千古，丁郎喜新厌旧千载怨，索美心狠强占他人夫，东海龙王发怒掀巨浪。龙女踩波踏浪回东海，丁郎人财两空泪涟涟，要知详情请静听，葛有根来水有源”。“序歌”唱完，正戏才开始，正戏演完，还有一段“告观众”（baov wogx xaugh）的歌。如《珠郎娘美》的告观众歌是：“在这个戏演完的时候，我们自己来讲几句话：银宣是个大傻瓜，他的良心不好爱骗人，想夺人妻自己命归阴”。还有的告观众歌，除总结戏中的教益外，还讲一些谦虚的客套话。

侗戏唱词，常用比喻。如《珠郎娘美》里娘美怒斥银宣不轨行为时唱道：“自己园里的青菜你不该吃厌，休想上坡去讨人家的菜来尝鲜。真想讨菜你也莫来这个坡，来这个坡小心眼睛被刺戳。”《丁郎龙女》里的索梅挑拨丁郎与龙女的关系时唱道：“哥得妻，哥得好妻龙配凤。妹我苦命不得跟哥成双对，好比鹰各奔东西不共笼子。要是原先你娶我呀，藤满园来瓜满架，可惜你呀违背古理取了别人，藤断根朽架丢空。”这些比喻，形象生动，增强了唱词的感染力，也体现了浓郁的民族特色。

新创作整理改编的剧本，有很大的改进。一分清场次；二固定台词；三标明场景和舞台提示。剧本记录仍袭用“汉字记侗音”的方法，个别已经掌握侗文的作者亦用侗文书写。

（2）表演

传统侗戏表演较简单，唱完一句唱词时，演员随着音乐过门，沿横“8”字交换位置，借以聆听戏师的提词，身段步法均极简单，两臂上下自如地挥动，较一般行路动作稍大。唱哭腔时，演员多低头蹲唱或站唱，很少走动。传统侗戏表演比较简单的原因：一是侗戏剧目多数是从侗锦脱胎而来，还保留有一定的说唱成分；二是传统侗戏剧本很长，台词不固定，唱词又多，演员平素不进行排练，靠戏师临场提词，无力顾忌表演；三是长期来侗戏没有专业剧团和专门的研究机构演员缺乏训练，表演水平难以提高。

传统侗戏的表演，唯有丑角与众不同，其他人走台是一般行路的步法，丑角则是即兴跳动，引人注目，活跃气氛。旦角偶有舞扇并以扇遮面的动作，以表现女儿态。

近年来，随着侗戏的改革和发展，建立了排演制度，有了固定剧本、音乐，唱腔有专人设计，对业余演员进行了不同程度的训练，吸收了部分汉族戏曲的表演身段、步法，但基本上仍处于生活动作的模仿阶段。表演以生活、自然见长，尚未形成程式、规范。

（3）化妆和舞美

侗戏演出，演员一般均画淡妆，唯有丑角才画花脸，各种人物没有固定的脸谱、服饰，青年女子着侗族盛装，头插银花，耳吊银环，项戴银链，手戴银圈，腰束彩绸；青年男子着无领彩色上衣，头扎包头帕，加插羽翎，身披红绿绫，吊一银质烟盒于腹前，中老年人系一般着装；先生、贵人穿长袍马褂，头戴“博士帽”，手持拐杖，小丑有的穿特制花衣，有的将衣服翻过来穿，目的在于逗人发笑。汉族题材剧目，有的改着侗装，有的备办了简单的汉族衣着。

传统侗戏演出，多数地区均有固定的戏台，但没有专门的布景。一般舞台的正后方，左右各有一门，布置花布窗，两门之间的墙上悬挂上级或兄弟村寨赠送的锦旗、彩旗；台上置一桌，便于戏师翻戏本提词。

近年来，各县文工队演侗戏也进行认真的服装设计和舞美设计，以弥补传统侗戏演出的不足。

（4）音乐

侗戏音乐由唱腔、器乐曲牌、锣鼓三个部分组成。传统侗戏的唱腔只有上、下句结构的“平腔”和单句结构的“哭腔”两种。“平腔”各地大同小异，“哭腔”

因来源不同，各地有别，随着侗戏的发展，后又增加了“歌腔”和“客家腔”并创作了相当数量的新唱腔，所以可以分“平腔”、“歌腔”（合“哭腔”）、“客家腔”、新编腔四部分。基本属曲牌连缀体结构，歌谣性特色浓厚，而戏剧化较差。以质朴、简洁见长，保留着较多的乡土气息。

传统侗戏器乐曲牌较少，只有“闹台调”和“转台调”两种。

传统侗戏的锣鼓有锣、钹、小鼓所组成，锣鼓经有“闹台锣鼓”“过门锣鼓”“尾声锣鼓”三种，除“闹台锣鼓”有固定的锣鼓经外，其他两种锣鼓经均随音乐即兴敲打。

二胡是侗戏的主要演奏乐器。在传统侗戏里，侗族乐器果吉（又称牛腿琴）、侗琵琶、侗笛等仅作为色彩乐器使用。今年来，有的地区以改良果吉为主要演奏乐器，将二胡置于从属地位。也有的组成小型混合乐队，加以简单配器。

二、侗戏音乐简析

（一）侗戏音乐的分类

侗戏音乐由“唱腔”“器乐曲牌”和“打击乐”三个部分组成。

1. 唱腔

唱腔分传统的和新创的两大部分。新创作的唱腔多系糅合各种侗族民歌音调素材重新编写，尚未形成类型。传统的唱腔则按其来源可分【平腔】、【歌腔】、【客家腔】三个调类。

【平腔】是侗戏的主要调类，其下根据功能，又有【平板】、【哭板】、【连板】的差别。【平板】指的是常用的叙述性强、中等速度的唱段；【哭板】则指表现悲伤心情，速度较慢的唱段。【连板】指承接上下句的过门，将上下腔句紧密相连的唱段。这里的“板”虽然有着“板式”变化的含意，但尚未形成独立的格局。所以往往被看作是【平板】的两种不同处理。【平板】由丑角演唱时，往往将某些腔节顿断，开始出现了行当唱腔的端倪。然而这些还不能说已形成了板腔体系和行当唱腔。

【歌腔】是从侗族民歌中所选取的曲调。在侗戏中出现的时间较晚，但 20 世纪 50 年代以后，特别近十年来，使用的频率和引进的歌种不断增扩。曲调已相当丰富，有必要按其表现功能作第二层次的划分。划分为：哭歌、叙事大歌、情歌、儿歌、劳动歌等几个支类。

【客家腔】数量较少，专用在剧中汉人出现时的演唱，多为汉族戏曲剧种中的腔调。

2. 器乐曲牌

侗戏器乐曲牌较少，传统的仅有【闹台调】、【转台调】两种。前者用于开台前及剧中人物表演动作时，后者则用于过场音乐及剧中人物进出场时。

3. 打击乐

传统侗戏的锣鼓只有【开台锣鼓】、【过门锣鼓】、【尾腔锣鼓】三种。【开台锣鼓】有固定的锣鼓经，后两种均系随音乐即兴演奏。近年来，打击乐的使用范围有所扩大，但尚未规范。

（二）侗戏音乐的渊源

【平腔】是上下句结构，宫调式。每句后面有一过门，过门落音不同于唱腔腔句的落音，胡琴2|6定弦，第一腔句落音落在弱拍上，这是【梁山调】腔系的特征，【梁山调】的南路分支为阳戏，阳戏在乾隆、嘉庆年间即已进入黔东南地区，并在侗族村寨传唱。阳戏【平腔】中的【七字调】与侗戏【平腔】十分相似。

阳戏【七字调】

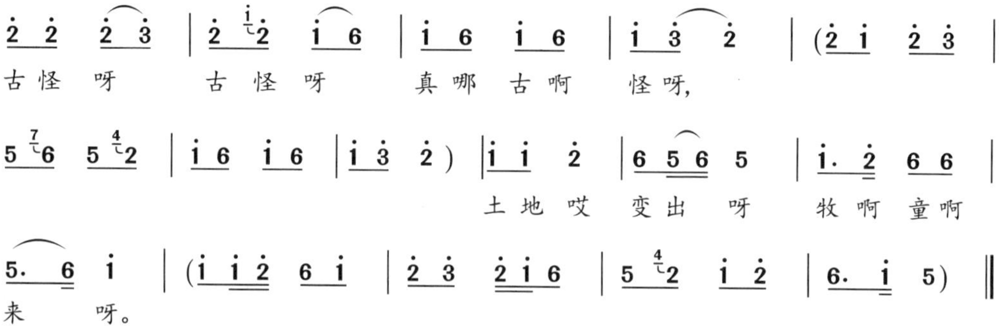

阳戏【喜调】

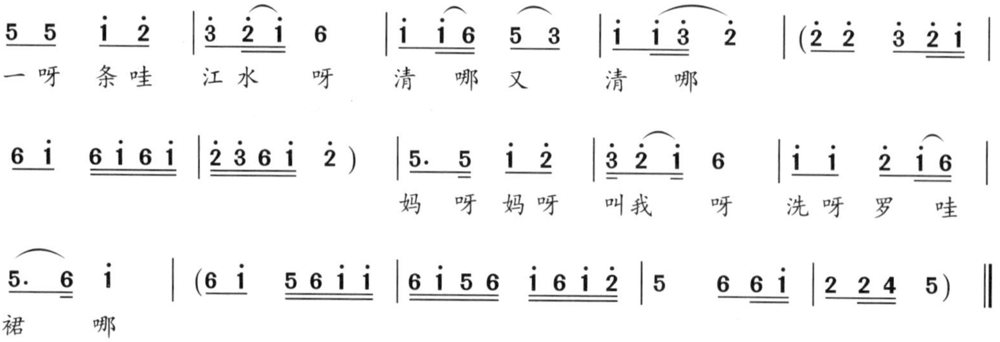

与【平腔】谱例4和5对照，除共有的【梁山调】腔系特征外，尚有腔句结尾的衬字的位置及下句过门清角音的使用两个共同点。它们的相似决非偶然，应看作是历史渊源的联系。

【平腔】在一个或几个唱段结束时，往往加入一个收腔曲牌【哟荷依】，【哟荷依】不见于【阳戏】，而与彩调、花灯中使用收腔的手法相近，音调也甚类似，用来作为收腔的时间也较晚，应系借自花灯。在九洞地区，亦有用大歌收腔的现象。

【歌腔】最先使用的是【叙事歌】和【哭歌】两类，据说是侗戏传至从江贯洞后，戏师张洪干将侗族叙事歌《金汉》改编成侗戏时，开幕前保留了叙事歌的歌头，运用了叙事歌的形式演唱，其后六洞、九洞等大歌流传地区相继引用了各自拥有的这一歌种。【哭歌】的使用时上世纪末出现的，有来自生活的哭丧歌、祭祖歌，也有借用的嘎果给（oh is 牛腿琴），各戏班选择不同，形式各异。

器乐曲牌中的【闹台调】与花灯【游台调】使用场合及音调相似，系自花灯中引进。

（三）侗戏音乐的基本特征

1.唱词结构和音韵

侗戏唱词的结构以上、下句为一个单位，称一节，若干节组成一个唱段，因此句数均为偶数，最短的唱段只有一节，一个对子句，有的唱段，多的可达二、三十节，以二到八节为最常见。每句唱词长短不定，上句最短的为三字句或五字，下句最短为七字，长的可达二三十字，但必须是奇数。

侗戏唱词也和侗族诗歌一样，有三种韵：内韵、腰韵和尾韵。

“内韵”侗语叫“wap jaemh”，也称句内韵，即在同一句子中，上一分句的最后一个字与下一分句的最后一个字相押，如：“wanp wanp xongl kap||yaoc dos meix al”或者上一个分句的最后一个字与下一分句的头一个字相押，如：“yangl siis xebt dangc||xanggt touk yax”。

“腰韵”侗语叫“wap dav”，也称句间韵，通过勾韵将句子勾连起来，押韵的方式是上句最后一个字与下句的第一、二、四字或第四个以后逢双的字相押，如：

Jiml dinl ugs dol||luh daih luh.

Jiml jangs lic buh||yangp dah yangp.

又如：maoh qakn yal map||touk oc maengl loc sut Deml daengl yac jiuc angl hat xuit buh||eis wox dah xees xiv dah wap.

“尾韵”侗语叫“wap peep”，也称正韵或脚韵，即偶数句的最后一个字相押。如：

Qak jenc loul maenc||yuv nyenh gaos,

Laos jenh loul nyingv||yuv nyenh sangp.

Nyinc jaengl nguedx yaih||sais meenh luh,

Begs eis lis juh||buh aenh nyangc.

一段唱词中这三种韵都押，有一定难度，所以不要每句都有“内韵”，每节都有“腰韵”，但每段的“尾韵”必须一韵到底，特殊长的唱段方可考虑通转。

侗语的声调较丰富，有九个舒声调，六个促声调：全阴平、次阴平、阳平、全阴上、次阴上、阳上、全阴去、次阴去、阳去、全阴短入、次阴短入、阳短入、全阴长入、次阴短入、阳短入、全阳长入、次阳短入、阳长入。押韵必须合声调，但全阴调各调和相当的次音调各调本属于同一调类，因此也可相押。

尾调只能使用平声和短入声，勾韵则相反不能用平声和短入声，这一点与汉歌中平、仄声的规律颇为相似，内韵可自由运用。

附侗语声调表：

调名		l	p	c	s	t	x	v	k	h
调值		55	35	11	323	13	31	53	453	33
例字	舒声	bal（鱼）	pap（灰）	bac（耙）	bas（姑）	qat（轻）	bax（蝗）	bav（叶）	pak（坏）	bah（糠）
	促声	bedl（鸭）	sedp（七）	medc（蚁）	bads（垫）	badt（血）	bagx（白）			

从上表可以看出，侗语调值的升降幅度较小，反映到唱腔上，旋律的进行较为平稳，一般以级进为多，间以三度小跳，五度以上的大跳较少见，正因为调值有高低之别，所以每节唱腔结束，有高平调 3·$\underline{\dot{2}}$ $\dot{1}$- 与低平调 5·$\underline{6}$ $\dot{1}$- 之别，为增加唱腔结尾的变化，在多节的长唱腔中很注意高、低两调（即 l、p 调与 c 调）的交替出现。

2. **唱腔结构**

（1）平腔

平腔的基本结构是：

引子 + 上句 + 过门 + 下句 + 过门

引子有长有短，短时是一句，长时可以自成一段落，称起板。

腔句的上句和下句是对答句，有对称的，也有一长一短的，一般上句短的为多。

上、下腔句后面的过门有的是腔句尾部的变化重复或延展，落音与腔句相同。有的是两个与腔句在调式上构成对比关系的句子，上腔句落 2，过门落 1，下腔句落 1，过门落 5；少部分地区上下句过门均落 6 音。

当一个唱段结束时，往往附加一段收腔【哟荷依】，【哟荷依】一般不独立使用，近年来，为表现欢快的气氛，有与【闹台调】相连结作为幕间音乐使用的。

这样【平腔】存在着三种结构形式：

（1）引子 + 上下腔句（包括两种过门）（谱例九）

（2）引子 + 上下腔句 + 收腔（谱例四）

（3）起板 + 上下腔句 + 收腔（谱例二）

起板和上下腔句调式各异，二者相连构成了复合段，这就使它有别于【七字调】，构成了自己的特色。

【平腔】上下腔句的句幅有长有短，由一个基本腔节加扩充腔节构成，上句基本腔节是：

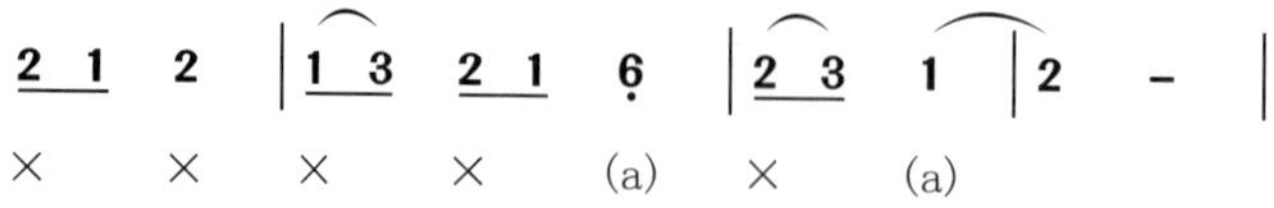

当唱词短至三个字时，仅使用基本腔节即可构成腔句，唱词增长时，大致以每

两个字一小节向前扩展。如多至十三个字时，句幅向前扩充了三个腔节，而基本腔节大致保持原样：

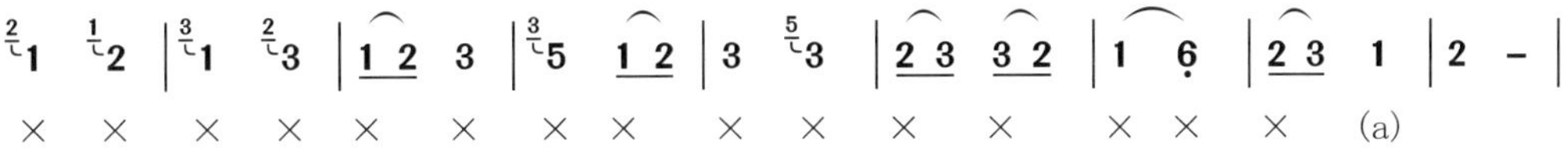

下句基本腔节是：

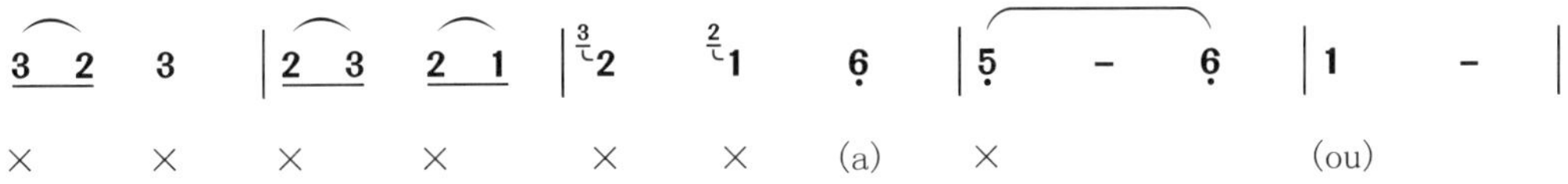

唱词加长时，与上句相同，其基本腔节保持不变或细微变化向前扩充，上下腔句的基本腔节一般保持着对称。

扩充的腔节节奏性、宣叙性强，它和基本腔句像是一种板和腔的关系，扩充的腔节一板一板延伸过来，进入基本腔节时展延开来成了腔。这是东子民歌的共有特点，也是（七字腔）被侗化变异的部分。

近年来【平腔】经过发展、扩充对应的上下句有变成复对应的（谱例 7），也有扩展成起、承、转、合型的（谱例 8）。

（2）歌腔

歌腔所含分支较多，结构也极富变化，此处着重介绍三个歌种支类的情况：

哭歌多为散板形式，也有少部分上板的，但节拍较自由。各地区均有自己习用的哭歌，主要类型有单句头、上下句、起承转合式三种。以平叙性的单句头为常见。

平叙性的单句头一般都有一引子作为歌头，短引子是由一、二感叹句构成的腔节，较长的引子则构成独立的一个腔句。单句往往有两个腔节（如谱例 38《双膝跪地烧纸诉衷肠》），这两个腔节句幅不一，即又十分相似，在重复时，根据唱词声调及音节多少进行各种变动、扩充或压缩极为自由。有的单句头的一个腔节后面甚至接上过门，与过门组成一句（如谱例 44《独我一人活着做那样》结尾前一句）；有的单句头在结尾时，还附加一个长衬腔，衬腔下方由另一声部的持续音衬托（如谱例 32《村宽寨大我无命住》）。这样就总体看，就构成了一种分合式的结构，重复的单句是分部。最后的衬腔合唱为合部，具有总结的性质。诸如此类的变化和处理，使得单句头的哭歌一再重复而并不单调。

上下句式的哭歌，有并列的、有对应式的；对应式的上下句，虽落音有别，产生一定的对比，但下句承应、收缩的功能较差（如谱例 42《难偿父母桃李情》），上句和下句似有错位感。

起、承、转、合式的哭歌一般不具有方整性，承句具有相当的稳定性，而合句则是承句的扩充变化（如谱例 107《亲哥推妹下山崖》）。

个别唱段有起、平、落式的、两个起句、一个平句和两个落句。如谱例 35《那就是郎骨》。

叙事大歌 侗戏中的大歌（al laox）有叙事和抒情两类。叙事大歌亦有两类，分别系由嘎节（al jebl）与嘎君（al jenh）发展而来，一般用在幕前、剧终作为全剧的提纲或总结性的表述，间或用作剧中人物内心活动的表白；抒情大歌系多声部抒情合唱，多用在行歌坐夜或某种欢愉场景表现集体感情。二者功能不同，因而分别列入叙事大歌和情歌两支。叙事大歌又有独歌（嘎节）与叠歌（嘎君）之别。独歌由叙述者单独演唱，同时插入合唱，合唱基本为衬腔，一个长持续音，某些地方与第一声部重叠稍加变化；叠歌则除了极短的领唱作为引腔起音外，自始至终均为合唱，且各声部均有相对的独立性。二者的框架相似，均为三部分：

引腔 + 呈述部分 + 尾腔

引腔较短，有的两个音，有的一个短腔和歌中分别有两个腔句的，由一个人领唱，起音，合唱的词虽非虚词，但表述内容与歌的本文并无必然联系，是一种相对稳定的程式。

呈述部分一般由两个腔句组成，不断重复。这两个腔句可以使对应关系（如谱例 71《纺棉歌》），也可以使并列关系（如谱例 72《寻得好鹞回家转》）。叠歌较单歌稍为复杂，两个腔句后面往往有衬词衬腔，句幅较长，而独歌则节奏较紧凑，句幅也稍短。

尾声气息宽广具有稳定、收束的功能。

总体看这是带引腔的分合性结构，呈述部分的若干相并列的腔句组合构成分部，与概括性的尾声结合成为一体，后者则构成合部。

情歌 侗戏中使用的情歌有以果给（oh is 牛腿琴）、侗琵琶伴奏的，有哼唱无伴奏的，有集体合唱的，因此结构也较为多样。最常见的是平叙式的单句头的不断重复，如谱例《我心如同糍粑一样软和甜》、谱例 61《男女同堂就像三叶秧》。也有变化的对应式结构的：独唱自由节奏式的腔句与节奏规整的合唱腔句构成对比，第一腔句的尾部腔节变化后为过渡句插入第一腔句后面，自然地进入第二腔句，在第二腔句的后面又重复了尾部腔节作为扩充句，从而使一组对应句变成了复对应句，增强了感染力（如谱例 63《像那画眉找柿子》）。

情歌中的大歌一般也由引腔、主要腔句、尾腔三部分组成，但主要腔句重复次数较少，一般为两个腔句，有对应、并列两种形式，但尾声扩充得较大，往往可自成段落。

客家腔数量较少，多为一段结构的汉族小调。

3. 调性特征

侗戏有单一调式，也有交替调式。

“平腔”上、下句唱腔，上句落 2，下句落 1，明显地具有宫调式的特征。其音阶的排列是：“5̣ 6̣ i̇ 2̇ 3̇”；常见的旋律进行有：“3̇ 2̇ i̇ –”“5 6 i̇ –”“3̇

1̇ 2̇ –”“1̇ 1̇ 2̇ –”“2̇ 1̇ 6”“2̇ 1̇ 3̇”“6 1̇ 3̇”“1̇ 2̇ 3̇”等，骨干音是“3̇ 2̇”。

而收腔“哟荷依”则为徵调式，主音为5，其中旋律进行多为“1̇ 6 5 –”“5 6 5”，与唱腔结合在一起，构成了调式色彩的变化。

有的还在起板及过门中插入“2̇2̇ 1̇2̇ | 6 1̇6 | 5 56 | 45 24 | 5 – | 5 2”这样异宫异调的句子，与唱腔形式调式交替，以增强变化。

“歌腔”的调式较丰富。

“哭歌”以商调式较多见，也有宫调式和羽调式。商调式有上句落6下句落2的，也有上句落1下句落2的。旋律进行前者为“1 3 2 –”“2 1 6̣ –”“2 3 5 –”“2 3 1 –”，其中骨干音是“5、3”；后者为“3 2 1 –”“5 3 2 –”“2 3 5 –”，其中骨干音是“5、1”；两种落在商音上均不很稳定，因此给人一种凄凉感。

宫调式“哭腔”，音列是“6 5 3 2 1 ”。半终止音是5，终止音是1. 旋律进行有：“5 3 2”“3 1 2”“1 3 2”“3 6 5”“1 3 5”“5 6 2”“5 3 1”“3 2 1”“5 2 3”，其中骨干音为“5、3”，因此宫调式的特征很清晰，但5音出现时常为下滑音，仍不减凄苦色彩。

羽调式“哭歌”，音列为“♯4 3 2 1 6̣”，5音为♯4所代替。旋律进行有“2 ♯4 3”“2 1 6̣”“3 2 1 ”“6̣ 1 2 ”，骨干音为“3、2”，是明显的小调。

其之“歌腔”基本上是羽调式，多数的音列是：“6̣ 1 2 3 5”；部分大歌扩展为“6̣ 1 2 3 5 6 1̇”；这是传统侗戏音乐多种最宽的音域。旋律进行有：“5 6 1̇”“6 5 3”“5 1̇ 6 ”“2 1 6̣”“3 2 1 ”“5 6 2 ”“2 3 5 ”“5 2 3 ”“1 2 5 ”“1 6̣ 2 ”“5 3 1 ”等，特性进行是“2 1 6̣”，骨干音是“3 2 1”，具有我国民歌一般羽调式的特征，小调性不明显。

（四）侗戏演唱特点

侗戏除歌腔中个别地区的琵琶歌用小嗓演唱以保持歌曲特色外，所有腔类均用本嗓演唱。

侗戏演出的场合有鼓楼里，有在寨内戏台上，场地均不甚开阔，演唱的声音无须传得很远；加上侗族人民性格内向，日常生活的语调均较柔和，所以演唱时鼻腔共鸣使用较重，近似于哼唱，声音靠前不追究音量而讲究甜润和韵味。侗戏唱腔音域均较窄，常用音区是中音区一个六度内，韵味的体现主要在润腔上。

润腔的特点是装饰音，下滑音以及和在使用颤音时是比较频繁的，“$^{3}5$ $^{2}5$ $^{1}3$ $^{2}3$ $^{2}3$ $^{5}3$ $^{5}3$ $^{3}2$ $^{1}2$ $^{23}2$ $^{12}1$ $^{1}6̣$”等等，几乎每个腔句都可见到若干处；在每句句尾往往出现三度下滑收煞。如“3 2 1 6”“5 3”等；在“哭腔”、琵琶歌中还可以见到由“5 4 3”这样非音阶进行式的下滑。

“平腔”节奏的安排多为前紧后松，一个腔句前面的腔节几乎一字一音一拍，而到句尾才伸开，如：“3̇ 2̇ 6 2̇ 3̇ $^{1̇}$3̇ $^{1̇}$3̇ 3̇ 1̇ 6 3̇ 2̇ 1̇ –”

早 晚 唠 叨 实 在 挺 讨 啊 厌 欧

这就要求演唱者将每个字真切而有弹性地送出去，语助词“欧”则要渐渐收拢，形成起伏。

（五）侗戏乐队

1. 乐队

民间侗戏班的乐队，由五至七人组成。二胡两把。大小锣、大小钹、鼓各一，乐队由善拉二胡的琴师负责。近年来，侗族乐器果给、侗笛、琵琶和外来乐器横笛、手风琴、电子琴也进入了民间侗戏的伴奏乐队。

半专业乐队，有的仍以二胡为主奏乐器，有的改用改良果给为主奏乐器。高音乐器有：笛子、高胡、改良果给等；中音乐器有：二胡、扬琴、琵琶、手风琴等；低音乐器有：大胡、大提琴等。有的乐队加进了铜管乐器和电子乐器。

2. 乐器

【二胡】拉弦乐器，侗语叫“颜”（yeenp），定弦为“5̣\\2”“6̣\\3”“2\\6”三种。解放前系民间自己制作，解放后多购乐器厂产品。

【果给】侗族拉弦乐器，侗语叫“果给”（oh is），又译作“牛腿琴”。分小果给和中果给两种。琴身一般 50 公分左右，整木制作，分“琴头”（包括轴槽）、“琴颈”和“琴盆”三个部分。琴盆为弧形槽，蒙上薄面板，开一小孔，外插音柱，张二弦（早期为垒弦，近代改用金属弦）。以琴颈为指板，五度定弦，常见的有“5\\2”和“2\\6”。用马尾（或棕丝）弓拉奏。弓在琴弦外方运行。执弓多为二胡执弓法，也有拳握（近似小提琴执弓法），演奏时，将琴盆尾端顶在左上胸处。左手执琴按弦，右手运弓拉奏，拉平行五度的双音为多、一般只用一个把位。音域约一个八度。果给多用于琵琶歌或叙事歌以及侗“君”的伴奏。

【琵琶】侗族弹拨乐器，侗语叫“必巴”（bic bac）。木质结构，分大、中、小三种。琴身分为“琴头”“琴颈”“琴盆”三个部分。琵琶形制有多种，琴盆（琴箱）有圆形、长方形、倒置桃形等；琴头有直有弯，弯的较多见；以琴颈为指板，有的置两个品位，有的无品位。上置三至五个琴品，张牛筋弦、丝弦或金属弦。用牛角或竹制尼子弹奏。演奏时将琴盆尾端顶在右腿跟，与腹部紧贴，琴弦左斜。左手持琴按弦，右手持拨弹奏。一般定弦：置三弦的为“5̣ 6̣ 3”，置四弦的为“5̣ 6̣ 6̣ 3”；置五弦的为“5̣ 6̣ 6̣ 3 3”，唯有黎平洪州平架一带的小琵琶定弦为“5̣ 6̣ 6̣”，形制也与其他地区不同，近似于中果给。

中、小琵琶一般用于抒情琵琶歌的伴奏，大琵琶多用作叙事琵琶歌或侗族说唱的伴奏。侗戏凡用到琵琶歌的腔，琵琶就作为色彩乐器使用。多为台上演员自弹，有时也用作乐队伴奏。

【侗笛】侗族吹奏乐器，侗语叫“济侗”（jigc dongc），竹制，上端等开竹皮，两侧用细竹条垫高并用竹篾缠绕固定，距上端吹嘴五公分处开一哨孔，将竹片夹在哨孔下端形成簧哨。全长约30—40公分，直吹，管身开六个音孔。吹奏时可用鼻循环唤起（用鼻吸气，用口呼气），使音色连绵不断。侗笛一般为笛子伴奏，侗戏亦用色彩乐器或伴奏乐器。

【大锣】、【小锣】、【钹】、【鼓】等打击乐器多购置国家乐器厂产品。

3. 侗戏的伴奏特点

民间业余乐队伴奏侗戏，以齐奏为主。演员唱“平腔”时，有的地区跟腔伴奏；有的地区不跟腔伴奏。乐队在演员唱到每句唱词的末字加入，只要过门。

“歌腔”中其他各种，由于来源于样式各异，一般都不用伴奏，个别的由台上演员自己弹奏，有的乐队伴奏。“客家腔”的伴奏也和“平腔”一样。新创的唱腔一般都采取跟腔伴奏。半专业乐队伴奏侗戏，都按简单的配器进行适当分工。另外，民间侗戏班男女生同调演唱，而男女声音区不同，有的按同调音高无法唱，就出现了高拉低唱或低拉高唱的现象。

三、侗戏音乐选例

（一）唱腔选段：传统部分（平腔）

［平板］谱例1：

扶妹上鞍郎南行

（选自《梅良玉》良玉唱段）

1=G $\frac{2}{4}$ $\frac{3}{4}$　　　　吴显明　演唱

♩=　　　　谌贻佑　普　虹　记录

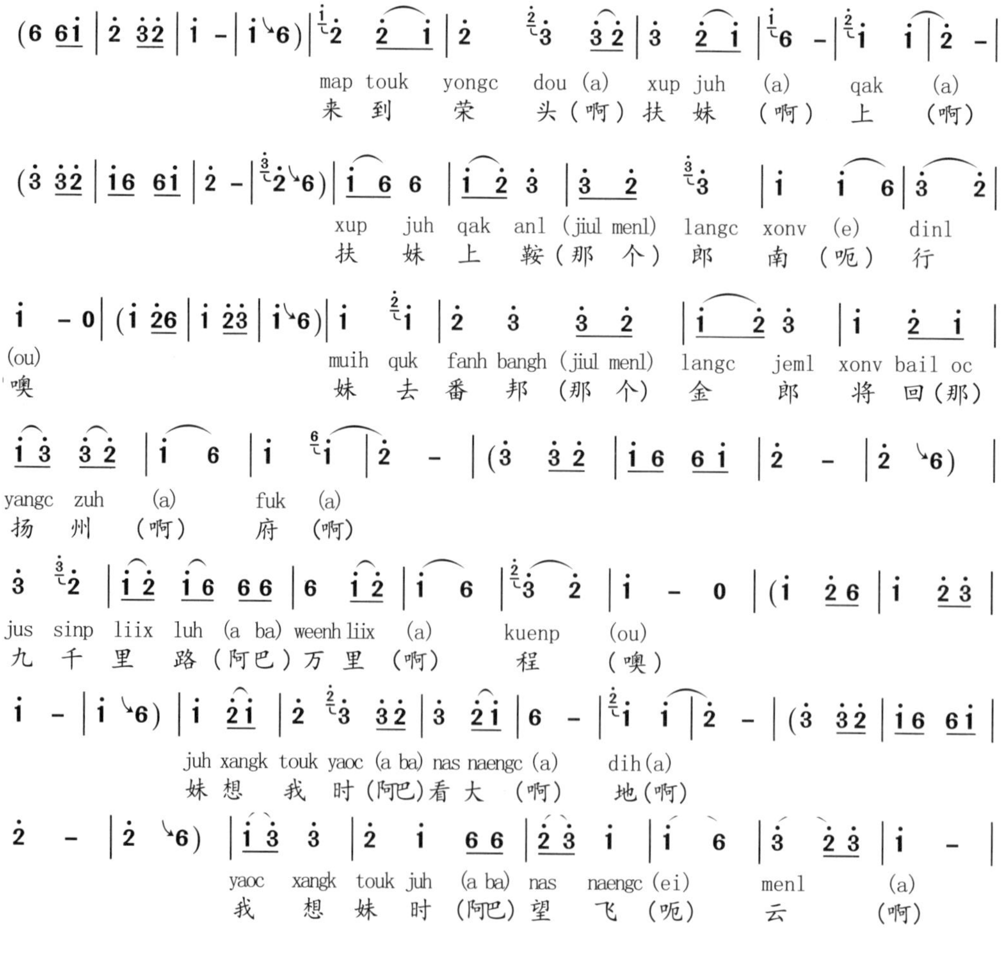

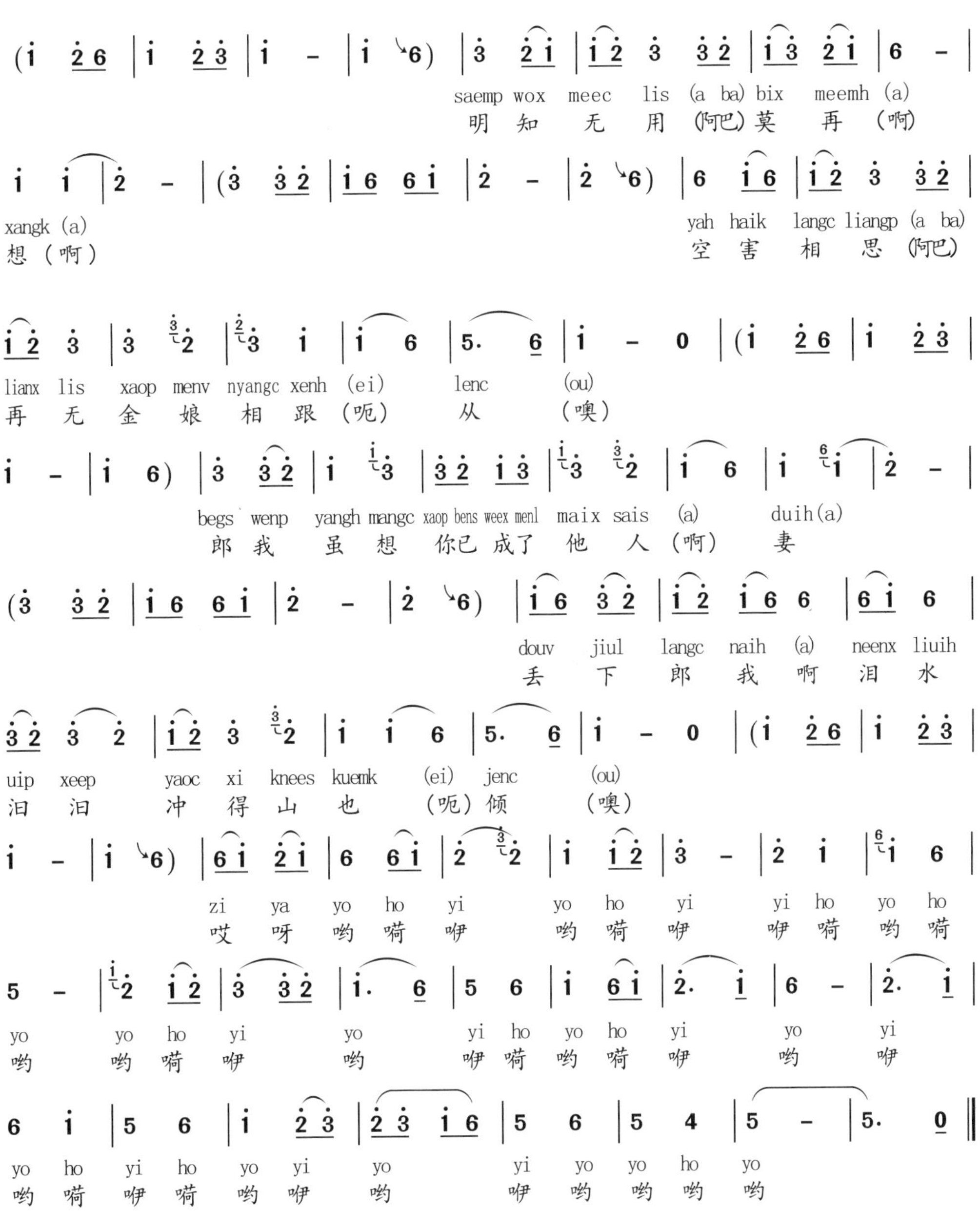

说明：此唱腔流行于侗戏始祖吴文彩家乡黎平腊洞。表现梅良玉送杏元到边关，即将分别时依依不舍的心情。

[平板]谱例2：

抬脚出门信步行

（选自《李旦凤姣》凤姣唱段）

1=$\frac{2}{4}$ $\frac{3}{8}$ $\frac{3}{4}$

♩=

吴玉莲　演唱

家　浚　士　良　记录

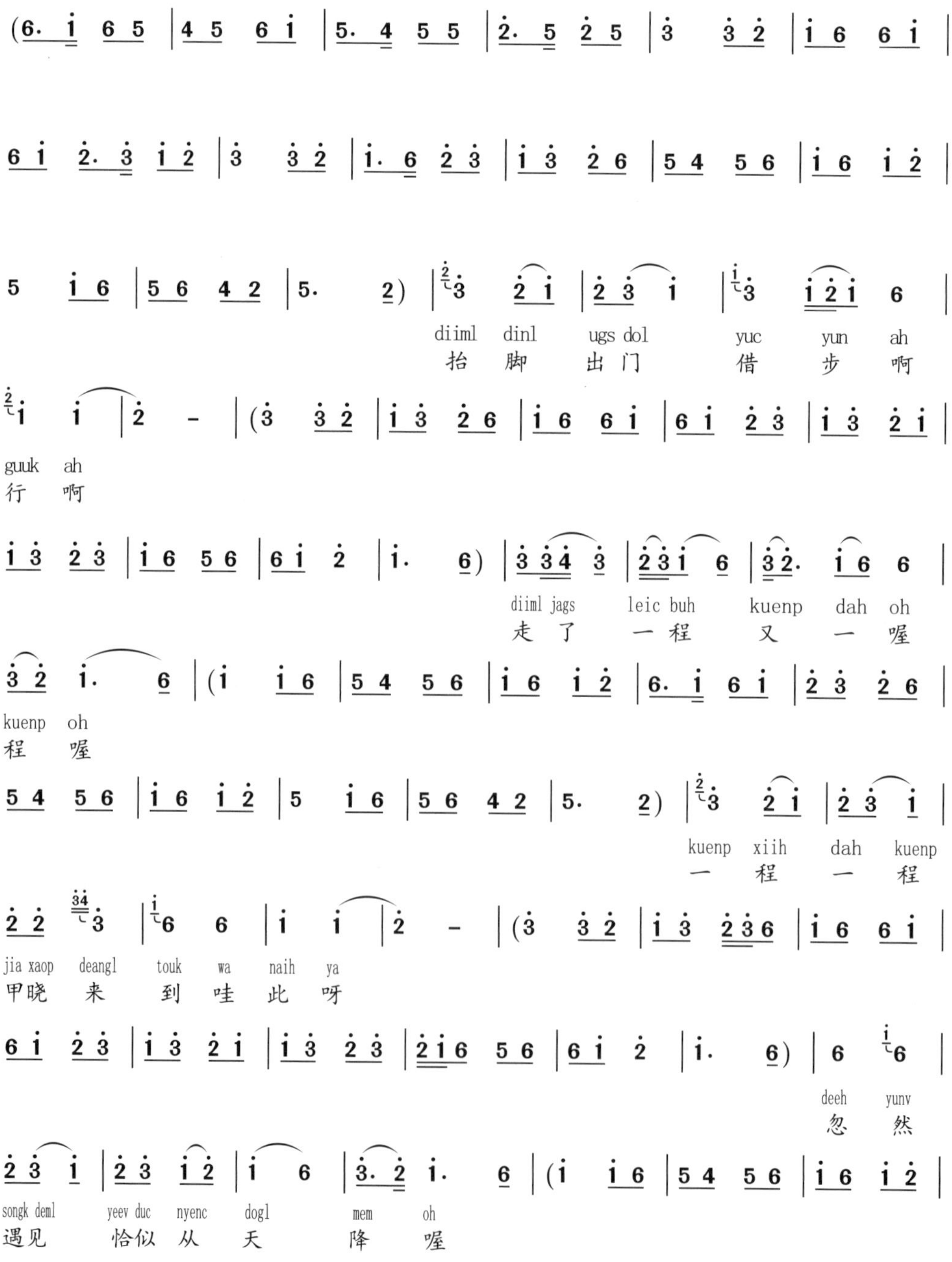

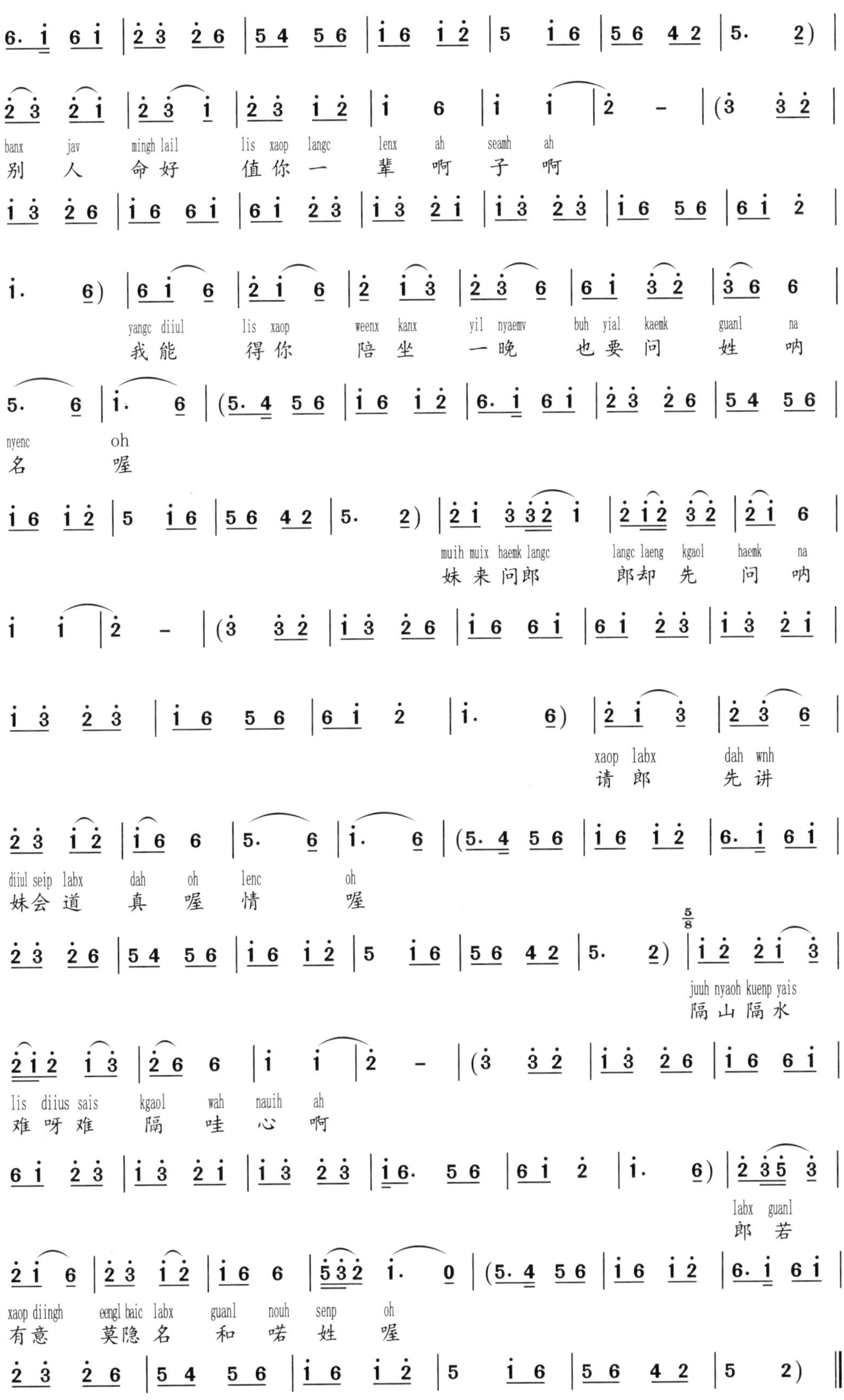
banx jav mingh lail lis xaop langc lenx ah seamh ah
别 人 命好 值你一 辈 啊 子 啊
yangc diiul lis xaop weenx kanx yil nyaemv buh yial kaemk guanl na
我能 得你 陪坐 一晚 也要问 姓 呐
nyenc oh
名 喔
muih muix haemk langc langc laeng kgaol haemk na
妹来问郎 郎却 先 问 呐
xaop labx dah wnh
请 郎 先讲
diiul seip labx dah oh lenc oh
妹会 道 真 喔 情 喔
5/8
juuh nyaoh kuenp yais
隔山隔水
lis diius sais kgaol wah nauih ah
难呀难 隔 哇 心 啊
labx guanl
郎 若
xaop diingh eengl baic labx guanl nouh senp oh
有意 莫隐 名 和 喏 姓 喔

说明：本曲是黎平三龙的［平腔］。演唱者吴玉莲。生于1956年，三龙人，从小喜爱唱侗歌演侗戏，曾在《金汉》《梅良玉》《凤姣李旦》等十余个剧目中担任主演，1975年参加黎平县文工队，1978年调黔东南州歌舞团。1976—1988年曾先后两次随团至法、意、匈、奥等国演出，担任侗族大歌领唱。由于较长地受过专业熏陶，气息控制较好，声音响亮而有弹性，既不失传统唱法的柔润、又柔中有刚，能适应剧场的演出。

［平板］谱例3：

腿熟绑带脚熟鞋

（选自《朱砂记》中武婴唱段）

1=$\frac{2}{4}$ $\frac{3}{4}$ $\frac{6}{8}$

♩=

吴玉莲　演唱
家　浚　记录
吴永英　记侗文
吴定国　译词

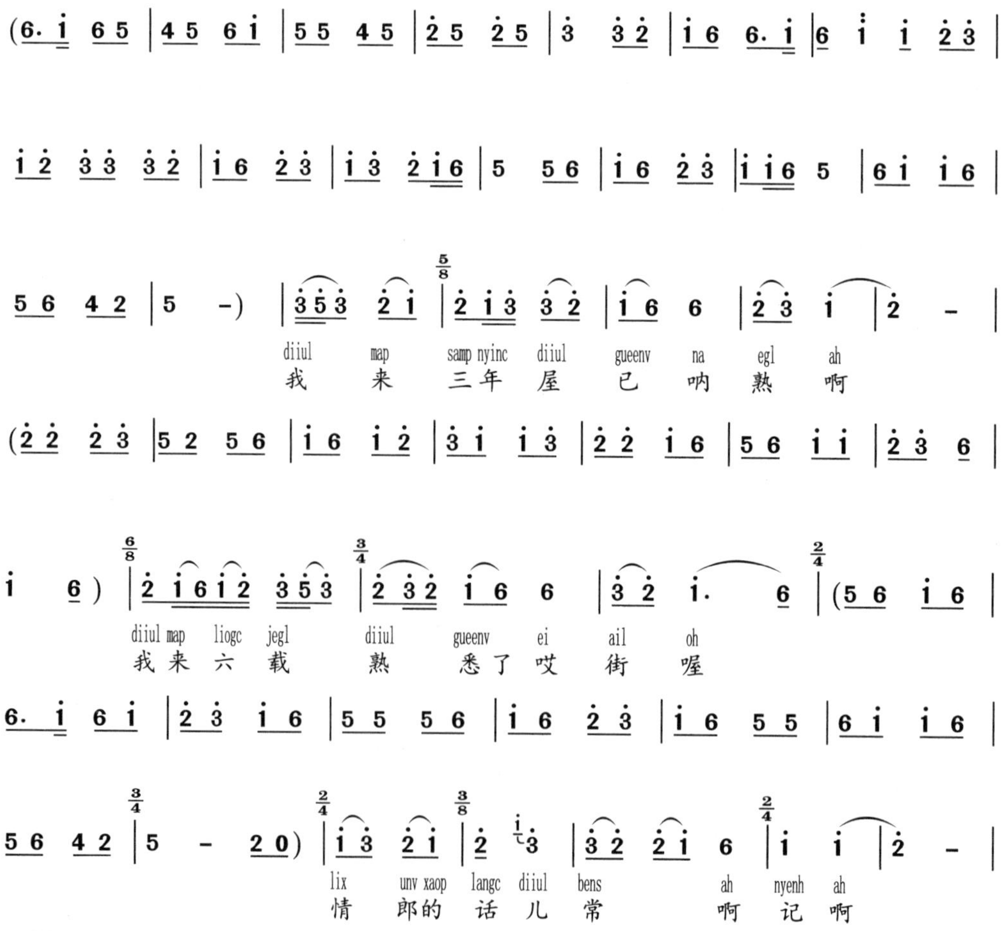

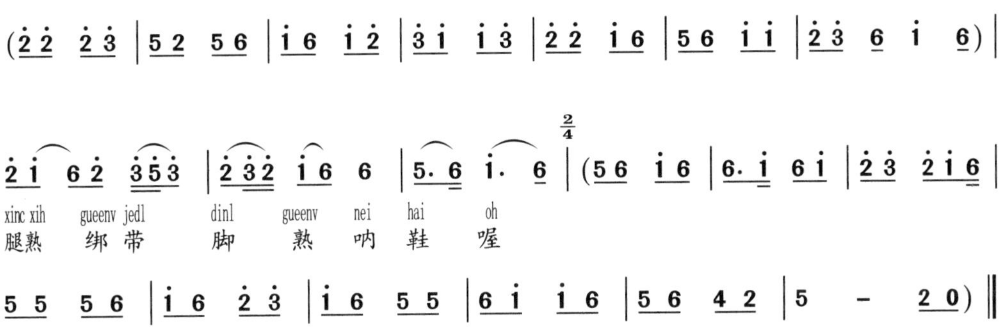

说明：词曲系《朱砂记》第八场武婴上场时所唱，由黎平县三龙传至潘老，在潘老记录。

[平板]谱例4：

晚辈未到贵家门

（选自《珠郎娘美》珠郎唱段）

1=$^{\sharp}$F $\frac{2}{4}$ $\frac{3}{4}$

碑　云　演唱

谌贻佑　普　虹　记录

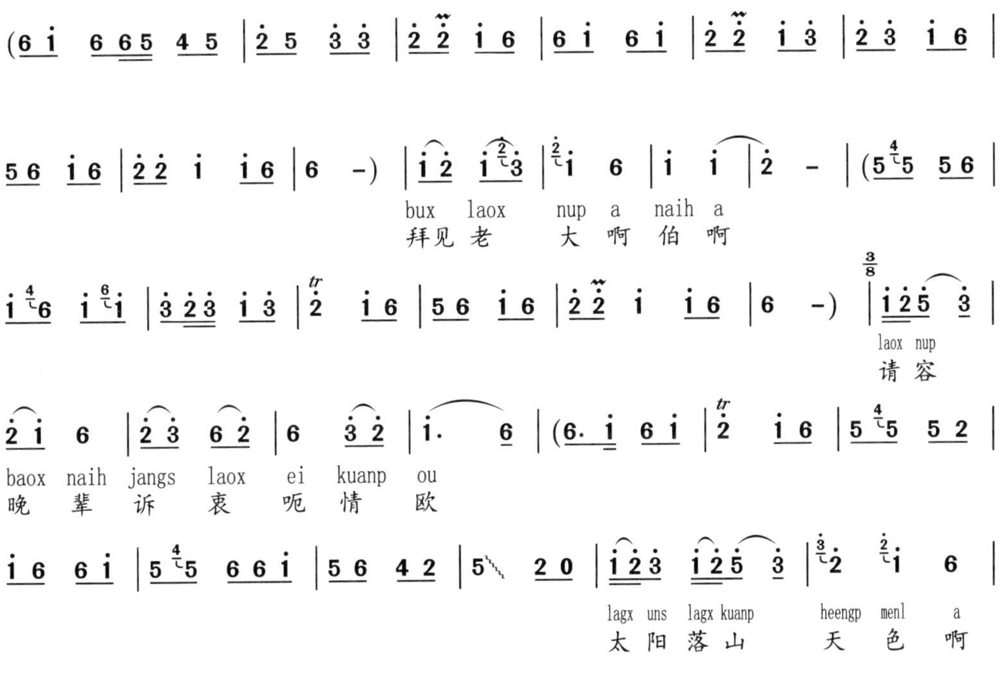

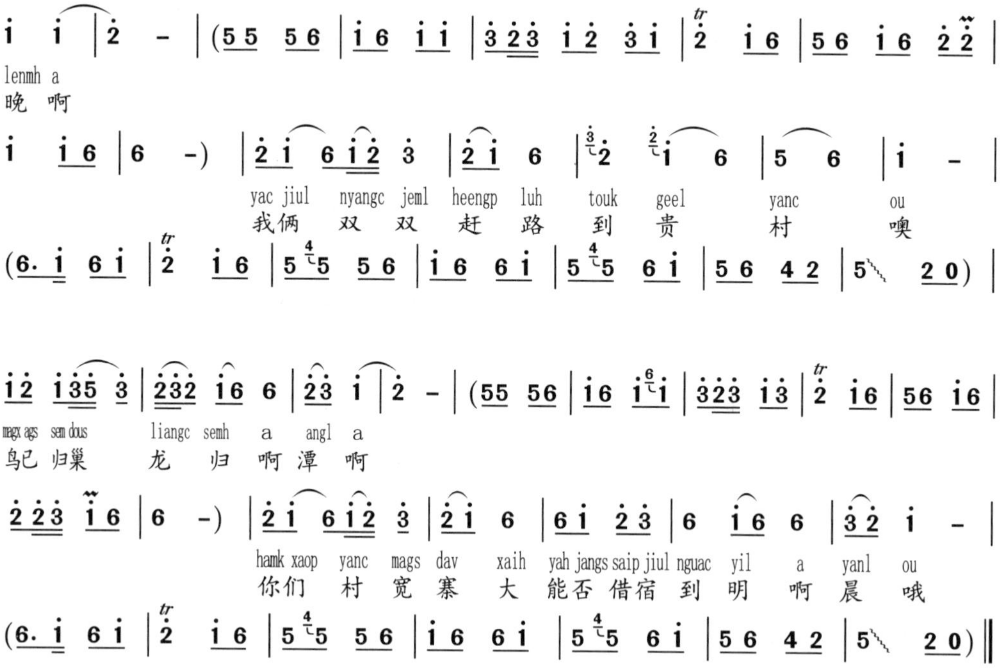

说明：珠郎、娘美私奔离开三宝，到一大寨子投宿。此唱段出于黎平寨麦。

[**平板**] **谱例** 5:

巧遇

（选自《芒岁流美》芒岁唱段）

1=G $\frac{2}{4}$ $\frac{3}{4}$

杨老益　演唱

谌贻佑　普　虹　记录

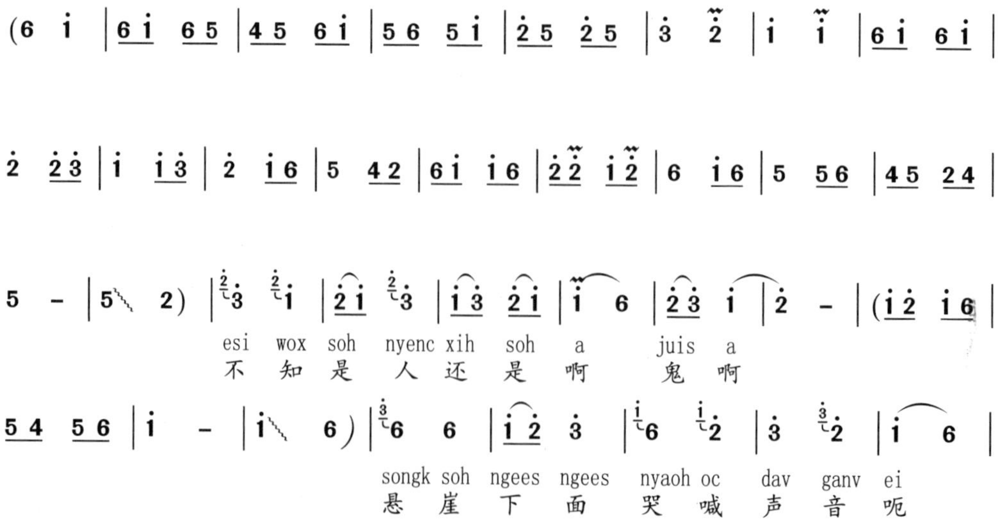

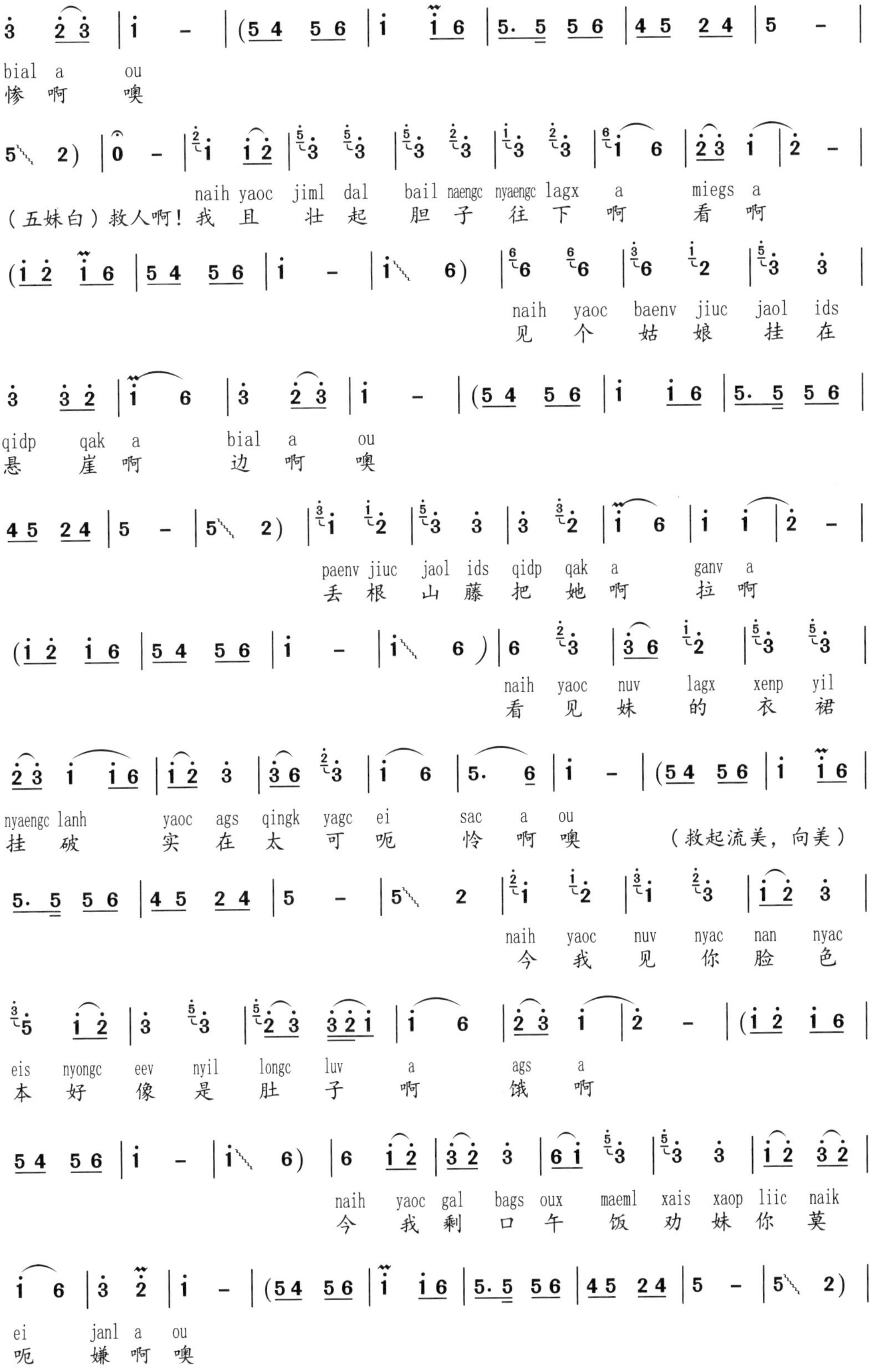
bial a ou
惨 啊 噢
naih yaoc jiml dal bail naengc nyaengc lagx a miegs a
（五妹白）救人啊！我 且 壮 起 胆 子 往 下 啊 看 啊
naih yaoc baenv jiuc jaol ids
见 个 姑 娘 挂 在
qidp qak a bial a ou
悬 崖 啊 边 啊 噢
paenv jiuc jaol ids qidp qak a ganv a
丢 根 山 藤 把 她 啊 拉 啊
naih yaoc nuv lagx xenp yil
看 见 妹 的 衣 裙
nyaengc lanh yaoc ags qingk yagc ei sac a ou
挂 破 实 在 太 可 呃 怜 啊 噢
（救起流美，向美）
naih yaoc nuv nyac nan nyac
今 我 见 你 脸 色
eis nyongc eev nyil longc luv a ags a
本 好 像 是 肚 子 啊 饿 啊
naih yaoc gal bags oux maeml xais xaop liic naik
今 我 剩 口 午 饭 劝 妹 你 莫
ei janl a ou
呃 嫌 啊 噢

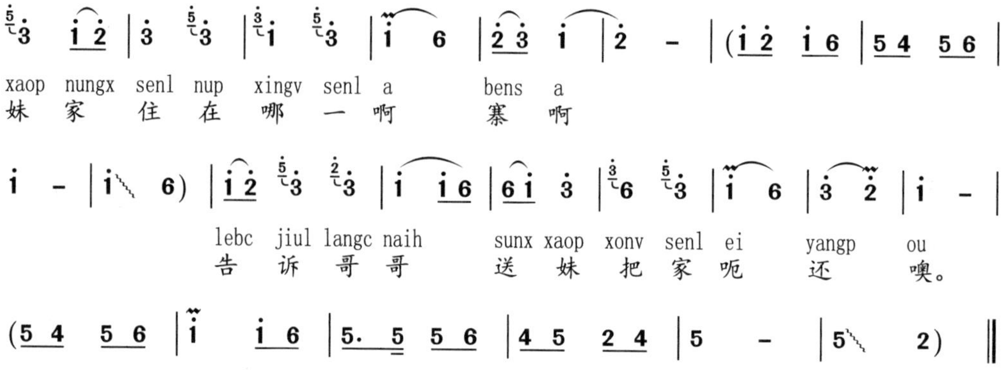

说明：这是黎平县述洞的“平腔”。芒岁寻鹞，突遇流美坠崖，将流美救起前所唱。

谱例6：

你要问我名和姓

（选自《许娇青》许娇青唱段）

1= 2/4 3/4

吴代云　演唱
吴远隆　记谱
吴定国　译词

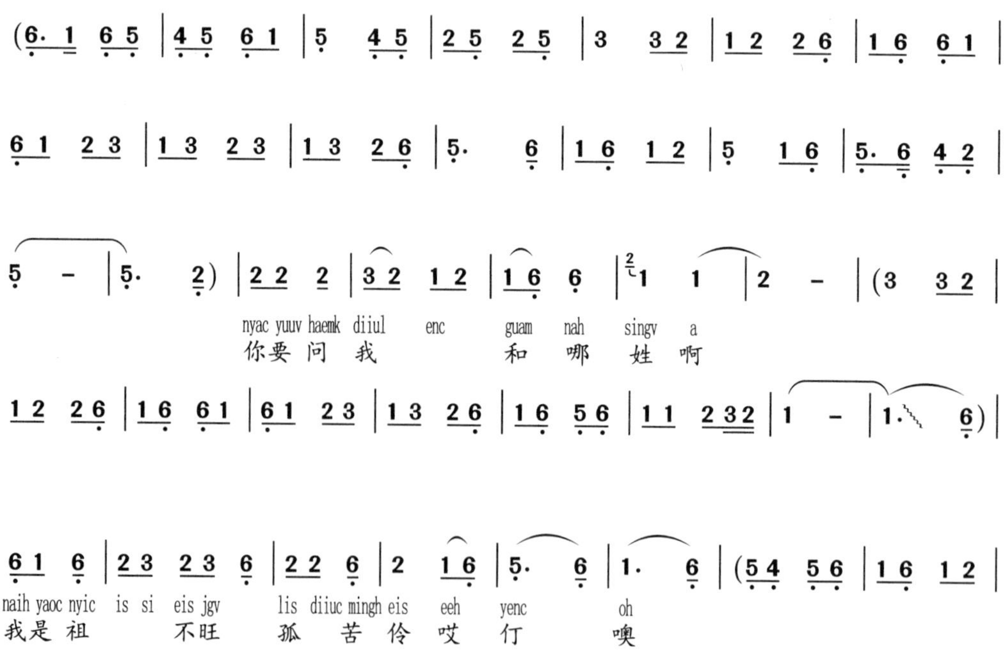

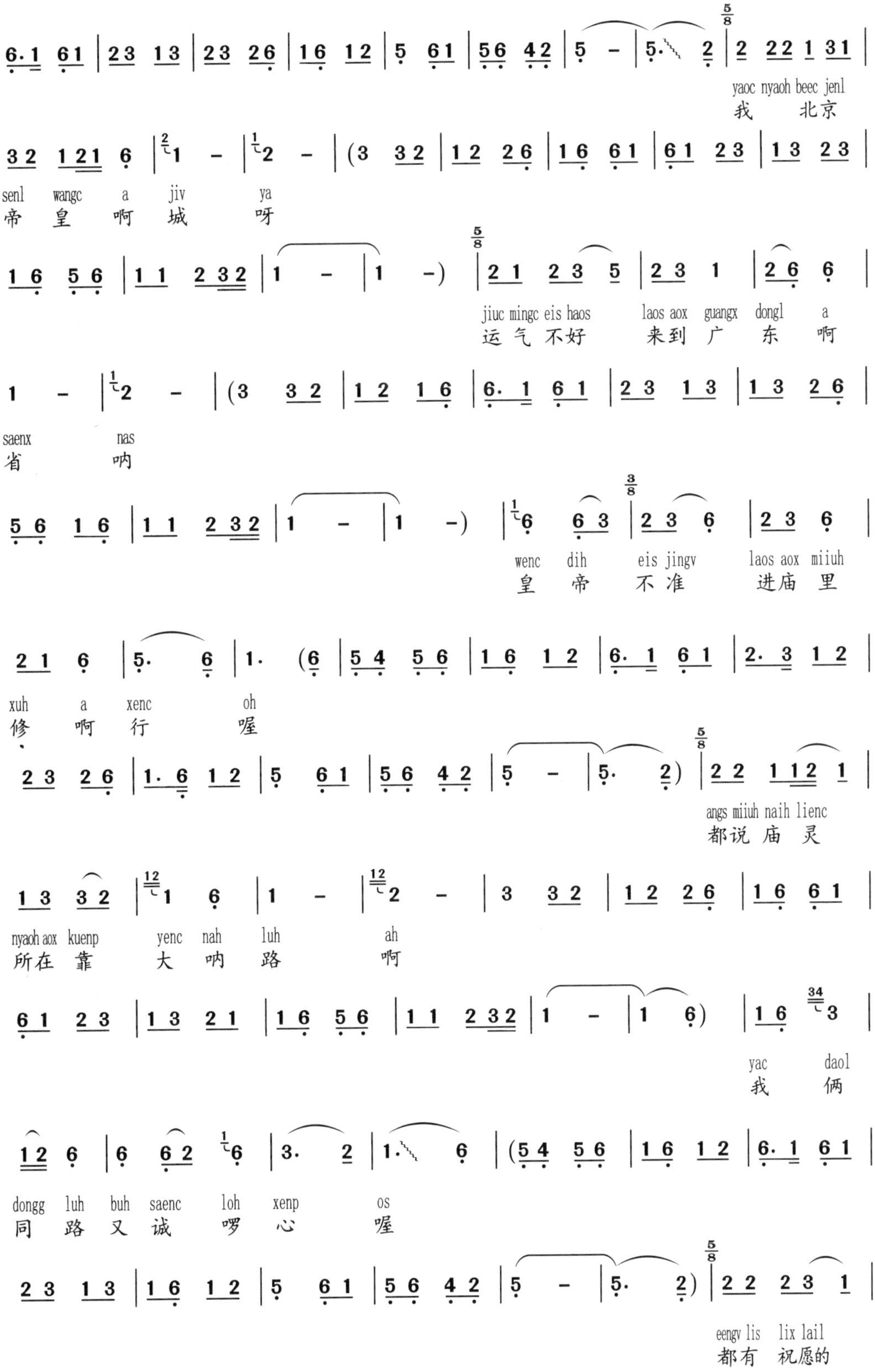
yaoc nyaoh beec jenl
我 北京
senl wangc a jiv ya
帝 皇 啊 城 呀
jiuc mingc eis haos laos aox guangx dongl a
运气不好 来到 广 东 啊
saenx nas
省 呐
wenc dih eis jingv laos aox miiuh
皇 帝 不准 进庙 里
xuh a xenc oh
修 啊 行 喔
angs miiuh naih lienc
都说 庙 灵
nyaoh aox kuenp yenc nah luh ah
所在 靠 大 呐 路 啊
yac daol
我 俩
dongg luh buh saenc loh xenp os
同 路 又 诚 啰 心 喔
eengv lis lix lail
都有 祝愿的

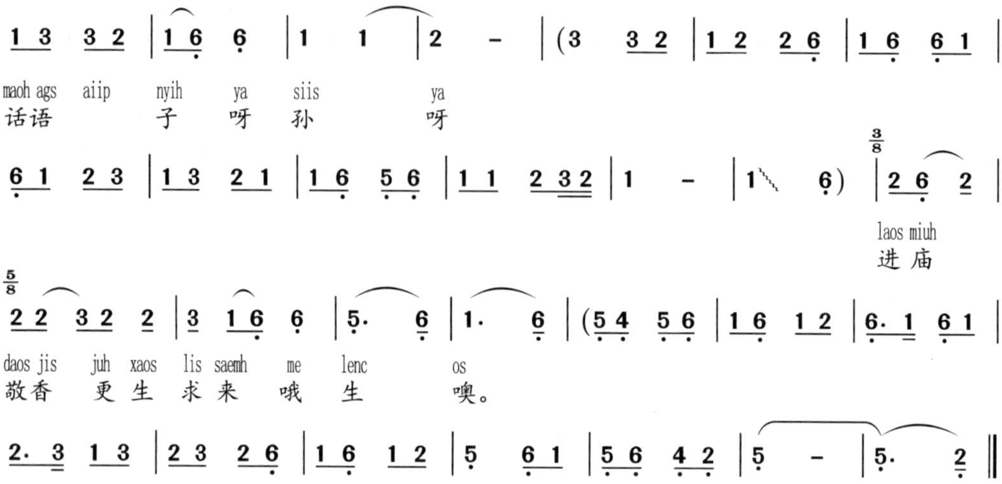

说明：词曲记录黎平佳所，但演唱者系三龙人，为三龙［平板］。

谱例7：

得奶相帮我才闲

（选自《三媳妇争奶》大媳妇唱段）

1=F $\frac{2}{4}$

杨　应　香演唱
谌贻佑、普　虹记录

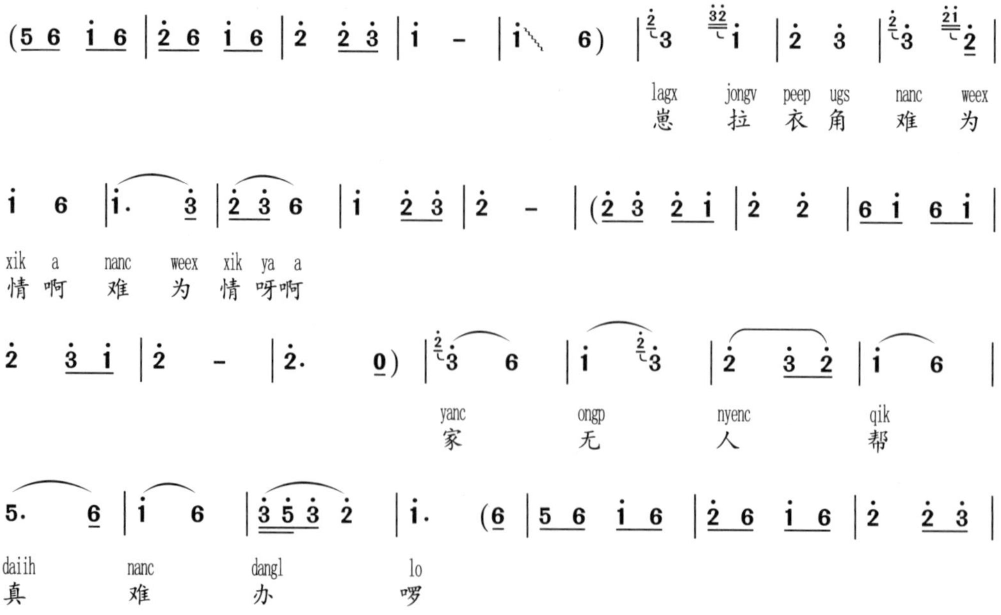

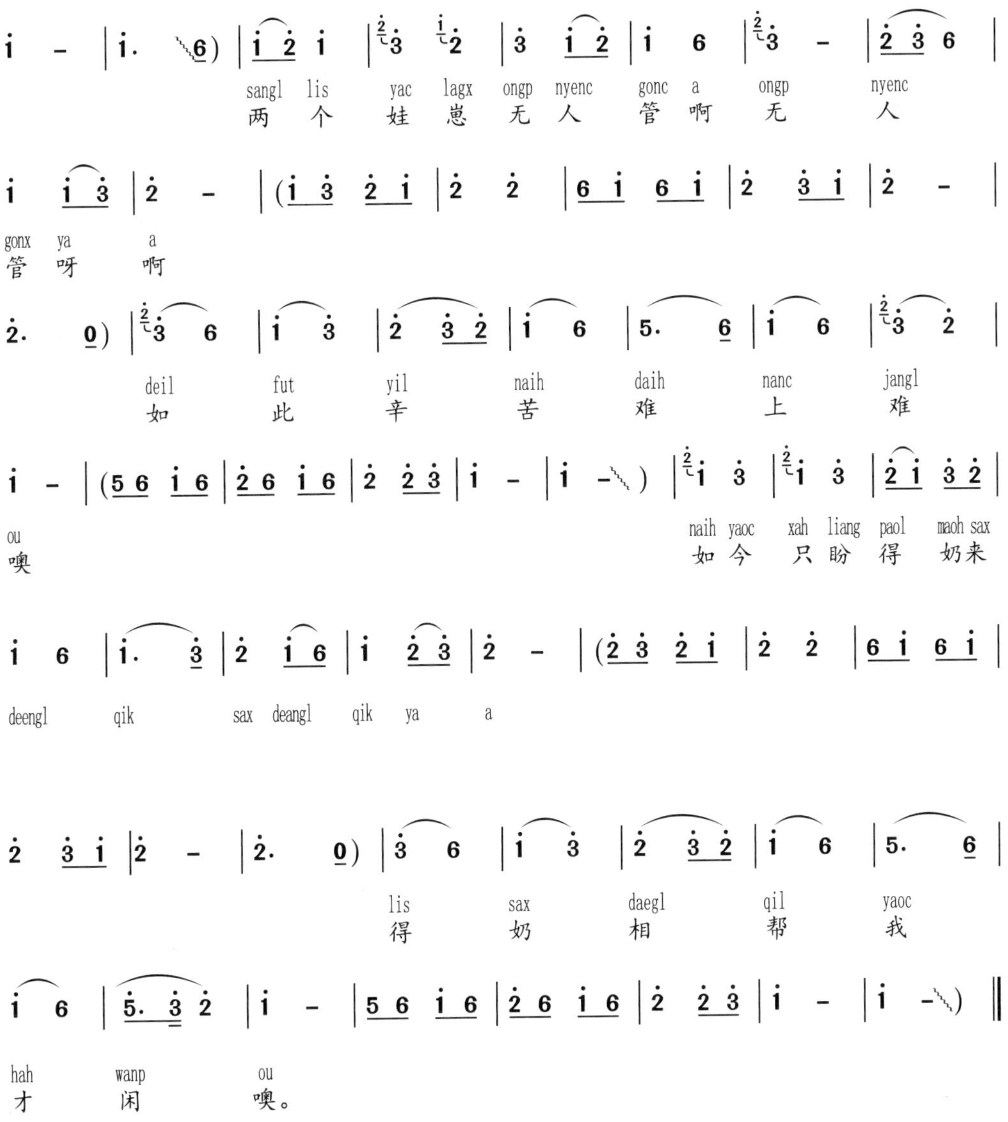

说明：此唱腔是黎平县高近侗戏对传统唱腔的变化处理，上句分为两个腔节，第八腔节节奏较紧，基本上仍为八字八音，第二腔节则展开成一小节八字；上句过门也改成了与唱腔同八落音。唱段表现剧中大媳妇要得奶的心理活动。

谱例8:

奶奶帮嫂难答应

（选自《三媳妇争妈》小媳妇唱段）

1=F $\frac{2}{4}$

阳　光　芝演唱
谌贻佑、普　虹记录

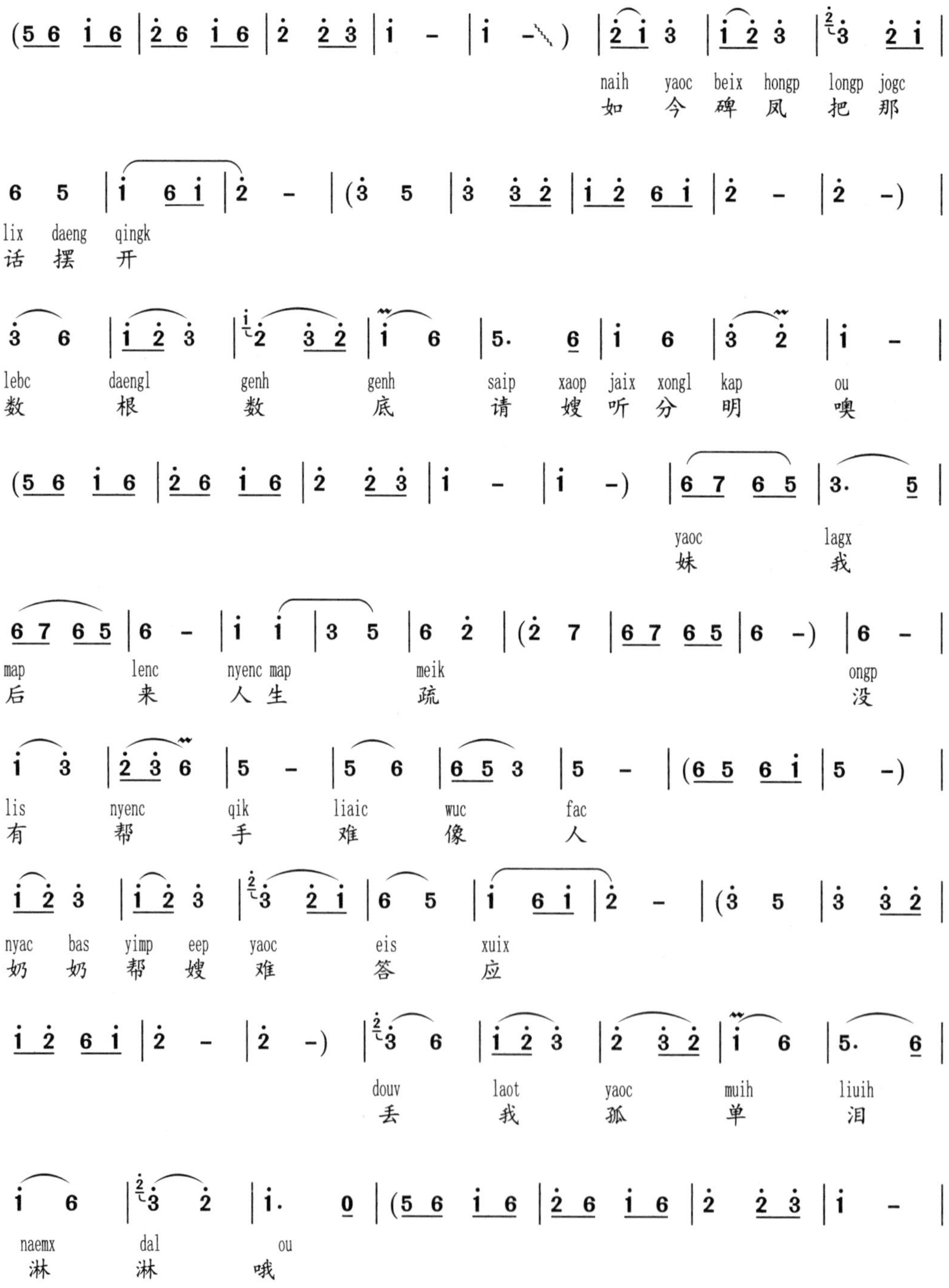

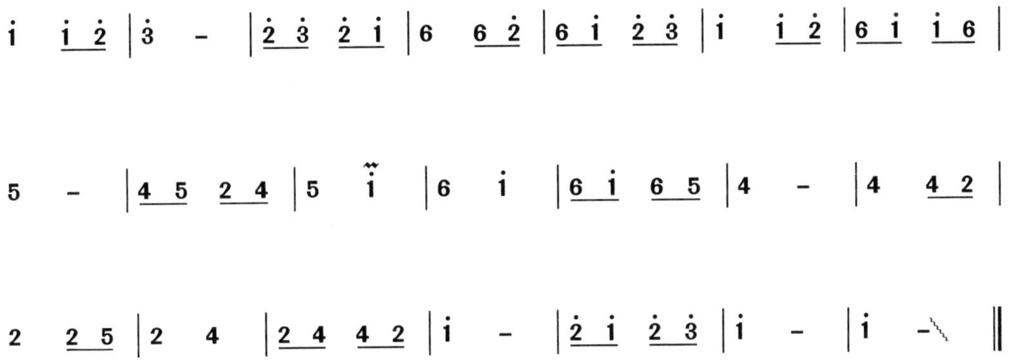

说明：此唱腔也是黎平高近对传统的发展，在两段传统唱腔中间，插入两个新的腔句，结尾将［哟荷依］的衬词去掉，只用乐器演奏，为中小媳妇与大嫂争着要奶陈述理由时唱。

谱例9：

约郎饮血盟誓

（选自《珠郎娘美》娘美唱段）

1=F 2/4 3/4 3/8 6/8

吴永英演唱
吴定国译词
家　浚记录

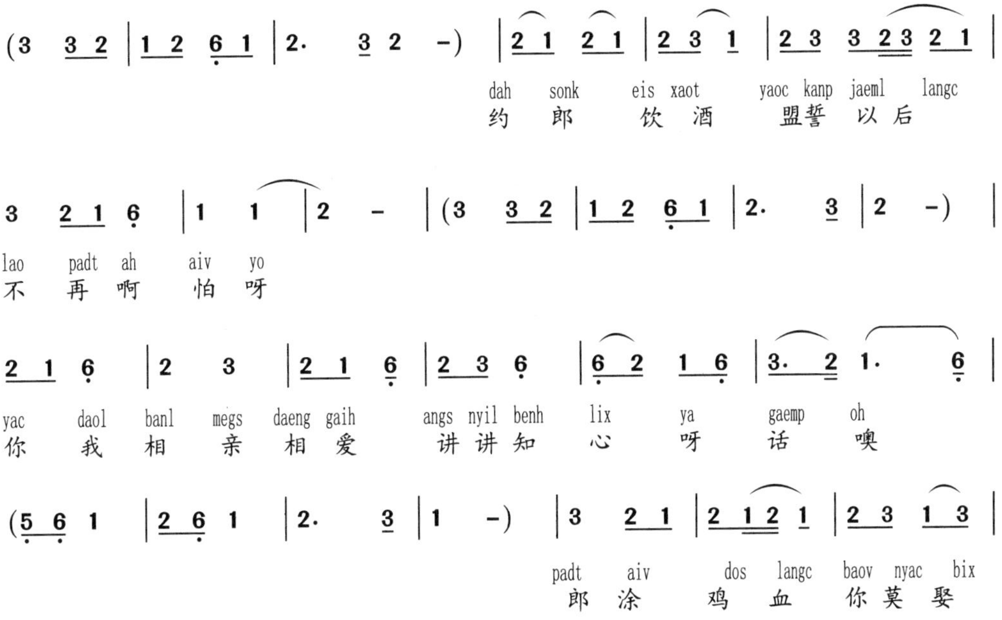

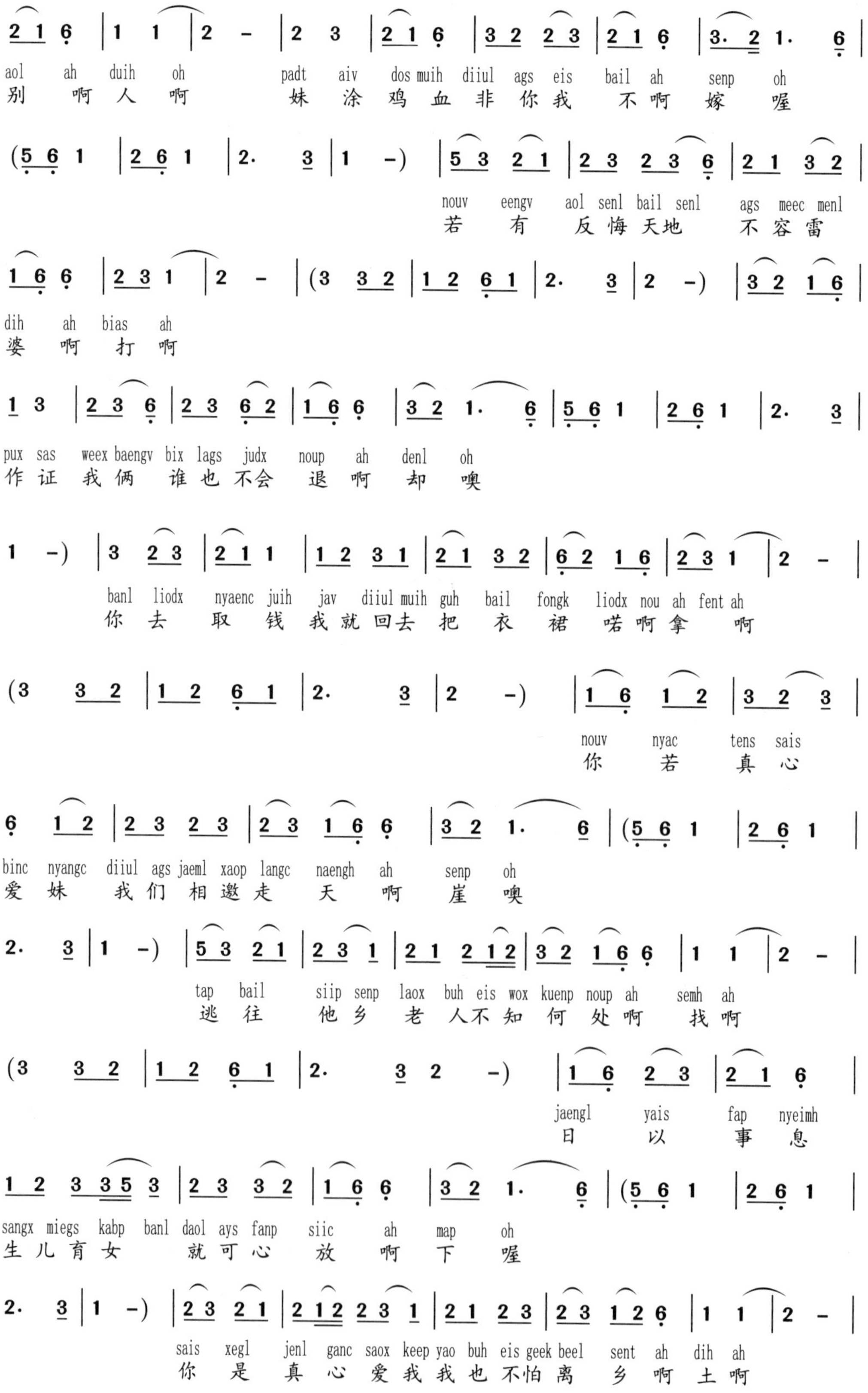
aol ah duih oh padt aiv dos muih diiul ags eis bail ah senp oh
别 啊 人 啊 妹 涂 鸡 血 非 你 我 不 啊 嫁 喔
nouv eengv aol senl bail senl ags meec menl
若 有 反 悔 天 地 不 容 雷
dih ah bias ah
婆 啊 打 啊
pux sas weex baengv bix lags judx noup ah denl oh
作 证 我 俩 谁 也 不 会 退 啊 却 噢
banl liodx nyaenc juih jav diiul muih guh bail fongk liodx nou ah fent ah
你 去 取 钱 我 就 回 去 把 衣 裙 喏 啊 拿 啊
nouv nyac tens sais
你 若 真 心
binc nyangc diiul ags jaeml xaop langc naengh ah senp oh
爱 妹 我 们 相 邀 走 天 啊 崖 噢
tap bail siip senp laox buh eis wox kuenp noup ah semh ah
逃 往 他 乡 老 人 不 知 何 处 啊 找 啊
jaengl yais fap nyeimh
日 以 事 息
sangx miegs kabp banl daol ays fanp siic ah map oh
生 儿 育 女 就 可 心 放 啊 下 喔
sais xegl jenl ganc saox keep yao buh eis geek beel sent ah dih ah
你 是 真 心 爱 我 我 也 不 怕 离 乡 啊 土 啊

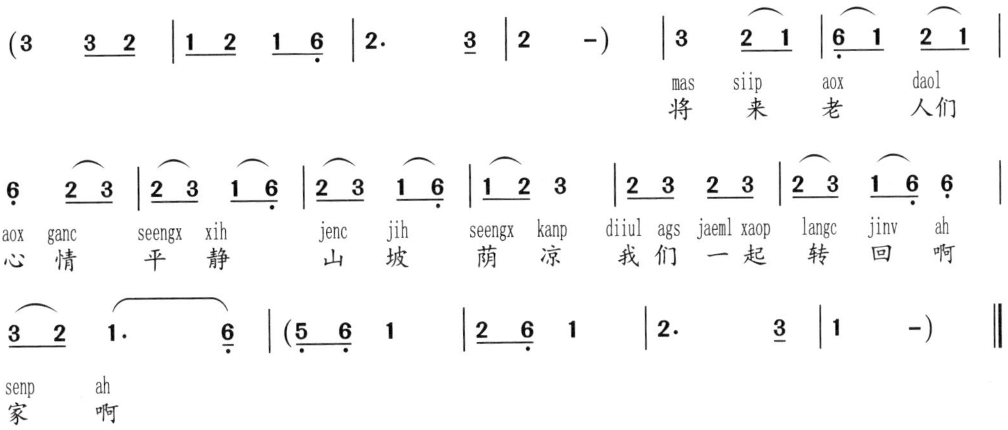

说明：本曲系剧中娘美下决心欲与珠郎同逃时唱。演唱者吴永英，黎平铜关人，生于一九六八年，小时即在家乡侗戏班演戏，曾主演过《珠郎娘美》《善郎娥妹》等剧，一九八七年参加工作，现为黎平民族文工队演员，音域宽、音色明亮、甜美，能吸收某些一般歌曲唱法的长处而不失传统唱法的装饰韵味，对本曲的处理，以坚定、刚强而显示其独到处。

谱例 10：

母亲你莫骂

（选自《珠郎娘美》娘美唱段）

1=F $\frac{2}{4}$ $\frac{3}{4}$

梁　碑　梅演唱
王承祖、普　虹记录

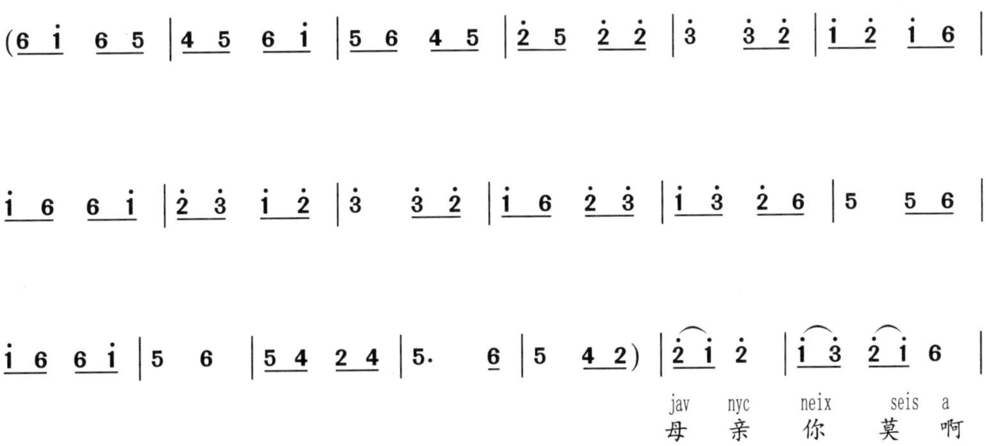

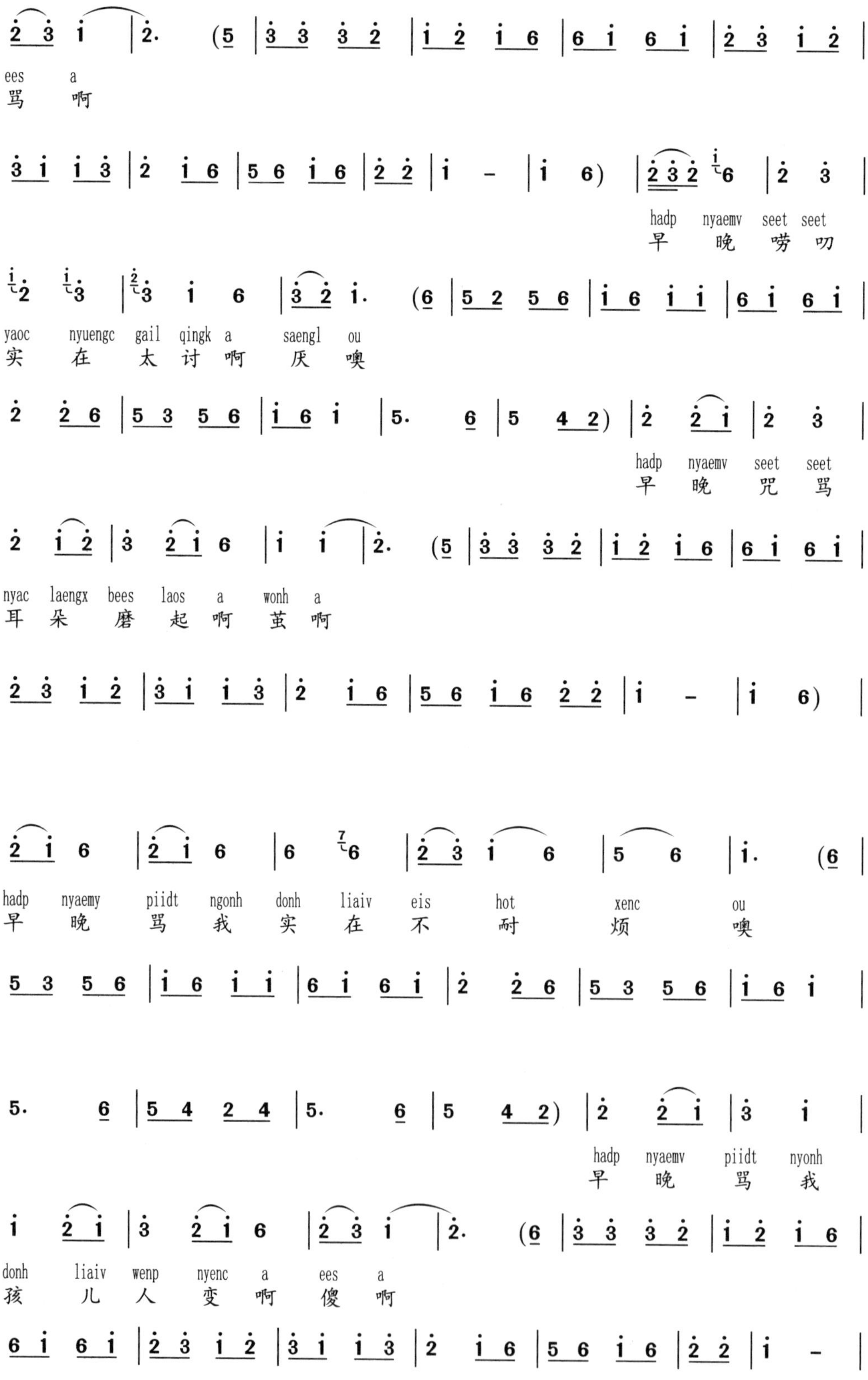
ees a
骂 啊
hadp nyaemv seet seet
早 晚 唠 叨
yaoc nyuengc gail qingk a saengl ou
实 在 太 讨 啊 厌 噢
hadp nyaemv seet seet
早 晚 咒 骂
nyac laengx bees laos a wonh a
耳 朵 磨 起 啊 茧 啊
hadp nyaemy piidt ngonh donh liaiv eis hot xenc ou
早 晚 骂 我 实 在 不 耐 烦 噢
hadp nyaemv piidt nyonh
早 晚 骂 我
donh liaiv wenp nyenc a ees a
孩 儿 人 变 啊 傻 啊

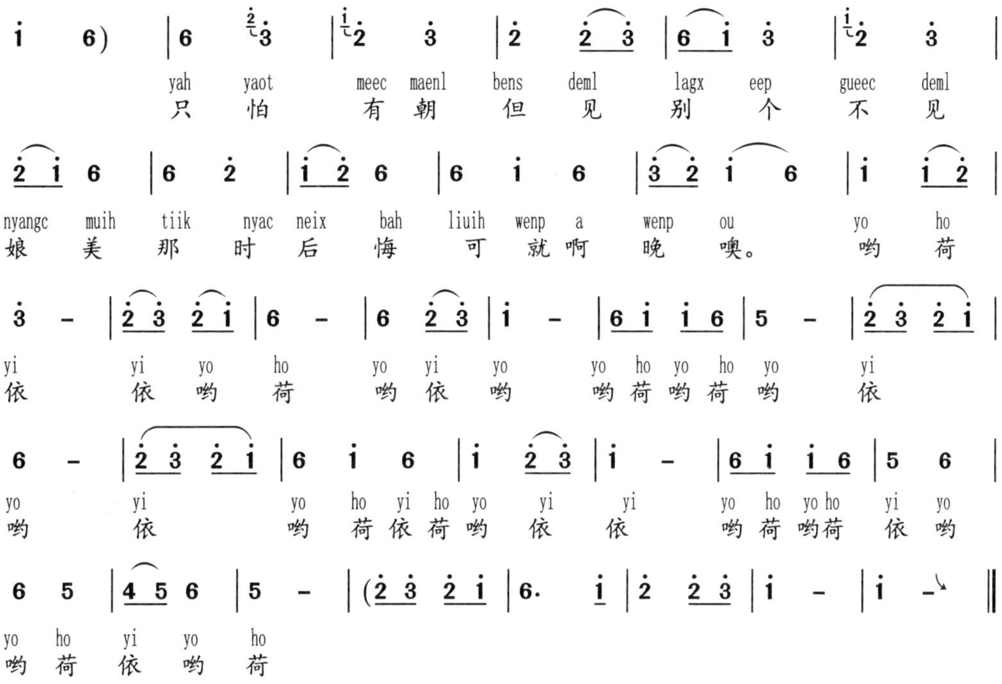

说明：此唱腔，流行于从江县龙图贯洞一带，戏中娘美反对父母包办婚姻，不愿嫁表哥，与母亲争执时唱。

谱例 11：

鲤鱼回头转大江

（选自《万宁》乃宁唱段）

1=G $\frac{2}{4}$ $\frac{3}{8}$ $\frac{3}{4}$

银　生演唱
普　虹记录

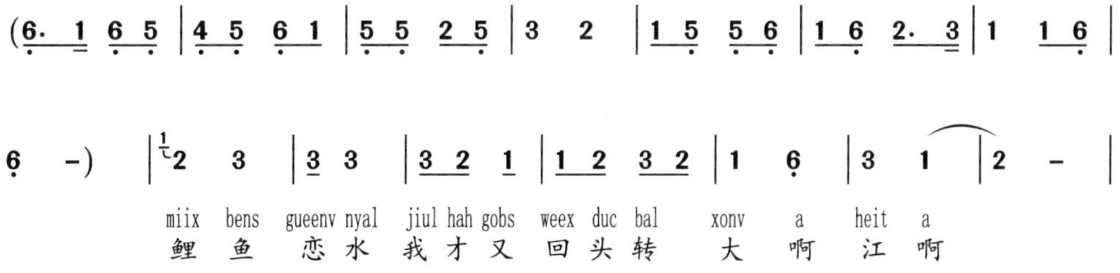

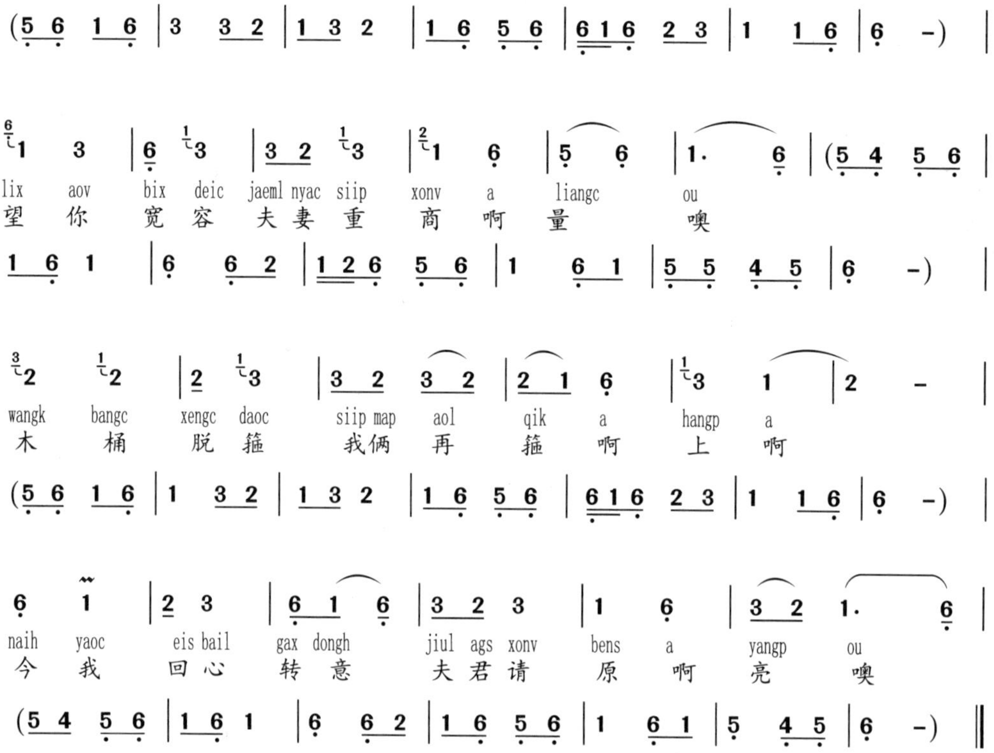

说明：这是从江小黄一带的平腔。乃宁离开捕宁家，在外面浪荡，走投无路，又回来求捕宁重新和好。上、下句过门均落在羽调上。

谱例 12：

雹落何处何处陷

（选自《乃宁》乃登、乃宁对唱）

1=G $\frac{2}{4}$ $\frac{3}{8}$ $\frac{3}{4}$

银　生、婢　菊演唱
普　　　　虹记录

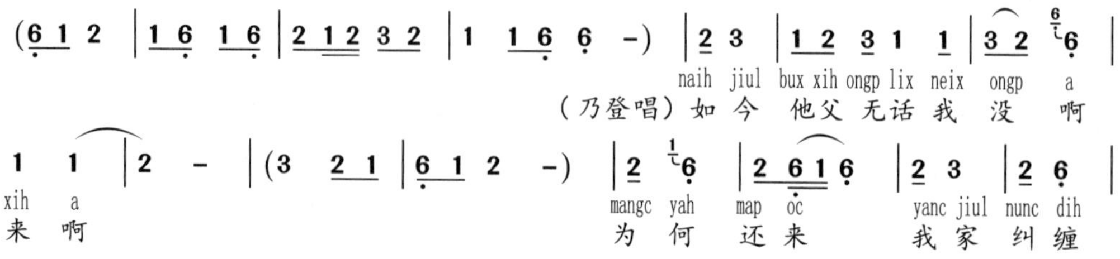

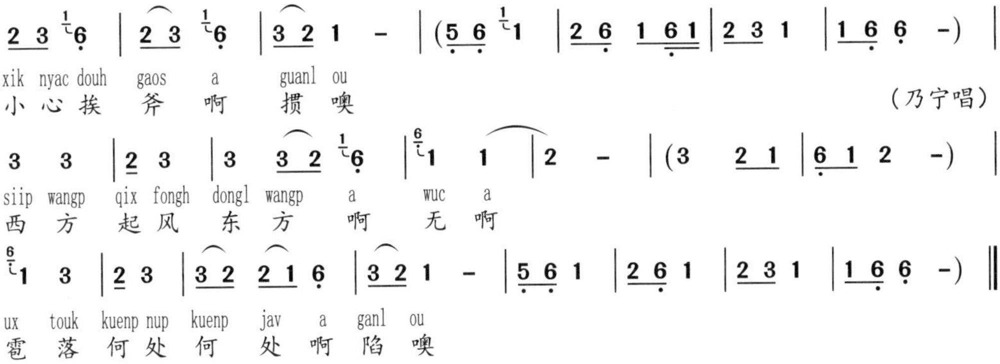

说明：这是从江小黄一带的平腔，乃登与捕登的情妇乃宁争吵，过门有所紧缩，以表现紧张的气氛。

谱例 13：

我俩同下峨眉山

（选自《白蛇传》白素贞、小青对唱）

1=G $\frac{2}{4}\frac{3}{8}\frac{3}{4}\frac{5}{8}\frac{7}{8}$

关婢海、石德婢演唱
石　廷　良词
家　浚　埌记录

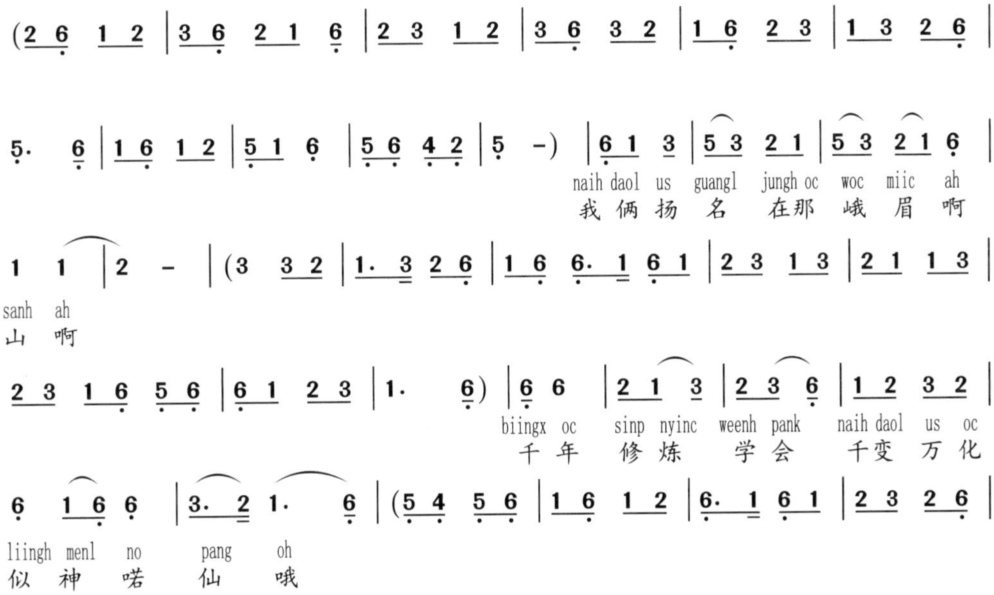

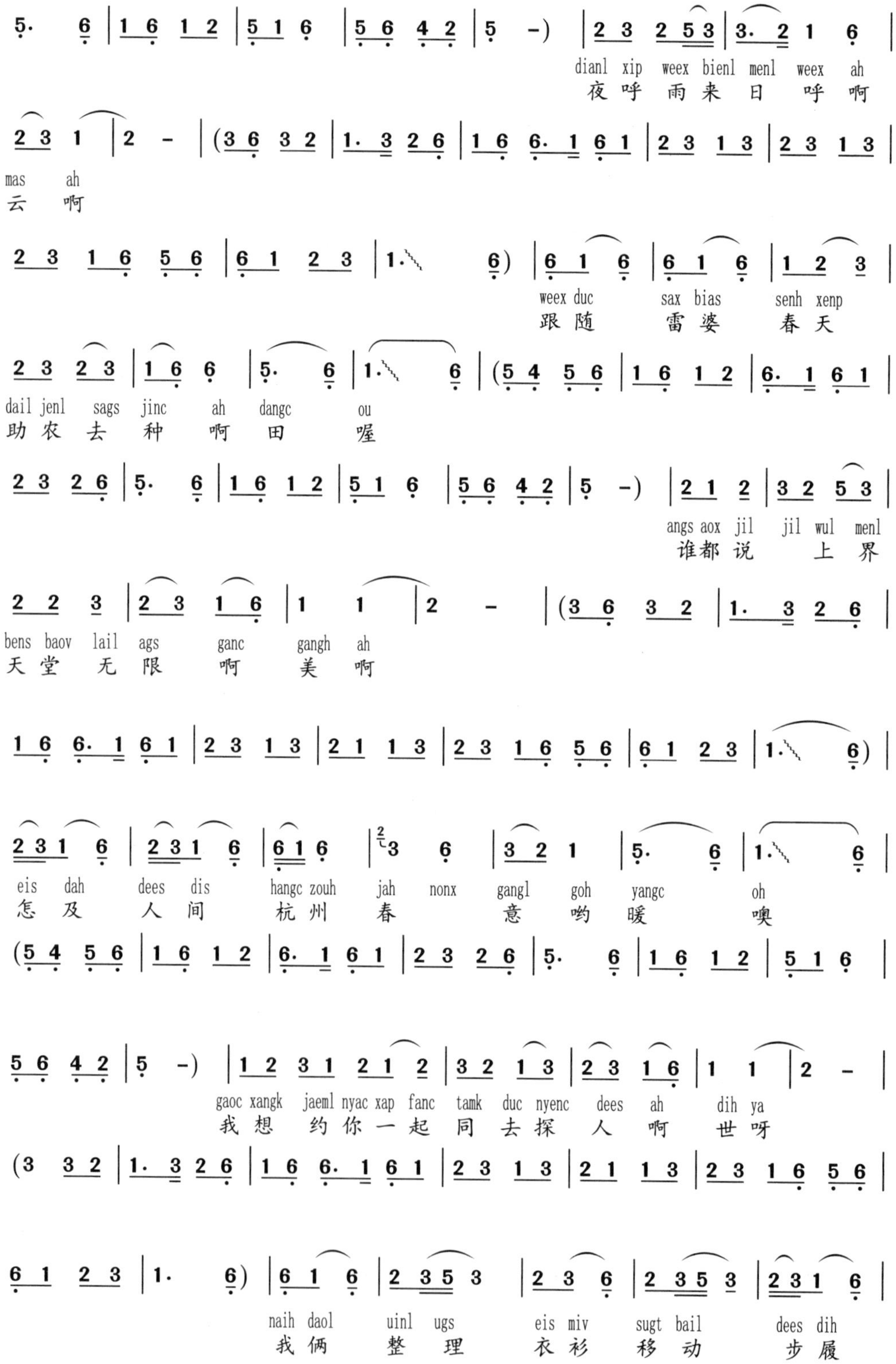
dianl xip weex bienl menl weex ah
夜呼雨来日呼啊
mas ah
云啊
weex duc sax bias senh xenp
跟随雷婆春天
dail jenl sags jinc ah dangc ou
助农去种啊田喔
angs aox jil jil wul menl
谁都说上界
bens baov lail ags ganc gangh ah
天堂无限啊美啊
eis dah dees dis hangc zouh jah nonx gangl goh yangc oh
怎及人间杭州春意哟暖噢
gaoc xangk jaeml nyac xap fanc tamk duc nyenc dees ah dih ya
我想约你一起同去探人啊世呀
naih daol uinl ugs eis miv sugt bail dees dih
我俩整理衣衫移动步履

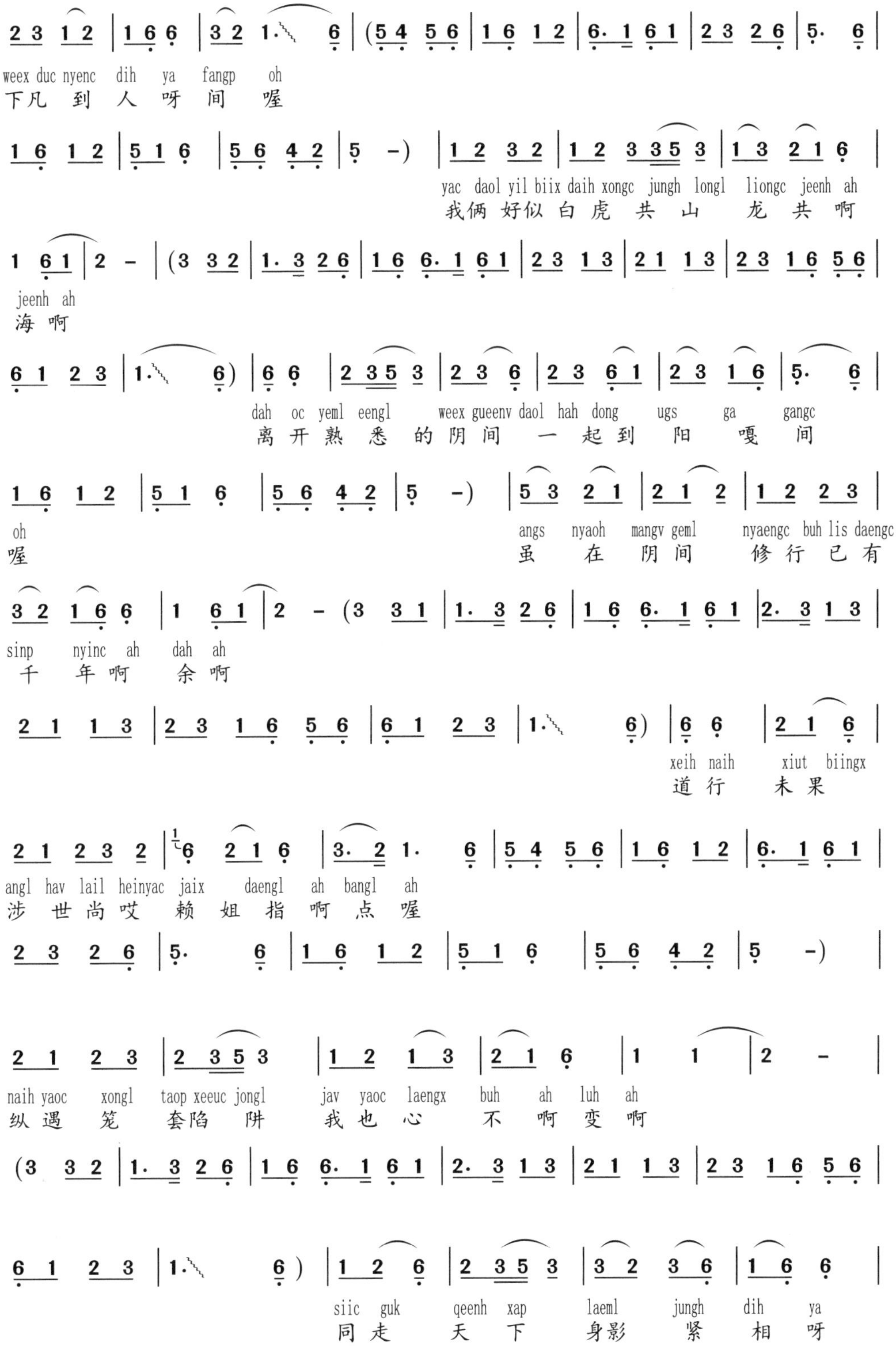
weex duc nyenc dih ya fangp oh
下凡到人呀间喔
yac daol yil biix daih xongc jungh longl liongc jeenh ah
我俩好似白虎共山龙共啊
jeenh ah
海啊
dah oc yeml eengl weex gueenv daol hah dong ugs ga gangc
离开熟悉的阴间一起到阳嘎间
oh
喔
angs nyaoh mangv geml nyaengc buh lis daengc
虽在阴间修行已有
sinp nyinc ah dah ah
千年啊余啊
xeih naih xiut biingx
道行未果
angl hav lail heinyac jaix daengl ah bangl ah
涉世尚哎赖姐指啊点喔
naih yaoc xongl taop xeeuc jongl jav yaoc laengx buh ah luh ah
纵遇笼套陷阱我也心不啊变啊
siic guk qeenh xap laeml jungh dih ya
同走天下身影紧相呀

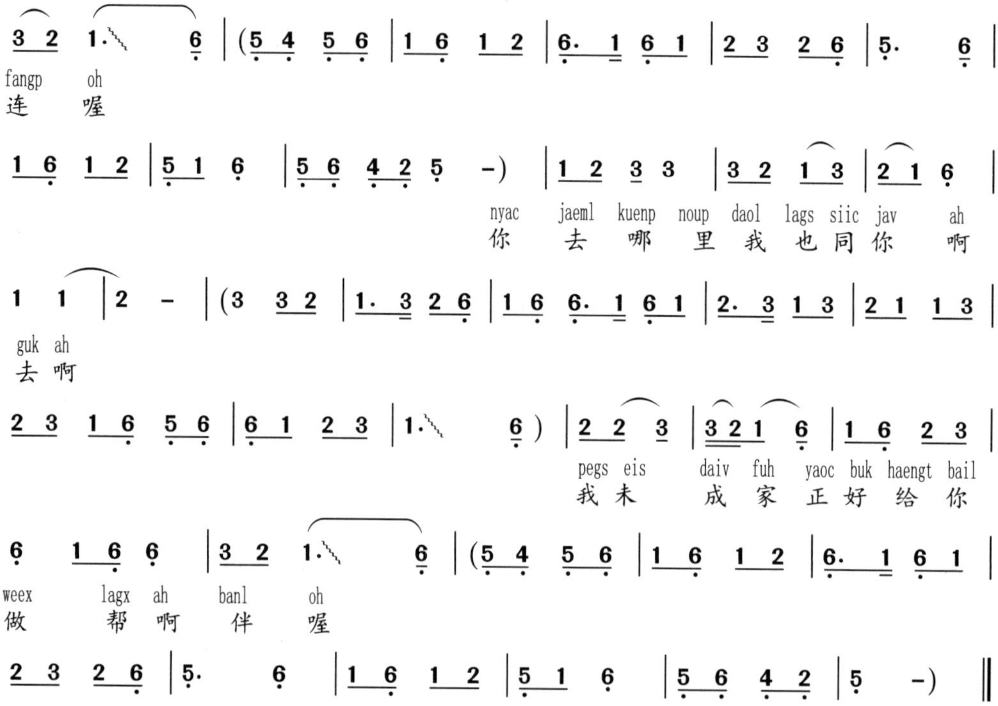

说明：词曲系白素珍与小青下山时所唱，录自从江曾冲。侗戏中颇多对唱，但腔却无甚差别，由此可见一斑；本唱腔中使用3|8拍子较多，为大歌流行地区的平腔的特点。

谱例14：

兄妹姐妹本应常来往

（选自《红楼梦》中林黛玉唱段）

1=G $\frac{2}{4}$ $\frac{3}{4}$ $\frac{3}{8}$

梁　婢　燕演唱
伍苍远、吴佺新记词

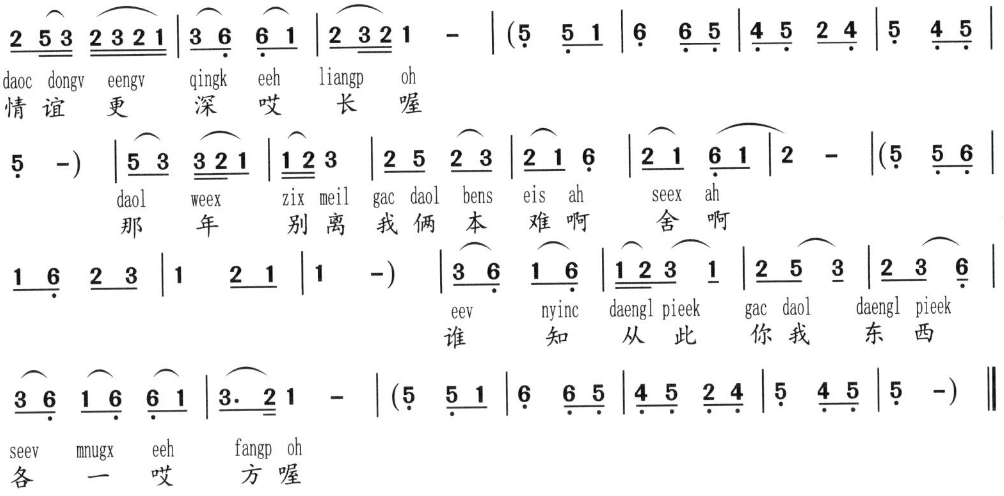

说明：词曲录自从江西山区弯里寨，为黛玉到贾府与宝玉见面时唱，过门有所压缩，用两个同度进行收缩，较为别致。

谱例 15：

我住三宝命何苦

（选自《三郎五妹》金随唱段）

1=G $\frac{2}{4}$ $\frac{3}{4}$ $\frac{5}{8}$

吴婢娘演唱
家浚埌记录

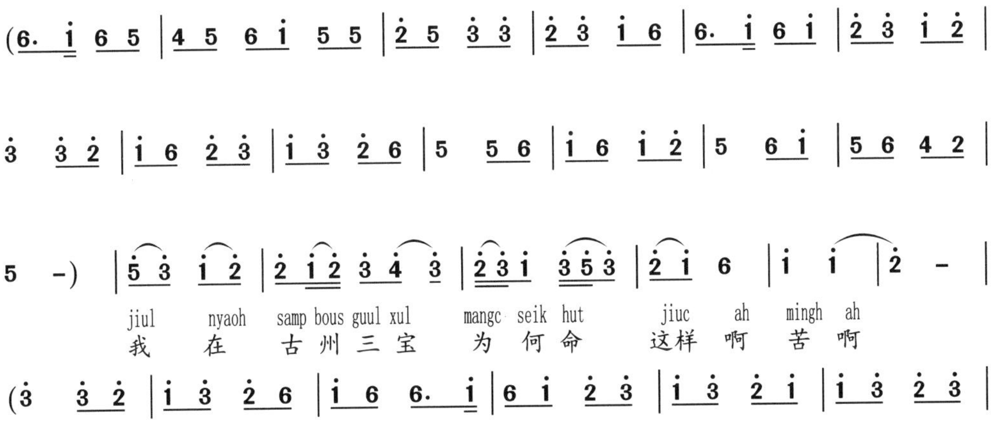

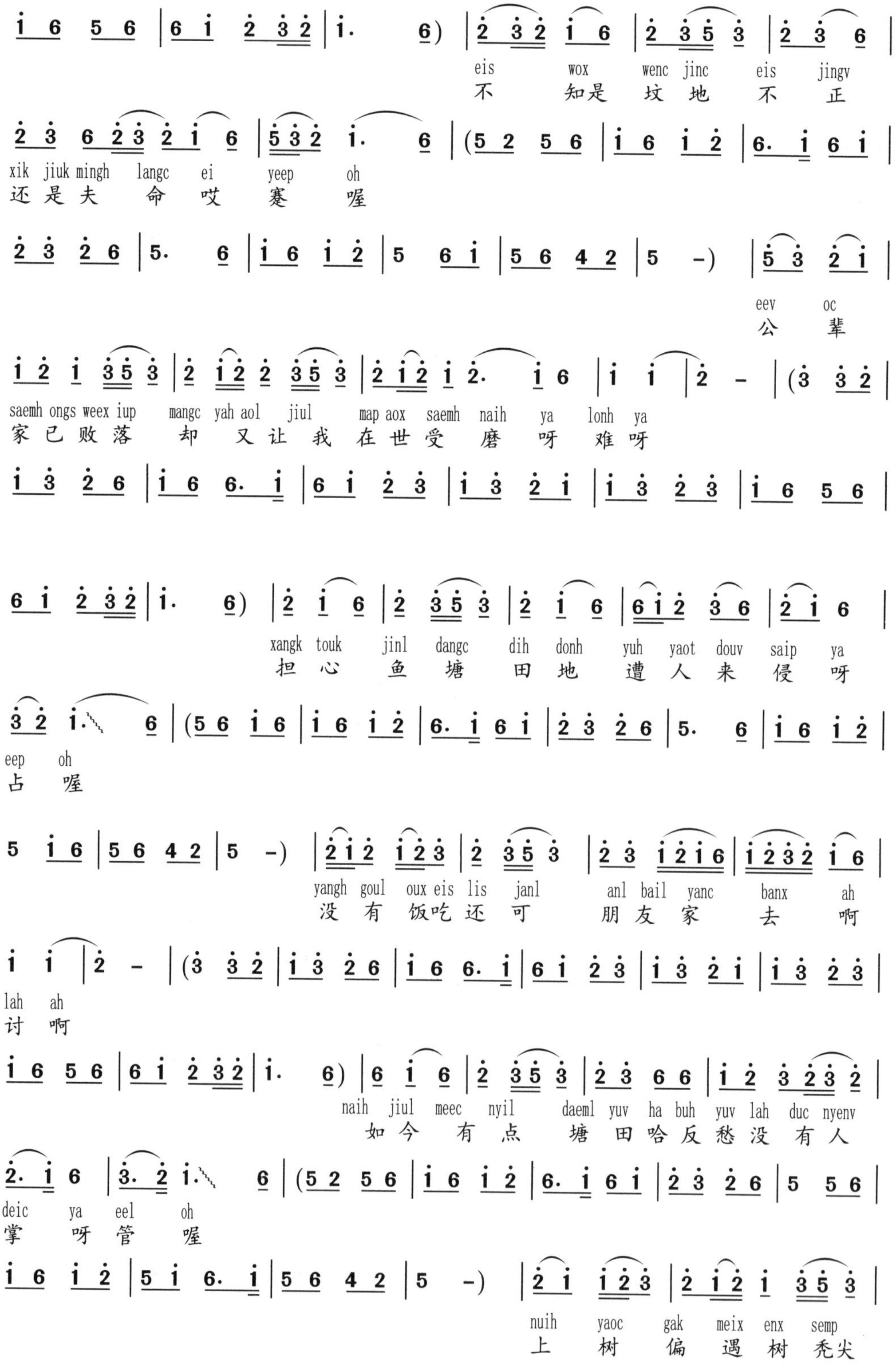
eis wox wenc jinc eis jingv
不 知是 坟 地 不 正
xik jiuk mingh langc ei yeep oh
还是夫 命 哎 蹇 喔
eev oc
公 辈
saemh ongs weex iup mangc yah aol jiul map aox saemh naih ya lonh ya
家已败落 却 又让我在世受 磨 呀 难呀
xangk touk jinl dangc dih donh yuh yaot douv saip ya
担 心 鱼 塘 田 地 遭 人 来 侵 呀
eep oh
占 喔
yangh goul oux eis lis janl anl bail yanc banx ah
没 有 饭吃 还 可 朋 友 家 去 啊
lah ah
讨 啊
naih jiul meec nyil daeml yuv ha buh yuv lah duc nyenv
如 今 有 点 塘 田 哈 反 愁 没 有 人
deic ya eel oh
掌 呀 管 喔
nuih yaoc gak meix enx semp
上 树 偏 遇 树 秃尖

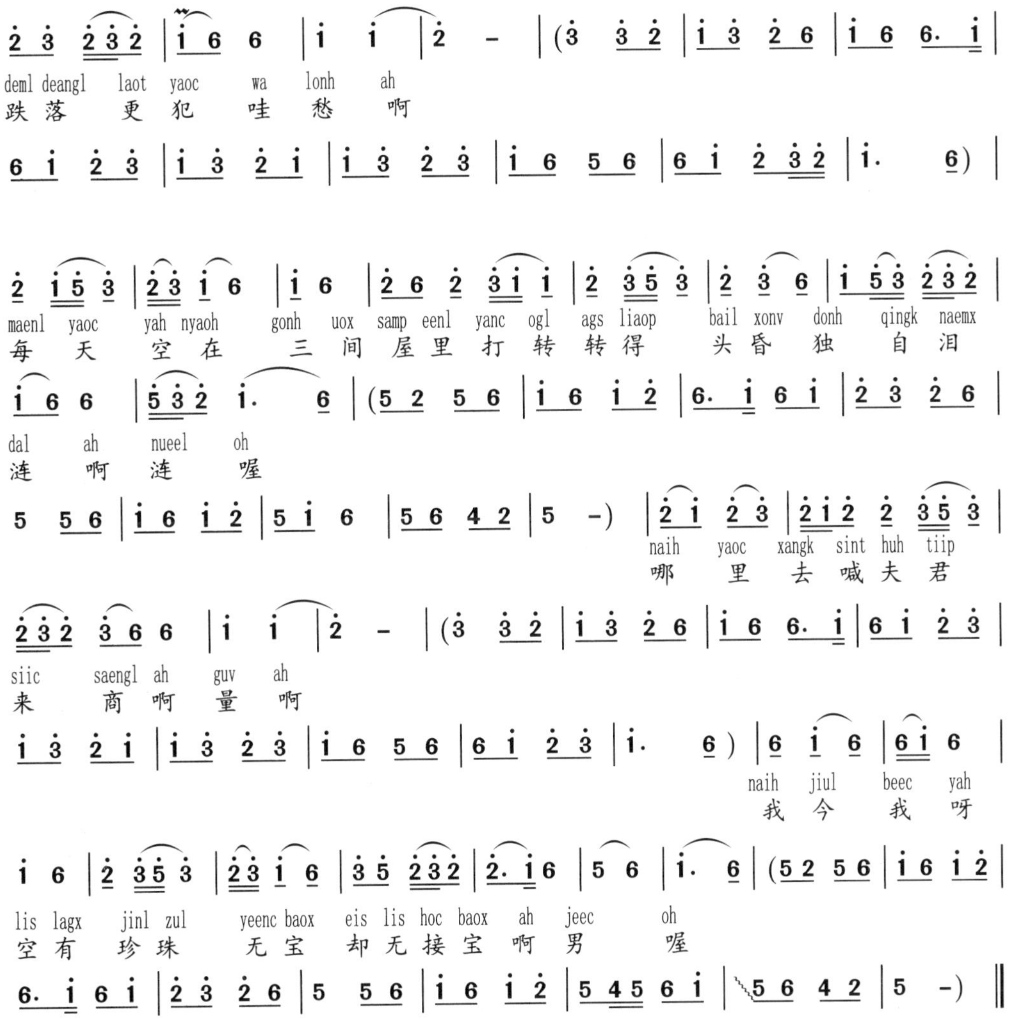

说明：词曲系录自从江县曹利村，混合拍子的使用颇为巧妙。

谱例16:

妹从何处来

（选自《红楼梦》宝天、黛玉对唱）

1=G $\frac{2}{4}\frac{3}{4}\frac{3}{8}$

石和王、石万和演唱
家　浚　埌记录

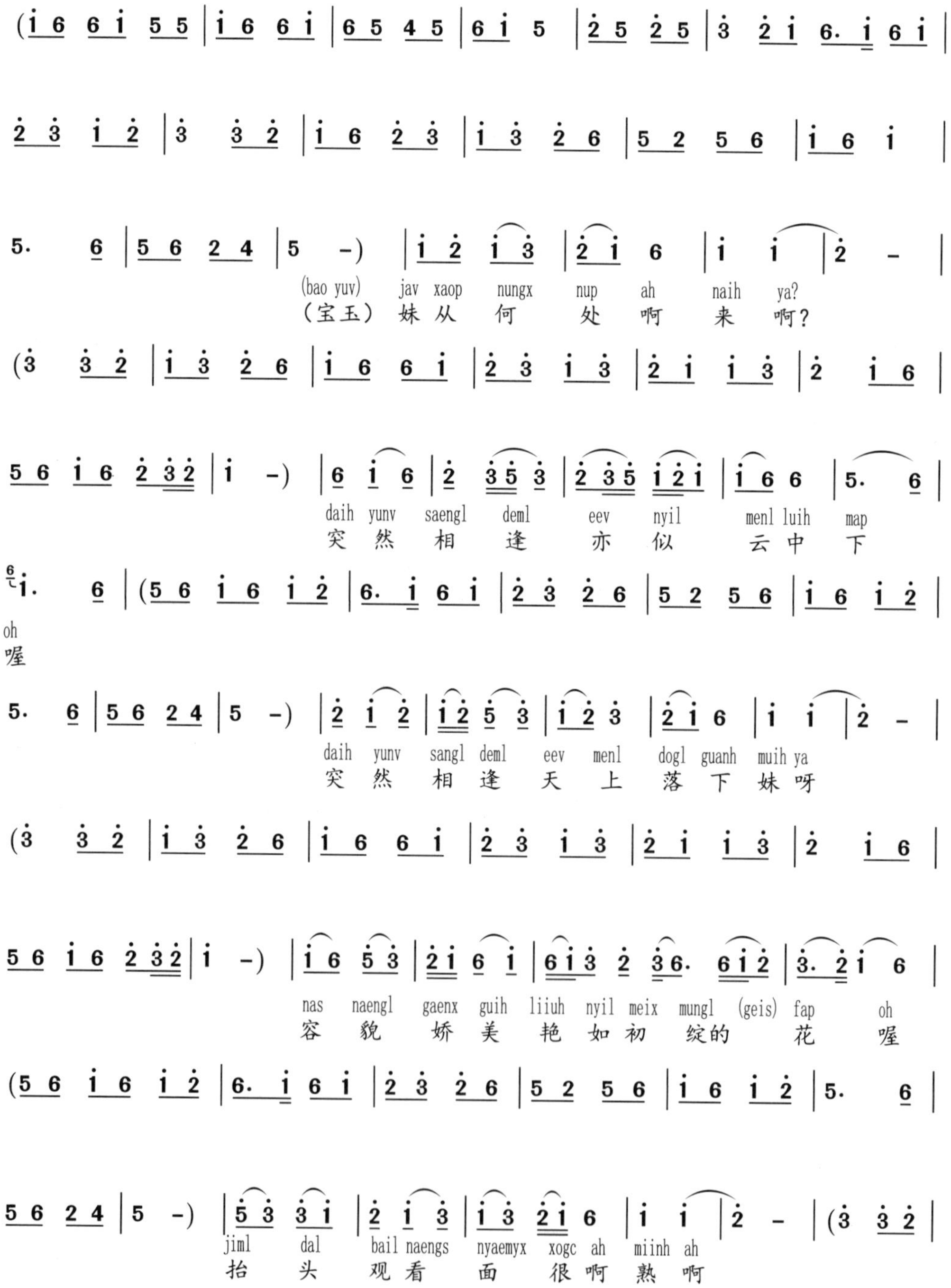

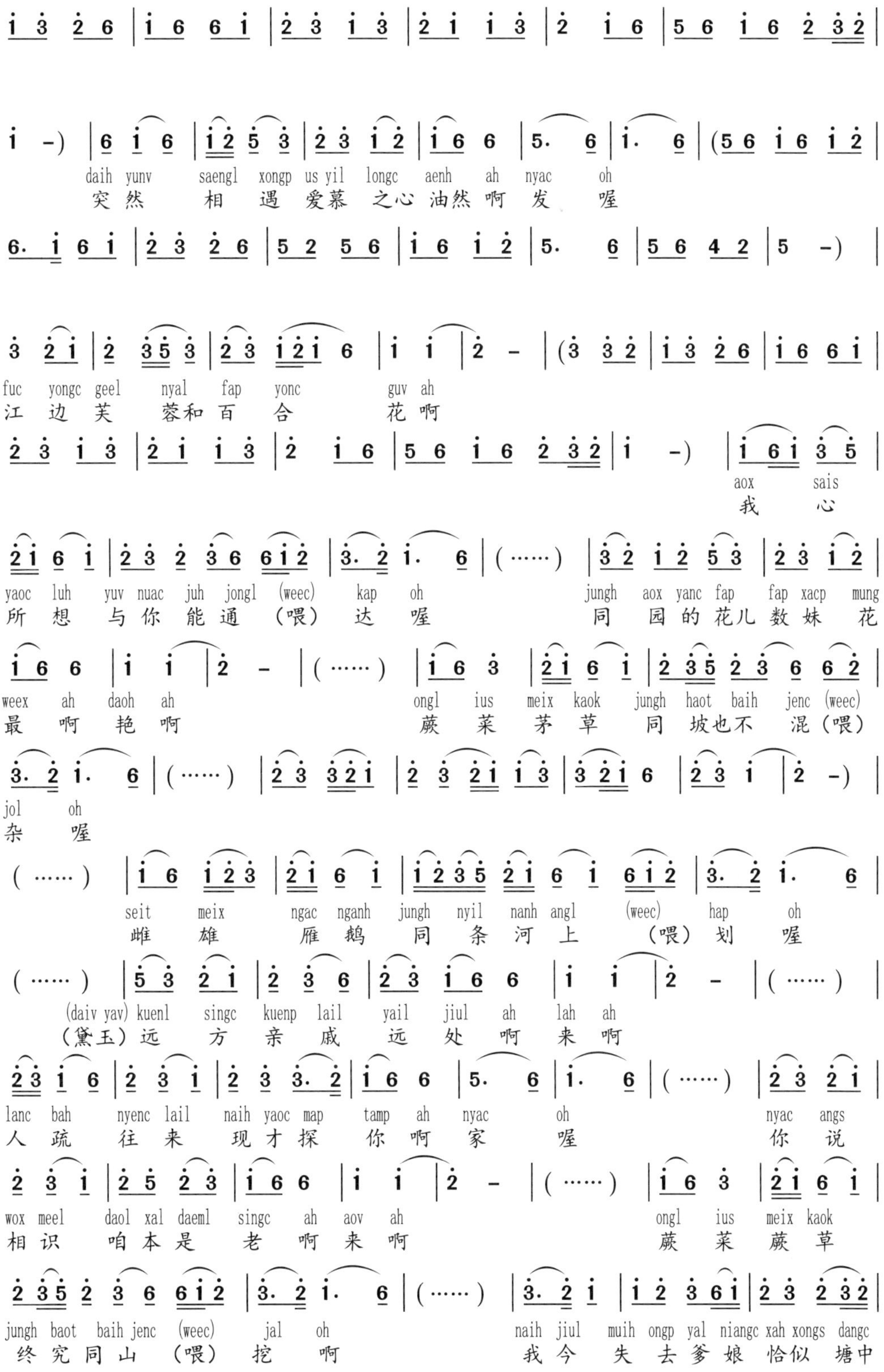
daih yunv saengl xongp us yil longc aenh ah nyac oh
突然 相遇爱慕之心油然啊发 喔
fuc yongc geel nyal fap yonc guv ah
江边芙 蓉和百 合 花啊
aox sais
我 心
yaoc luh yuv nuac juh jongl (weec) kap oh
所想与你能通(喂)达 喔
jungh aox yanc fap fap xacp mung
同 园的花儿数妹 花
weex ah daoh ah
最 啊 艳 啊
ongl ius meix kaok jungh haot baih jenc (weec)
蕨 菜 茅 草 同 坡也不 混(喂)
jol oh
杂 喔
seit meix ngac nganh jungh nyil nanh angl (weec) hap oh
雌 雄 雁鹅 同 条 河 上 (喂) 划 喔
(daiv yav) kuenl singc kuenp lail yail jiul ah lah ah
(黛玉)远 方 亲 戚 远 处 啊 来 啊
lanc bah nyenc lail naih yaoc map tamp ah nyac oh
人 疏 往 来 现 才 探 你 啊 家 喔
nyac angs
你 说
wox meel daol xal daeml singc ah aov ah
相 识 咱 本 是 老 啊 来 啊
ongl ius meix kaok
蕨 菜 蕨 草
jungh baot baih jenc (weec) jal oh
终 究 同 山 (喂) 挖 啊
naih jiul muih ongp yal niangc xah xongs dangc
我 今 失 去 爹 娘 恰似 塘中

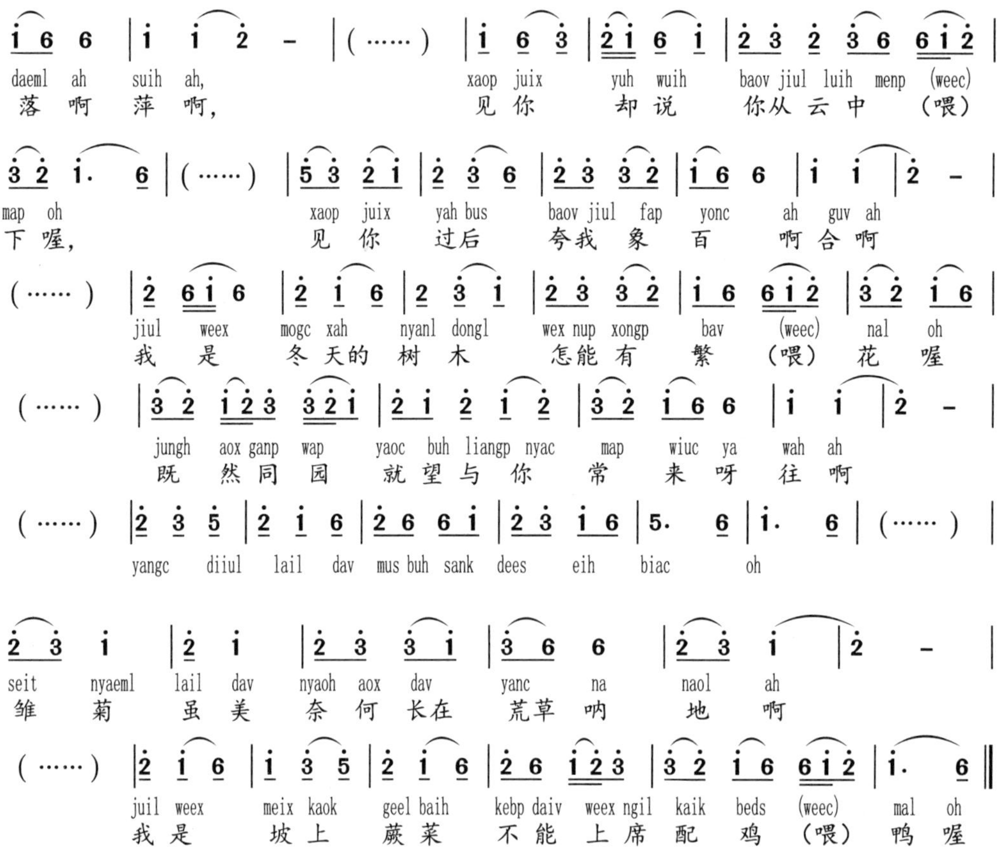

说明：此曲系从江县皮林戏班演唱，过门中加用打击乐，情绪较欢快，表现黛玉进贾府与宝玉初次会见时相互的心情。宝玉由女演员担任。

谱例 17：

决意结伴随那老人骂

（选自《三郎五妹》五妹唱段）

1=F $\frac{2}{4}$ $\frac{3}{4}$

蒋　海　兰演唱
谌贻佑、普　虹记录

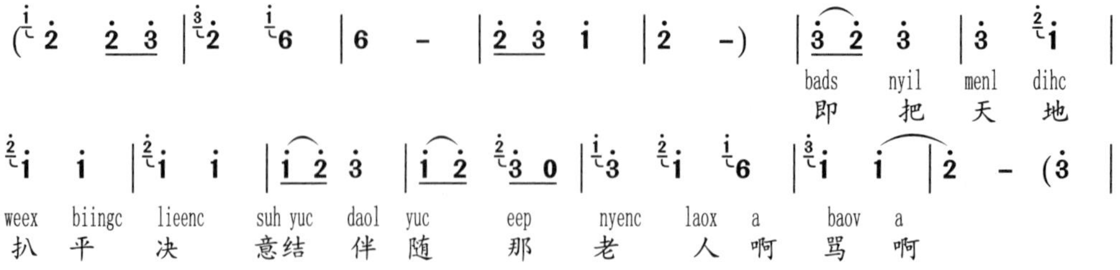

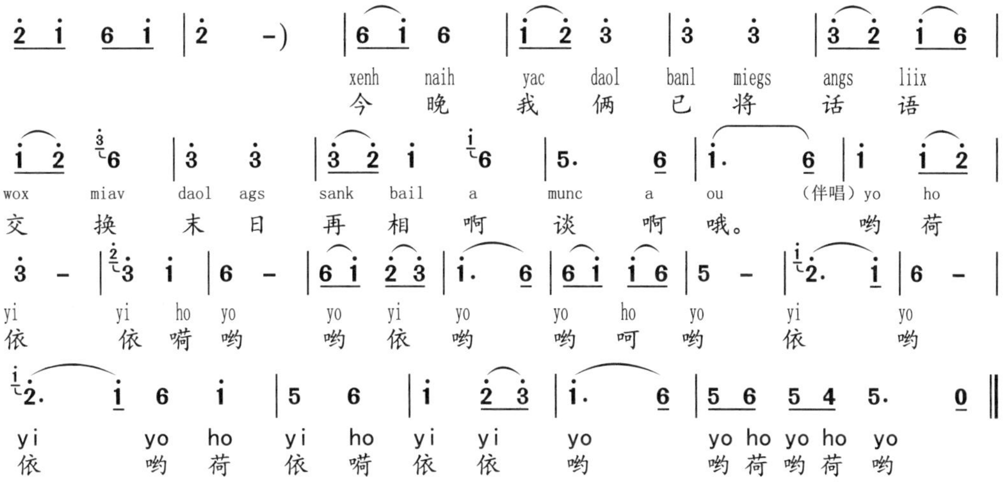

说明：这是榕江三宝一带的“平腔”，三郎、五妹“行歌坐夜”快分别时五妹的表白。唱腔较为质朴。

谱例18：

结不成对眼茫茫

（选自《梅良玉》杏元唱段）

1=F $\frac{2}{4}$ $\frac{3}{4}$

张云英演唱
姚廷正记录

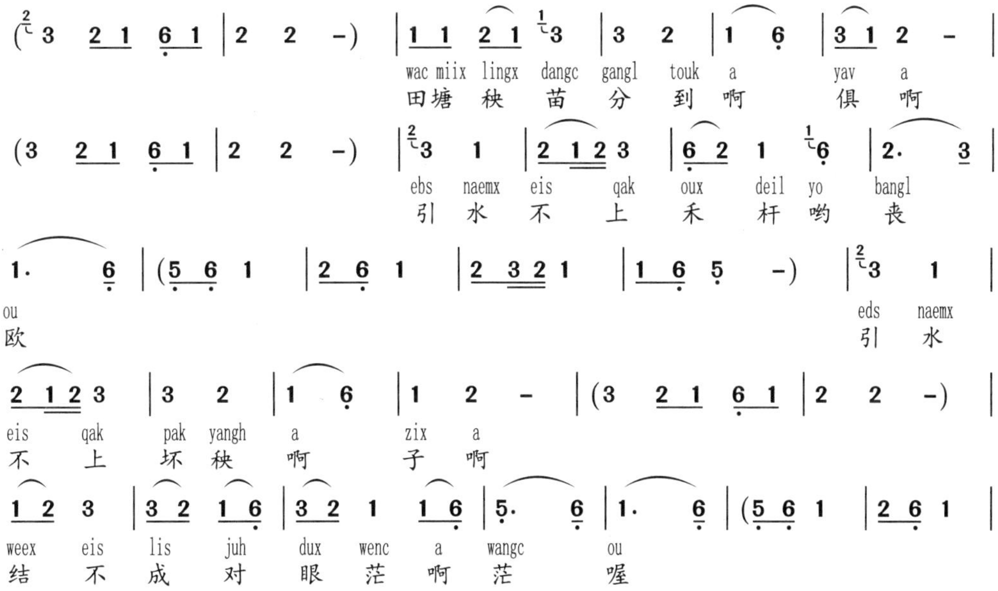

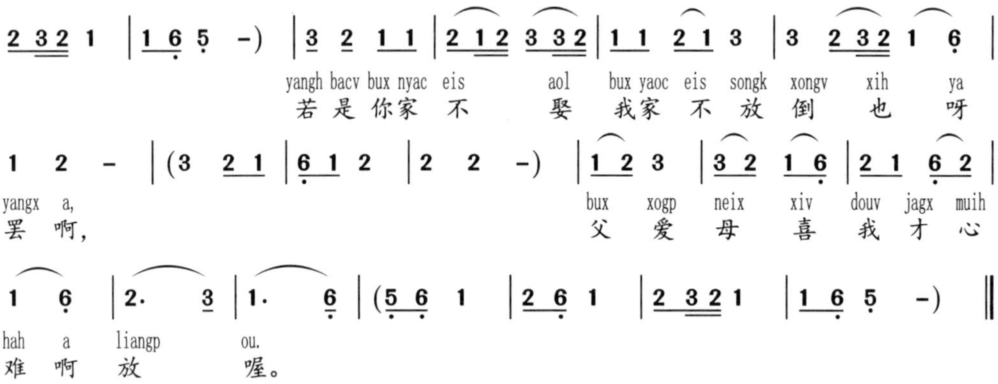

说明：此曲为榕江县孖谢八带流行的［平腔］，良玉送杏元到边关将分离时，杏元对良玉唱。

谱例19：

只盼乌云过了太阳出

（选自《梅良玉》乃良玉唱段）

1=F 2/4 3/4 5/8 3/8

罗永安演唱
杨俊等记录

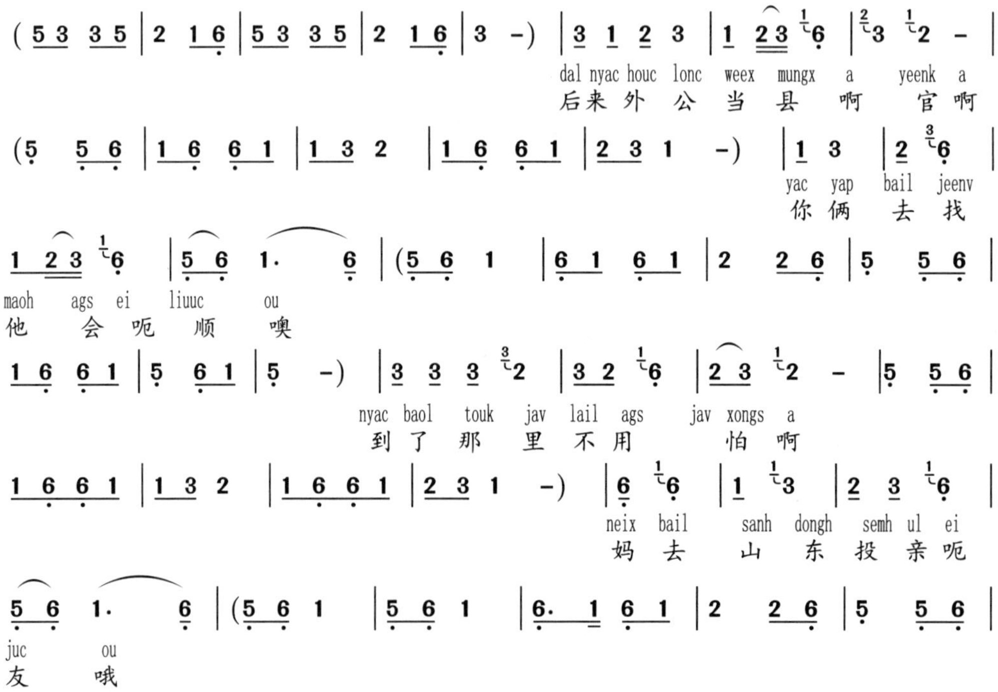

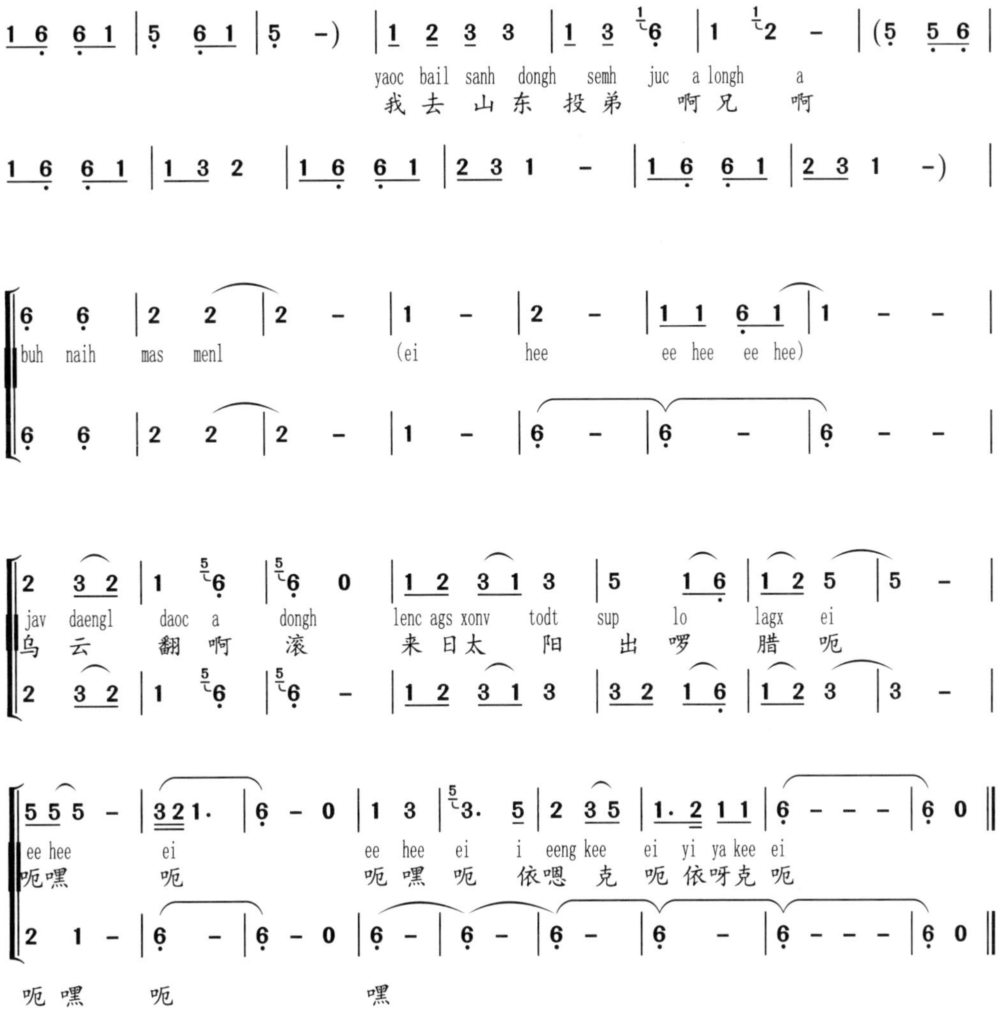

说明：此唱段，是乃良玉母子为逃脱奸臣芦杞陷害，分别时对良玉唱。后面加上叠声歌的尾腔，独具特色。

谱例 20:

王乔当了大款首

（选自《孤独的王乔星》众人、王乔对唱）

1=C $\frac{2}{4}$ $\frac{3}{4}$

吴　定　伟演唱
谌　贻　佑编曲
吴定国、赵永佳词

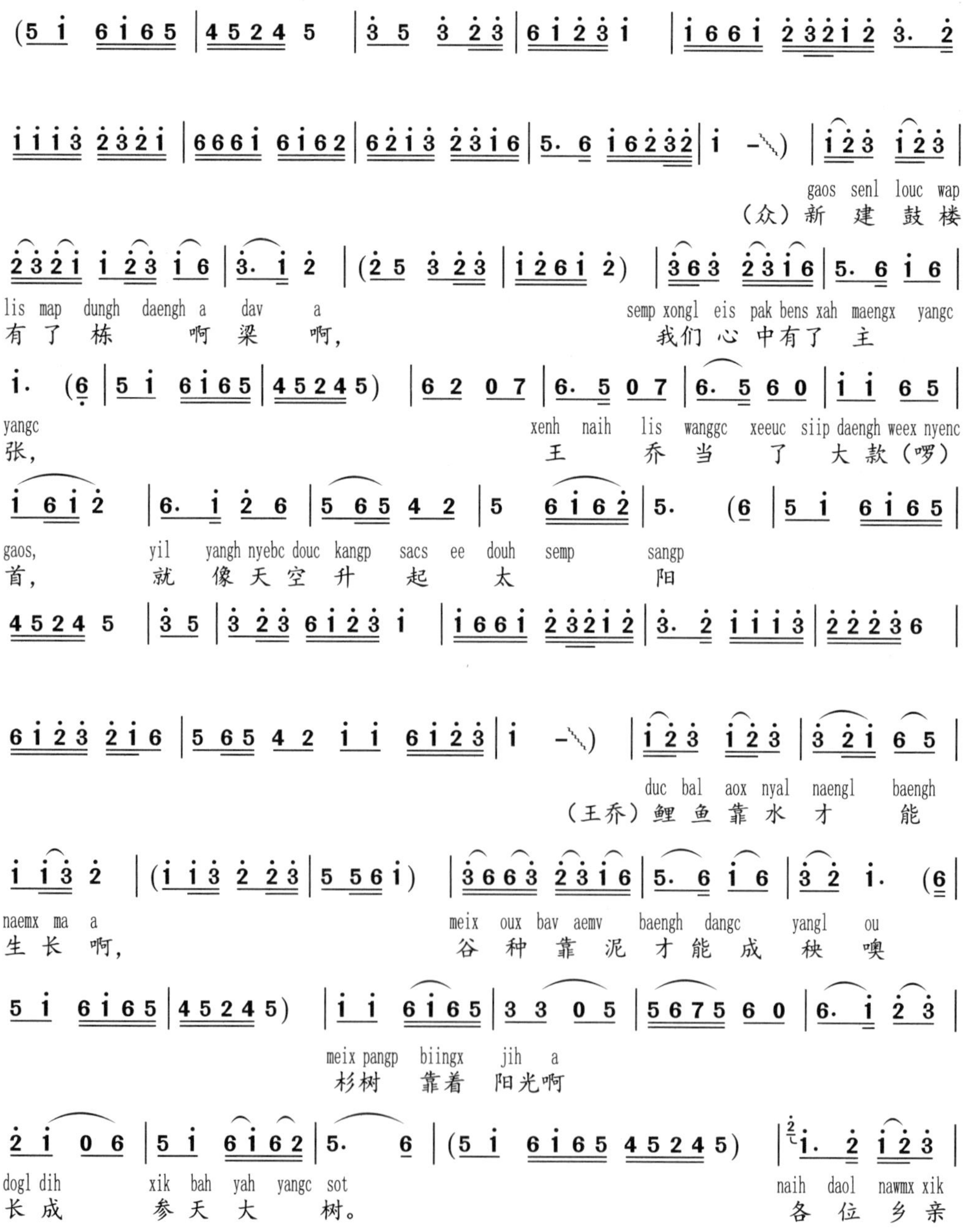

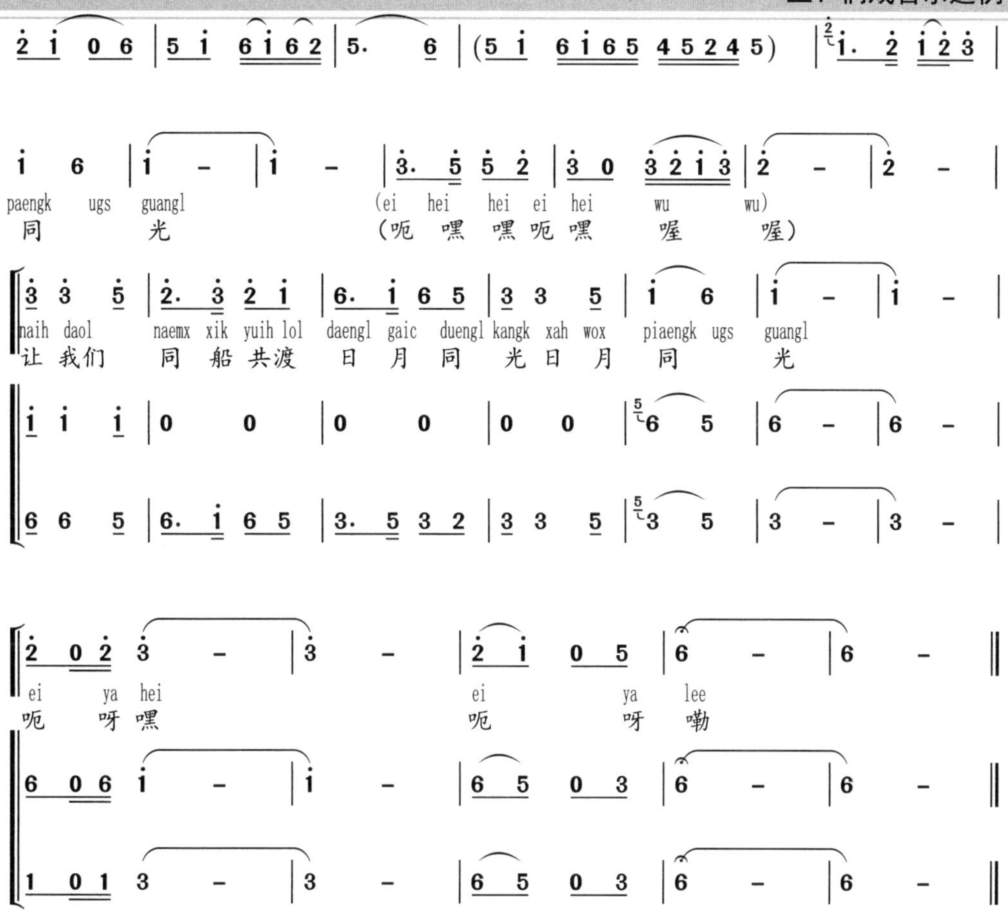

说明：王乔在款会上被中热闹难为大款首后，众人高兴，齐声歌唱，此曲大致保持了［平腔］上、下腔句的骨架，并列用下句过门发展成新的腔句，使篇幅和感情容易得到了较大的扩充，尾部加了合唱，创新的成份较多。

谱例 21：

离家整整十八春

（选自《孤独的王乔星》伴唱、王乔唱）

1=C $\frac{2}{4}$

吴　定　伟等演唱
吴定国、赵永佳词
谌　贻　佑编曲

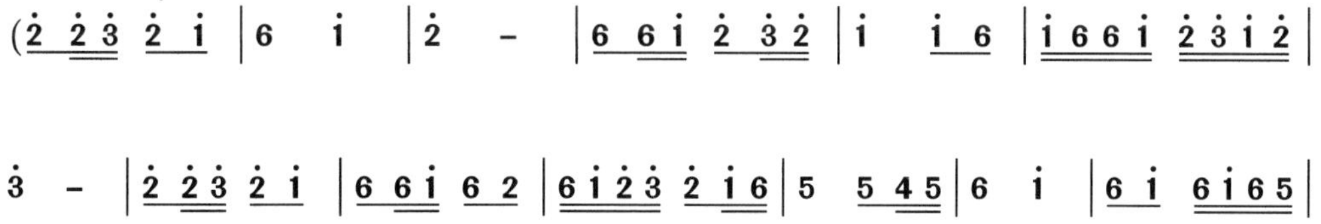

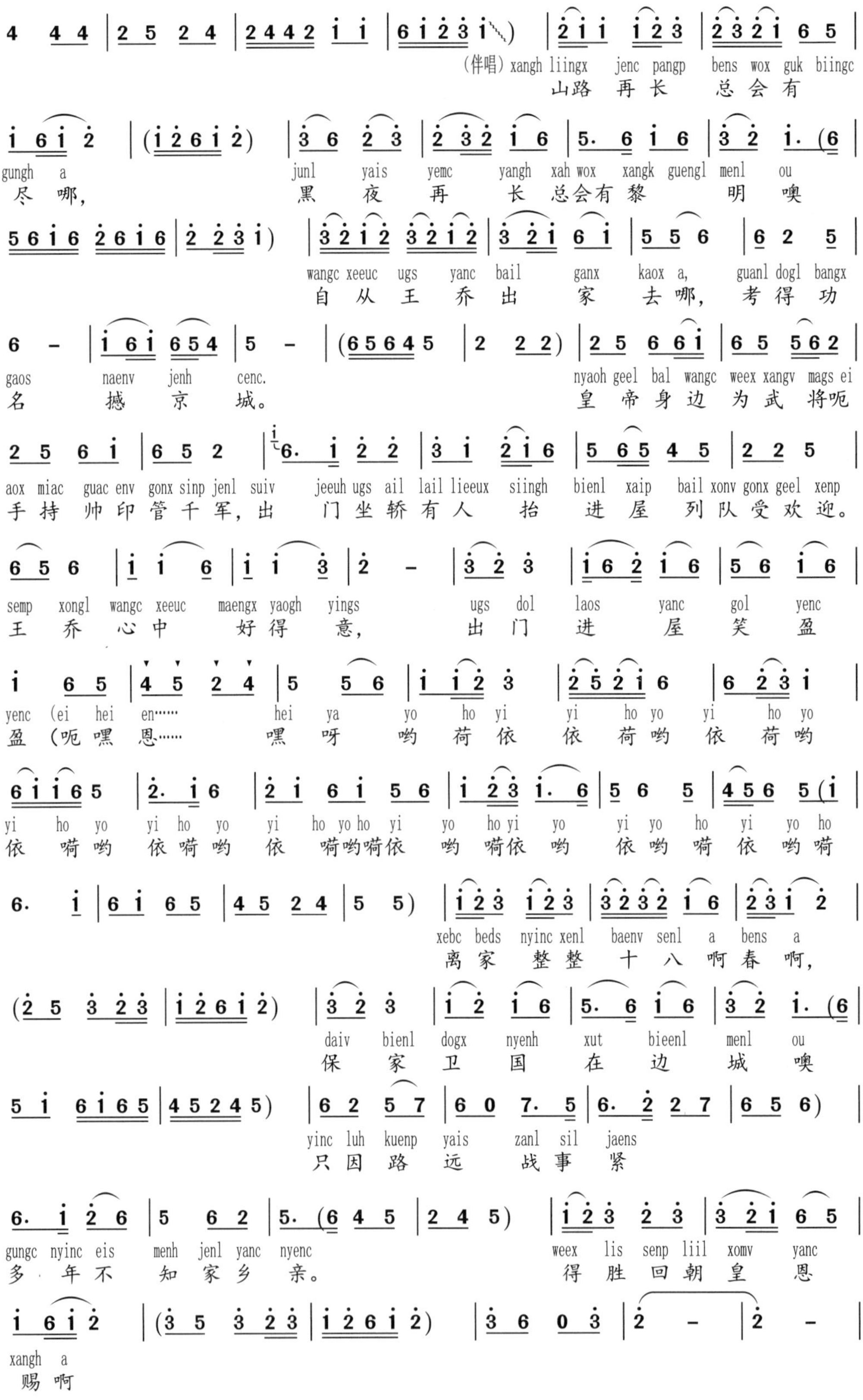
(伴唱) xangh liingx jenc pangp bens wox guk biingc
山路再长总会有
gungh a
尽哪,
junl yais yemc yangh xah wox xangk guengl menl ou
黑夜再长总会有黎明噢
wangc xeeuc ugs yanc bail ganx kaox a, guanl dogl bangx
自从王乔出家去哪,考得功
gaos naenv jenh cenc.
名撼京城。
nyaoh geel bal wangc weex xangv mags ei
皇帝身边为武将呃
aox miac guac env gonx sinp jenl suiv jeeuh ugs ail lail lieeux siingh bienl xaip bail xonv gonx geel xenp
手持帅印管千军,出门坐轿有人抬进屋列队受欢迎。
semp xongl wangc xeeuc maengx yaogh yings ugs dol laos yanc gol yenc
王乔心中好得意,出门进屋笑盈
yenc (ei hei en…… hei ya yo ho yi yi ho yo yi ho yo
盈(呃嘿恩……嘿呀哟荷依依荷哟依荷哟
yi ho yo yi ho yo yi ho yo ho yi yo ho yi yo yi yo ho yi yo ho
依嗬哟依嗬哟依嗬哟嗬依哟嗬依哟依哟嗬依哟嗬
xebc beds nyinc xenl baenv senl a bens a
离家整整十八啊春啊,
daiv bienl dogx nyenh xut bieenl menl ou
保家卫国在边城噢
yinc luh kuenp yais zanl sil jaens
只因路远战事紧
gungc nyinc eis menh jenl yanc nyenc
多年不知家乡亲。
weex lis senp liil xomv yanc
得胜回朝皇恩
xangh a
赐啊

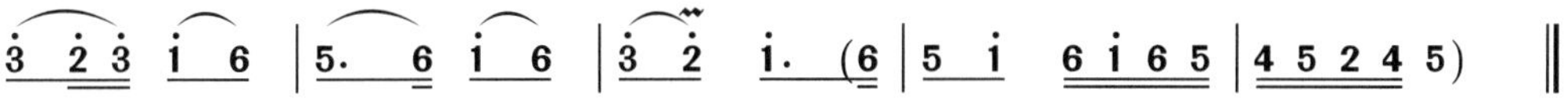

说明：王乔离家十八年后，衣锦还乡，一路上兴高采烈地唱起了此曲。对【平腔】的扩充作了另一种尝试。演唱者吴定伟，黎平县铜关乡人，一九五八年生，兄妹四人均为侗戏演员，七八年参加黎平县民族文工队，曾在《珠郎娘美》《王乔星》等多部侗戏中担任主角，八八年曾随贵州省民族风情展览对至西安、北京、深圳等地演唱侗歌并担任指导。他音域较宽，接受力强，能较快地学会新创曲目，但又娴熟侗歌，深情侗戏韵律，演唱富于侗族风格。

谱例 22：

龙女探亲未回转

（选自《丁郎龙女》虾兵唱段）

1=#C $\frac{2}{4}$ $\frac{3}{4}$

杨　茂　条演唱
杨成林、普　虹词
普　　虹设计

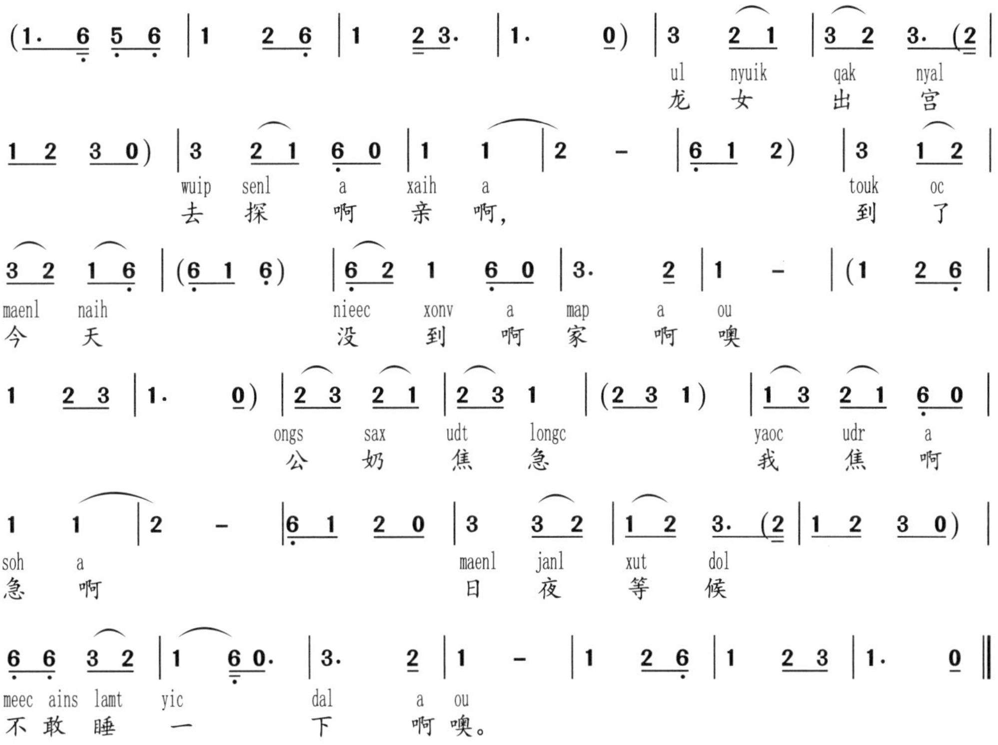

说明：此唱段表现虾兵盼龙女回宫的焦急心情。将【平腔】的上、下各自顿开，拆成两个分句，并加上过门，节奏和力度都得到了加强。

谱例 23：

但愿水英早日康复

（选自侗戏移植《龙江颂》阿坚伯唱段）

1＝A $\frac{2}{4}$ $\frac{3}{4}$

成万昌演唱
虹飞江翻译
普　虹设计

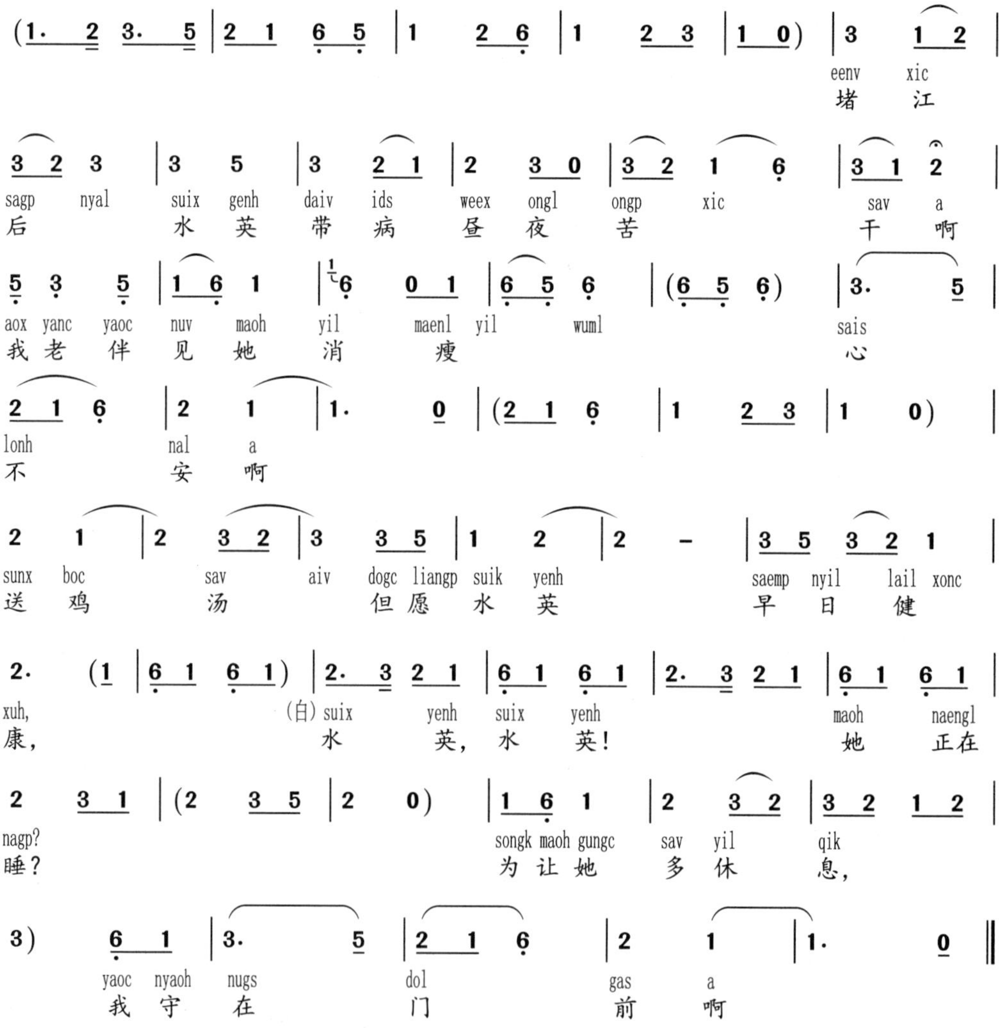

说明：剧中阿坚伯给水英送鸡汤时唱，腔中融进了个别的二黄音调。

谱例 24:

我们一同奔远方

（选自《珠郎娘美》中珠郎娘美对唱）

1=#F $\frac{2}{4}$ $\frac{3}{4}$

梁华翠、梁正理演唱
梁维安、记侗文译词
家　浚　埌记谱

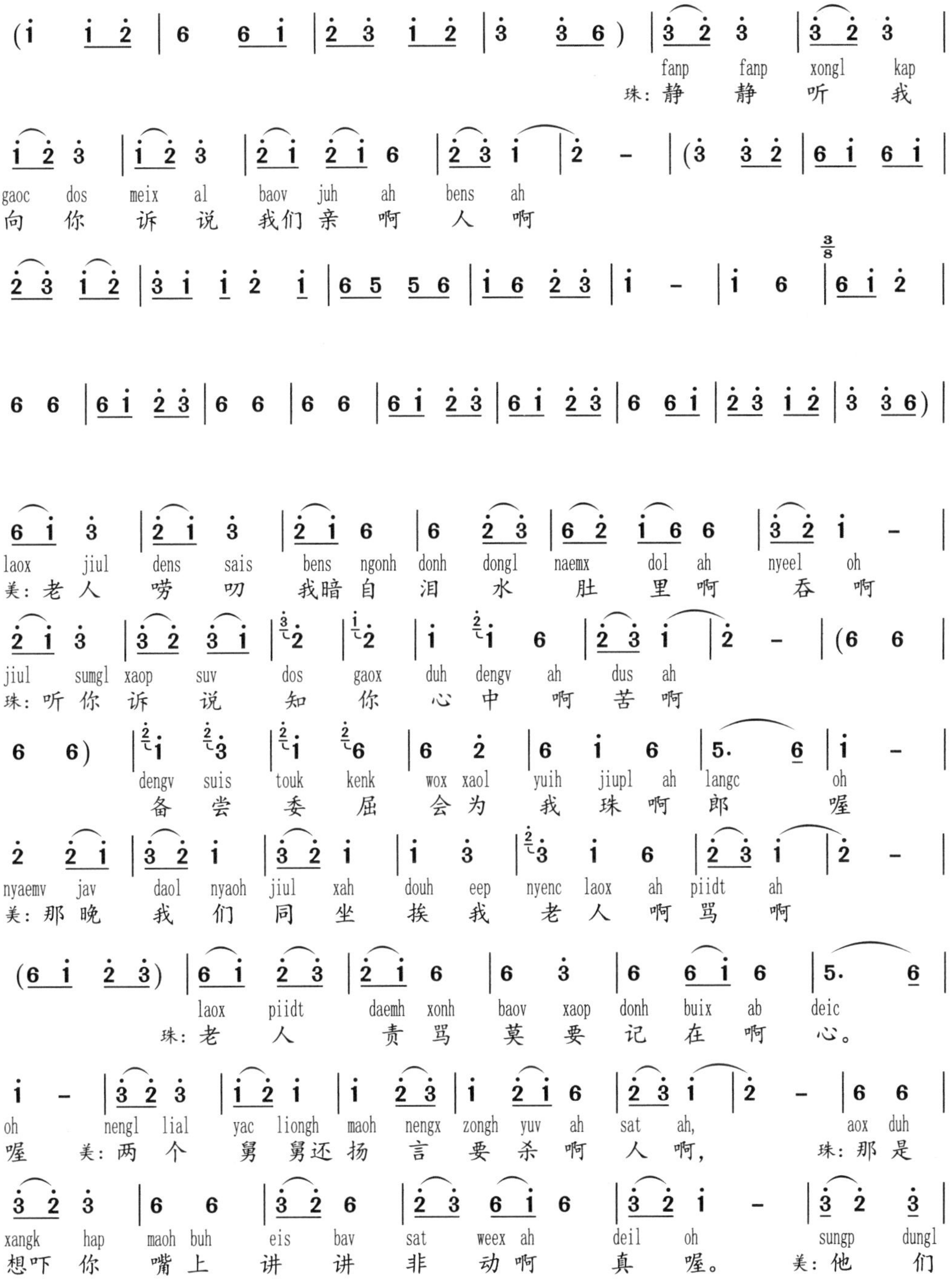

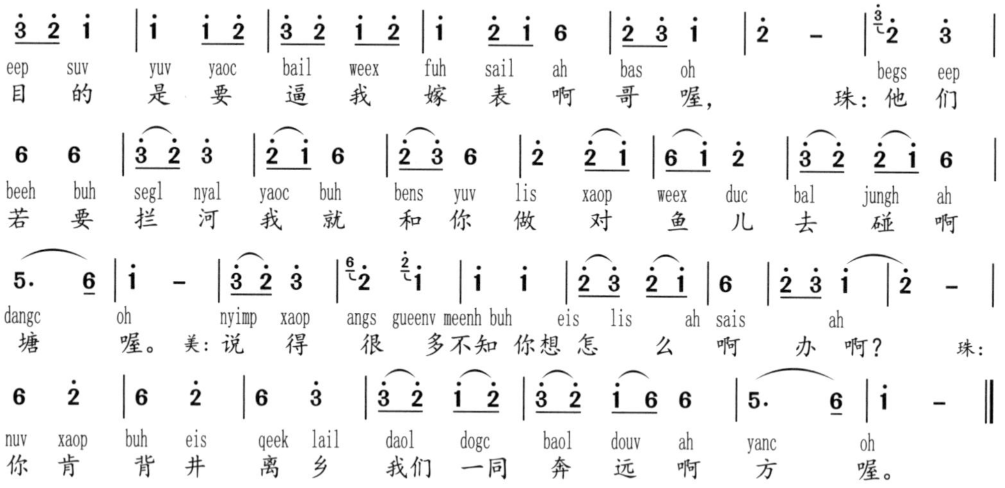

说明：本曲系珠郎娘美因父母不允许婚事，相约出逃时所唱。情绪由平静渐趋紧张，第四节以后删掉了过门，上、下句紧密相接，形成了连板。这是【平腔】中首先使用【连板】的谱例。一九五七年元月录于贵阳，由从江、榕江联合组成的侗戏赴省汇报演出团演出。

谱例 25：

绍女家住对门河

（选自《门龙》中绍女、门龙对唱）

1=C $\frac{2}{4}$

孟秋红、吴家胜演唱
李瑞岐、谌一优词
吴 远 隆曲

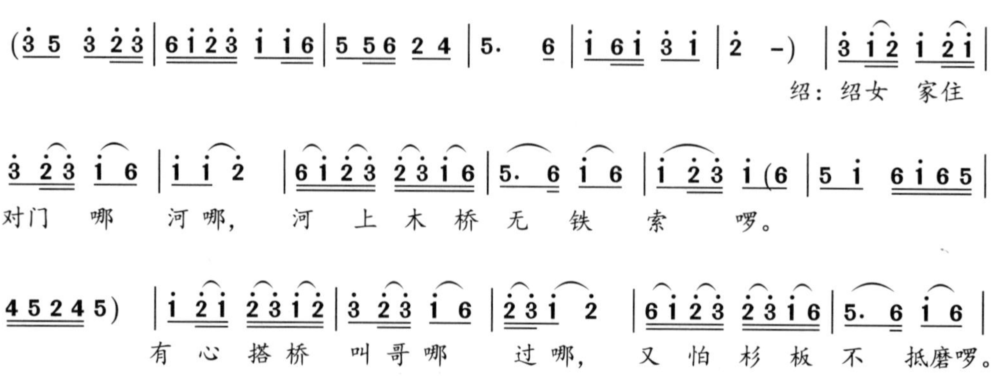

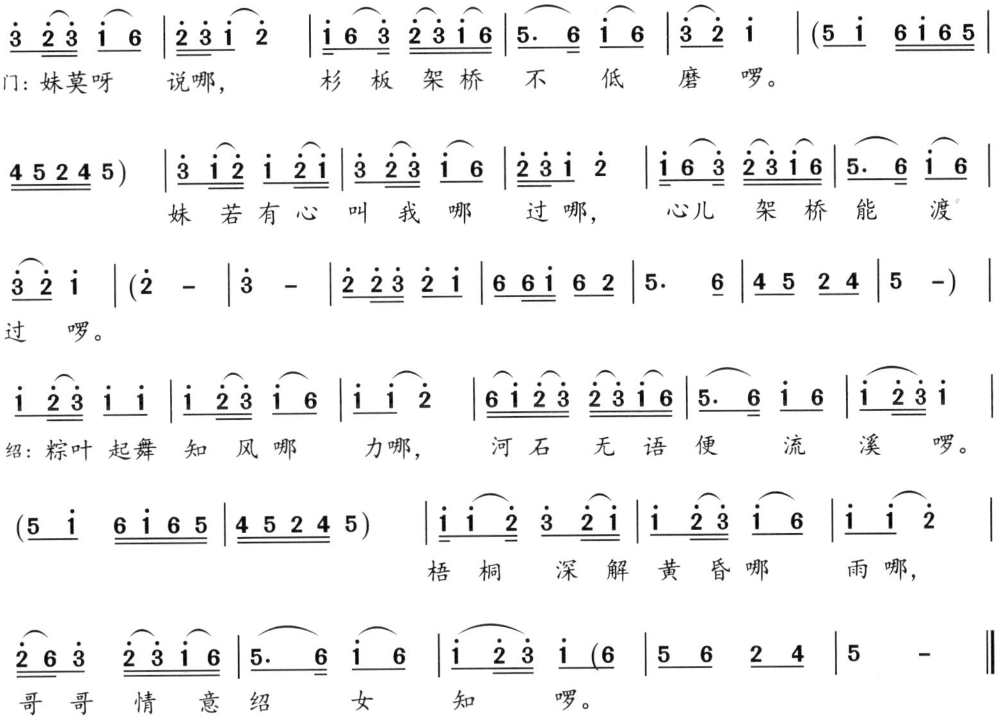

说明：此曲压掉了上句过门，将上下句紧相连接；中间部分由于对唱衔接需要，将下句过门也一并去掉，也是【连板】的一种样式。

谱例 26：

门龙娶妻多欢喜

（选自《门龙》二场合唱）

1=C $\frac{2}{4}$

吴 家 胜领唱
李 瑞 岐词
谌一佑、吴远隆曲

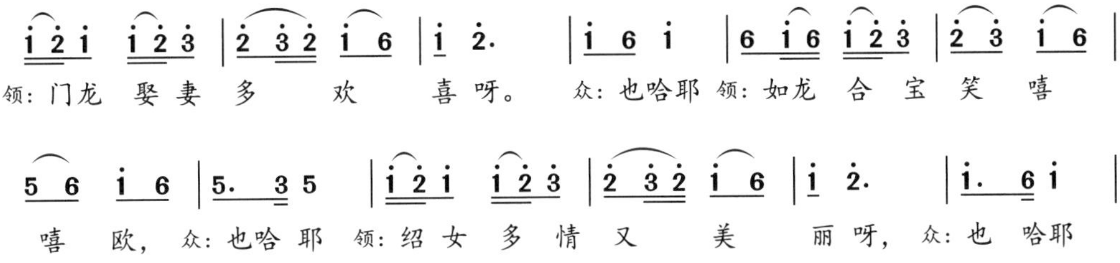

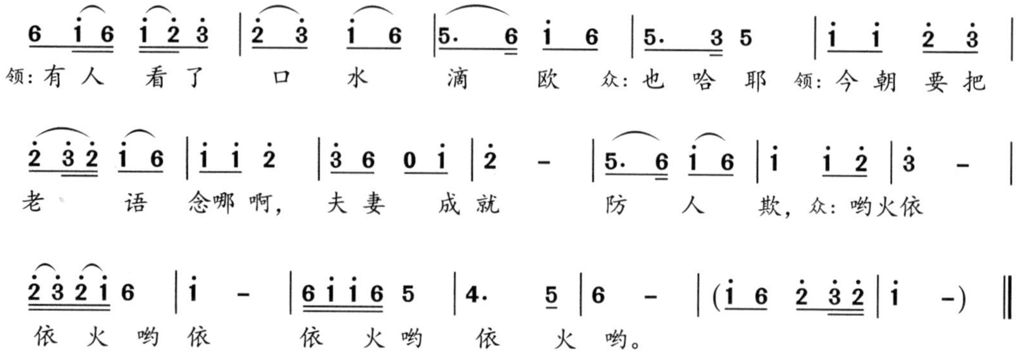

说明：本曲压缩了【平板】的句幅，以衬腔代替了过门，使情绪变得兴奋热烈，也可看作【连板】的一种变体。

谱例 27：

来到世间怎么这样苦

（选自《美道》中婢道唱段）

1=#F $\frac{2}{4}\frac{3}{4}\frac{3}{8}$

罗秀兰演唱
家浚记谱
伍苍远、记侗文
伍全新译词

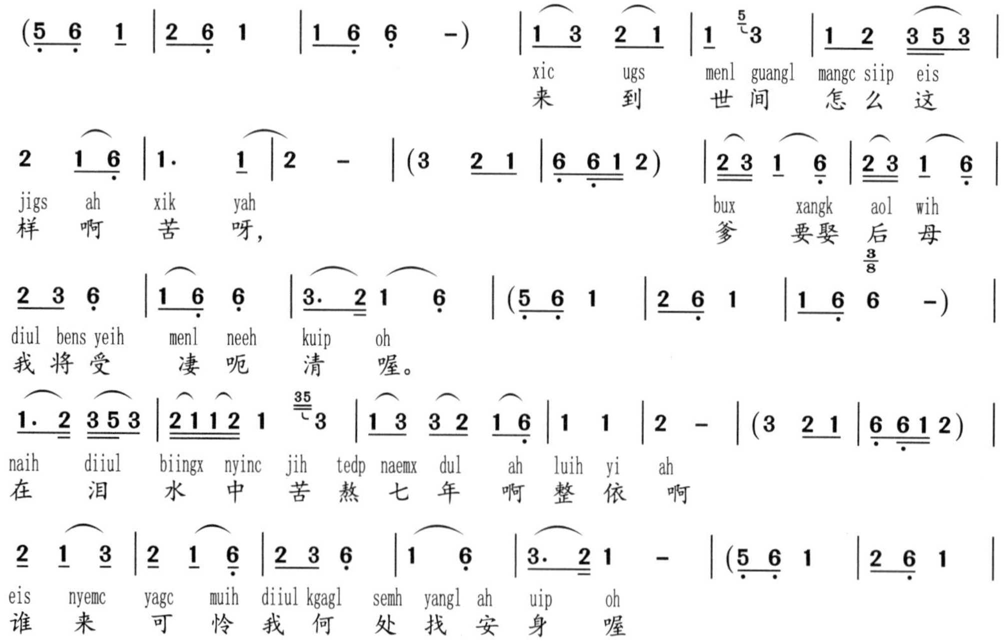

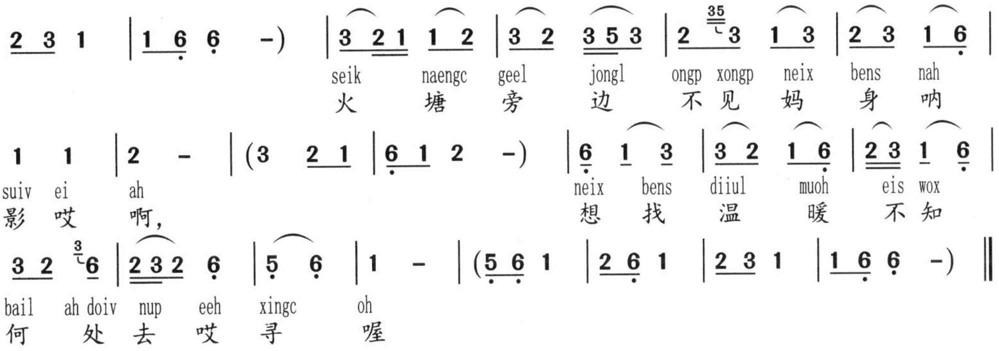

说明：本曲系将【平腔】放慢速度演唱，以表现哀愁的心情，曲调进行未改，有人称之为【平腔、哭板】以别于一般【平板】及【歌腔】中之【哭腔】。仅传唱于从江西山区。

谱例 28：

给你生崽怎么还怪我

（选自《美道》中婢道唱段）

1=#F $\frac{2}{4}$ $\frac{3}{4}$

罗学丽演唱
家浚记谱
伍苍远伍全新记侗文译词

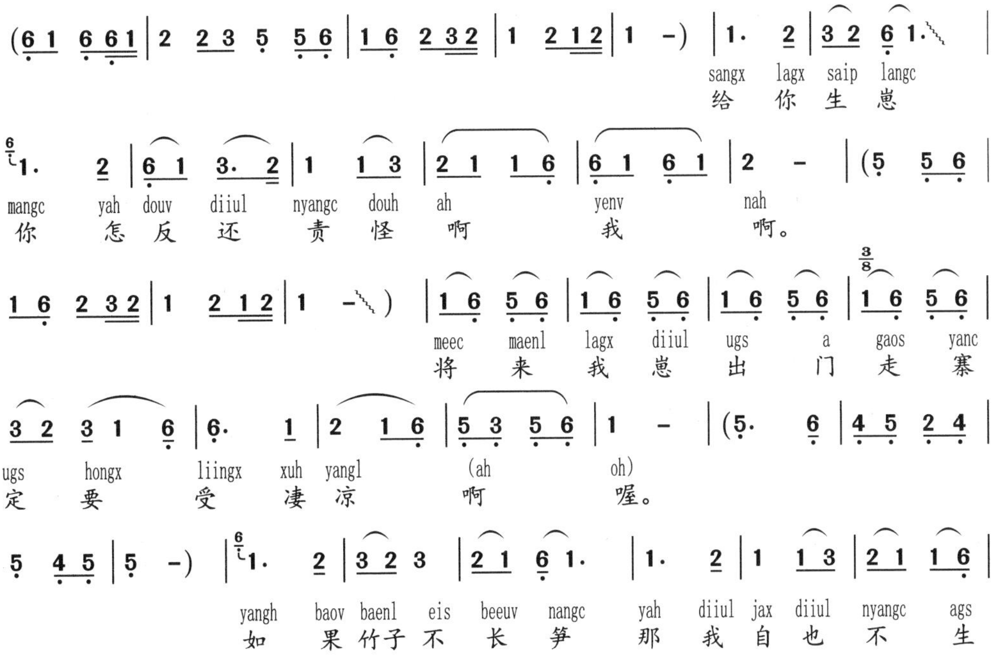

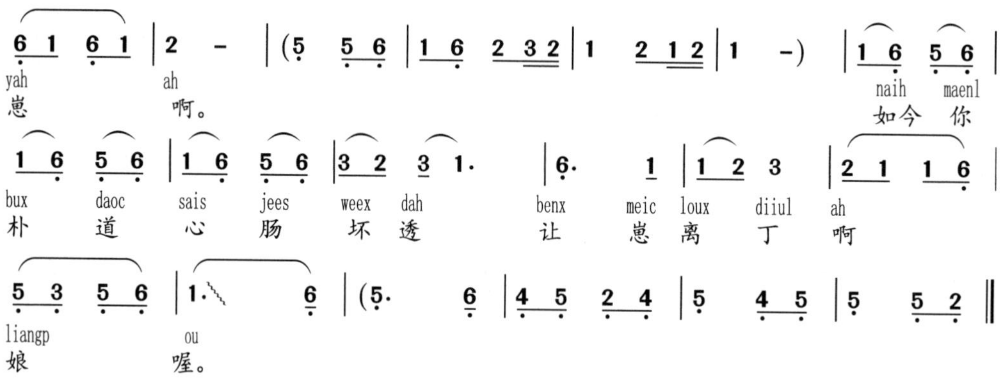

说明：本曲录于从江县西山供孖戏班，速度较通常的【平板】为慢，上、下句的尾部稍有装饰，情绪压抑，故亦归为【平腔、哭板】一类。

谱例 29：

小婆还比大婆甜

（选自《丁郎龙女》索梅唱段）

1=♯F $\frac{2}{4}$

杨 勇 兰演唱
杨成林普虹词
普　　虹编曲

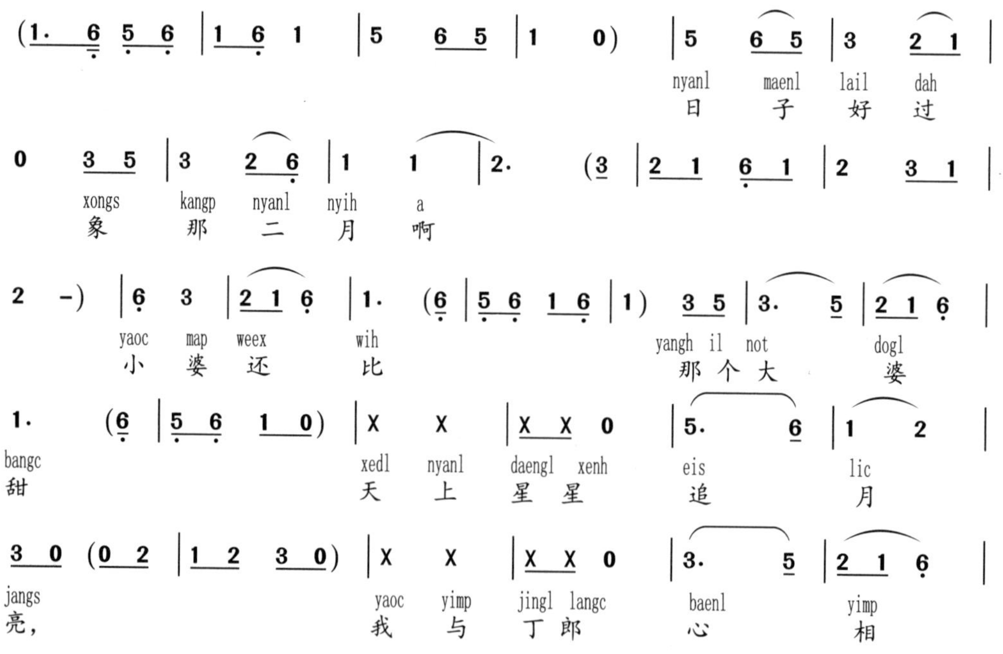

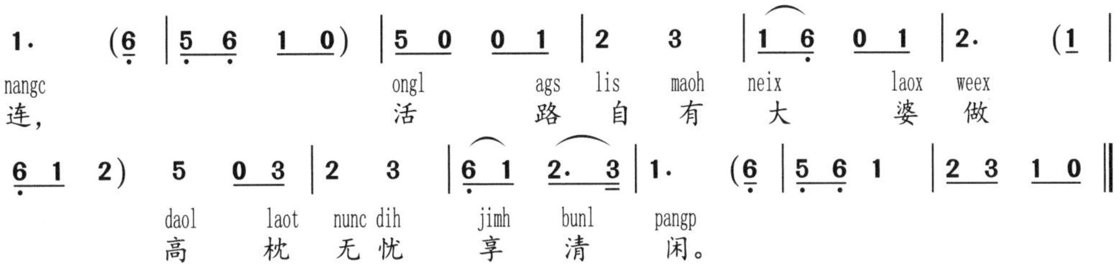

说明：索梅嫁到丁郎家做小、坐享清福、洋洋得意地自我抒发。曲中改变了第三腔句的落者，使用了夹杂的句子，形成变化，以丑化索梅的形象。

谱例 30：

祖传三代好弓箭

（选自《善郎恶梅》荒赢唱段）

1=C $\frac{2}{4}$

赵永佳演唱
吴 定 国词
谌永佳演唱

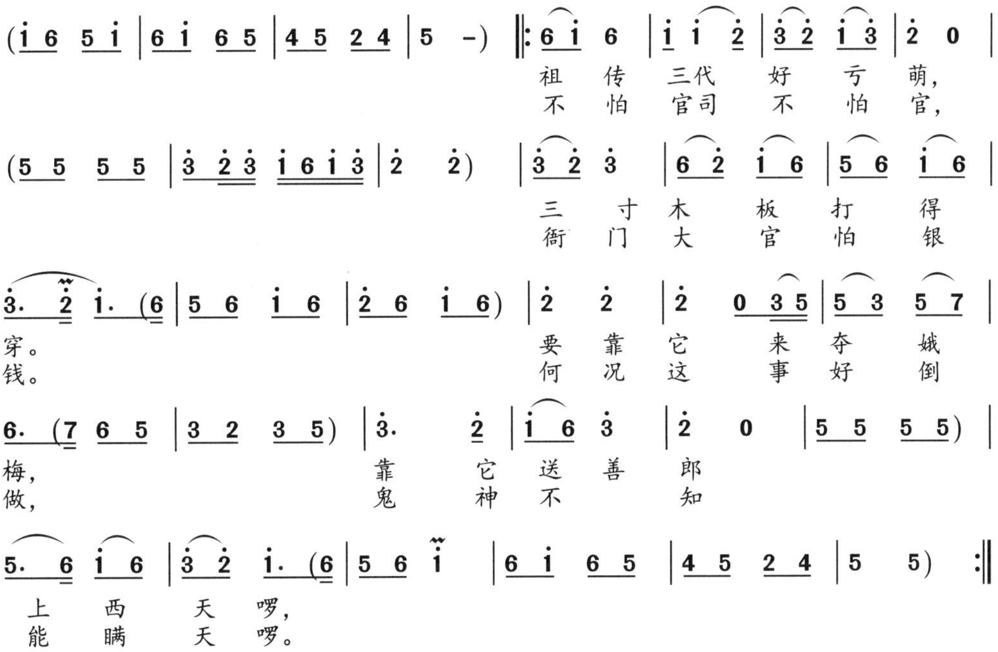

说明：此唱段是荒赢设计叫宝富为他杀善郎，得意忘形时唱，原上、下句扩充成了四句。

谱例31：

想个主意把她请

（选自《乃宁》朱老爷唱段）

1=#F $\frac{2}{4}$ $\frac{3}{4}$

罗 绍 昆演唱
陈寿江编词曲

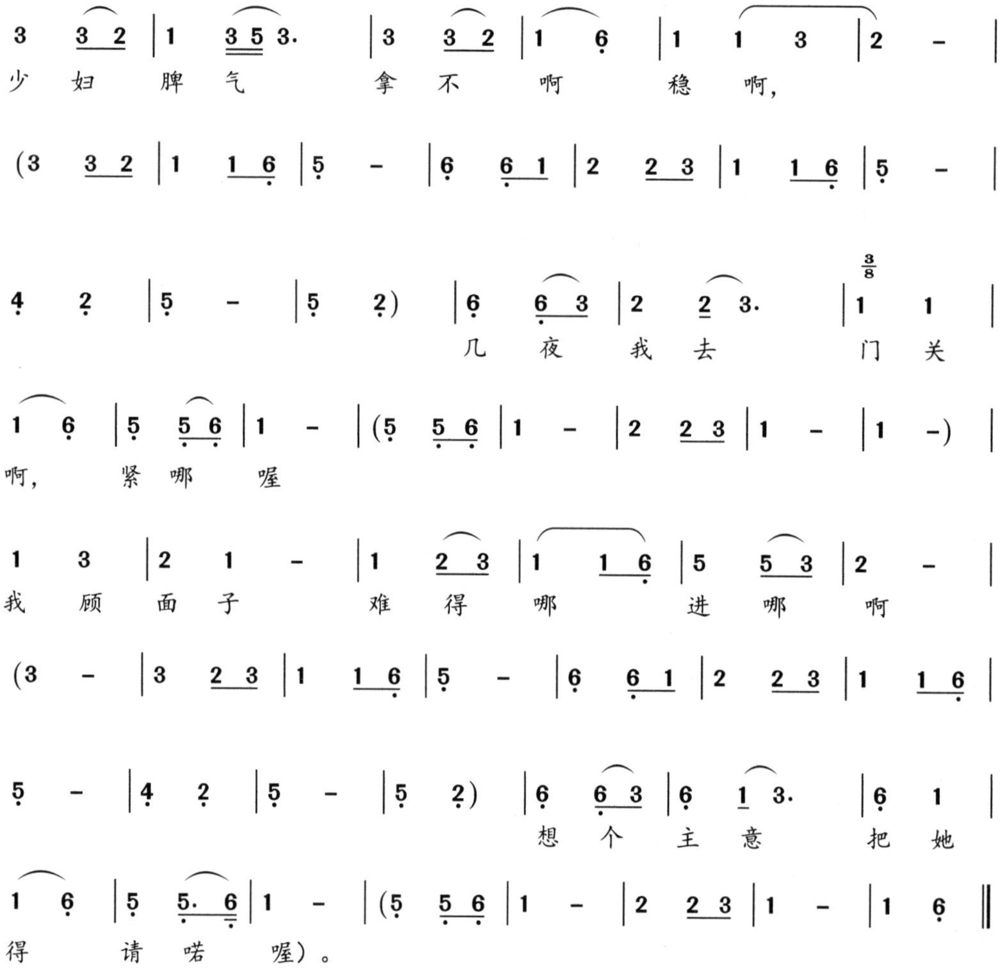

说明：本曲系丑角唱腔，朱老爷为汉族，用汉语演唱；第三句故意用了7度的大跳，以突出戏虐的效果，扩大了【平腔】的意域。

（二）歌腔

1. 哭歌部分

谱例 32：

村宽宅大无命住

（选自《梅良玉》杏元唱段）

1=#F 5/8 3/8 2/4 3/4

吴　银　芝演唱
谌贻佑、普　虹记录

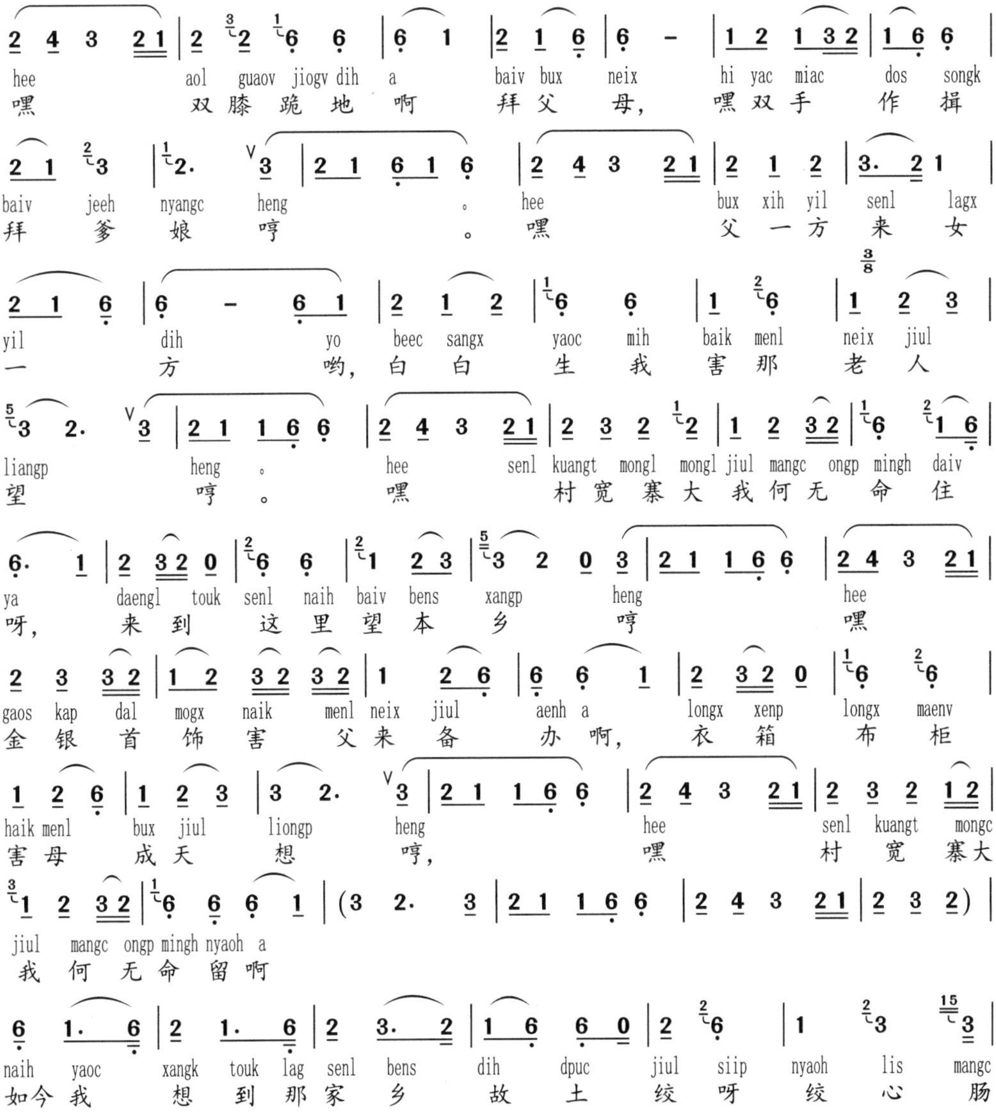

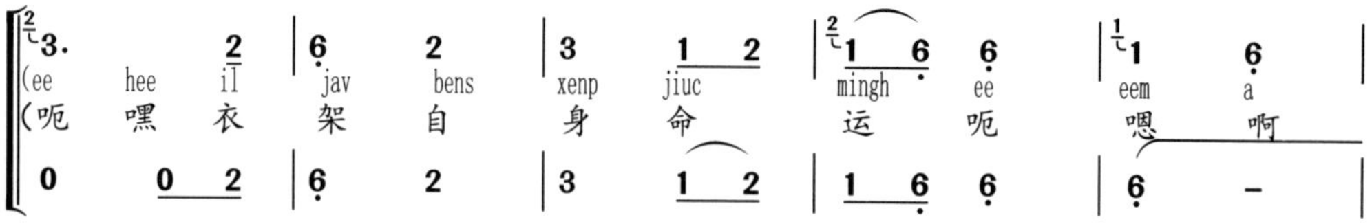

说明：此唱段表现杏元未到边关，思恋家乡，思恋亲人的悲痛心情。由一人独唱，尾部加合唱的衬腔。

谱例 33：

手持白骨招魂灵

（选自《珠郎娘美》娘美唱段）

1=#C $\frac{3}{8}$ $\frac{2}{4}$ $\frac{3}{4}$

吴友柱演唱
普　虹记录

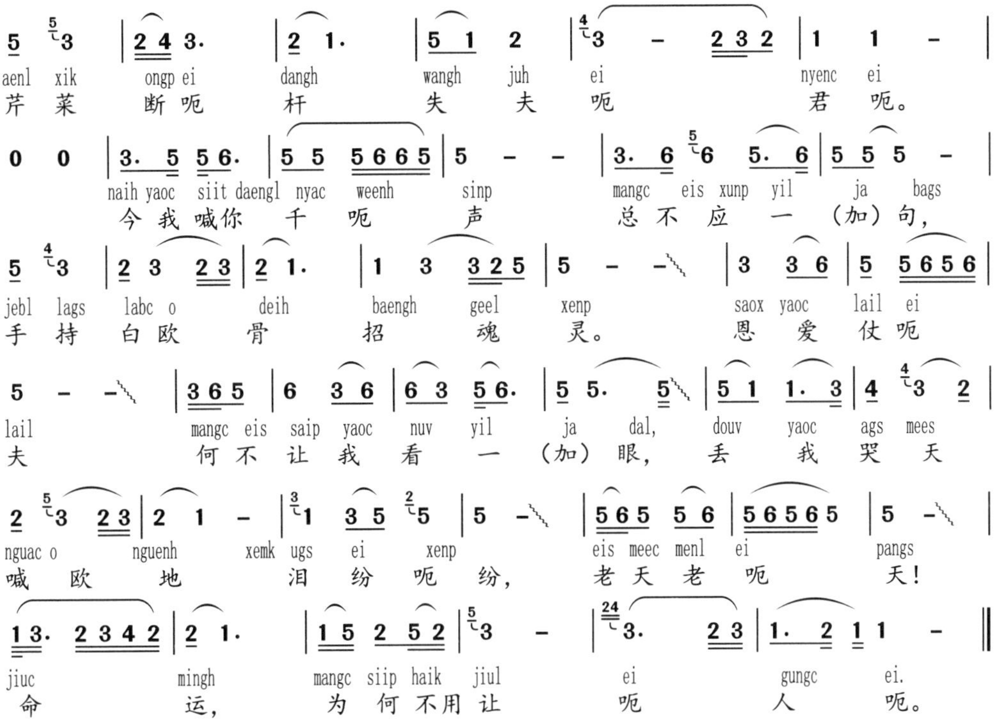

说明：这是黎平银朝的“哭歌”，娘美到江箭坡寻尸时所唱。

谱例 34：

人死灯灭再也难相见

（选自《珠郎娘美》娘美唱段）

1=#F $\frac{2}{4}$ $\frac{3}{4}$

吴 定 辉演唱
吴 远 隆记谱
吴定华记侗文
吴 定 国译词

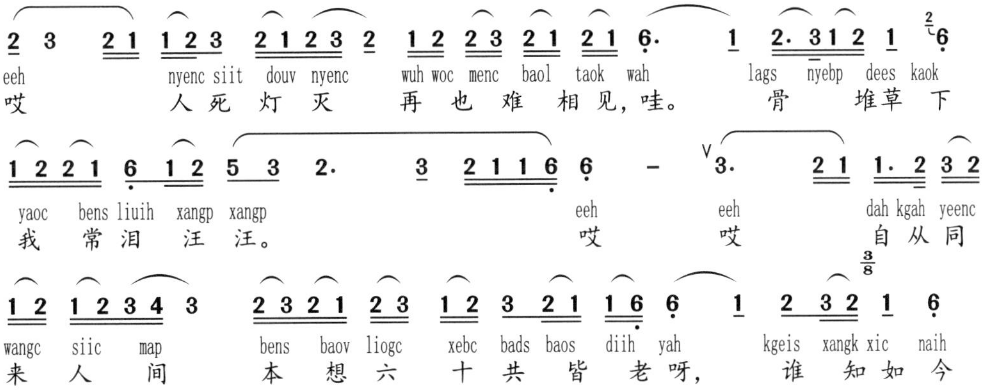

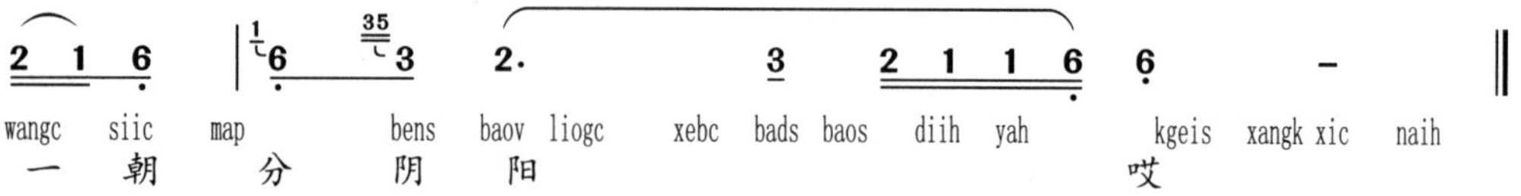

说明：本曲系娘美找到珠郎尸骨后所唱。演唱者吴定辉黎平铜关乡人，一九五八年生，童年参加侗戏演出，稍长即四处学歌、传歌，并担任本乡戏师，现为黎平民族文工队演员。他善于融会各种唱腔，所掌握的【哭腔】音调甚为丰富。

谱例 35：

那就是郎骨

（选自《珠郎娘美》娘美唱段）

吴 定 辉演唱
天 远 隆记谱
吴 定 国译词
吴定华记侗文

1=#F $\frac{2}{4}$ $\frac{3}{4}$

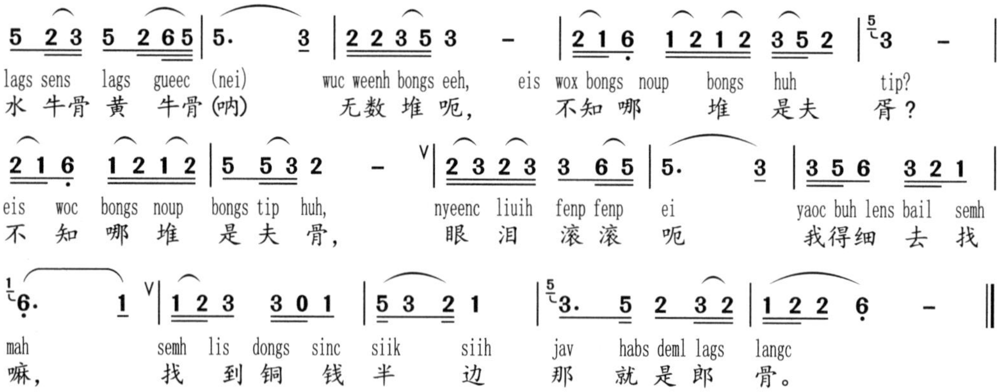

说明：此系娘美苦珠郎之又一种处理。

谱例 36:

乌云压顶狂风吹

（选自《珠郎娘美》娘美唱段）

1=#F

吴　定　辉演唱
吴　远　隆记谱
吴定华记侗文
吴　定　国译词

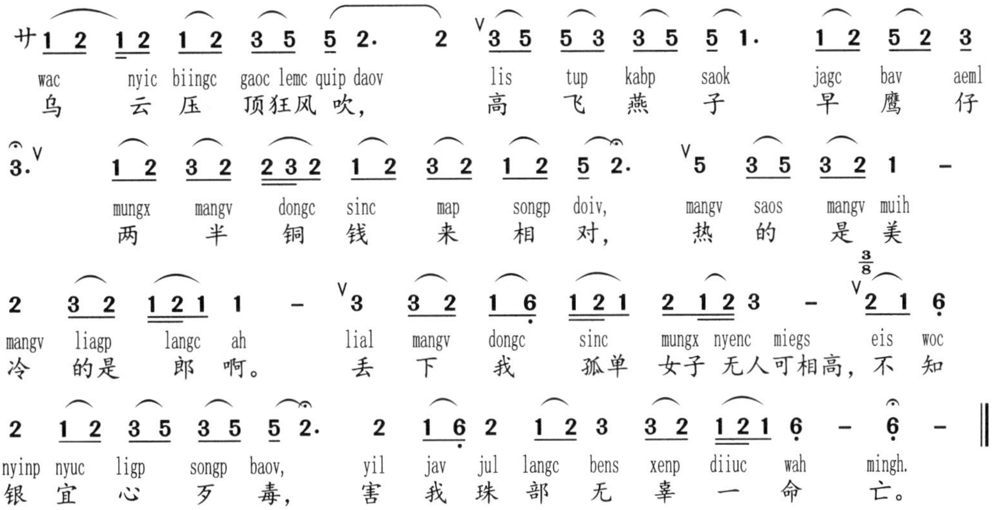

说明：本曲亦系娘美苦珠郎时唱，节奏和旋律均为前列有所变化。

谱例 37:

心如刀绞象那断藤的瓜

（选自《许娇青》许娇青唱段）

1=#F 廿

吴黛云演唱
吴远隆记谱
吴定国译词

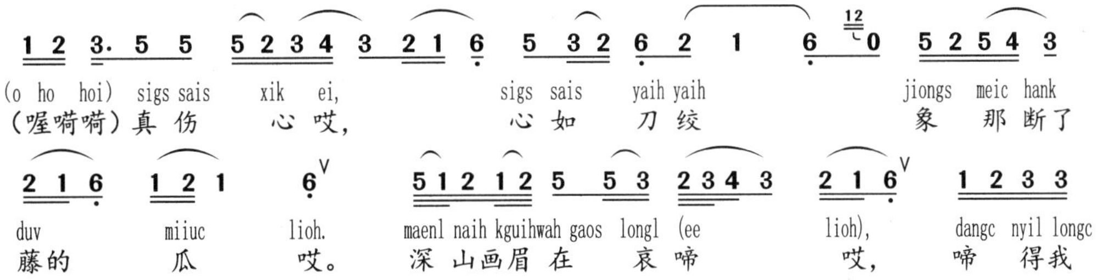

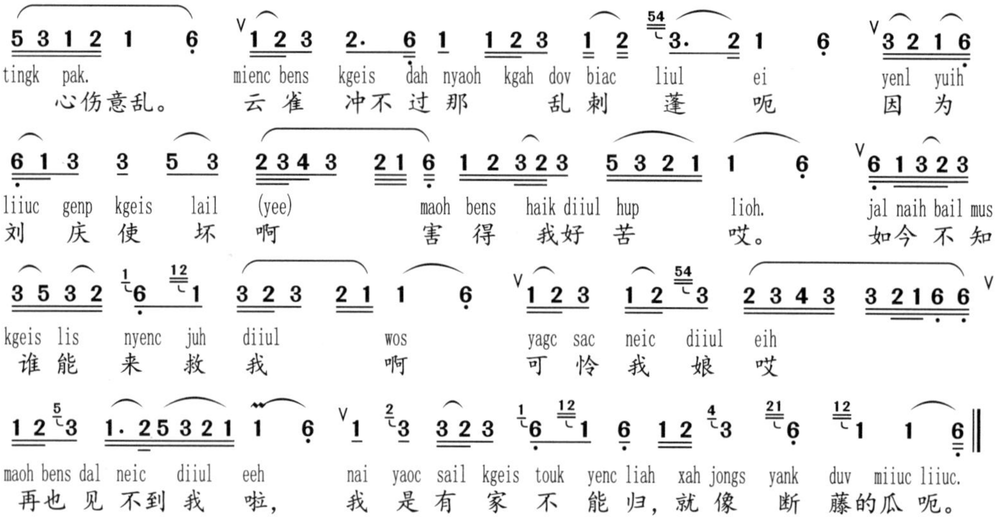

说明：许娇青出逃路上被歹徒捆绑树上，失声痛哭而唱。记录于黎平佳所，但演唱者为三龙人，腔亦系三龙腔。

谱例 38：

双膝跪地烧纸诉哀肠

（选自《善郎娥妹》娥妹唱段）

1=#F 2/4

陆银梦演唱
家 浚 记谱
吴永英记侗文
吴定国译词

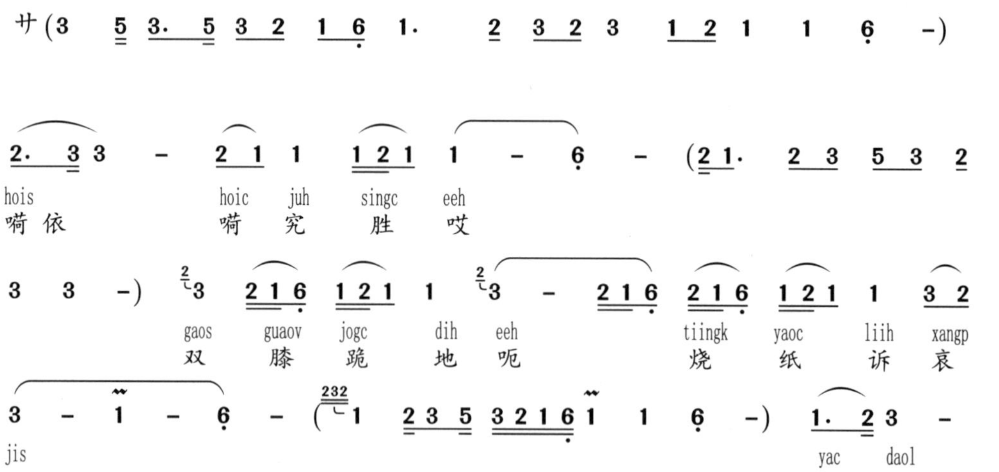

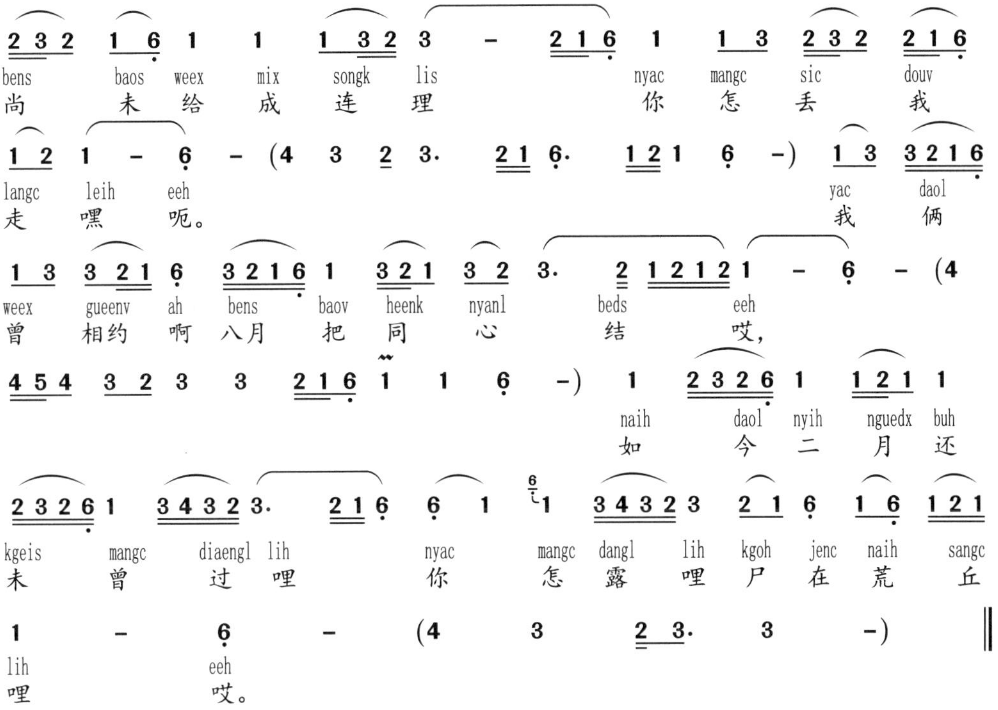

说明：此曲系牛腿琴歌，流传于黎平肇兴一带，娥妹闻善郎凶信哭唱。

谱例 39：

娘在西边儿在东

（选自《朱砂记》娘娘唱）

1=#F $\frac{2}{4}$ $\frac{3}{4}$

陈 光 梅演唱
吴 远 隆记谱
吴永英记侗文
吴 定 国译

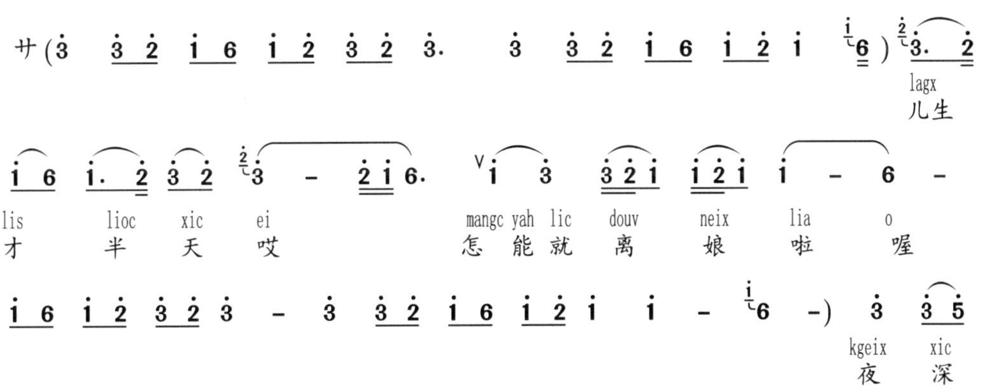

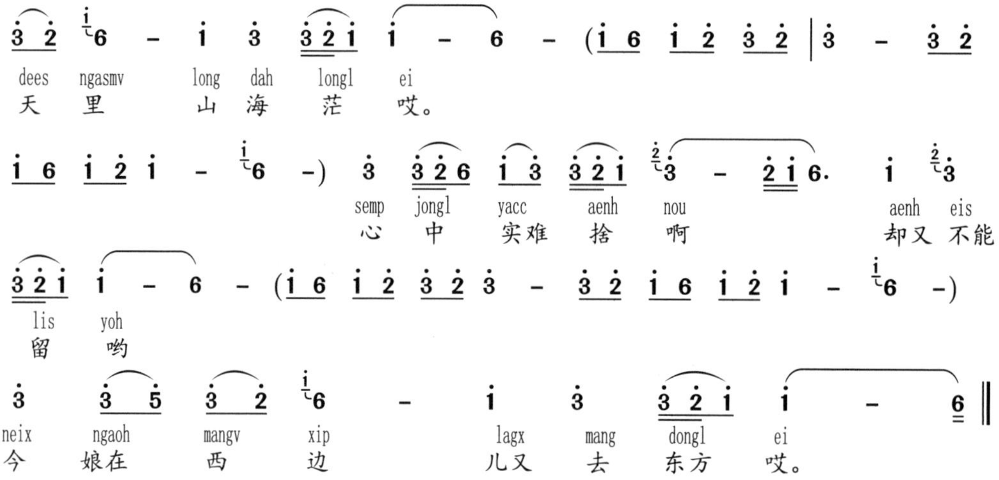

说明：此曲系剧中正宫娘娘在冷宫生下李旦，杜惠前来将旦救走所唱，为黎平潘老寨苦歌词。哭歌一般无伴奏，此处用胡琴。

谱例 40：

可怜我命运不如人

（选自《萨岁》萨岁唱段）

1=#F $\frac{2}{4}$ $\frac{3}{4}$

解玉凡演唱
家　浚记谱
吴定国译词

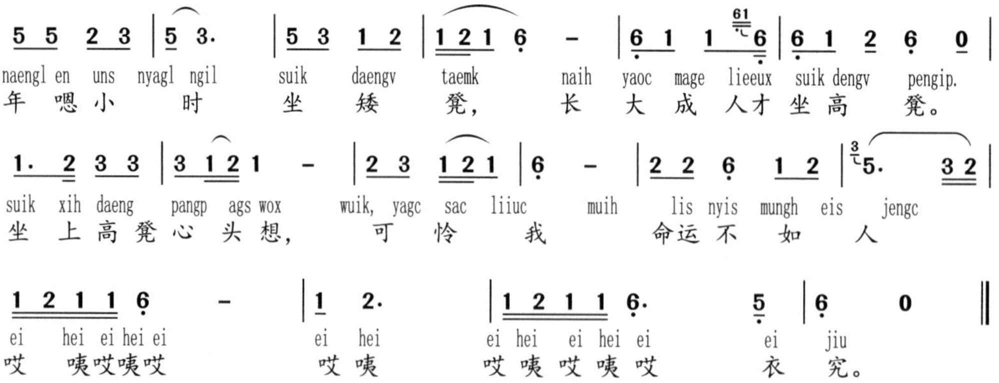

说明：本曲系潘老寨儿歌，萨岁幼年时感叹命运，心酸而唱。

谱例 41：

喜童夭亡苦哭不转

（选自《梅良玉》良玉唱段）

1=$^{\#}$F $\frac{2}{4}$

吴 定 辉演唱
吴 远 隆记谱
吴定华记侗文
吴 定 国译配

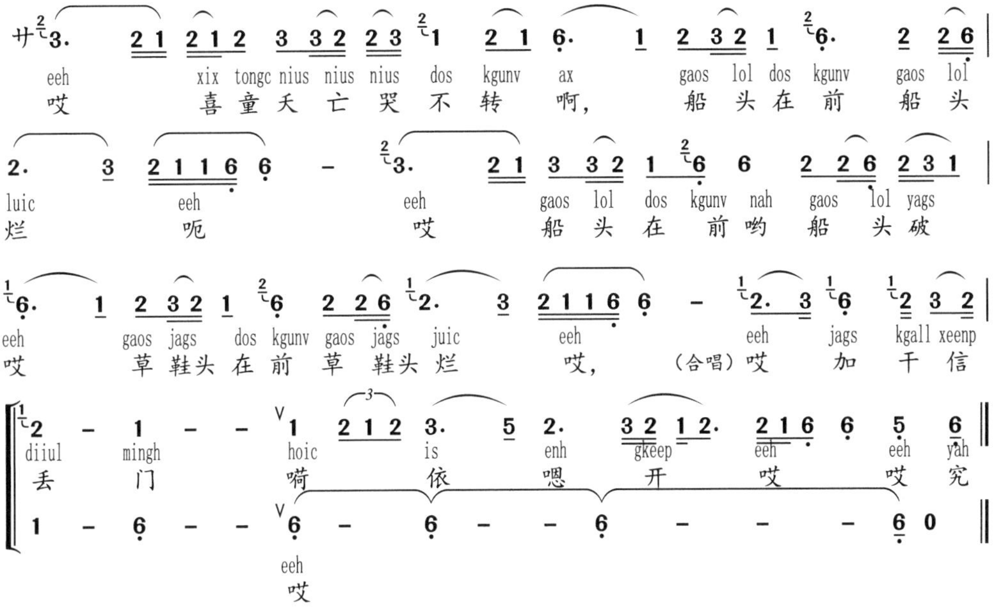

说明：梅良玉与喜童出逃途中，喜童不幸夭折，良玉痛苦而唱此曲。曲尾加上合理衬腔，构成特色。

谱例 42：

难赔父母桃李情

（选自《梅良玉》杏元唱段）

1=F $\frac{2}{4}$ $\frac{3}{4}$

吴 芳 玉演唱
甚贻佑、普 虹记录

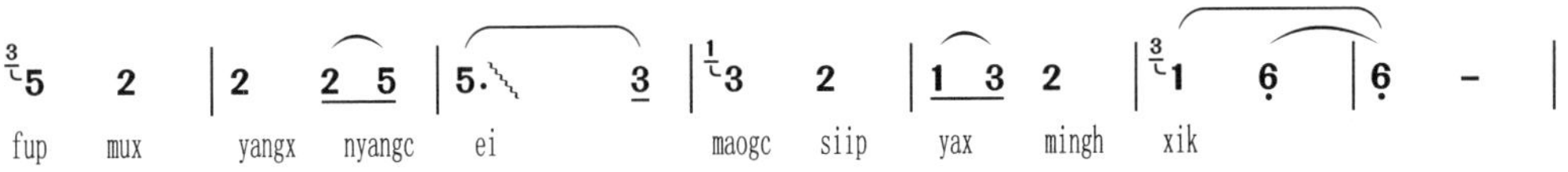

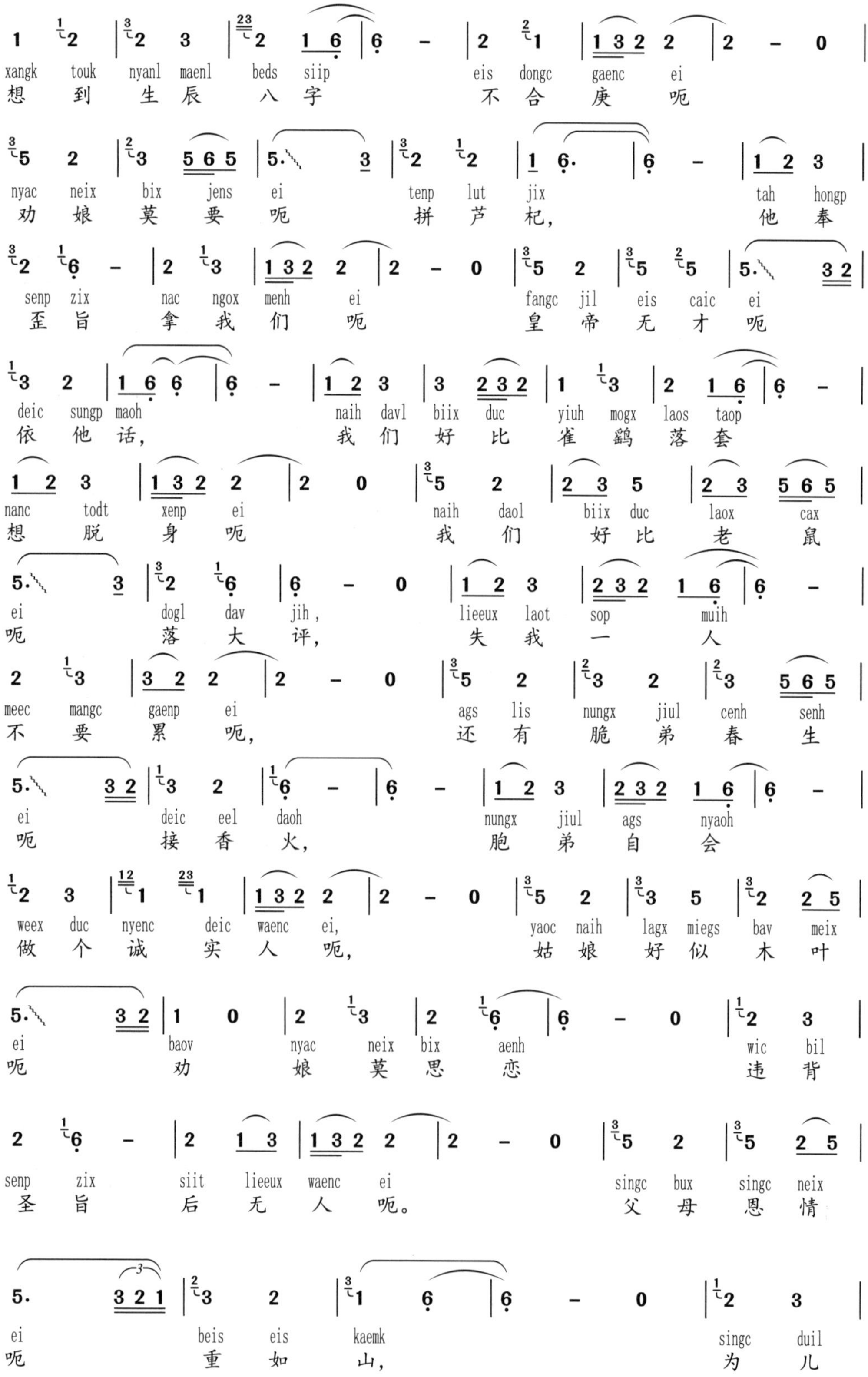
xangk touk nyanl maenl beds siip eis dongc gaenc ei
想到生辰八字不合庚呃
nyac neix bix jens ei tenp lut jix tah hongp
劝娘莫要呃拼芦杞，他奉
senp zix nac ngox menh ei fangc jil eis caic ei
歪旨拿我们呃皇帝无才呃
deic sungp maoh naih davl biix duc yiuh mogx laos taop
依他话，我们好比雀鸥落套
nanc todt xenp ei naih daol biix duc laox cax
想脱身呃我们好比老鼠
ei dogl dav jih, lieeux laot sop muih
呃落大评，失我一人
meec mangc gaenp ei ags lis nungx jiul cenh senh
不要累呃，还有脆弟春生
ei deic eel daoh nungx jiul ags nyaoh
呃接香火，胞弟自会
weex duc nyenc deic waenc ei, yaoc naih lagx miegs bav meix
做个诚实人呃，姑娘好似木叶
ei baov nyac neix bix aenh wic bil
呃劝娘莫思恋违背
senp zix siit lieeux waenc ei singc bux singc neix
圣旨后无人呃。父母恩情
ei beis eis kaemk singc duil
呃重如山，为儿

说明：这是流行于侗戏始祖吴文彩家乡腊洞的“哭歌”。杏元和香前，与母亲惜别，感谢父母亲养育之恩。

谱例 43：

命运真可怜

（选自《乃宁》婢宁唱段）

1=D $\frac{2}{4}$ $\frac{3}{4}$ $\frac{3}{8}$

♩ = 100

银兰演唱
普虹记录

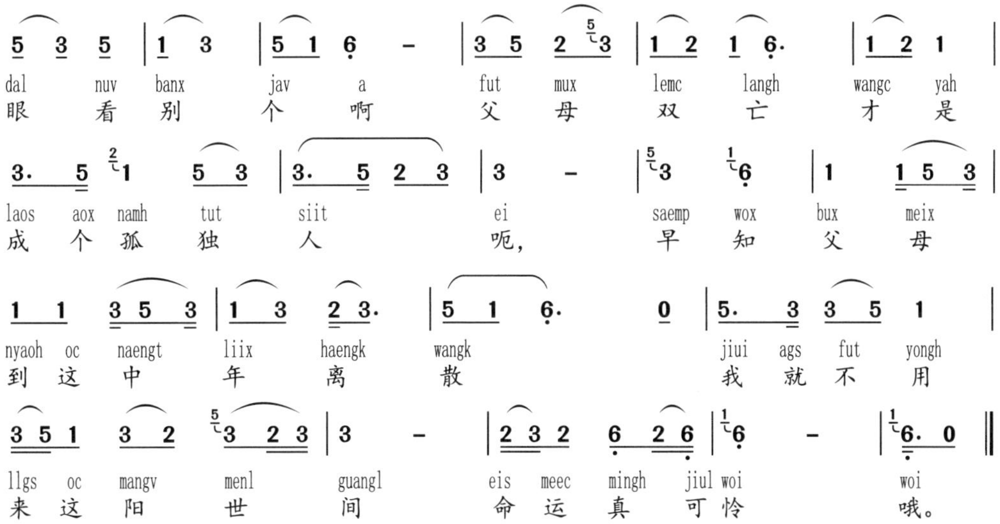

说明：此唱段为乃宁离开家之后，婢宁像无娘的鸡仔，痛苦忧愁而唱，为从江小黄的【哭歌】由抒情果给歌演变而来。

谱例44：

独我一人活着做那样

（选自《陈光鲁》唱段）

1=#F $\frac{3}{4}$

♩= 100

洛香侗戏班演唱
王承祖、普虹记录

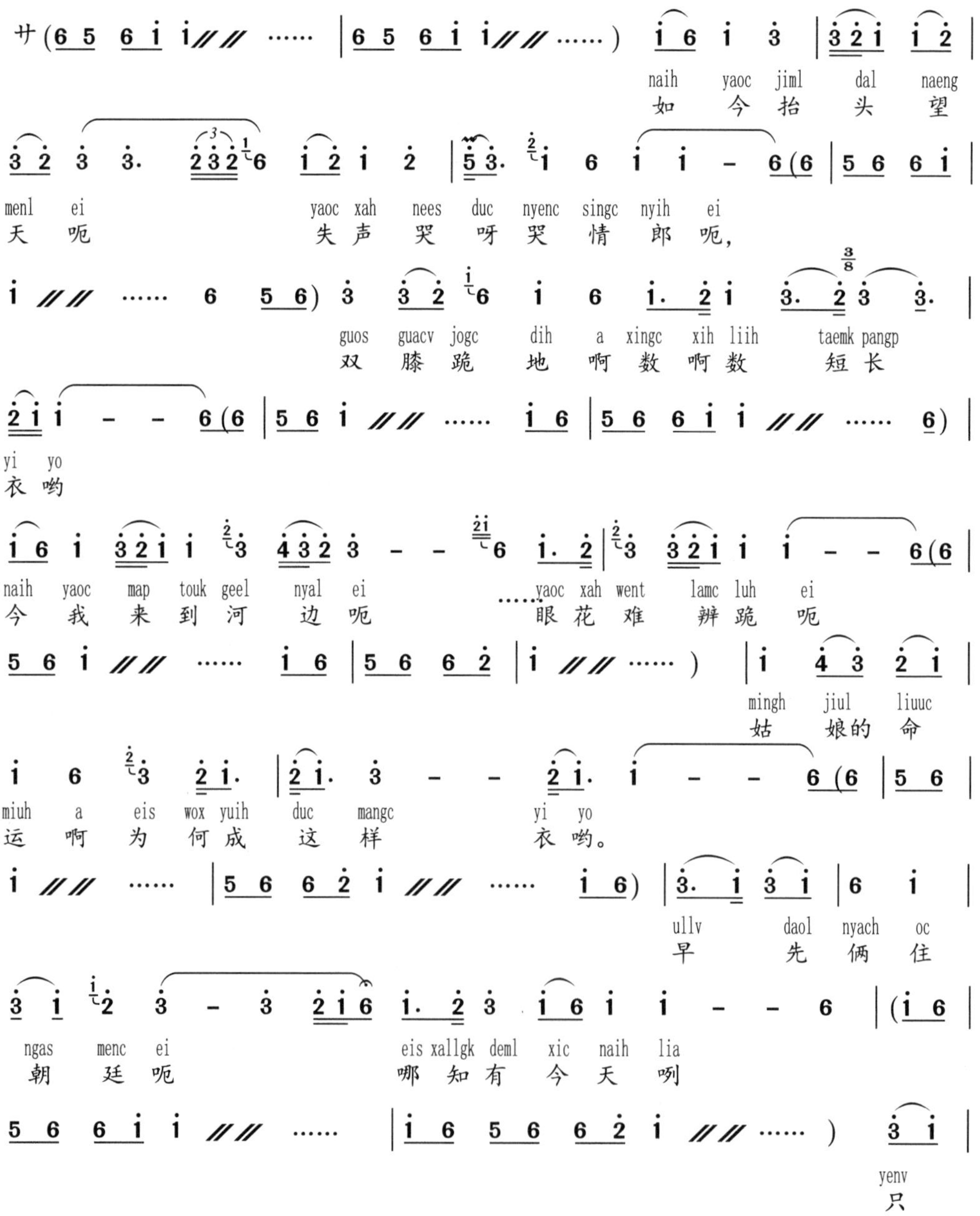

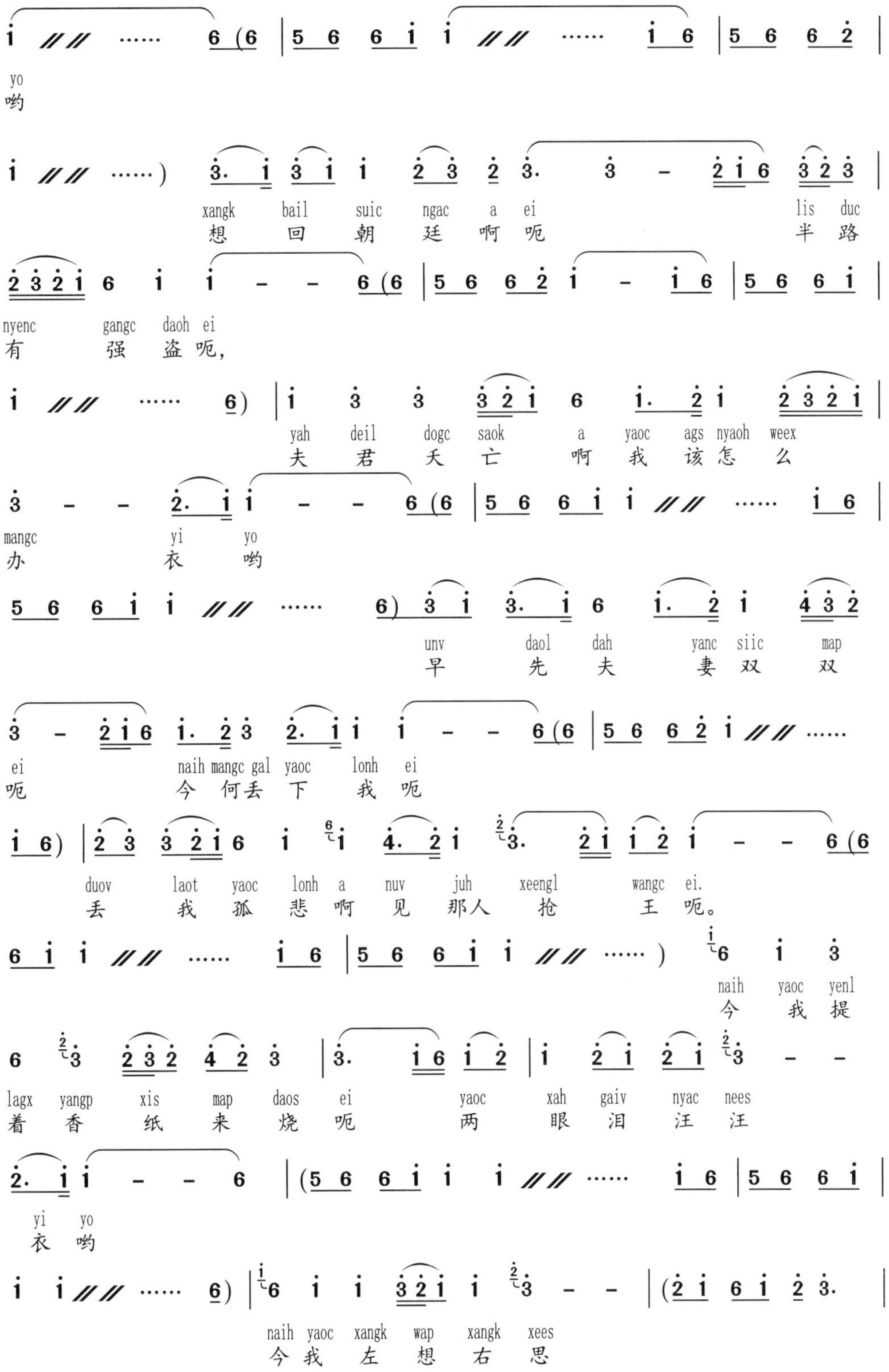
yo
哟
xangk bail suic ngac a ei lis duc
想 回 朝 廷 啊 呃 半 路
nyenc gangc daoh ei
有 强 盗 呃，
yah deil dogc saok a yaoc ags nyaoh weex
夫 君 夭 亡 啊 我 该 怎 么
mangc yi yo
办 衣 哟
unv daol dah yanc siic map
早 先 夫 妻 双 双
ei naih mangc gal yaoc lonh ei
呃 今 何 丢 下 我 呃
duov laot yaoc lonh a nuv juh xeengl wangc ei.
丢 我 孤 悲 啊 见 那人 抢 王 呃。
naih yaoc yenl
今 我 提
lagx yangp xis map daos ei yaoc xah gaiv nyac nees
着 香 纸 来 烧 呃 两 眼 泪 汪 汪
yi yo
衣 哟
naih yaoc xangk wap xangk xees
今 我 左 想 右 思

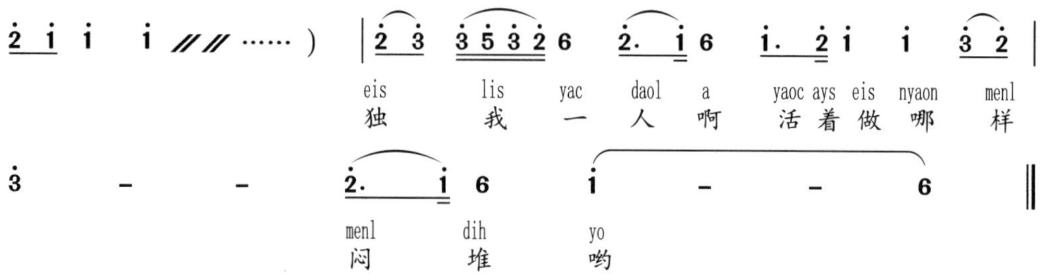

说明：这是流行于六洞地区的“哭腔”，胡琴用斗弓。

谱例45：

伤心多

（选自《孝顺公婆》婆婆唱段）

1=C $\frac{2}{4}$

杨　光　芝演唱
甚贻佑、普　虹记录

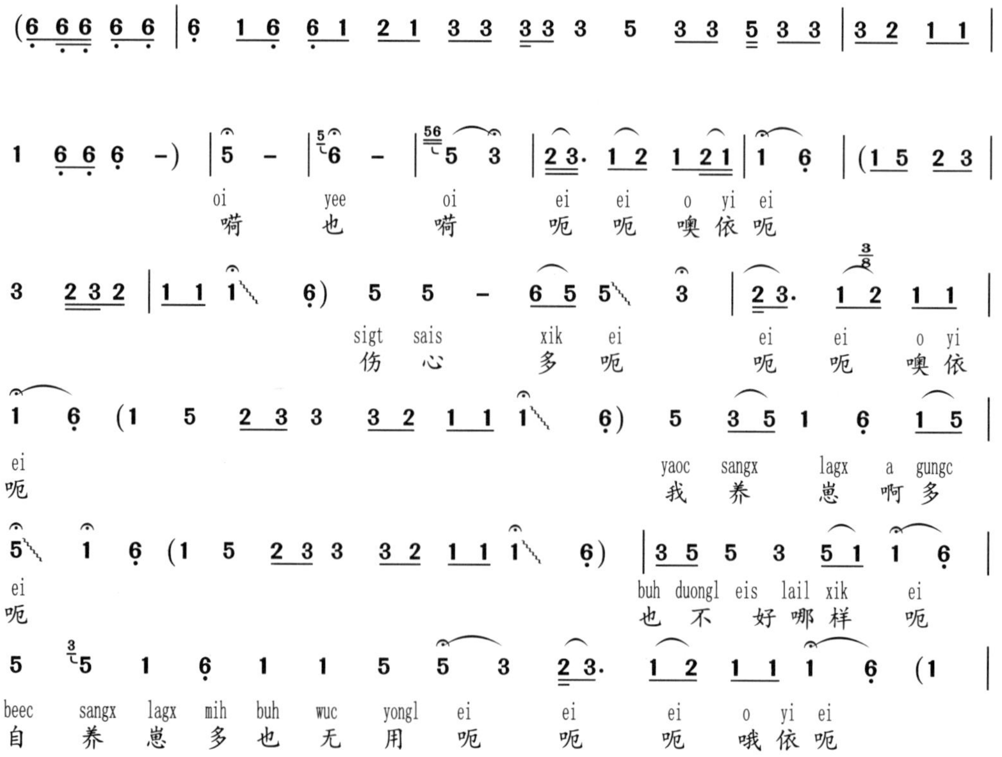

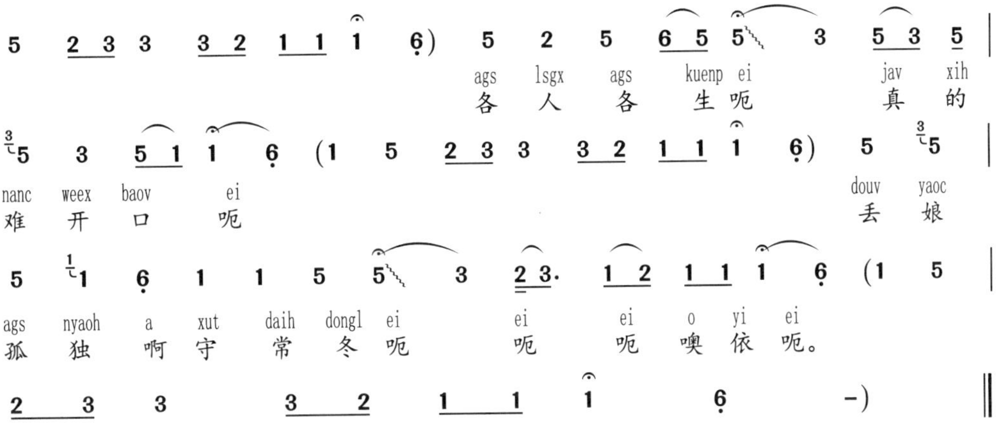

说明：这是流行在黎平县茅贡区天府坝寨一带的“哭歌”。婆婆被儿媳遗弃。又气又慢，对天而歌。

谱例 46：

许郎怎就丧黄泉

（选自《白蛇传》白素贞唱段）

吴 婢 海演唱
石廷良、家浚记录

$1 = {}^{\#}F$

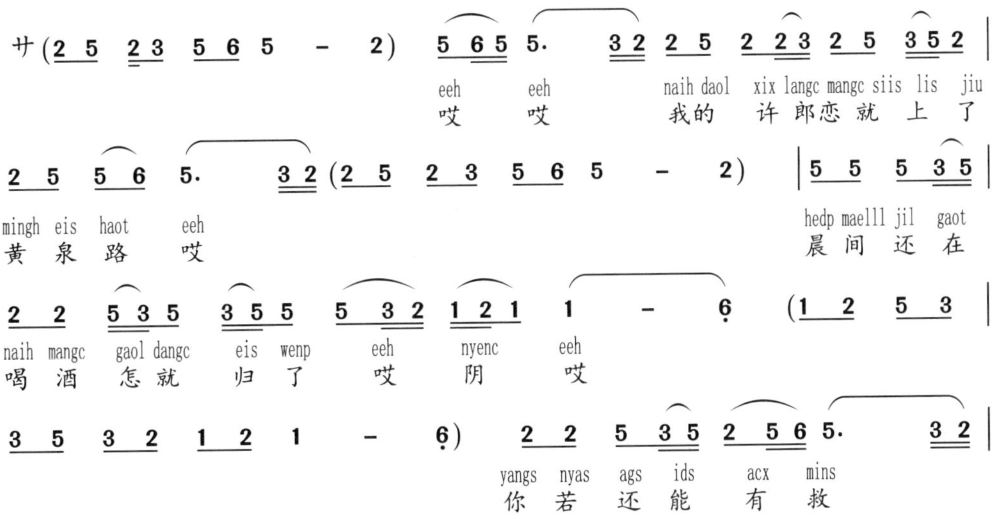

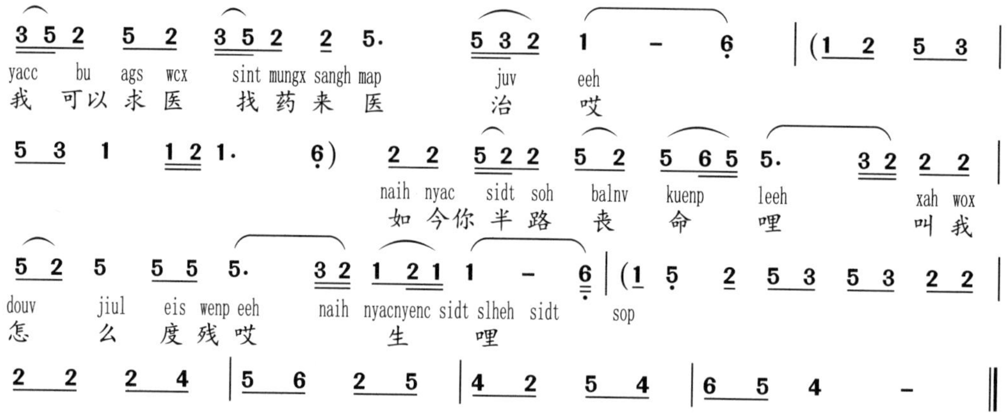

说明：端午许仙强白素贞饮雄黄酒后，白现原形。

谱例 47：

天黑了哩

（选自《金汉》列美唱段）

1= 卄

杨 彦 义演唱
维安、家浚记

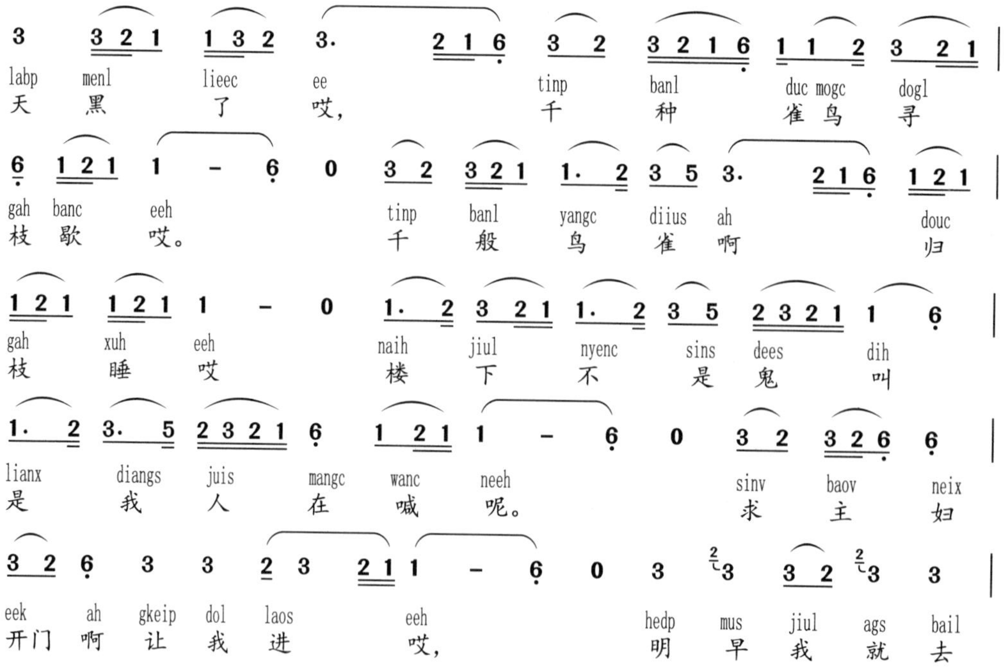

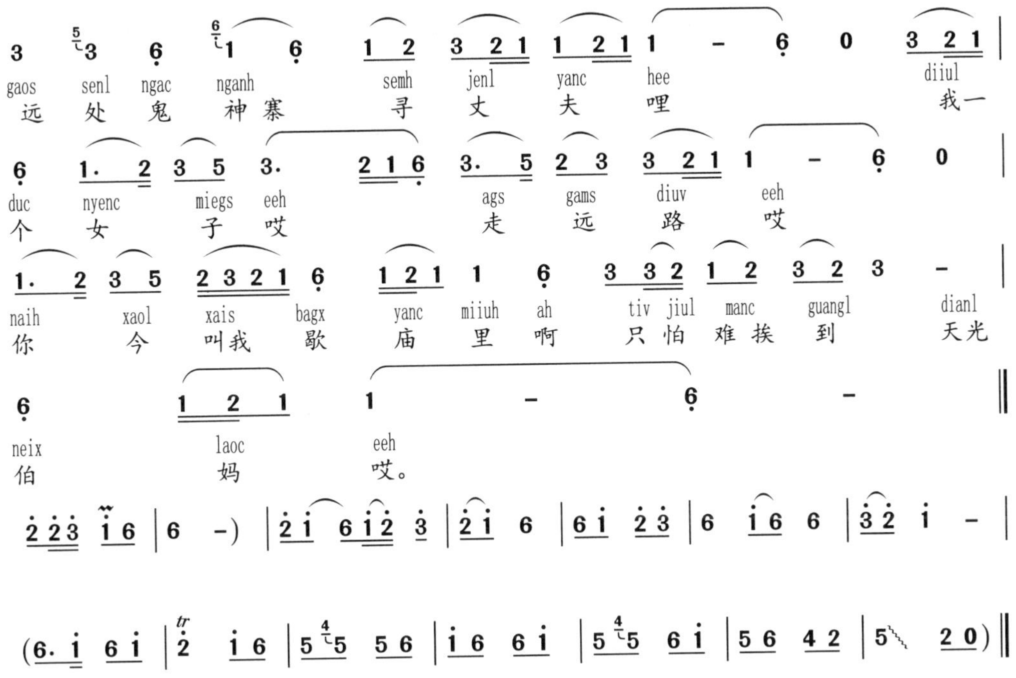

说明：列美四处寻找金汉，到一家投宿，遭拒绝，这是她求主人开门的唱段，情绪委婉而凄凉，所以也用【哭腔】来表达。

谱例48：

真伤心

（选自《珠郎娘美》娘美唱段）

1＝サ

梁光兴演唱
家 浚 记录

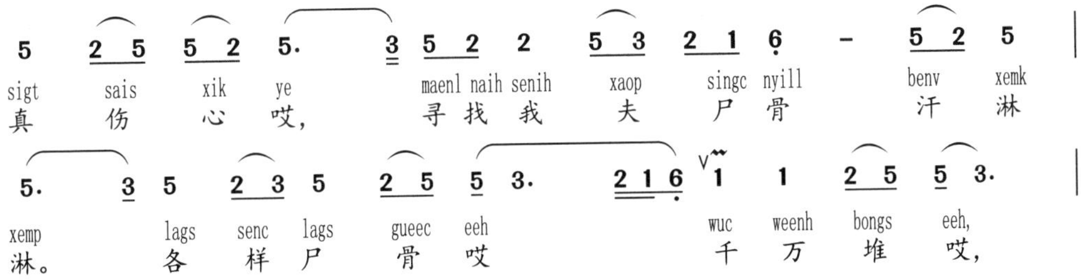

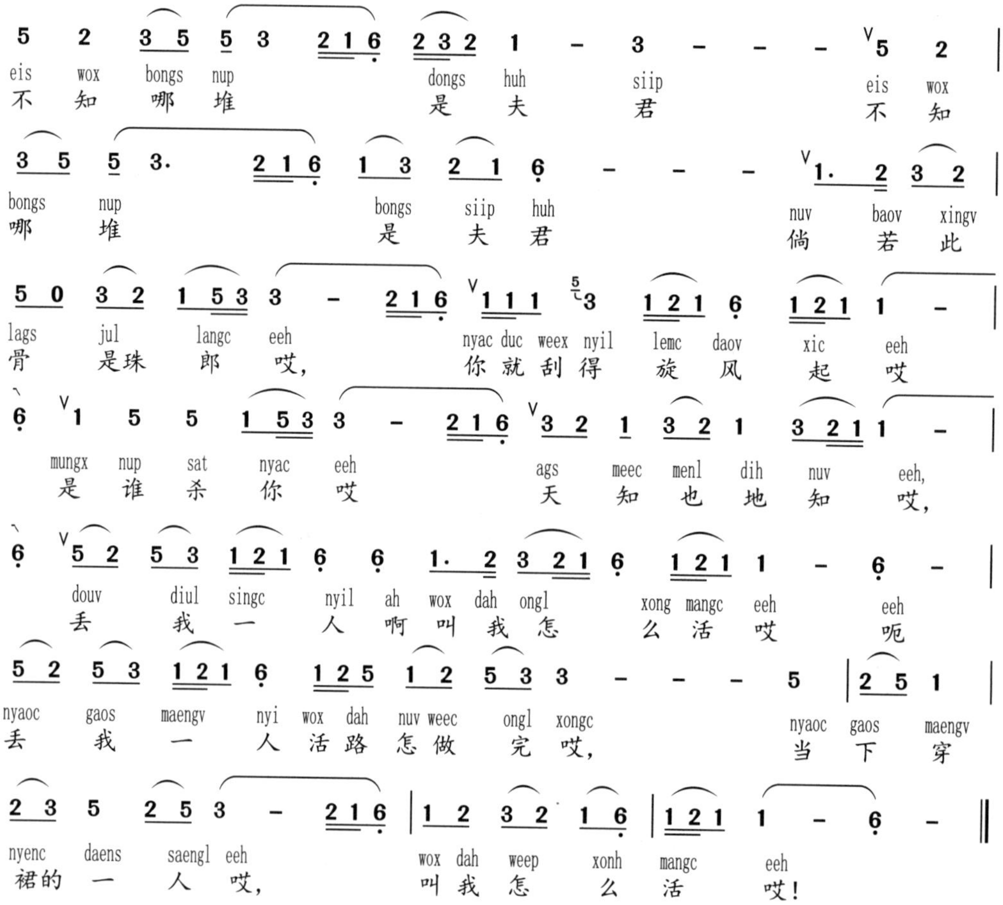

说明：这是娘美寻找珠郎尸骨时所唱。演唱者梁光兴，1942年生与龙图，五四年参加侗戏班，扮演过杏元、刘妹、娘美等角色。五八年随《珠郎娘美》剧组至云南大理参加西南少数民族戏剧会演，主演娘美。五九年，调黔东南州歌舞团任演员，七二年因失声不瘉而专业。

谱例 49：

真伤心

（选自《珠郎娘美》娘美唱段）

梁华耀演唱
家　浚记录

1＝廿

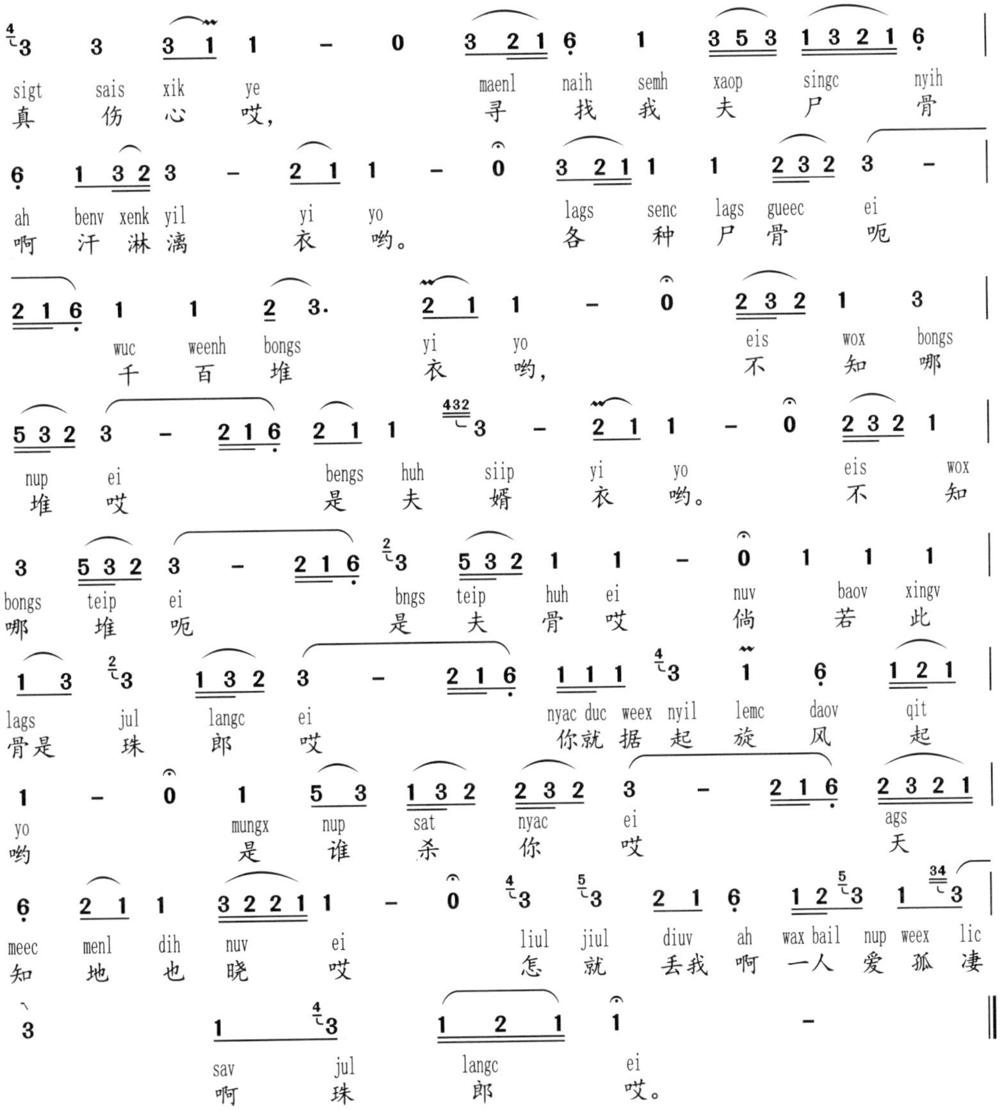

说明：此曲系娘美在坡上寻找珠郎娘美尸骨时所唱，录于1957年1月，演唱者梁华翠为贯洞龙图人，是首批赴贵阳演出，扮演娘美的演员。

谱例 50：

菩萨哎我好苦啊

（选自《金贵》金贵唱段）

1=

杨明寿演唱
家　浚记录

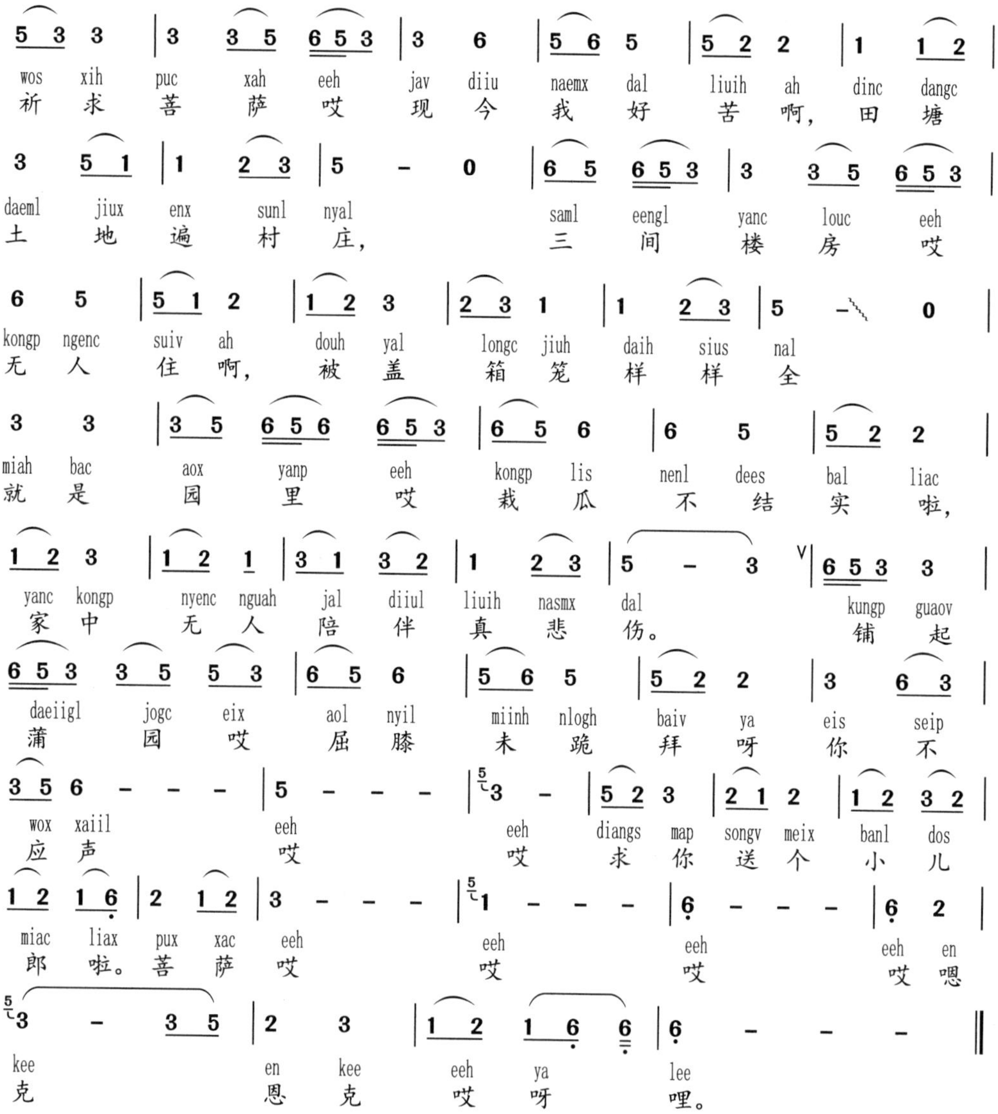

说明：此曲是根据叙事歌设计，为金贵求佛时唱，结尾未使用合唱。演唱者杨明寿系从江县西山平寨戏班老戏班，以其所表现的哀怨情绪重于叙事因素，将其称为哭调。

谱例 51：

伤心多

（选自《珠郎娘美》娘美唱段）

梁　培　仙演唱
省侗戏工作组记录
普　　虹翻译配歌

1=D $\frac{3}{4}\frac{4}{4}\frac{5}{4}\frac{6}{4}$

♩ = 100

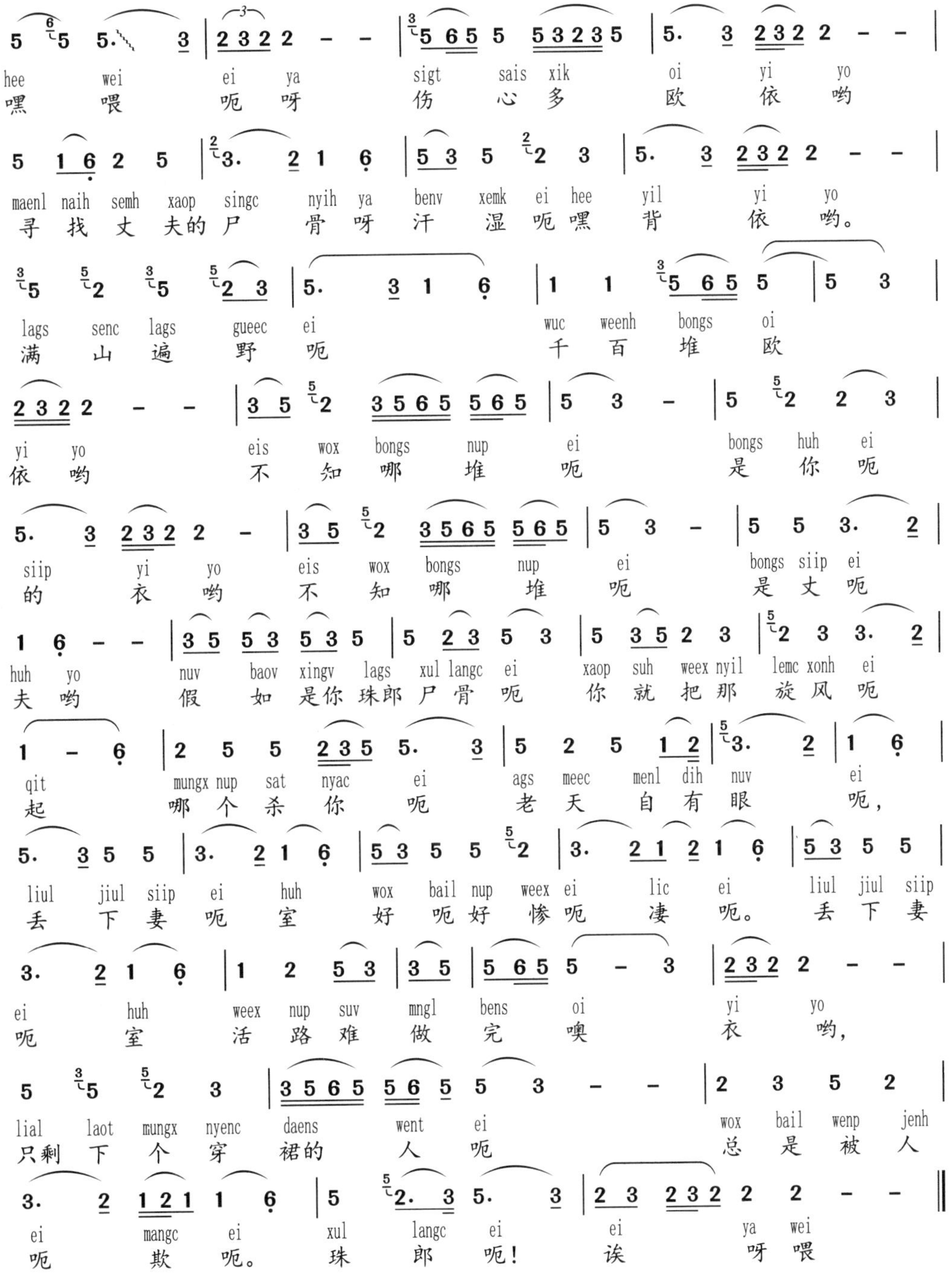

说明：这个唱腔，是流行与榕江三宝侗族地区的“哭腔”，当地称为“ ai nees”。此唱段是娘美到江箭坡寻尸辨骨时所唱。演唱者梁培仙，榕江三宝寨头人。1956 年参加侗戏班，在《珠郎娘美》《华团阮坠》里主演娘美华团。1959 年，参加榕江县侗戏实验剧团，担任《珠郎娘美》等多部侗戏的主演，出席文化部在大理召开的民族文化工作会议。60 年剧团下放，仍回家务农。

谱例 52：

是谁把你拐

（选自《华团阮墜》阮墜唱段）

1=#F 2/4 3/4

梁 培 仙演唱
省侗戏工作组记录

说明：这是三宝地区流行的“哭腔”，华团阮墜私奔路上，强盗打昏阮墜，抢走华团，阮墜更醒，不见华团，放声大哭时演唱。

谱例 53：

独我香莲苦中苦

（选自《陈世美》秦香莲唱段）

1=#F 2/4 3/4 3/8 5/8

张比焉演唱
姚延正记录

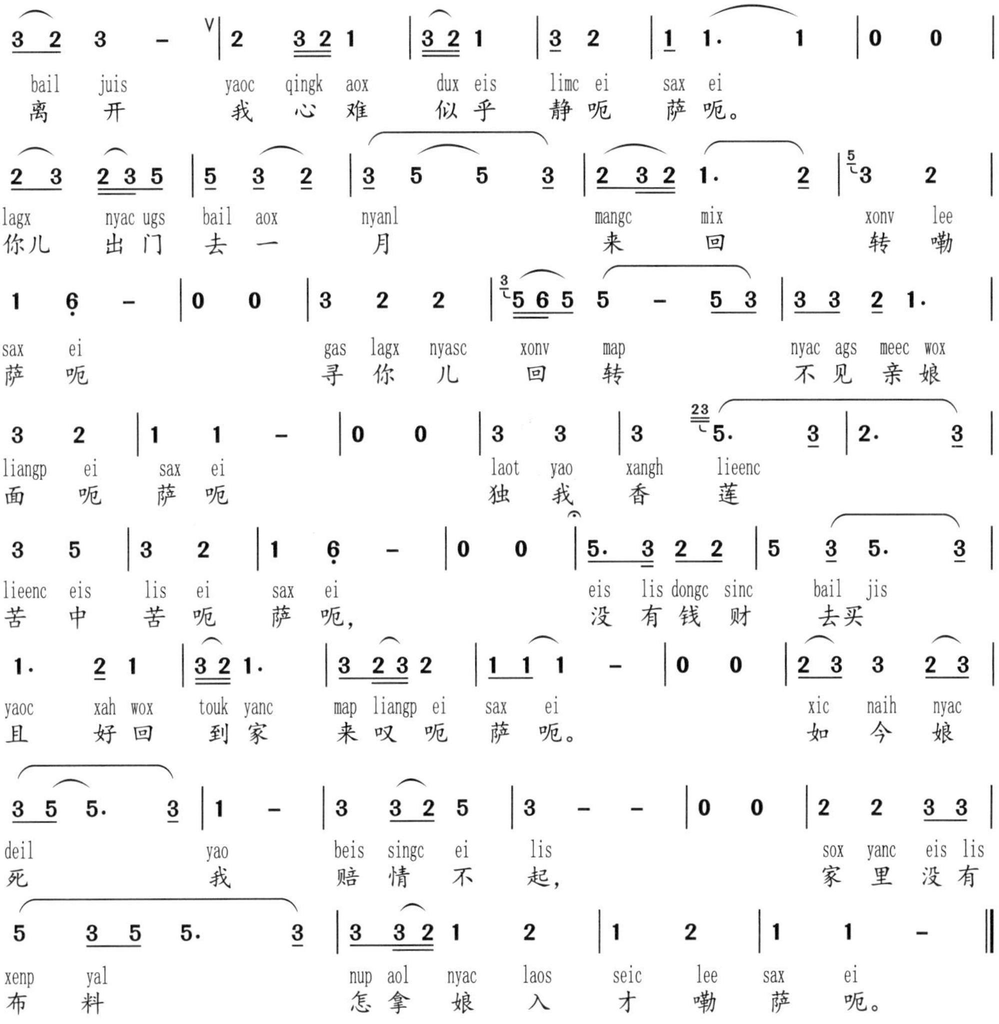

说明：此唱腔流行于榕江色边，黎平尚重一带侗乡，由当地的吟唱歌演变而来，系秦香莲为陈母哭丧。

谱例54：

见信如见亲人面

（选自《抡秀才》厦美唱段）

1=D $\frac{2}{4}$ $\frac{3}{4}$

黄厚兰演唱
普虹词编曲

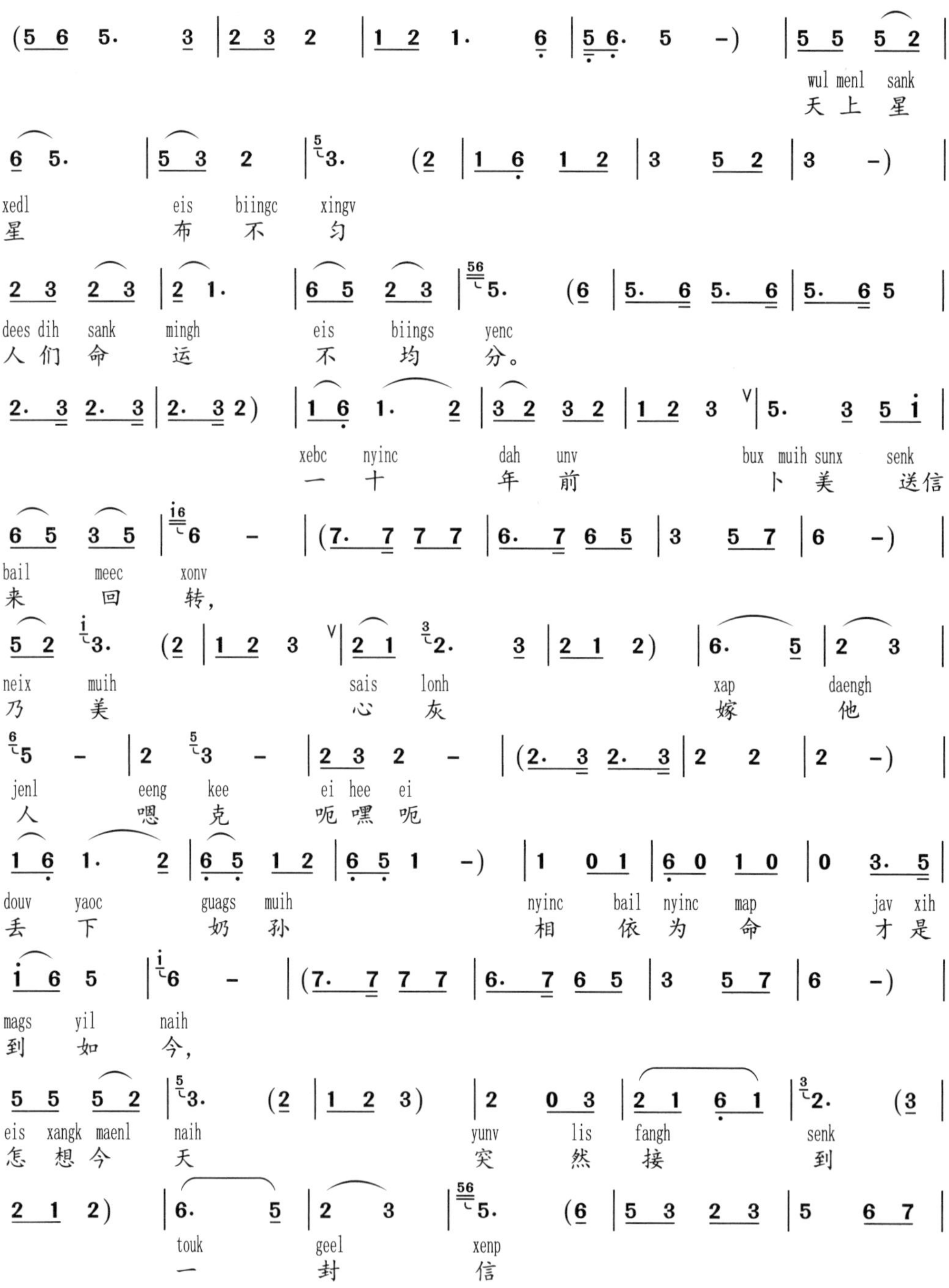

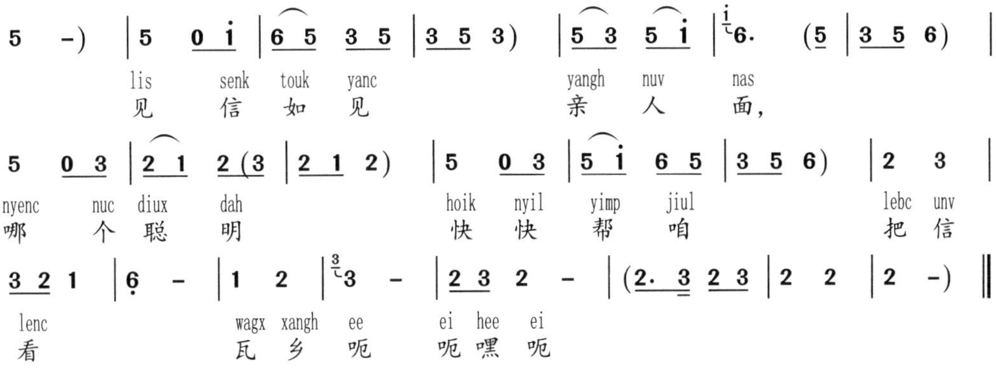

说明：此曲系根据侗戏传统哭歌改编。为厦美突然接到离散十年的儿子来信后，悲喜交加，向众人哭诉无文化的苦楚。

谱例55：

恋丁郎心慌慌

（选自《丁郎龙女》龙女唱段）

1=E $\frac{2}{4}$ $\frac{3}{4}$

杨　艳　红演唱
杨成林、普　虹词
普　　　虹编曲

慢、忧伤地

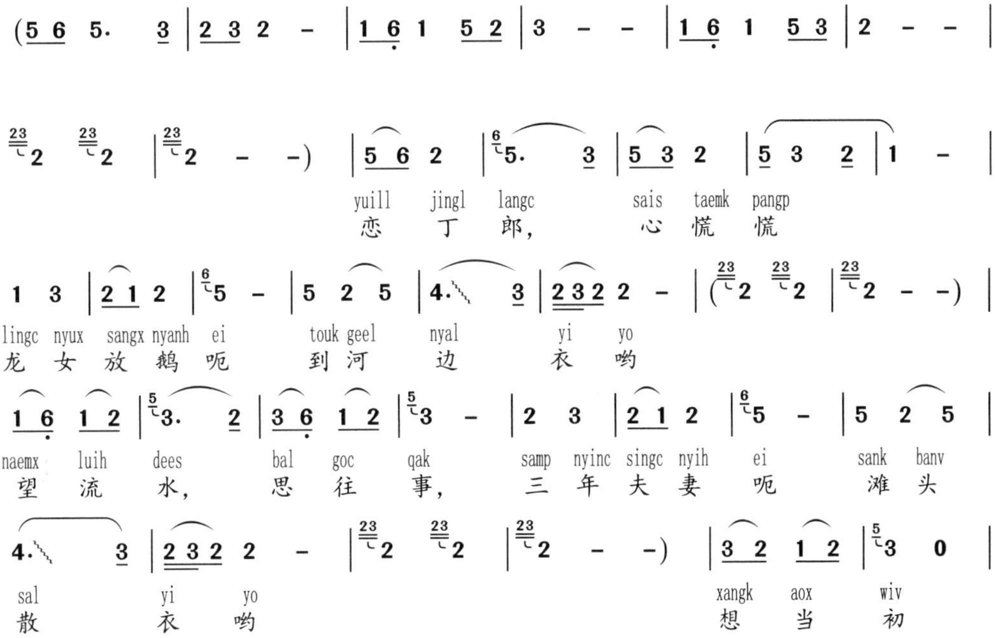

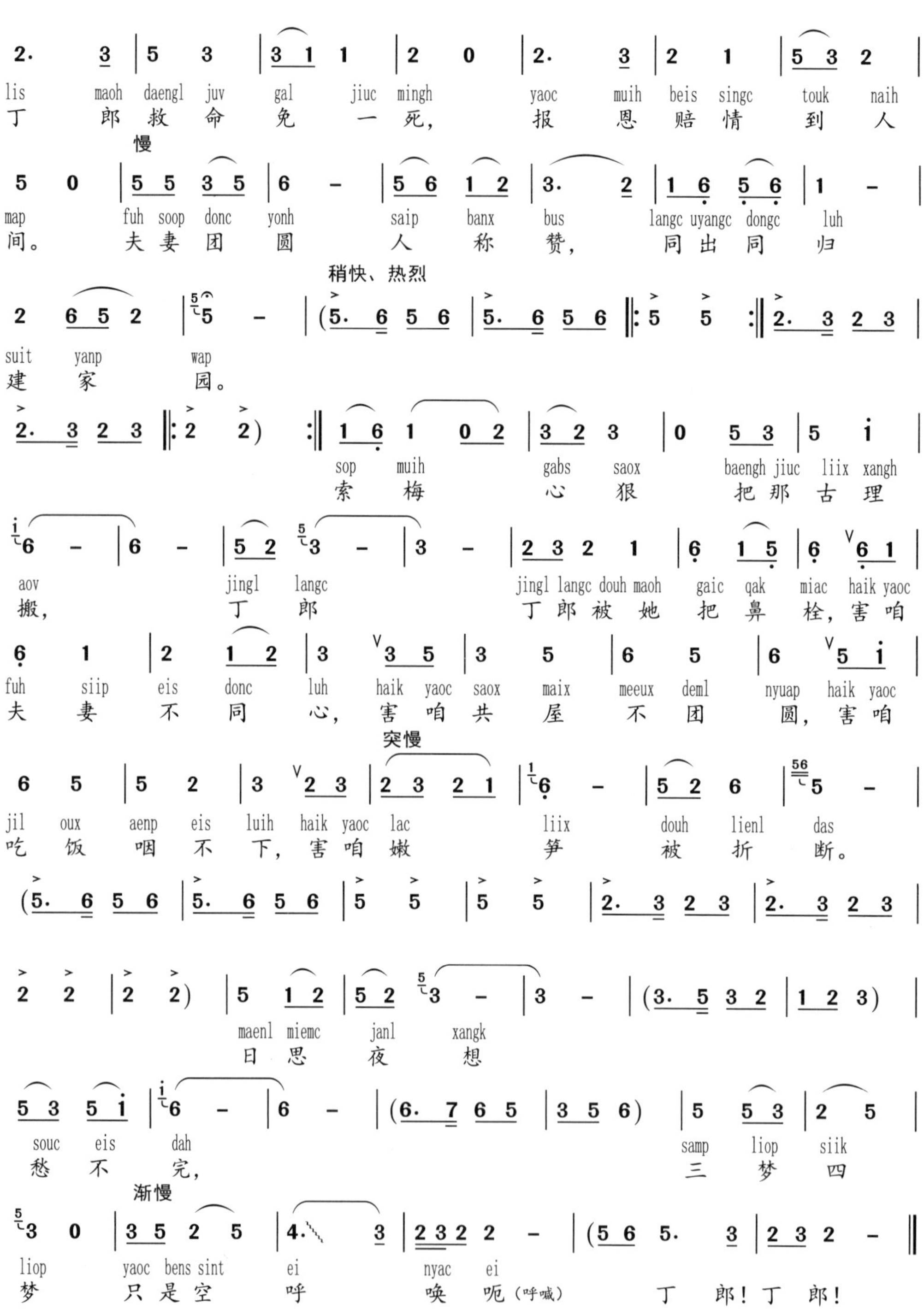

说明：这是根据流行与榕江县三宝一带的【哭歌】改编的。此唱段是龙女被丁郎、索梅虐待后，回顾往事，悲愤已极，自悲自叹。

（三）情歌部分

谱例 56：

得郎成双心欢喜

（选自《珠郎娘美》娘美唱段）

1=♯C $\frac{2}{4}$ $\frac{3}{4}$ $\frac{5}{8}$

吴黛香、吴金欢演唱
甚贻佑、吴支柱记录

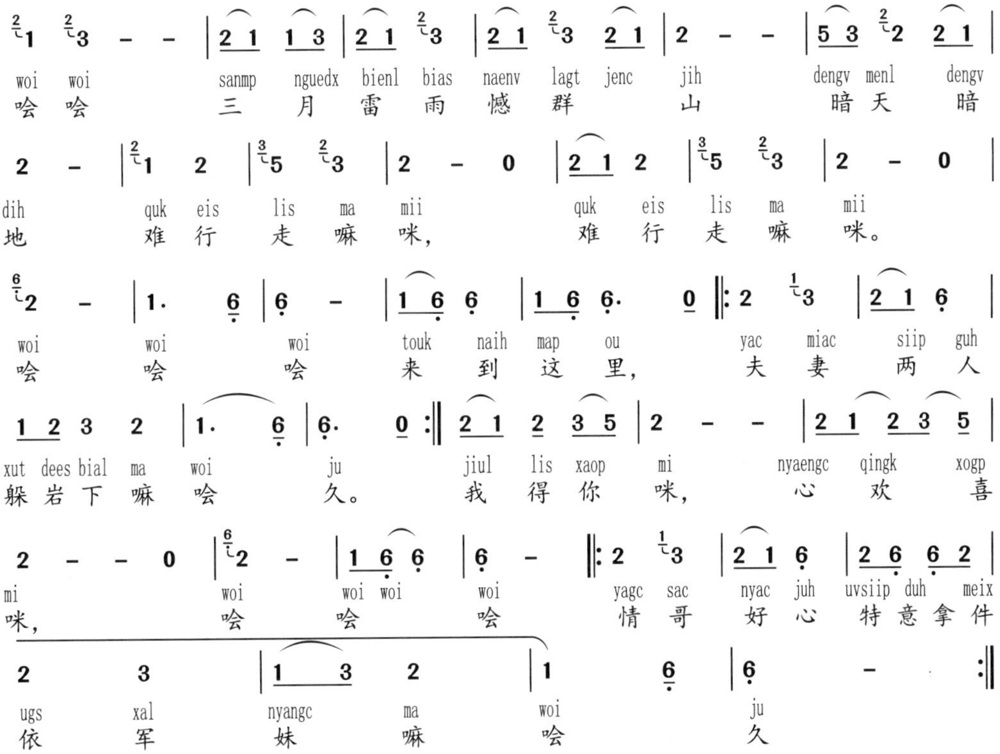

说明：此唱段为珠郎娘美私奔路上遇上暴风雨，二人相依偎在岩下躲雨。流传于黎平县三龙一带。

谱例 57：

真 恋 郎

（选自《珠郎娘美》娘美唱段）

1=♯F 2/4 3/4

吴永英演唱
吴定国译词
家　浚记录

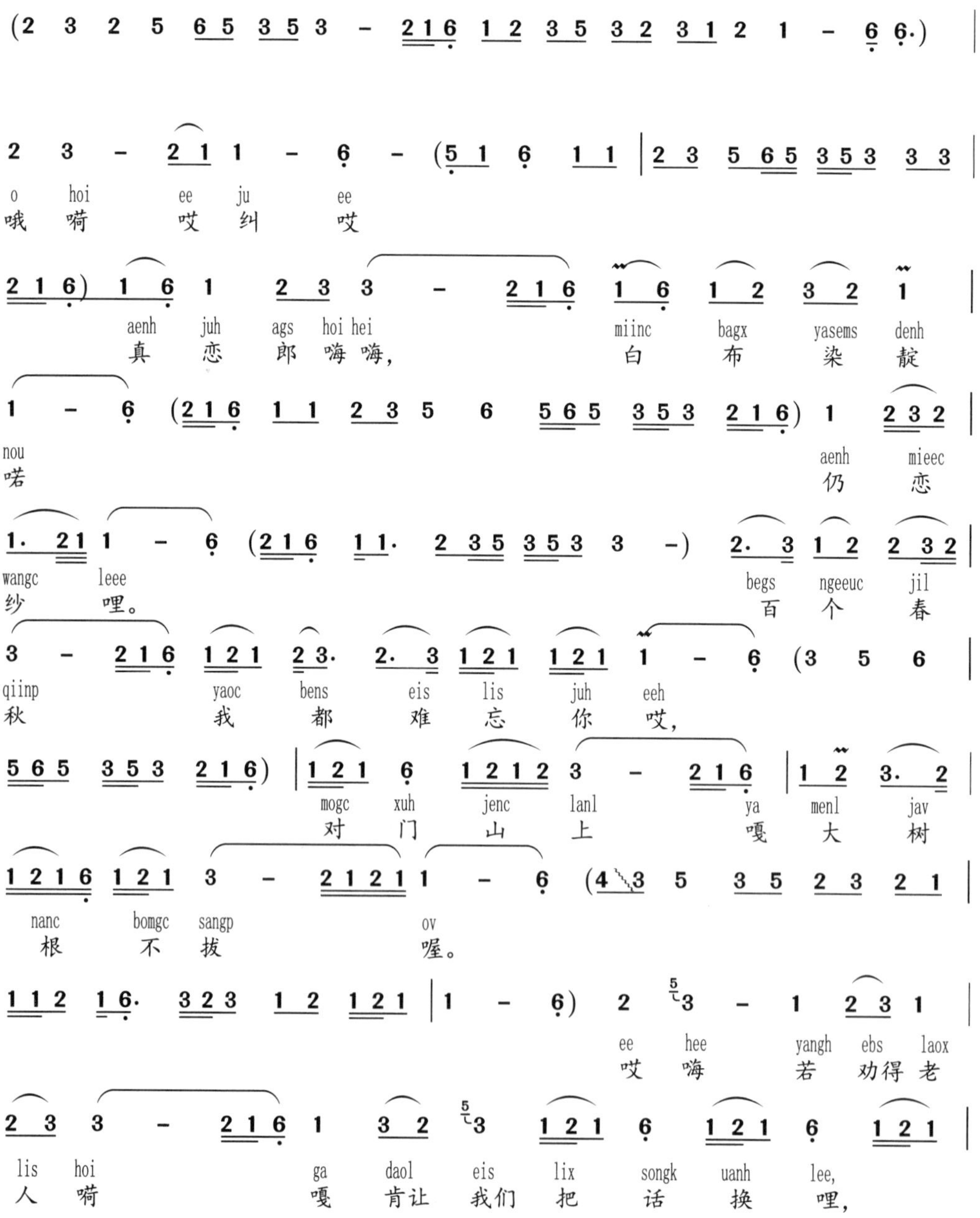

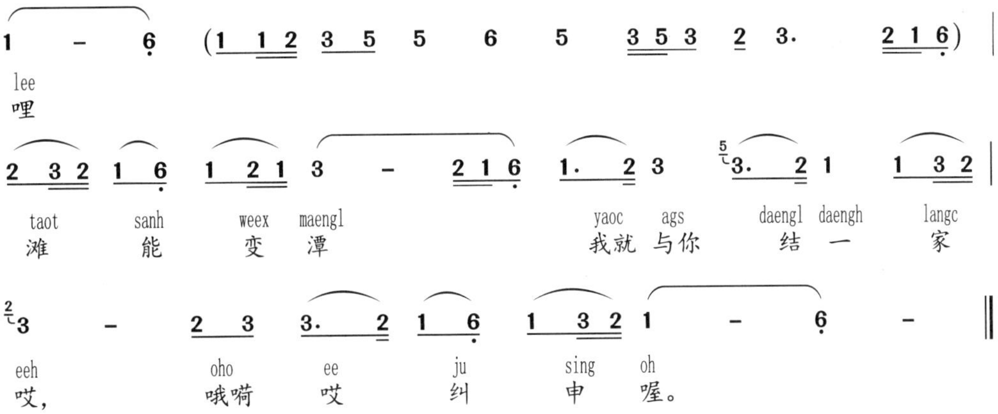

说明：这是娘美在家中边纺棉花边想着和朱郎的关系时唱，所以又称【纺棉歌】，各侗戏班演《珠郎娘美》时大多有这一段戏，但使用的曲调各部相同，此处使用的是牛腿琴歌。

谱例58：

漂亮姑娘请你陪我唱

（选自《珠郎娘美》珠郎娘美坐月对唱）

1=#F 2/4 3/4

吴定辉、吴永英演唱
吴 远 隆记谱
吴 定 国译词
永 英、青 梅记侗文

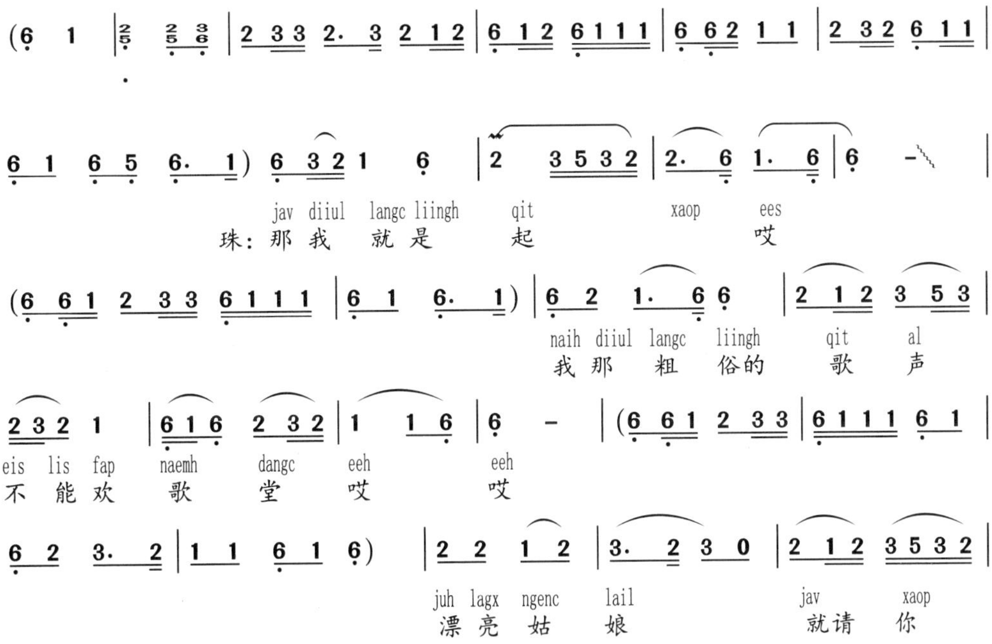

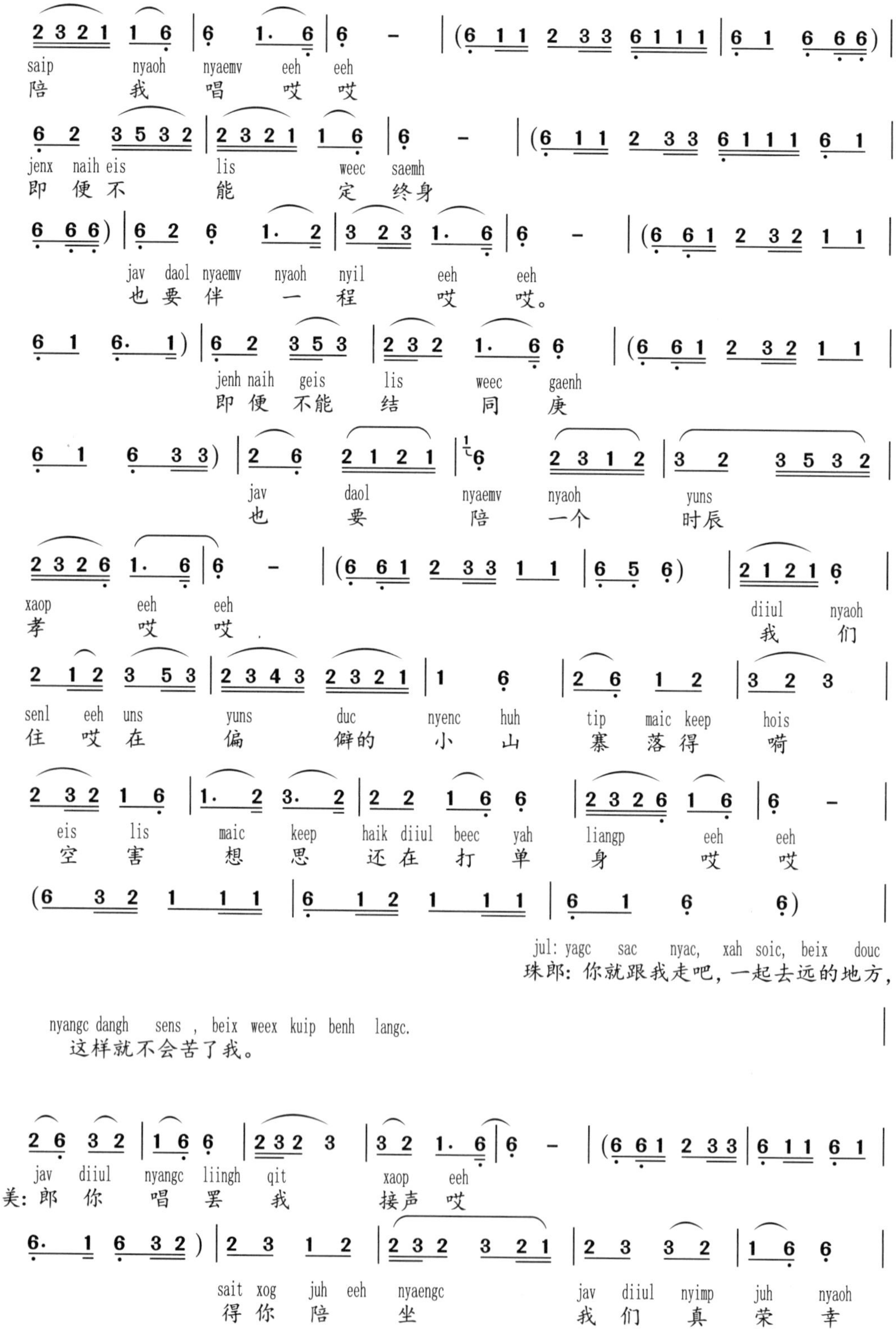
saip nyaoh nyaemv eeh eeh
陪 我 唱 哎 哎
jenx naih eis lis weec saemh
即 便 不 能 定 终身
jav daol nyaemv nyaoh nyil eeh eeh
也 要 伴 一 程 哎 哎。
jenh naih geis lis weec gaenh
即 便 不能 结 同 庚
jav daol nyaemv nyaoh yuns
也 要 陪 一个 时辰
xaop eeh eeh
孝 哎 哎
diiul nyaoh
我 们
senl eeh uns yuns duc nyenc huh tip maic keep hois
住 哎 在 偏 僻的 小 山 寨 落 得 嗬
eis lis maic keep haik diiul beec yah liangp eeh eeh
空 害 想 思 还 在 打 单 身 哎 哎
jul: yagc sac nyac, xah soic, beix douc
珠郎：你就跟我走吧，一起去远的地方，
nyangc dangh sens , beix weex kuip benh langc.
这样就不会苦了我。
jav diiul nyangc liingh qit xaop eeh
美：郎 你 唱 罢 我 接声 哎
sait xog juh eeh nyaengc jav diiul nyimp juh nyaoh
得你 陪 坐 我 们 真 荣 幸

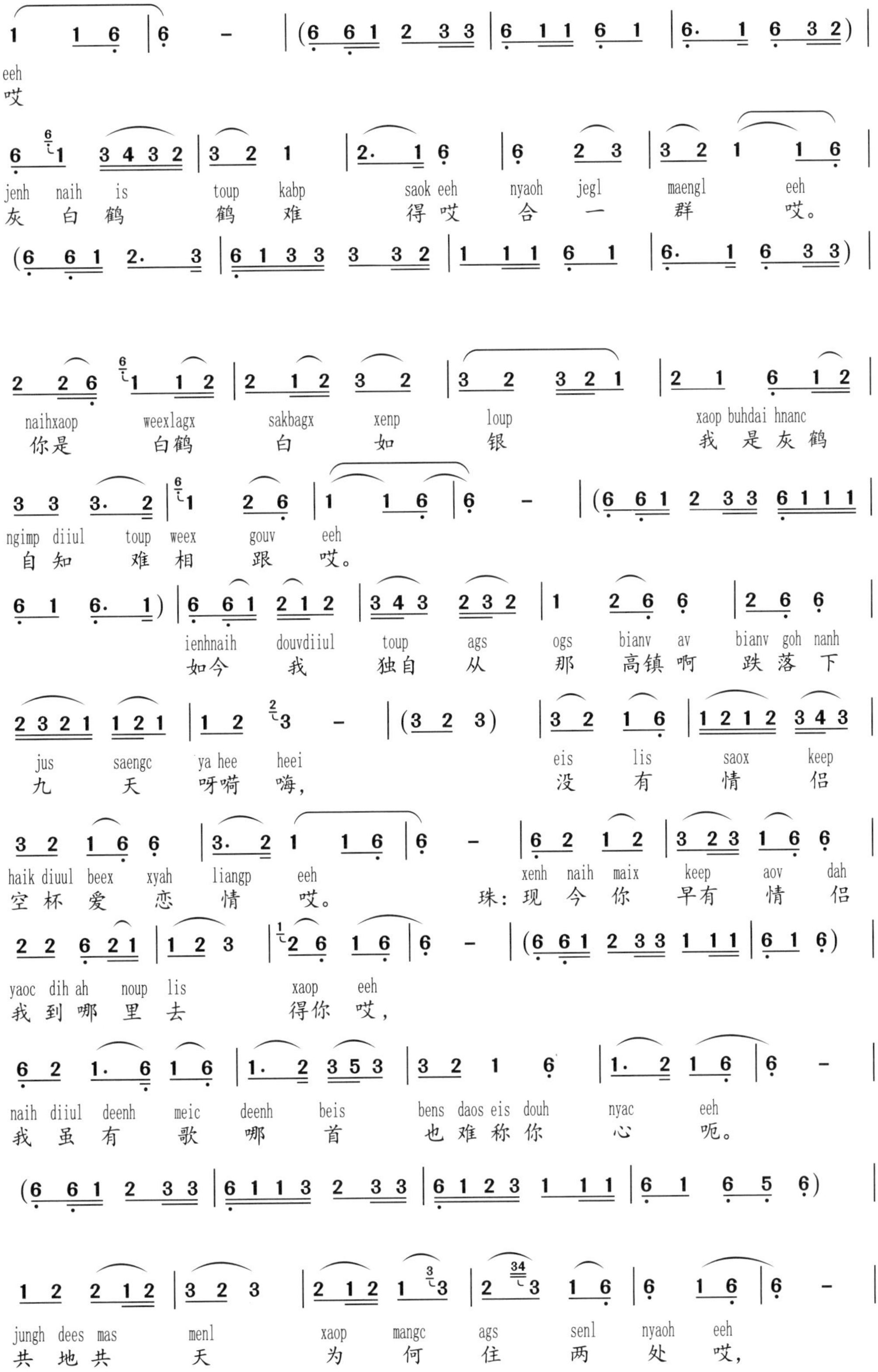
eeh
哎
jenh naih is toup kabp saok eeh nyaoh jegl maengl eeh
灰白鹤 鹤难 得哎 合一 群 哎。
naihxaop weexlagx sakbagx xenp loup xaop buhdai hnanc
你是 白鹤 白 如 银 我是灰鹤
ngimp diiul toup weex gouv eeh
自知 难相 跟 哎。
ienhnaih douvdiiul toup ags ogs bianv av bianv goh nanh
如今 我 独自 从 那 高镇 啊 跌落下
jus saengc ya hee heei eis lis saox keep
九 天 呀嗬 嗨, 没 有 情 侣
haik diuul beex xyah liangp eeh xenh naih maix keep aov dah
空杯爱 恋 情 哎。 珠:现 今 你 早有 情 侣
yaoc dih ah noup lis xaop eeh
我到哪里去 得你 哎,
naih diiul deenh meic deenh beis bens daos eis douh nyac eeh
我虽有 歌 哪 首 也难称你 心 呃。
jungh dees mas menl xaop mangc ags senl nyaoh eeh
共地共 天 为 何 住 两 处 哎,

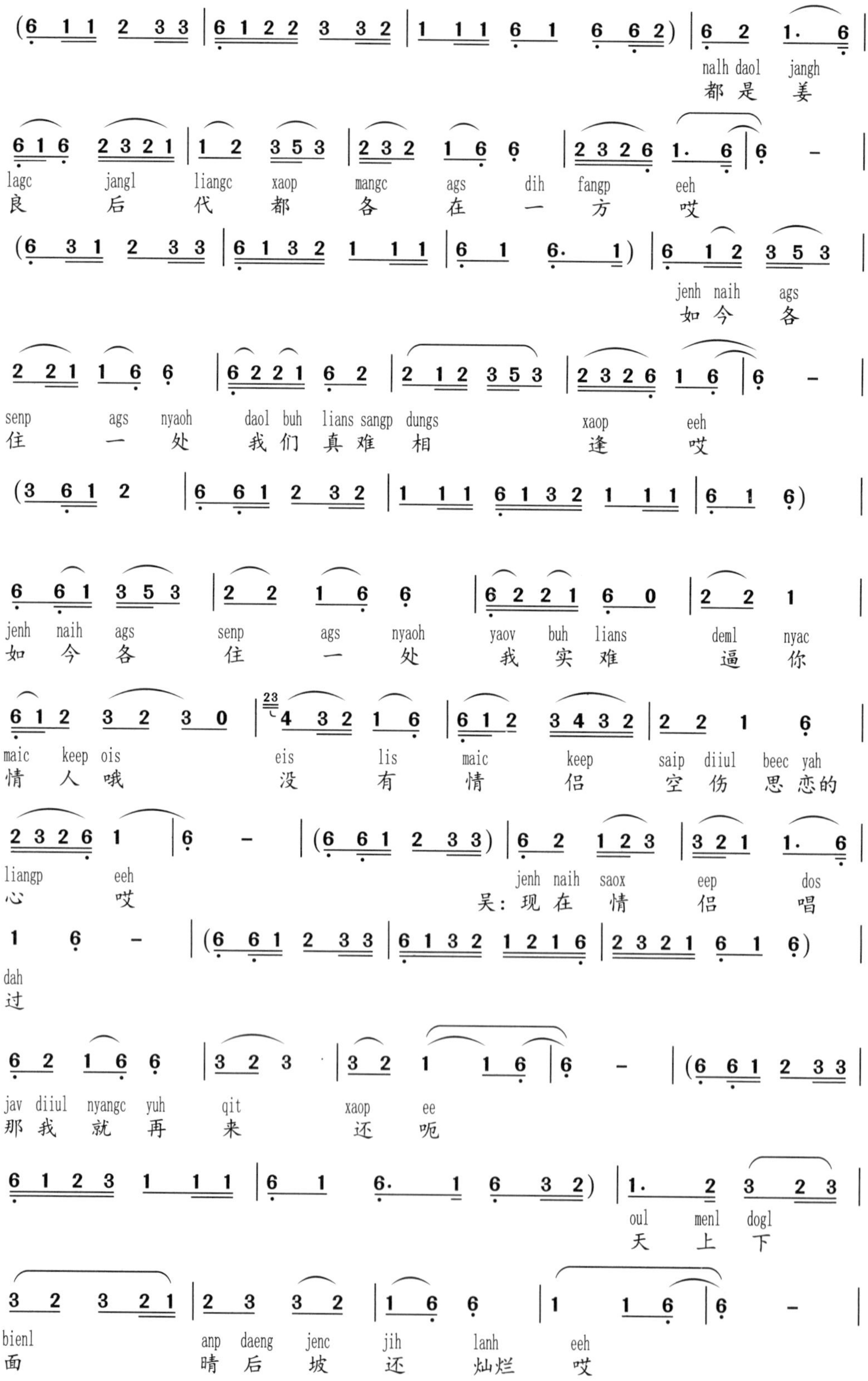
nalh daol jangh
都是姜
lagc jangl liangc xaop mangc ags dih fangp eeh
良后代都各在一方哎
jenh naih ags
如今各
senp ags nyaoh daol buh lians sangp dungs xaop eeh
住一处我们真难相逢哎
jenh naih ags senp ags nyaoh yaov buh lians deml nyac
如今各住一处我实难逼你
maic keep ois eis lis maic keep saip diiul beec yah
情人哦没有情侣空伤思恋的
liangp eeh
心哎
jenh naih saox eep dos
吴：现在情侣唱
dah
过
jav diiul nyangc yuh qit xaop ee
那我就再来还呃
oul menl dogl
天上下
bienl anp daeng jenc jih lanh eeh
面晴后坡还灿烂哎

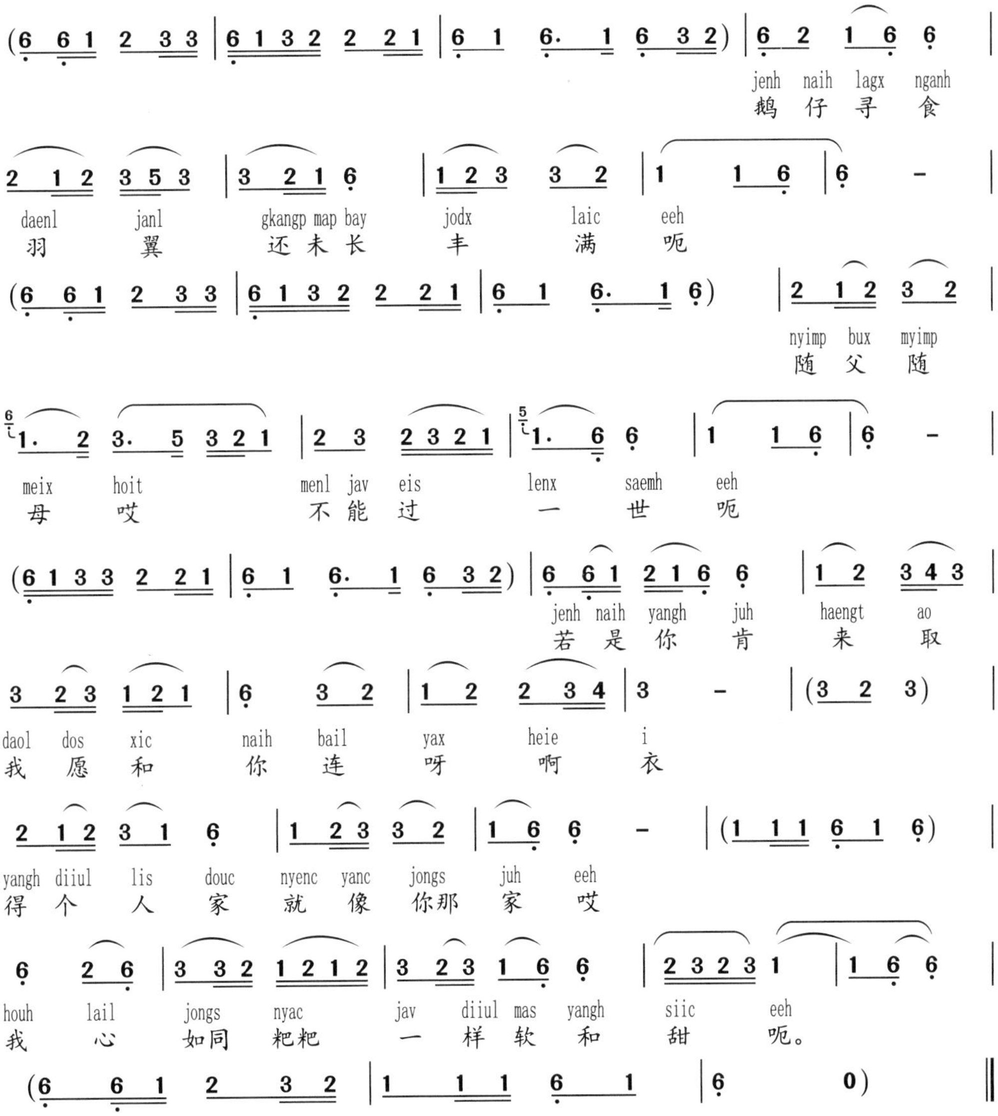

说明：这也是月堂上唱的琵琶歌，与三龙的腔基本相同，但处理不同，此处情绪更为自反，伴奏更为俏皮跳跃。

谱例 59：

就像鱼儿配龙女

（选自《银耳环中银巨唱段》）

吴远隆演唱记谱
谢青梅记录侗文

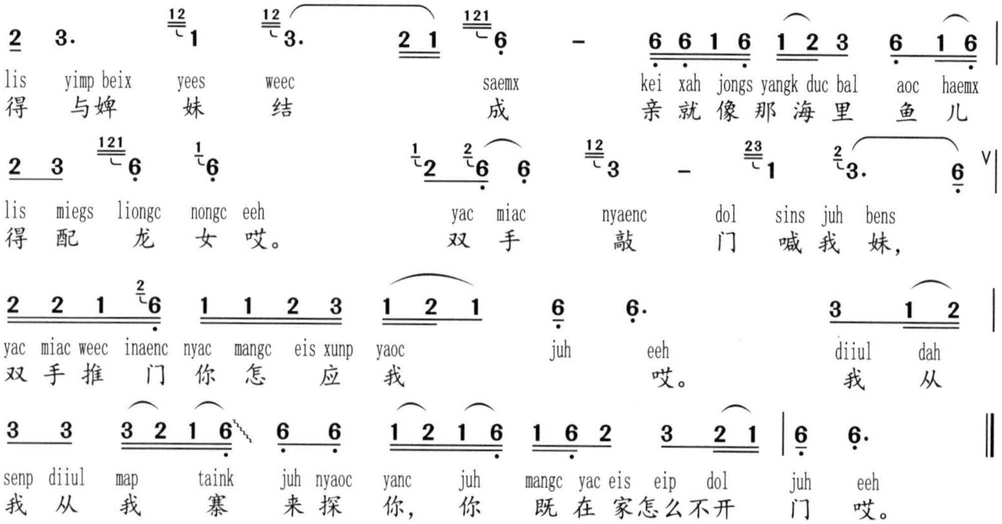

说明：银巨看中了婢妹，前来妹家用河歌喊门。一般均用假声演唱。

谱例 60：

不知你是哪方来的客

（选自《友和小妹》中坐月歌）

1=#F $\frac{2}{4}$ $\frac{3}{8}$

吴仕衡演唱
家　浚记录

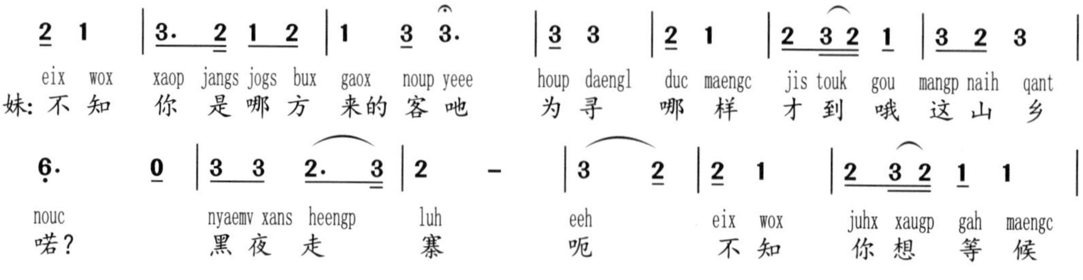

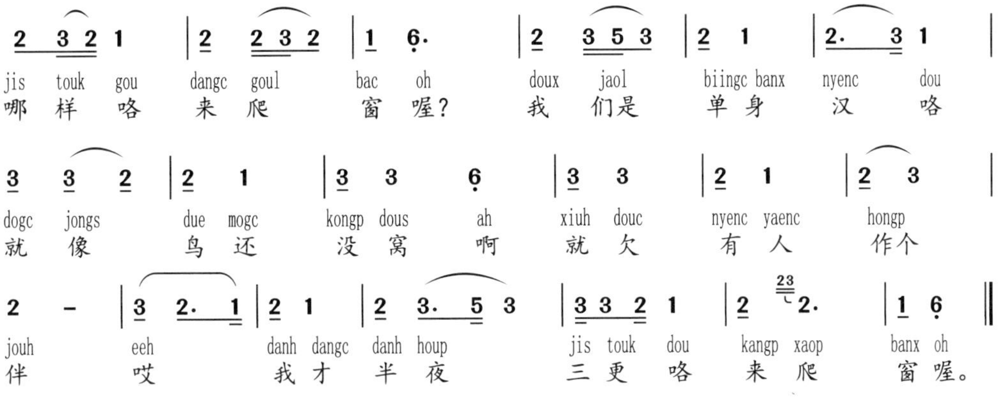

说明：此曲系黎平尚重区盖堡寨的【哼歌】，又称隔窗对歌，由老戏师吴仕衡传唱。吴仕衡生于1918年，背已陀成直角，牙也全掉尽，一生在黎平北部地区戏班传播侗戏，有《友和小妹》等十余部剧本传去，系此作纪念。隔窗对歌，男青年以一独木梯斜倚女家窗下立梯上与女青年隔窗相对而歌，若双方有意相连，则可直歌至深夜，是尚重一带侗族特有的谈情方式。

谱例61：

男女同堂就像三叶的秧

（选自《珠郎娘美》娘美唱段）

1=#F $\frac{2}{4}$ $\frac{3}{4}$

吴黛云演唱
家浚记谱
伍苍应、吴英初记侗文译词

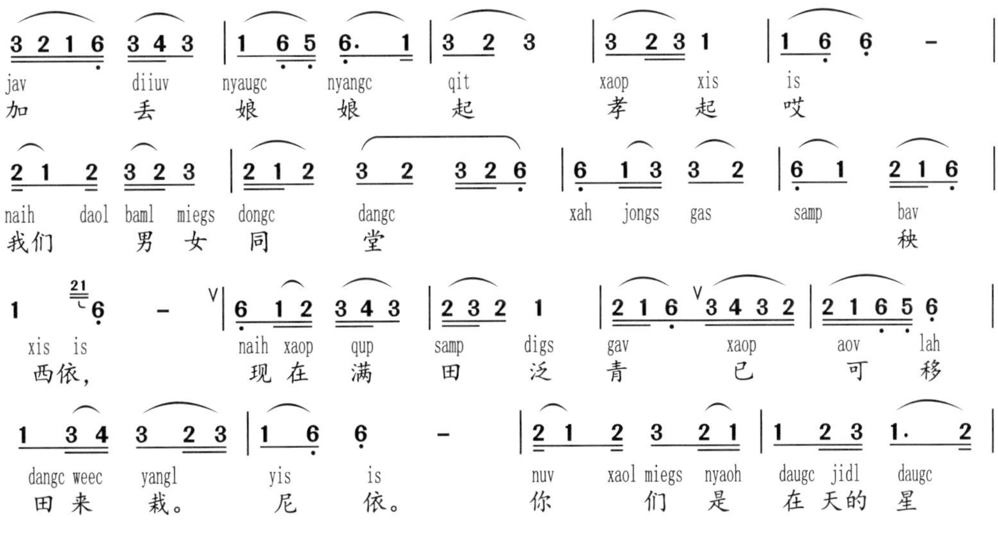

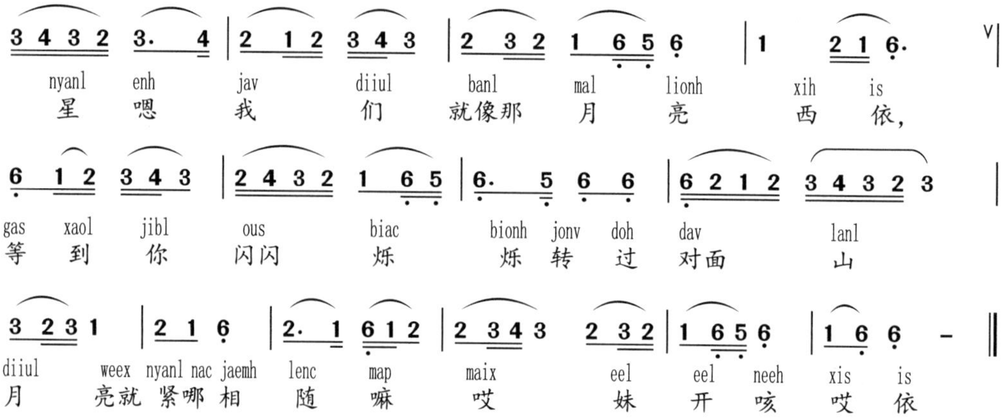

说明：这是第一场娘美在月堂上唱的歌

谱例62：

我还没有夫君

（选自《刘花亮、王玉保》刘花亮唱段）

1=#F $\frac{2}{4}$ $\frac{3}{4}$ $\frac{5}{4}$

吴 玉 莲演唱
家 浚、士 良记

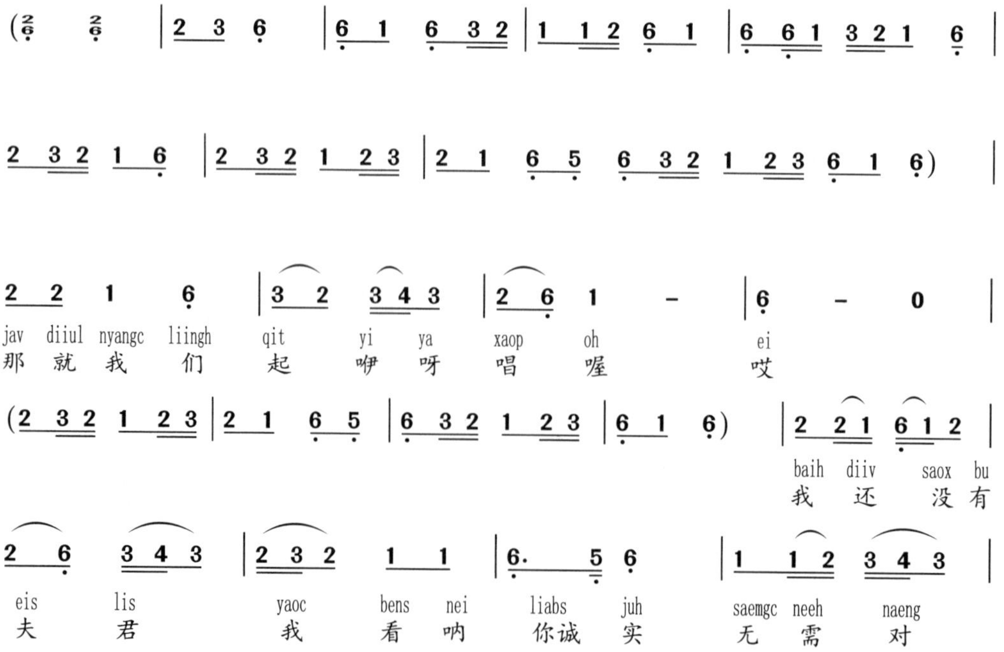

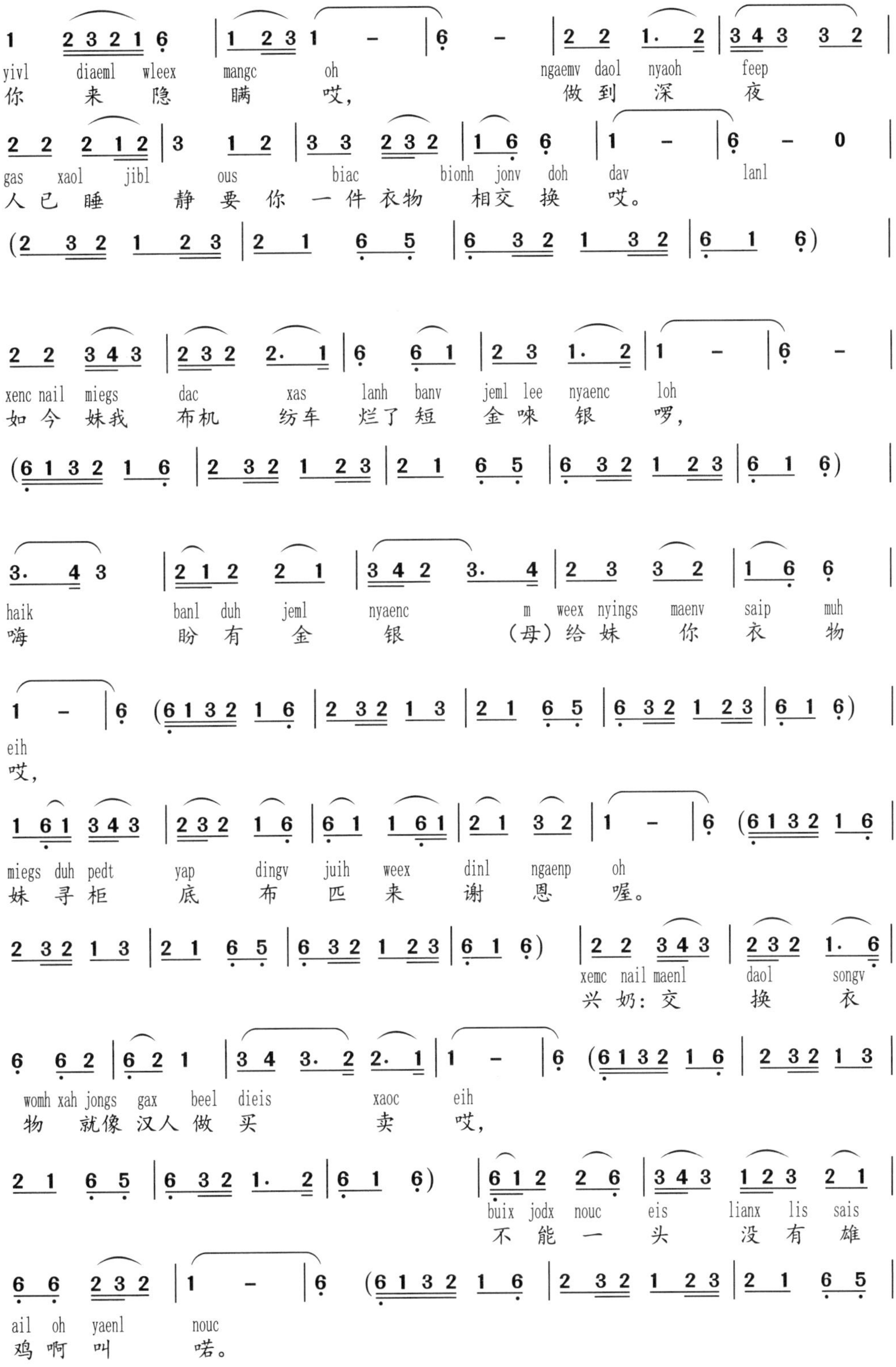
yivl diaeml wleex mangc oh ngaemv daol nyaoh feep
你 来 隐 瞒 哎， 做 到 深 夜
gas xaol jibl ous biac bionh jonv doh dav lanl
人 已 睡 静 要 你 一 件 衣物 相交 换 哎。
xenc nail miegs dac xas lanh banv jeml lee nyaenc loh
如 今 妹我 布机 纺车 烂了 短 金 唻 银 啰，
haik banl duh jeml nyaenc m weex nyings maenv saip muh
嗨 盼 有 金 银 （母）给 妹 你 衣 物
eih
哎，
miegs duh pedt yap dingv juih weex dinl ngaenp oh
妹 寻 柜 底 布 匹 来 谢 恩 喔。
xemc nail maenl daol songv
兴 奶：交 换 衣
womh xah jongs gax beel dieis xaoc eih
物 就像 汉人 做 买 卖 哎，
buix jodx nouc eis lianx lis sais
不 能 一 头 没 有 雄
ail oh yaenl nouc
鸡 啊 叫 喏。

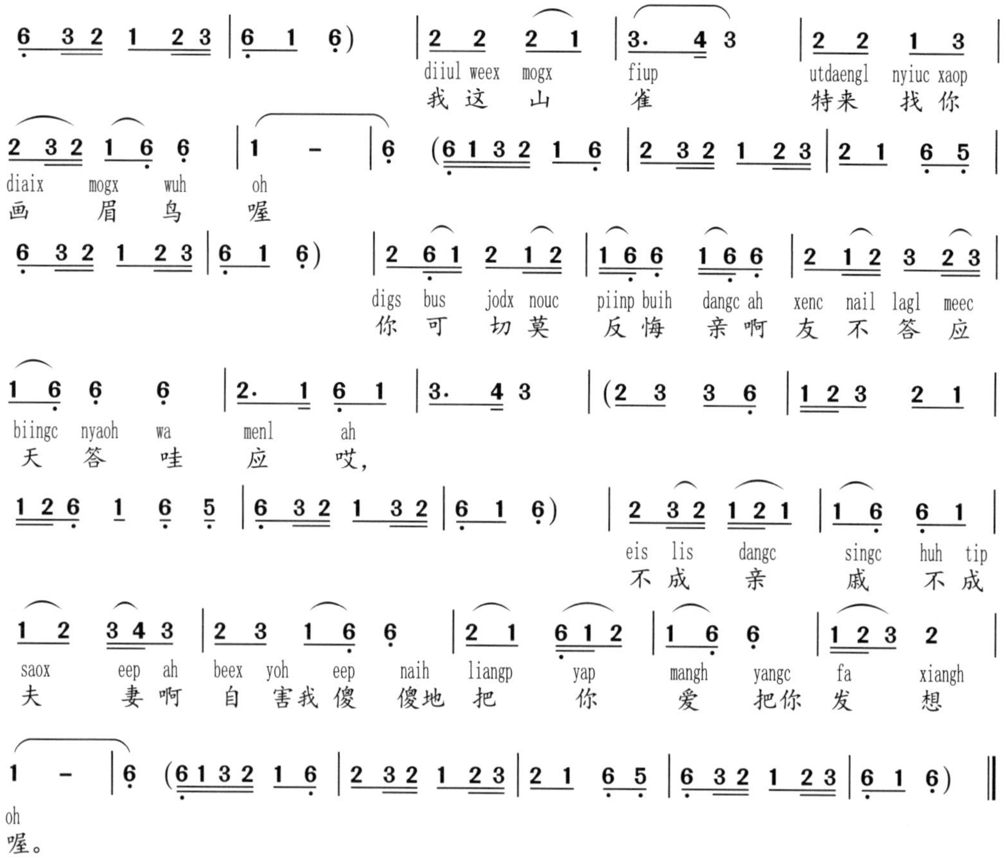

说明：这是在月堂上女声演唱的三龙琵琶歌。

谱例63：

像那画眉找柿子

（选自《珠郎娘美》中娘美并众姑娘唱段）

1=#F 2/4 3/4 3/8

梁华翠演唱
家浚记谱
梁维安记词并译

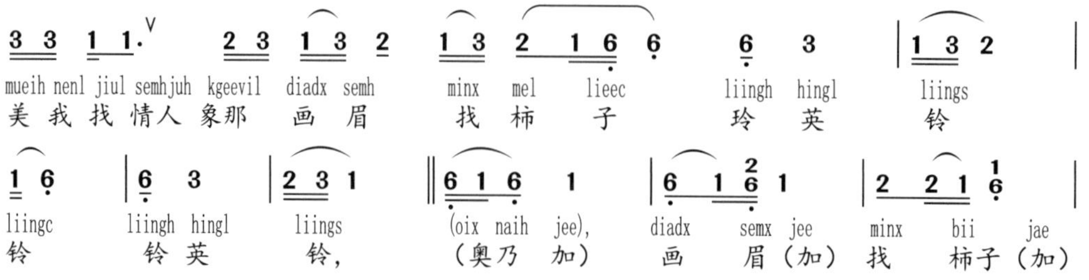

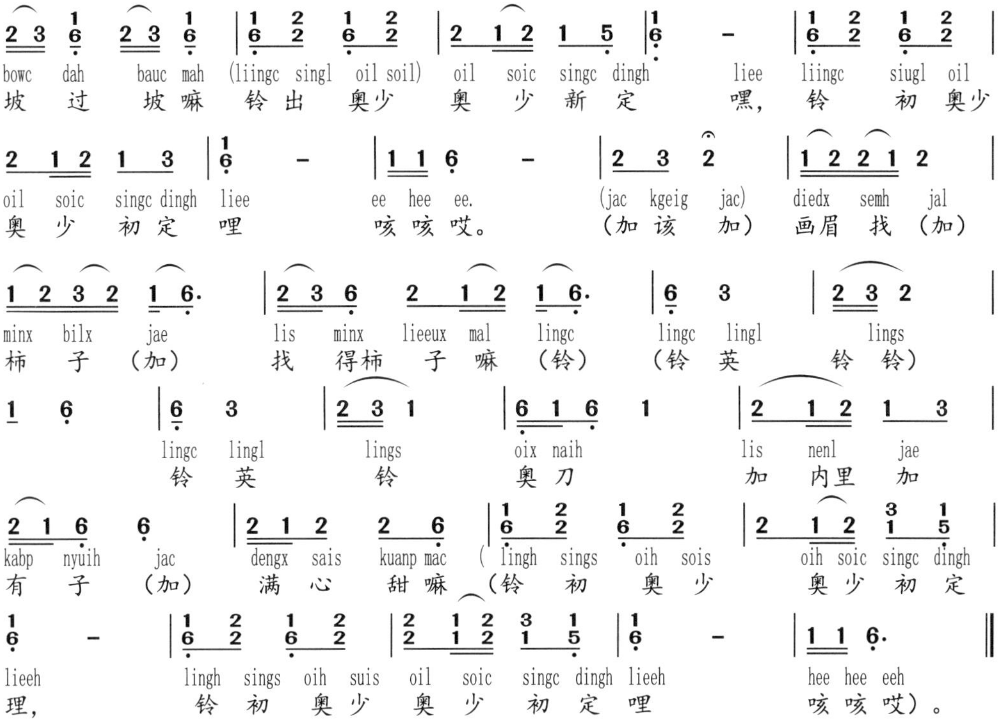

说明：这是剧中娘美暨众姑娘坐月时所唱。录于 1957 年 1 月。

谱例 64：

河头古州一条根

（选自《乃宁》坐月歌）

1=#F $\frac{2}{4}$ $\frac{3}{4}$ $\frac{4}{4}$ $\frac{5}{4}$

潘友良、潘德佩领唱
家 浚、士 良秀斌记

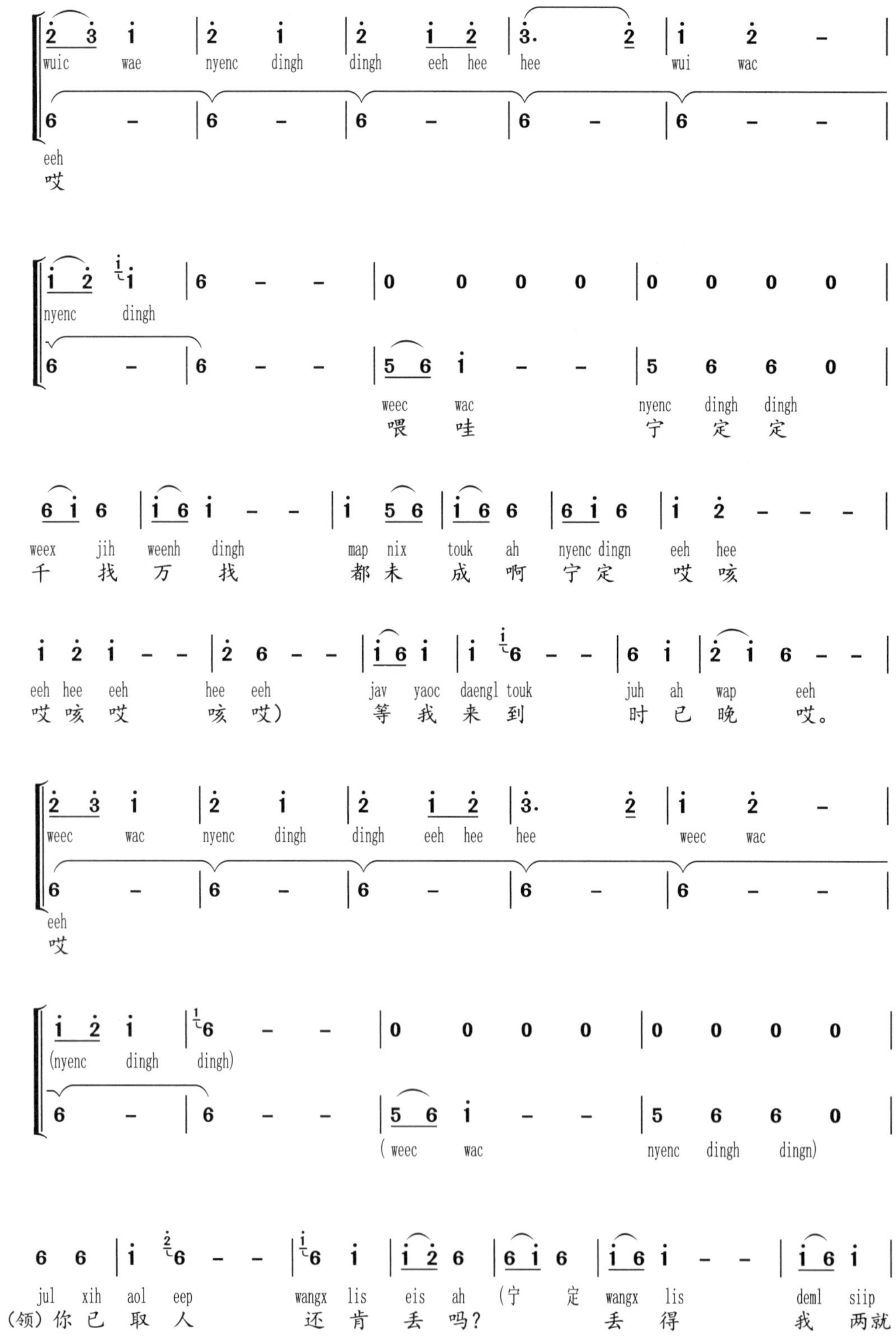
wuic wae nyenc dingh dingh eeh hee hee wui wac
eeh
哎
nyenc dingh
weec wac nyenc dingh dingh
喂 哇 宁 定 定
weex jih weenh dingh map nix touk ah nyenc dingn eeh hee
千 找 万 找 都 未 成 啊 宁 定 哎 咳
eeh hee eeh hee eeh jav yaoc daengl touk juh ah wap eeh
哎 咳 哎 咳 哎） 等 我 来 到 时 已 晚 哎。
weec wac nyenc dingh dingh eeh hee hee weec wac
eeh
哎
(nyenc dingh dingh)
(weec wac nyenc dingh dingn)
jul xih aol eep wangx lis eis ah (宁 定 wangx lis deml siip
（领）你 已 取 人 还 肯 丢 吗？ 丢 得 我 两就

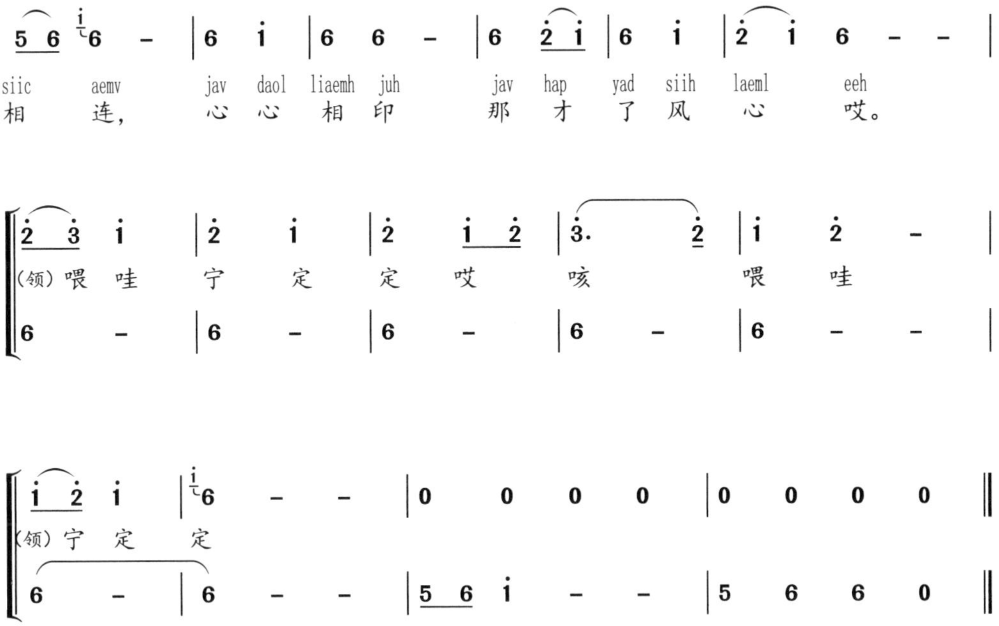

说明：本曲系乃宁与已订婚的男子谈情说爱时所唱，曲调来自小黄一带的大歌。

谱例65：

姣娘寻欢抢小辈

（选自《乃宁》乃宁唱段）

1=$^{\#}$F $\frac{2}{4}$ $\frac{3}{4}$

兰生伫唱
普虹记录

说明：乃宁婚后又上歌堂参加对歌，感慨地流露了她对青年的羡慕和对自己家庭的不满。

谱例66：

一身清白献情郎

（选自《梅良玉》杏元唱段）

1=#F $\frac{2}{4}$ $\frac{3}{4}$ $\frac{4}{4}$

瓯江没演唱
姚廷正记录

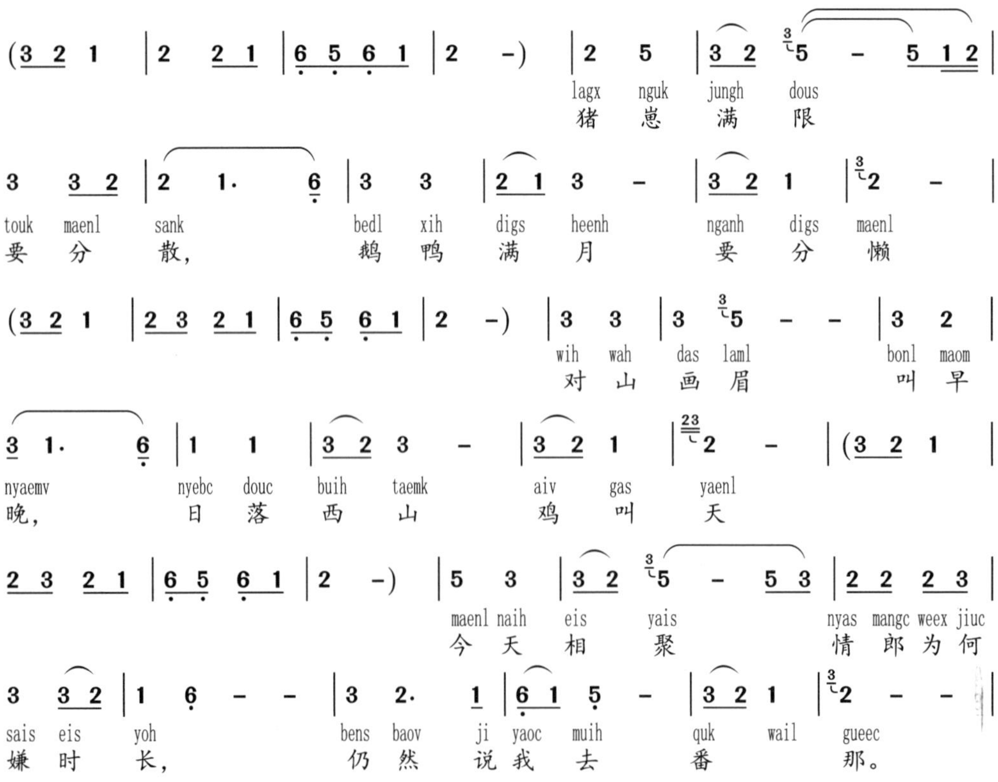

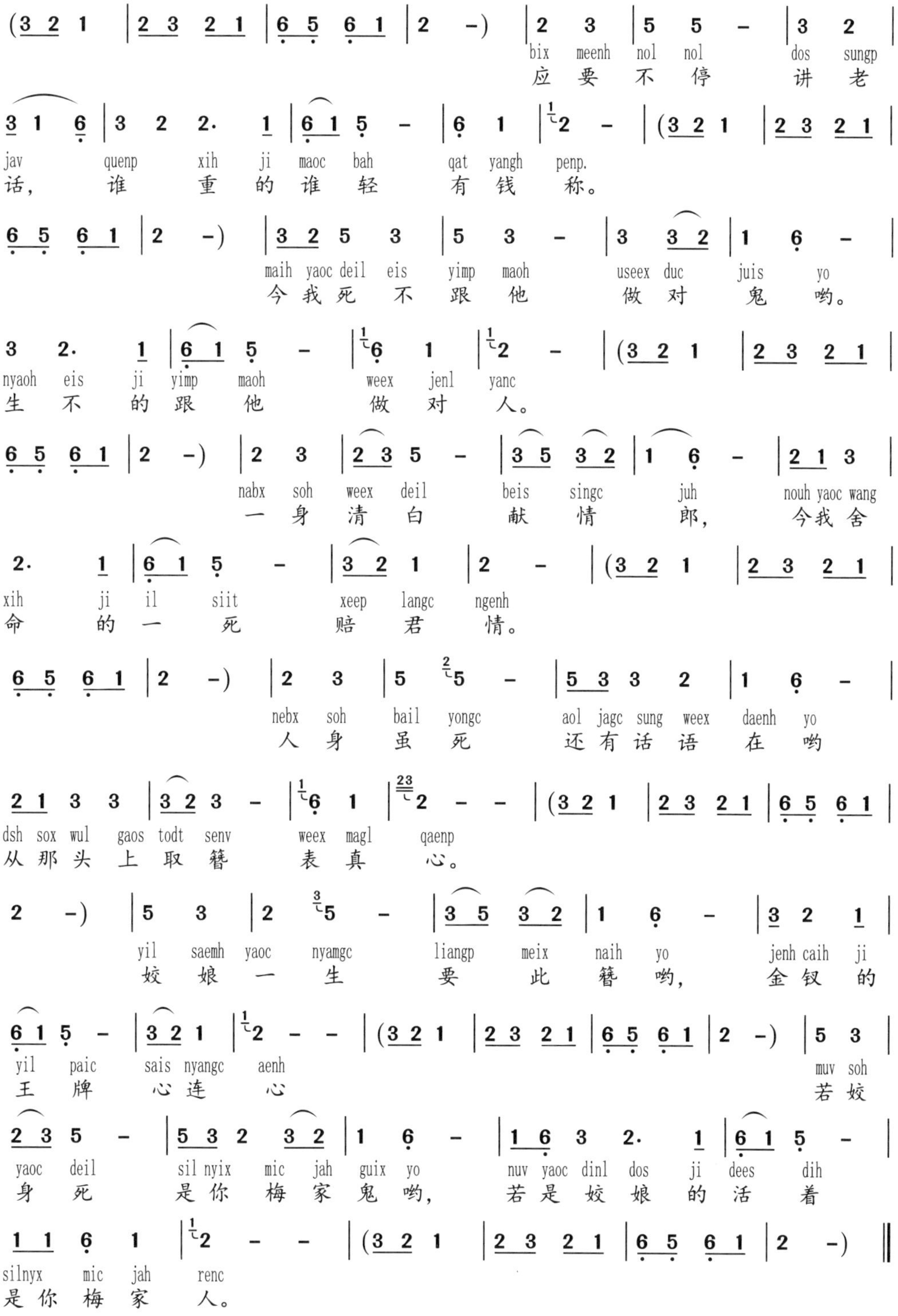

说明：这是榕江孖谢戏班使用的【平腔】与一般【平腔】调式结构迥异，来源不详。戏中各种场合均只此一调。

（四） 叙事歌部分

谱例 67：

邱大人坐堂

（选自《梅良玉》邱大人唱段）

1=D $\frac{2}{4}$ $\frac{3}{4}$

梁 普、安 寿演唱
王承祖、普虹记录

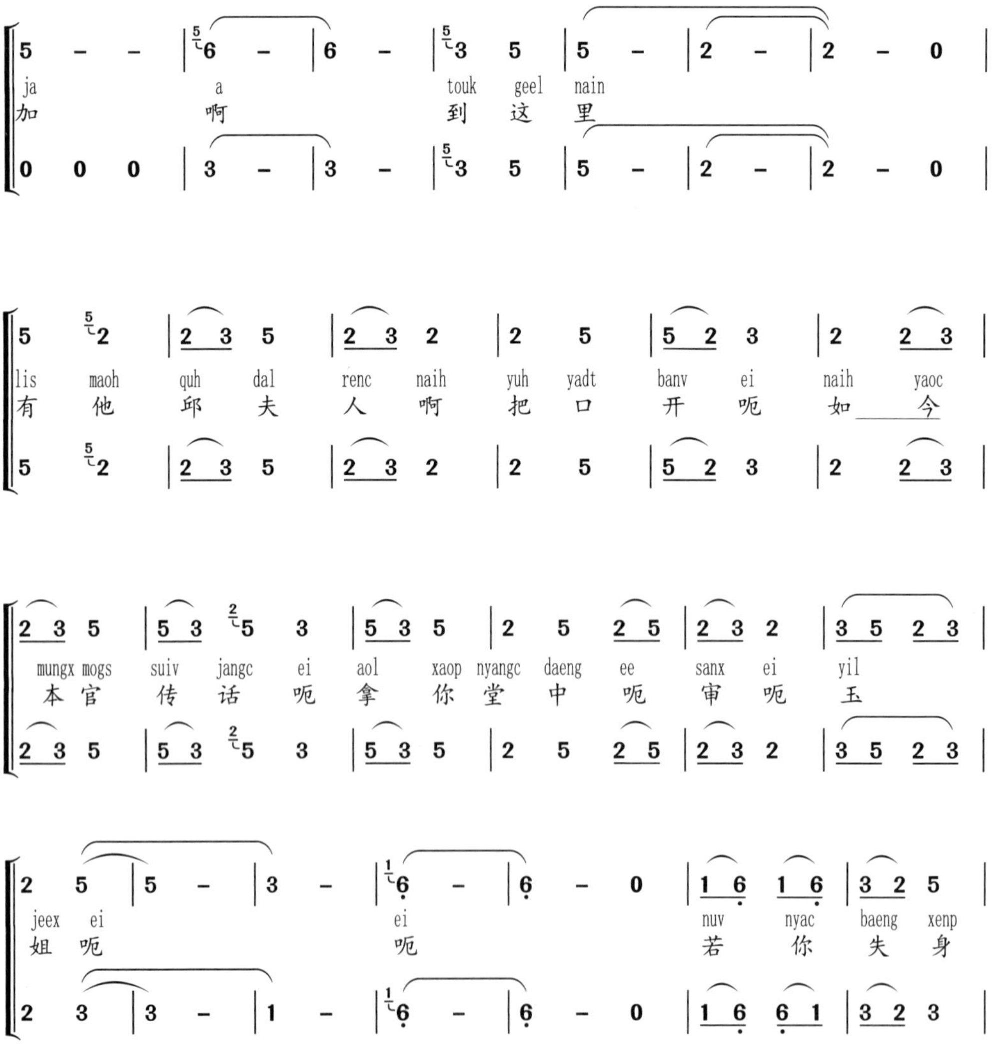

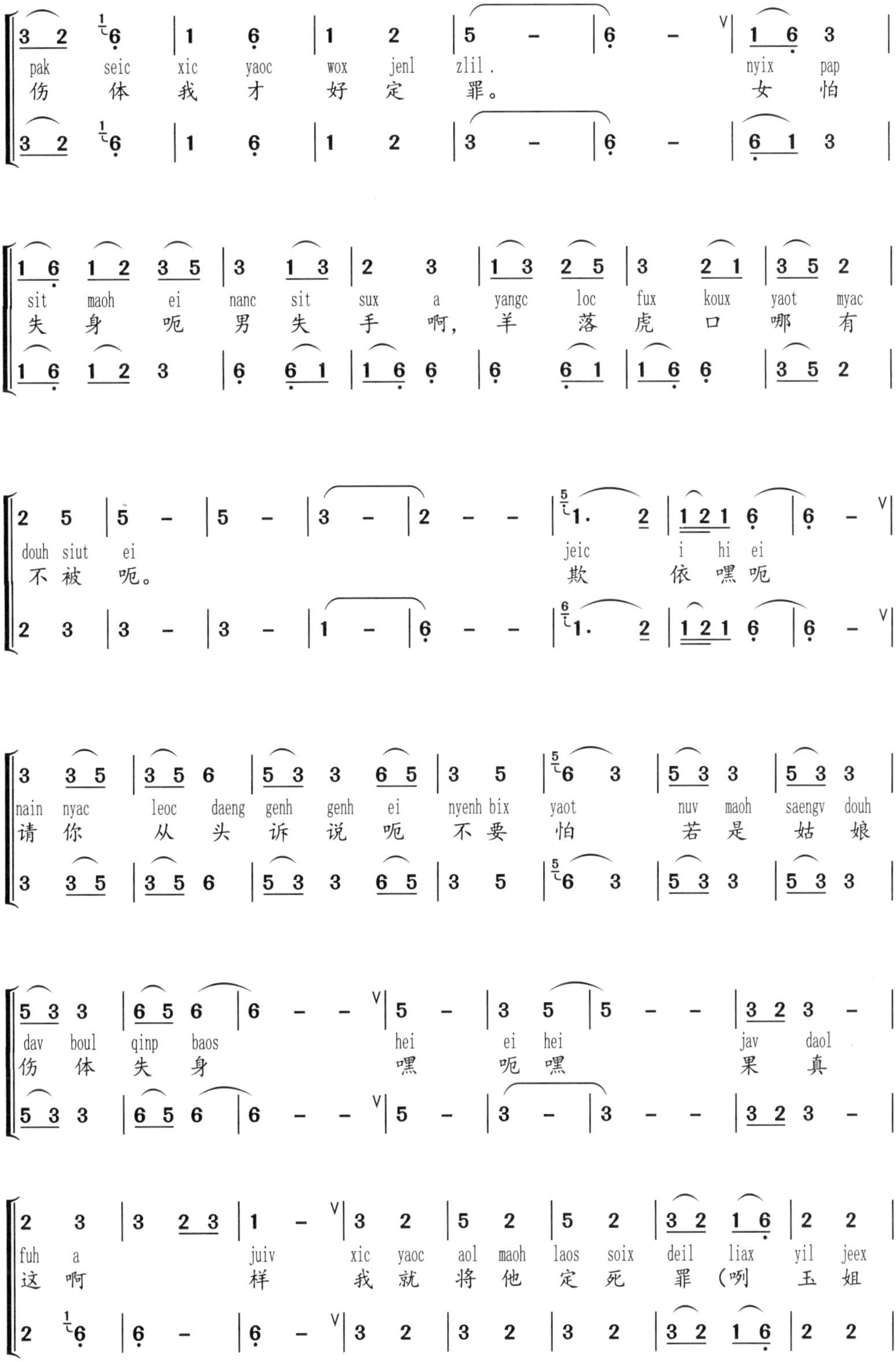
pak seic xic yaoc wox jenl zlil. nyix pap
伤体我才好定罪。女怕
sit maoh ei nanc sit sux a yangc loc fux koux yaot myac
失身呃男失手啊，羊落虎口哪有
douh siut ei jeic i hi ei
不被呃。欺依嘿呃
nain nyac leoc daeng genh genh ei nyenh bix yaot nuv maoh saengv douh
请你从头诉说呃不要怕若是姑娘
dav boul qinp baos hei ei hei jav daol
伤体失身嘿呃嘿果真
fuh a juiv xic yaoc aol maoh laos soix deil liax yil jeex
这啊样我就将他定死罪（咧玉姐

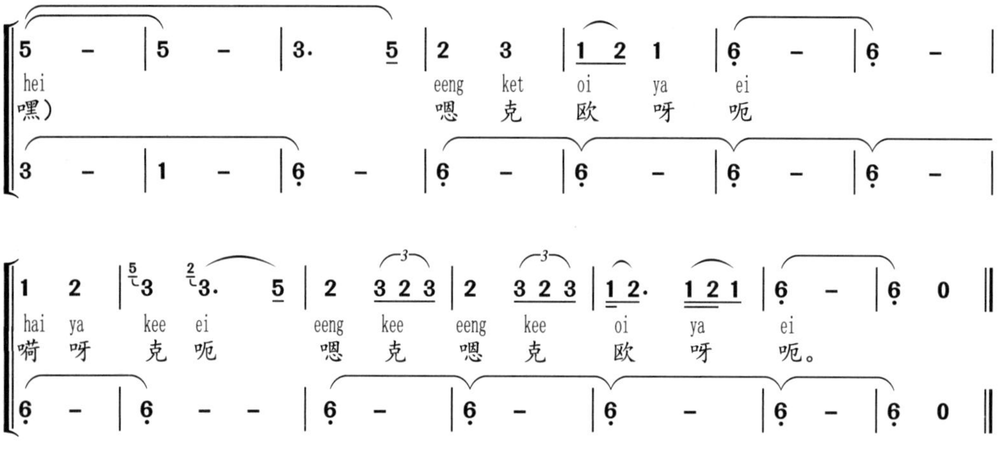

谱例 68：

双膝跪地求大人

（选自《刘志远》王上唱段）

1=C $\frac{2}{4}$ $\frac{3}{4}$

梁炳文演唱
咖　咯记录
普　虹译配

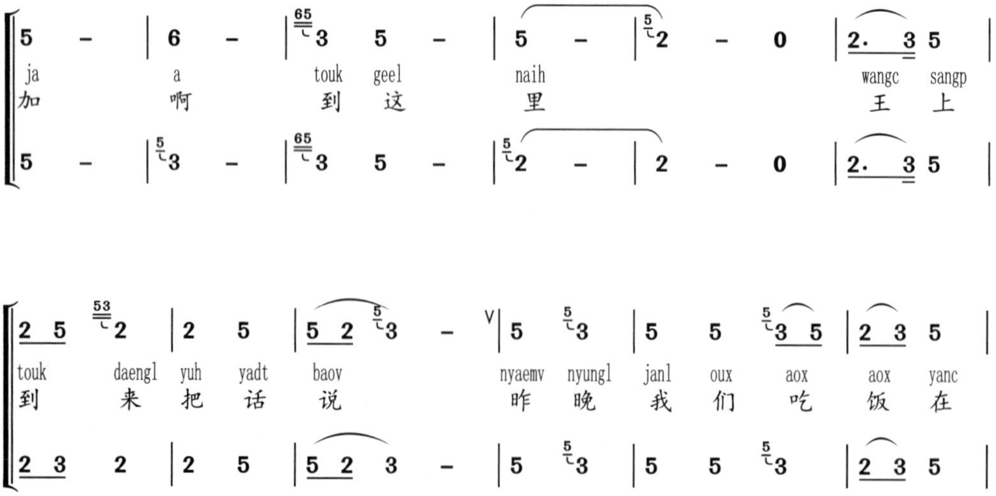

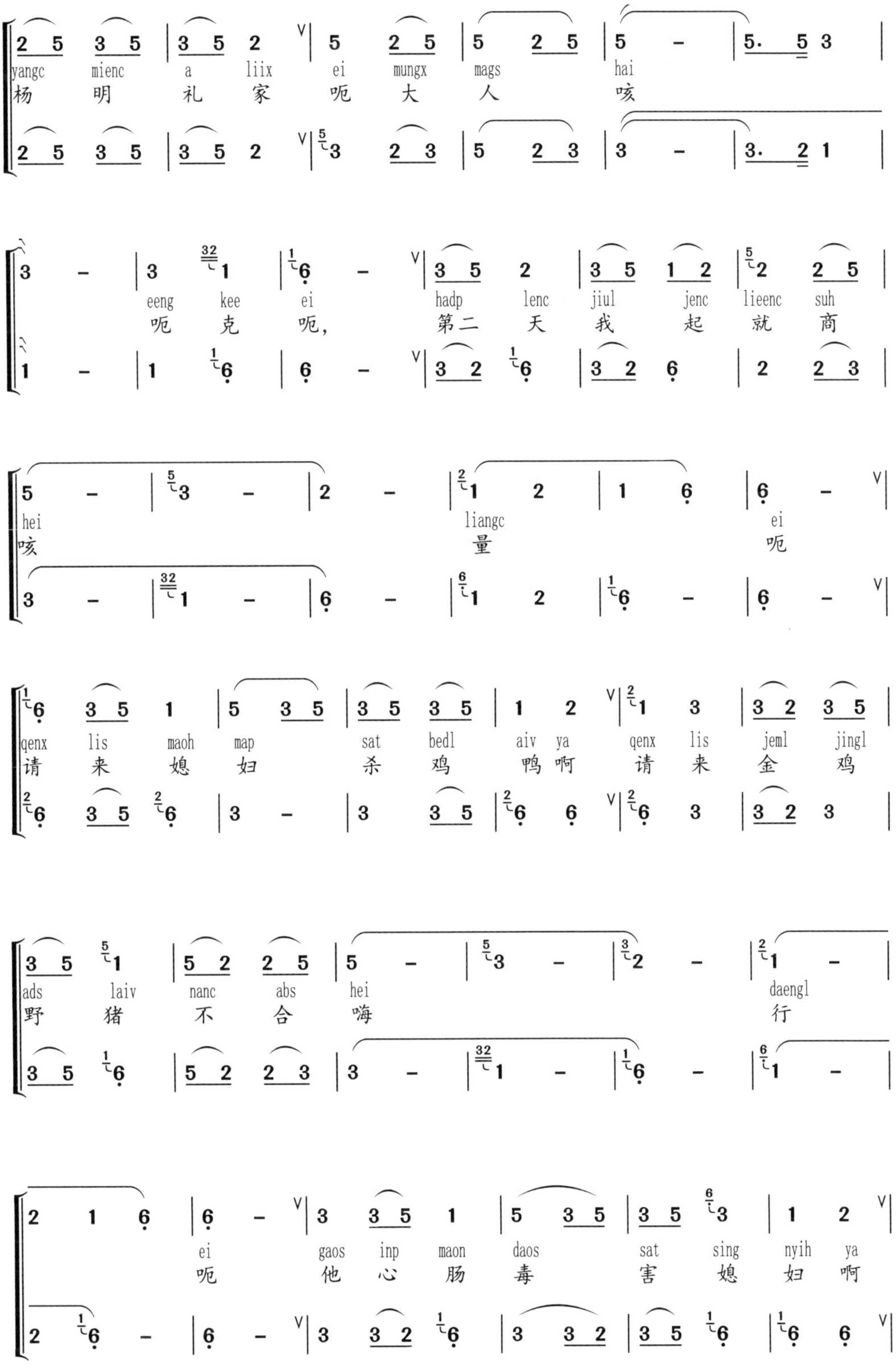
yangc mienc a liix ei mungx mags hai
杨 明 礼 家 呃 大 人 咳
eeng kee ei hadp lenc jiul jenc lieenc suh
呃 克 呃, 第二 天 我 起 就 商
hei liangc ei
咳 量 呃
qenx lis maoh map sat bedl aiv ya qenx lis jeml jingl
请 来 媳 妇 杀 鸡 鸭 啊 请 来 金 鸡
ads laiv nanc abs hei daengl
野 猪 不 合 嗨 行
ei gaos inp maon daos sat sing nyih ya
呃 他 心 肠 毒 害 媳 妇 啊

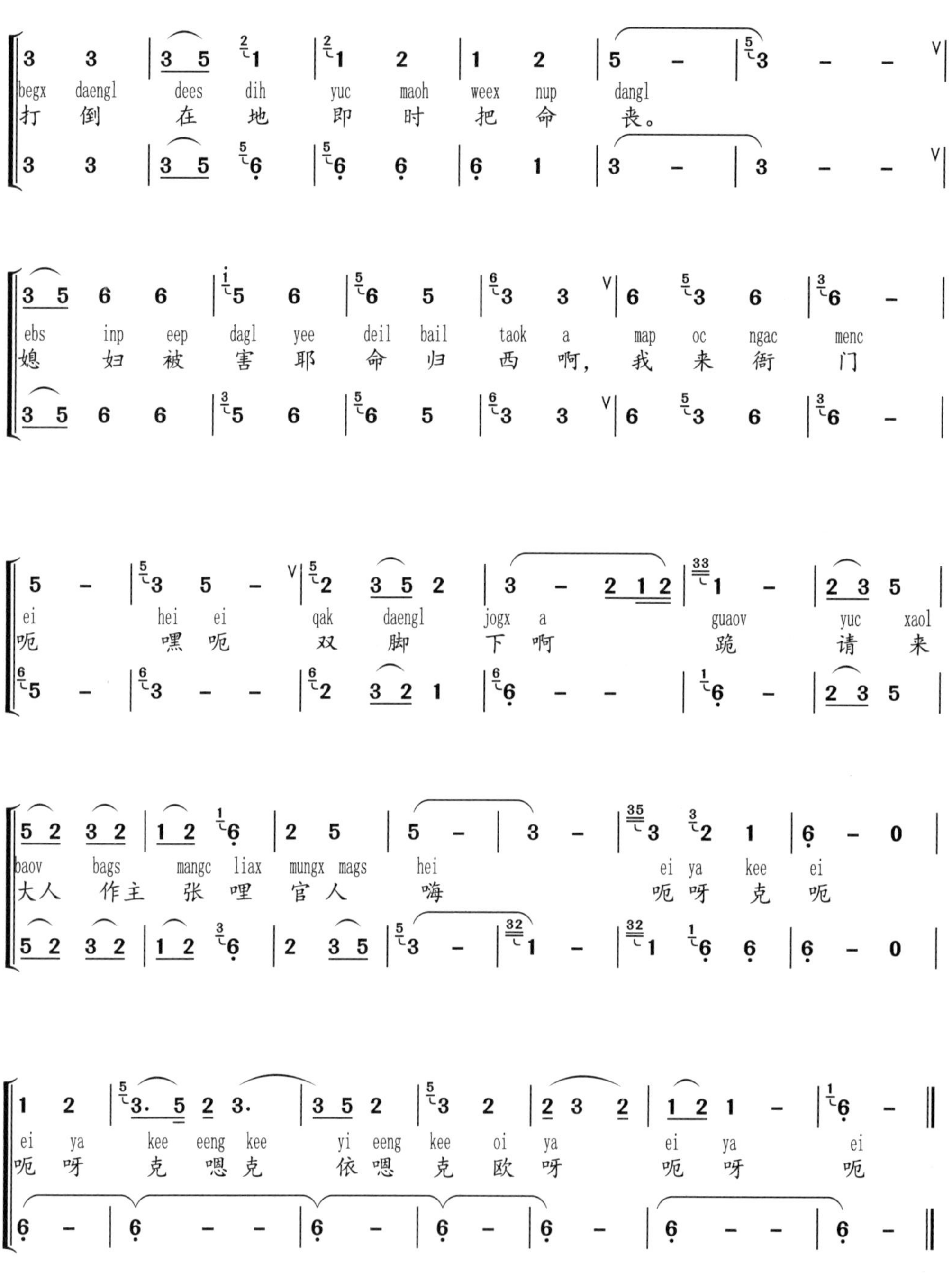

说明：儿媳被害，王上前来衙门告状，求官人明断。此唱段为王上在衙门厅堂诉说，王上领唱，众人合唱。

谱例 69：

珠郎娘美结夫妻

（选自《珠郎娘美》序歌片段）

1=#F $\frac{2}{4}\frac{3}{4}\frac{3}{8}\frac{5}{8}$

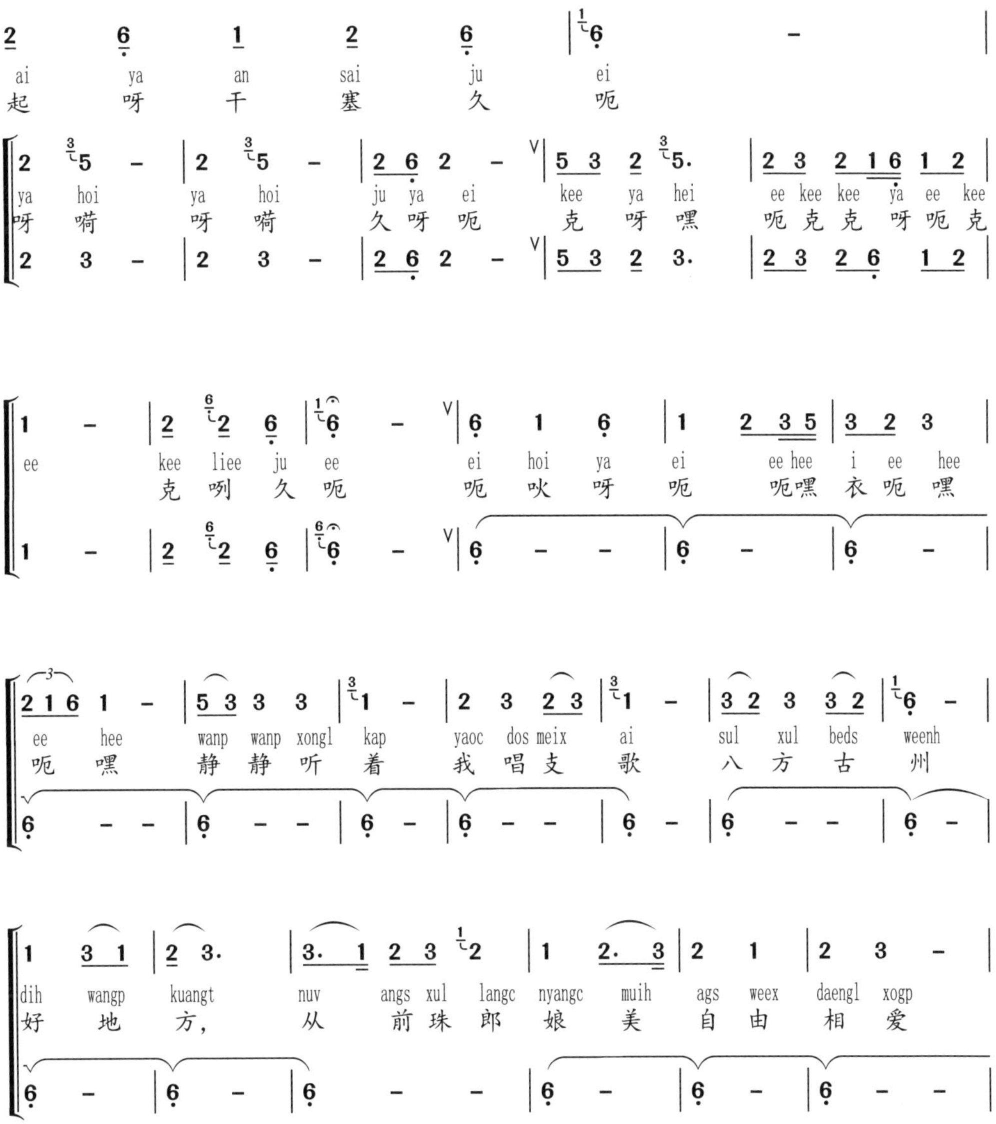

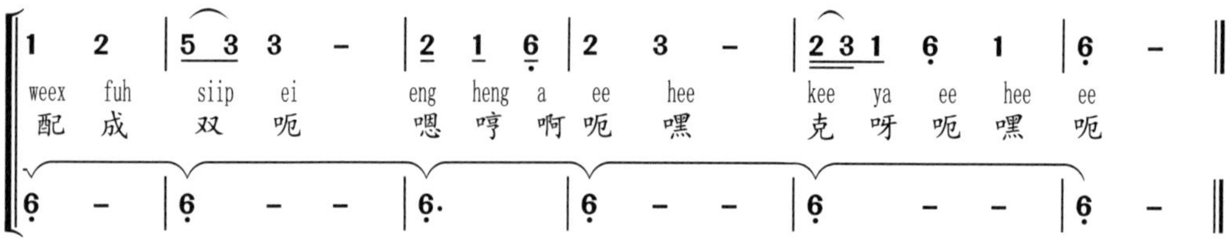

说明：此唱段为《珠郎娘美》的序歌，流传于黎平县的三龙一带。此腔采用女声大歌中的叙事歌（al jebl）歌腔。

谱例70：

珠郎娘美

（选自《珠郎娘美》幕前合唱）

1=♭E $\frac{4}{4}$ $\frac{5}{4}$

吴 金 松演唱
肖家驹记录改编

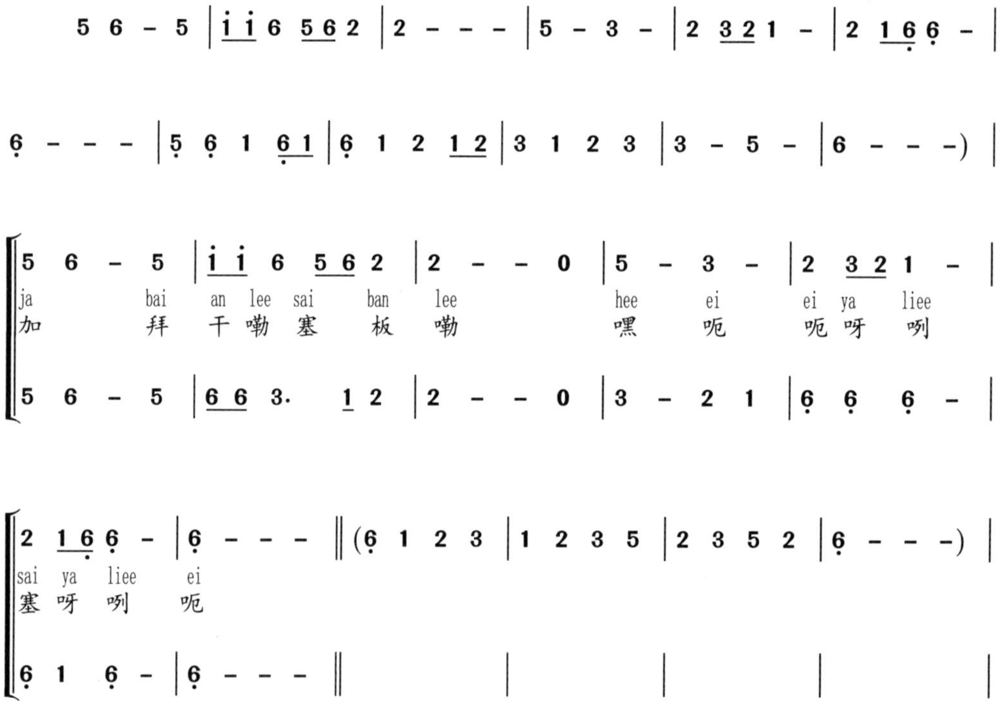

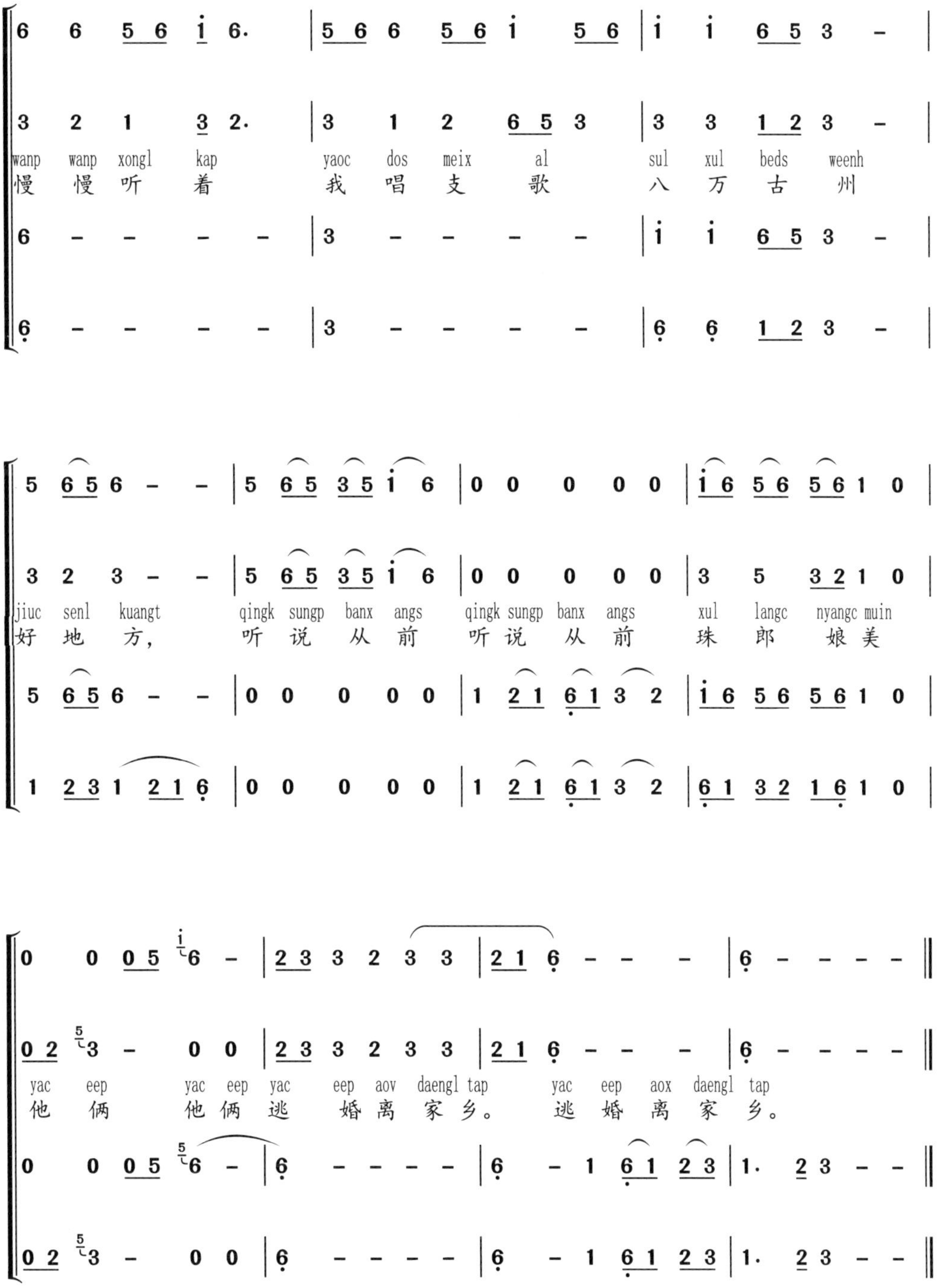

说明：这个唱段是1959年省侗戏工作组整理改编《珠郎娘美》时，肖家驹同志，根据著名侗族说唱艺人吴金松弹唱的六洞大琵琶叙事歌改编的。后来，很多侗戏在设计音乐时，都喜欢把这个唱腔用于开场或结尾。此唱段是改编后的《珠郎娘美》的幕前合唱。

谱例71：

纺棉歌

（选自《珠郎娘美》唱段）

1=D $\frac{2}{4}$ $\frac{3}{4}$ $\frac{4}{4}$ $\frac{5}{4}$

梁中书演唱
省侗戏工作组记录
普虹译配

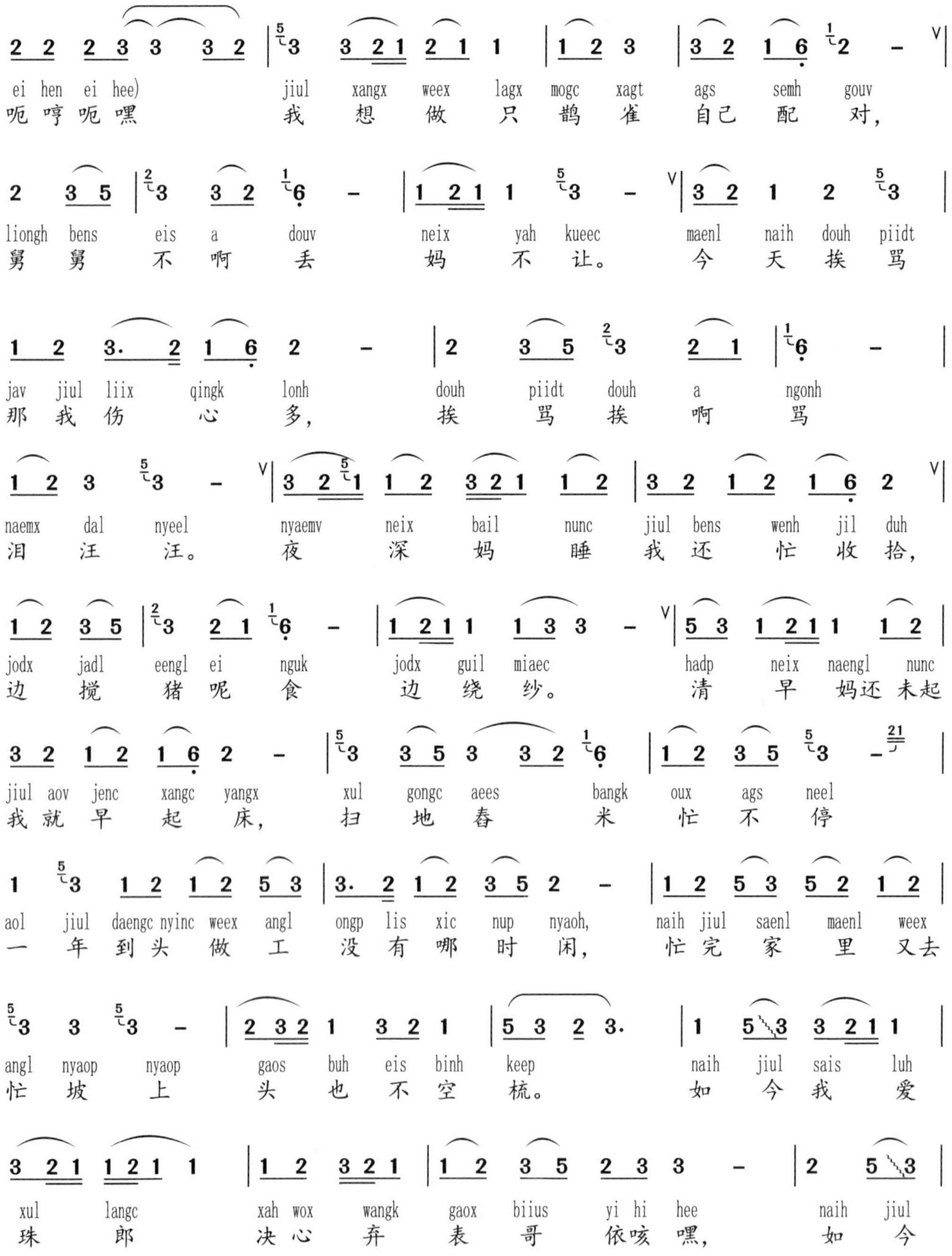

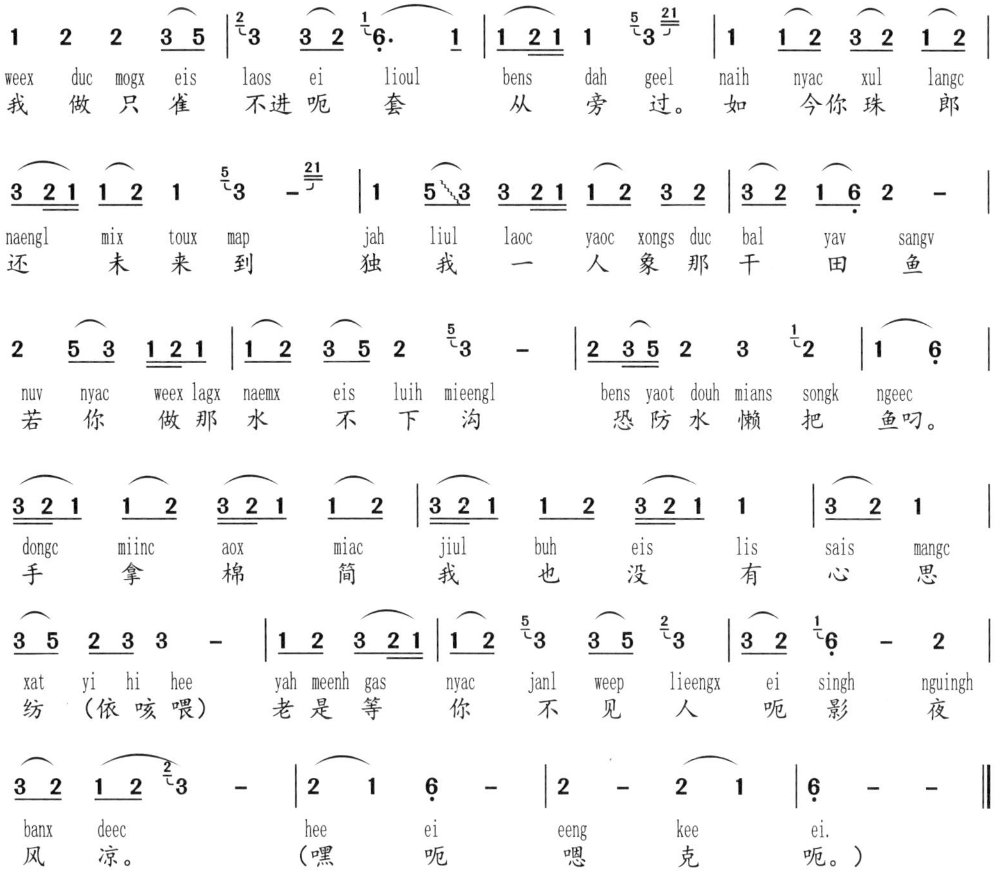

说明：这个唱腔，是六洞地区侗族叙事大歌之一种，当地称为“al jebl”。演唱时，由一人或三人领唱上面的曲调，歌队唱一个“啦”的低续音陪衬。曲谱只记领唱部分，伴唱部分略。此唱段为娘美独自在家纺纱时所唱。

谱例72：

寻得好鹞回家转

（选自《芒岁流美》芒岁唱段）

1= 2/4 3/4

梁　普　安演唱
省侗戏工作组记录
普　　　虹校译

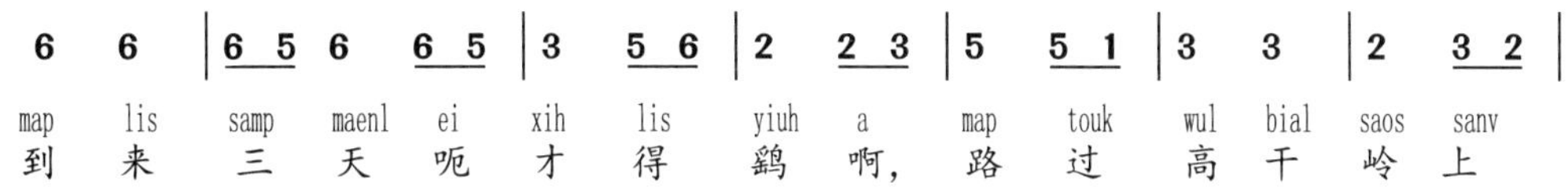

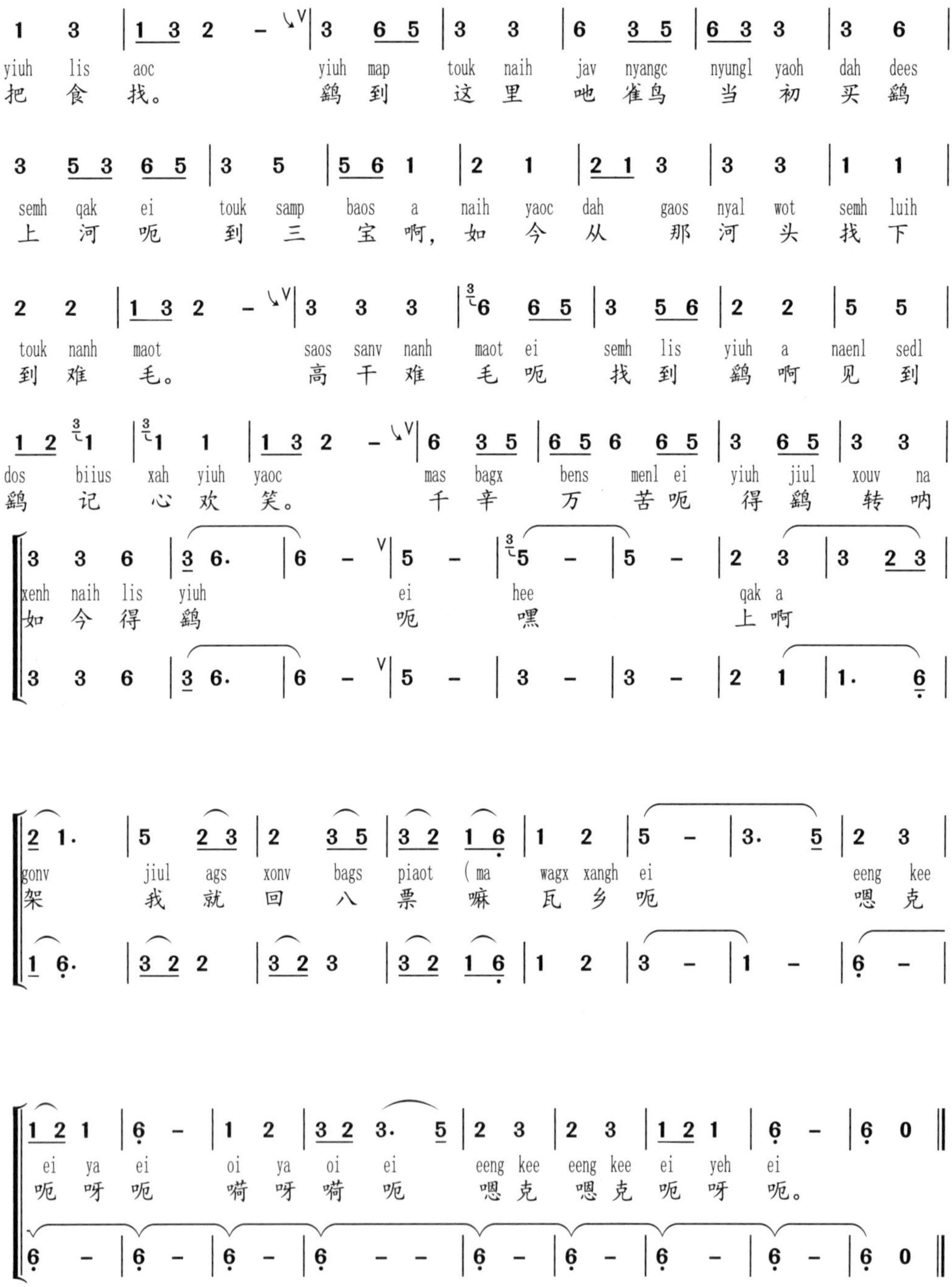

说明：这个唱腔，是六洞、九洞等侗族大歌流行地区专门用于侗戏的“大歌腔”，当地称“alwagx”或“aldangc”。此唱段是芒岁找到鹞子后，高高兴兴地唱着歌还乡。前台后台齐唱、合唱。

谱例73：

出门容易回门难

（选自《乃宁》序歌）

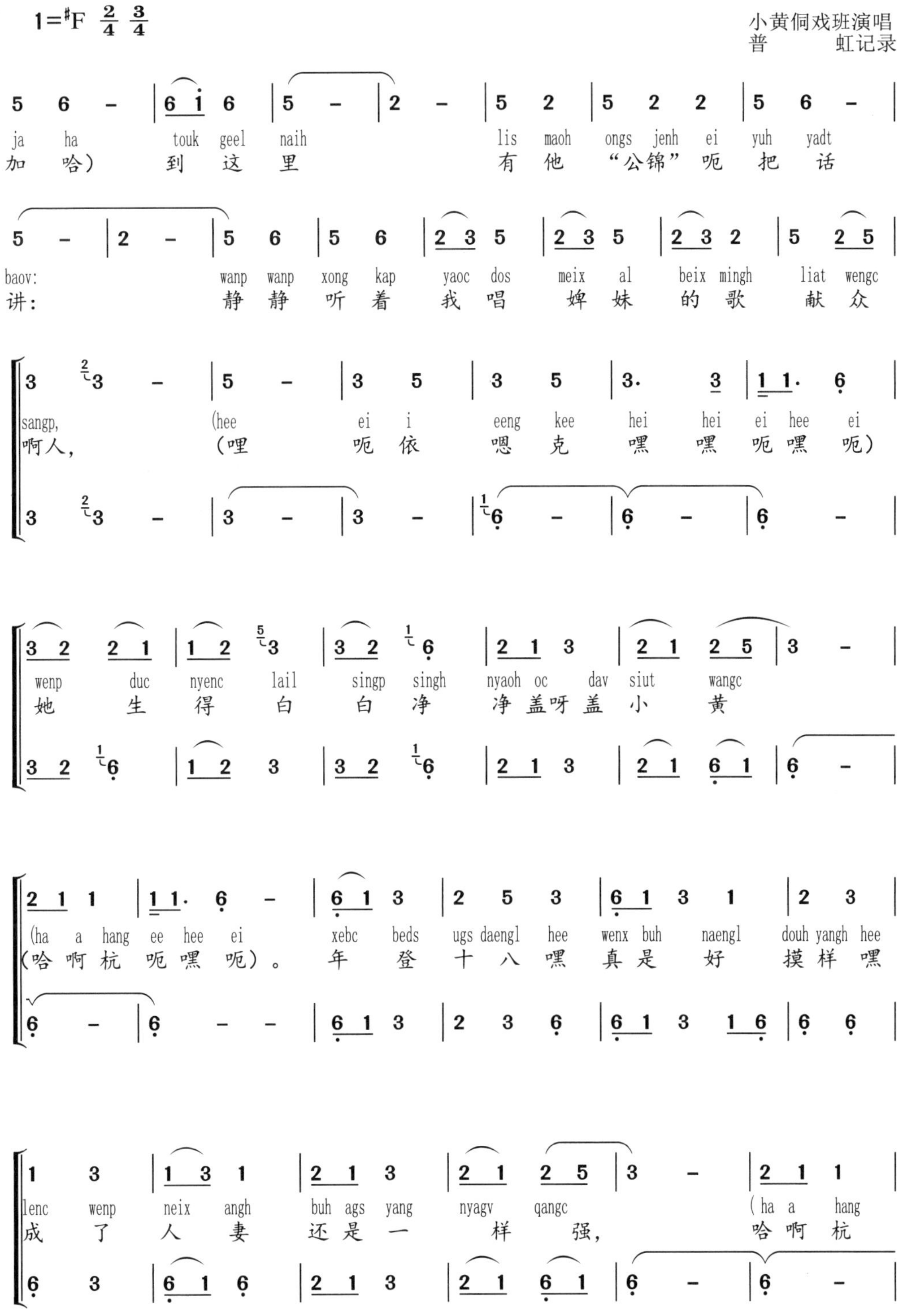

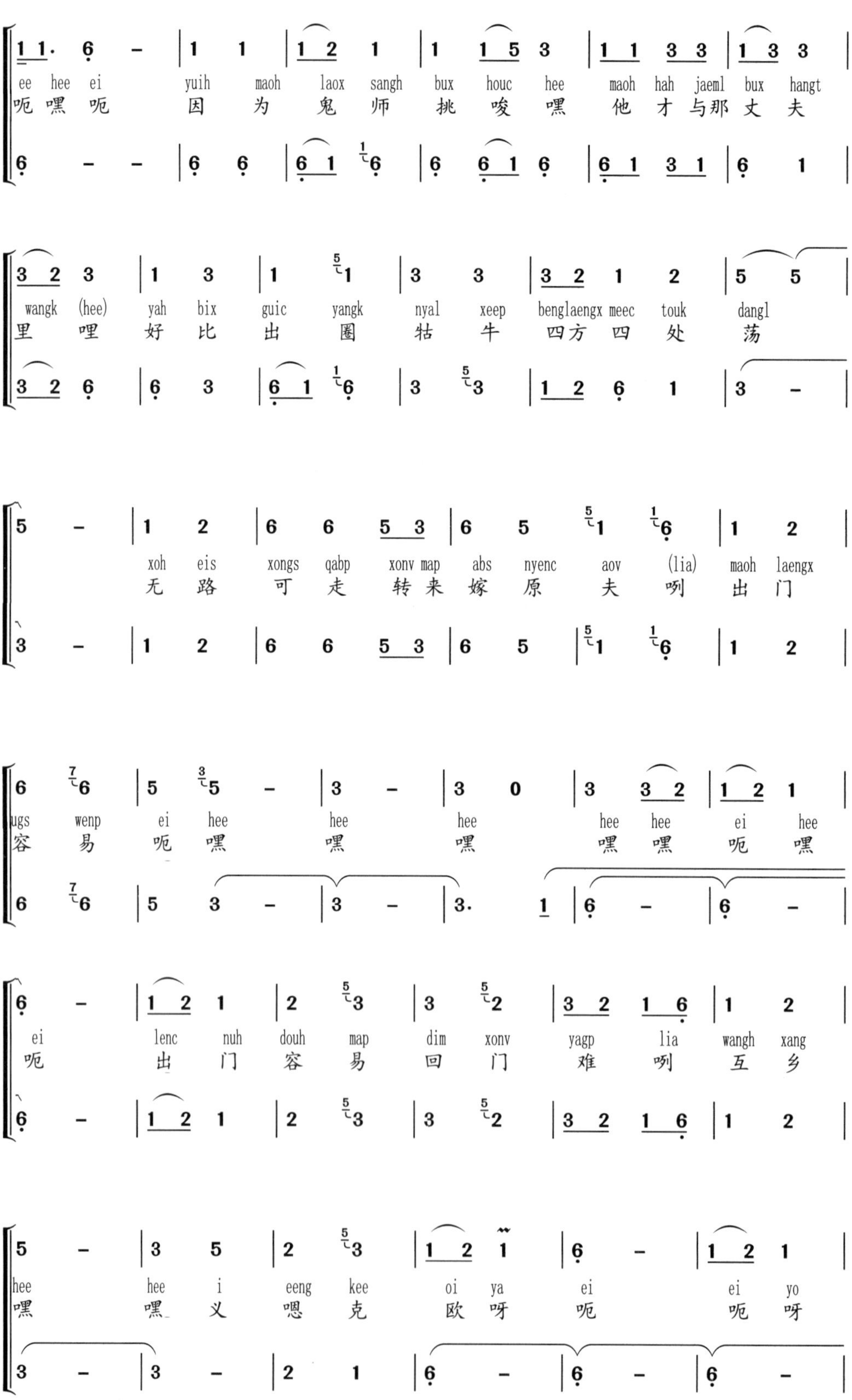
ee hee ei yuih maoh laox sangh bux houc hee maoh hah jaeml bux hangt
呃 嘿 呃 因 为 鬼 师 挑 唆 嘿 他 才 与 那 丈 夫
wangk (hee) yah bix guic yangk nyal xeep benglaengx meec touk dangl
里 哩 好 比 出 圈 牯 牛 四方 四 处 荡
xoh eis xongs qabp xonv map abs nyenc aov (lia) maoh laengx
无 路 可 走 转 来 嫁 原 夫 咧 出 门
ugs wenp ei hee hee hee hee hee ei hee
容 易 呃 嘿 嘿 嘿 嘿 嘿 呃 嘿
ei lenc nuh douh map dim xonv yagp lia wangh xang
呃 出 门 容 易 回 门 难 咧 互 乡
hee hee i eeng kee oi ya ei ei yo
嘿 嘿 义 嗯 克 欧 呀 呃 呃 呀

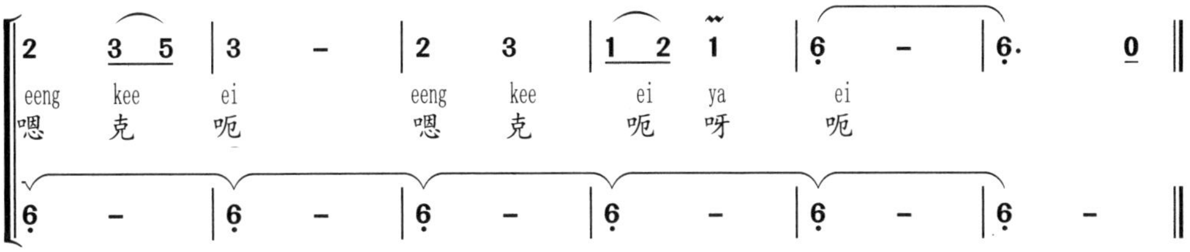

说明：乃宁离开卜宁家以后，又去与小辈的后生行歌坐夜群众对之有所批评。此腔系小黄一带流行的叙事大歌。

谱例74：

是非曲直众人评

（选自《丁郎龙女》幕后合唱）

1=F $\frac{2}{4}\frac{3}{4}\frac{4}{4}$

东寨鼓楼文化站演唱
侗　　　　　　戏队
普　虹、蒋步光编曲

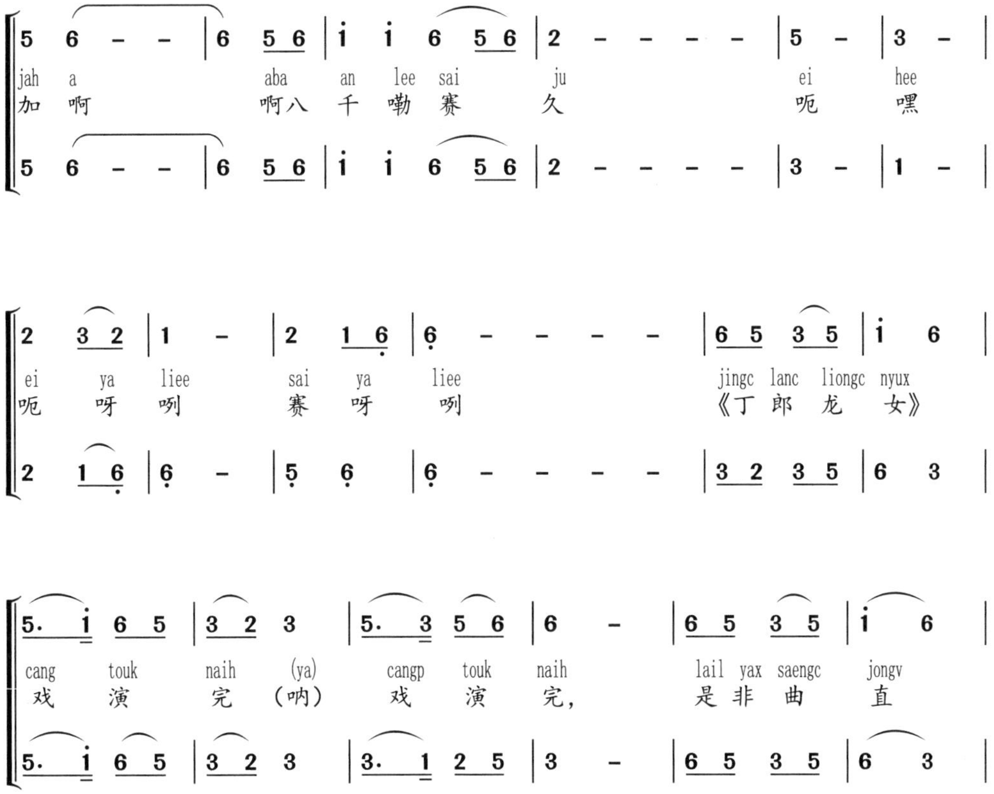

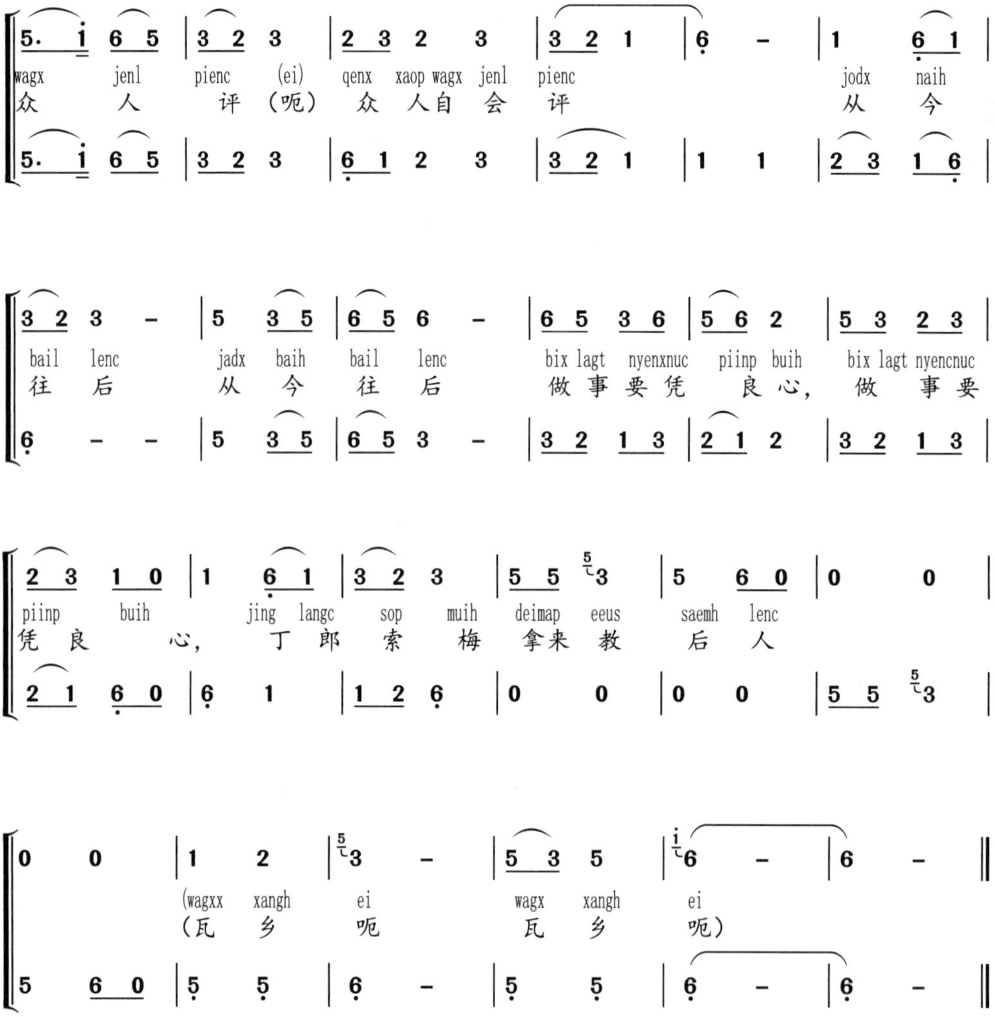

说明：此唱段是《丁郎龙女》全剧演完后，演员出场谢幕，唱歌告诫观众。

谱例 75：

忍盼有天勉王还故乡

（选自《抢秀才》卜常唱段）

1=E $\frac{2}{4}$ $\frac{3}{4}$

普虹词编曲
杨杰华演唱

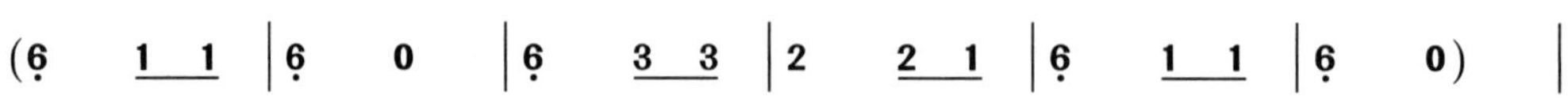

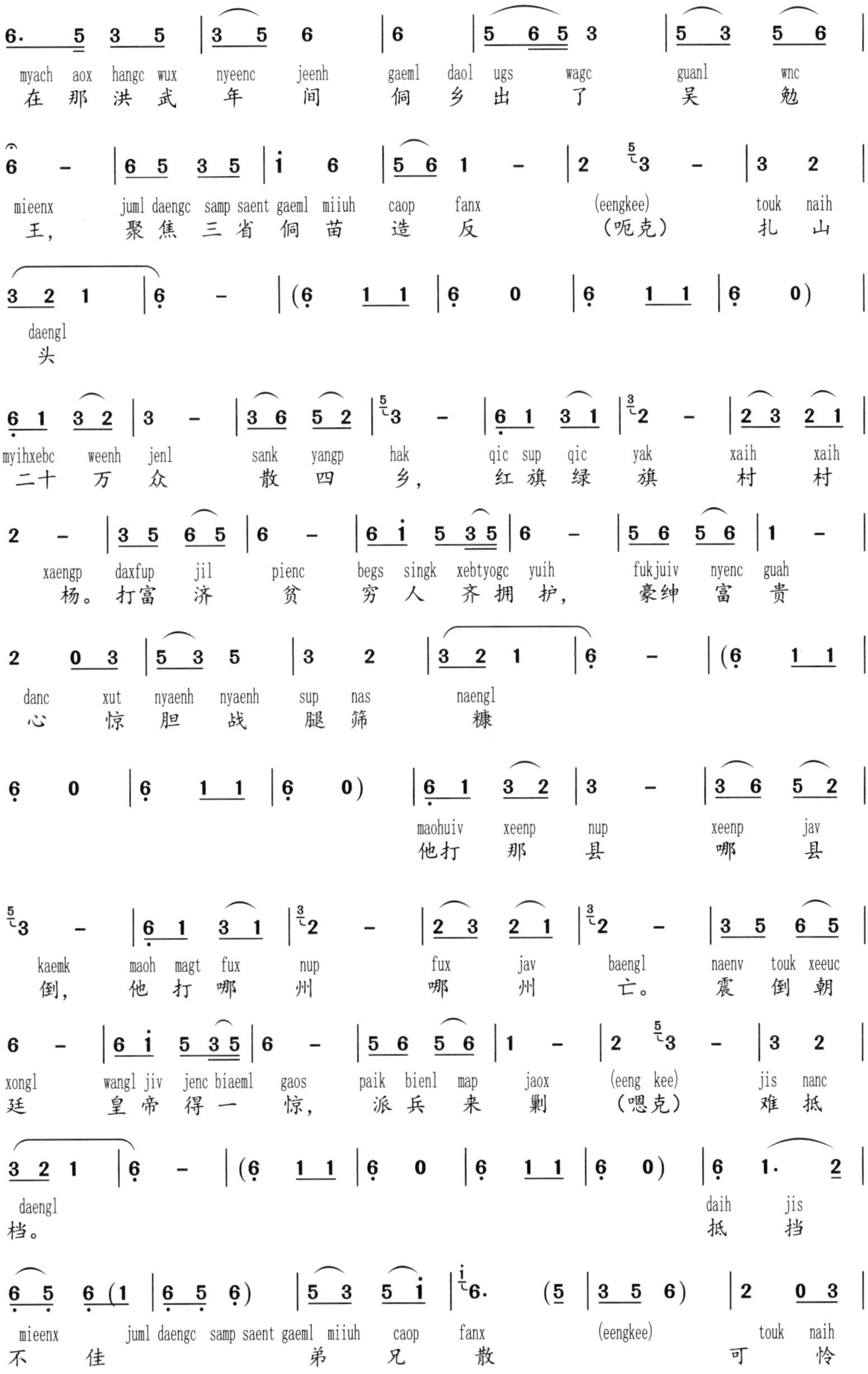
myach aox hangc wux nyeenc jeenh gaeml daol ugs wagc guanl wnc
在那洪武年间侗乡出了吴勉
mieenx juml daengc samp saent gaeml miiuh caop fanx (eengkee) touk naih
王，聚焦三省侗苗造反（呃克）扎山
daengl
头
myihxebc weenh jenl sank yangp hak qic sup qic yak xaih xaih
二十万众散四乡，红旗绿旗村村
xaengp daxfup jil pienc begs singk xebtyogc yuih fukjuiv nyenc guah
杨。打富济贫穷人齐拥护，豪绅富贵
danc xut nyaenh nyaenh sup nas naengl
心惊胆战腿筛糠
maohuiv xeenp nup xeenp jav
他打那县哪县
kaemk maoh magt fux nup fux jav baengl naenv touk xeeuc
倒，他打哪州哪州亡。震倒朝
xongl wangl jiv jenc biaeml gaos paik bienl map jaox (eeng kee) jis nanc
廷皇帝得一惊，派兵来剿（嗯克）难抵
daengl daih jis
档。抵挡
mieenx juml daengc samp saent gaeml miiuh caop fanx (eengkee) touk naih
不佳弟兄散可怜

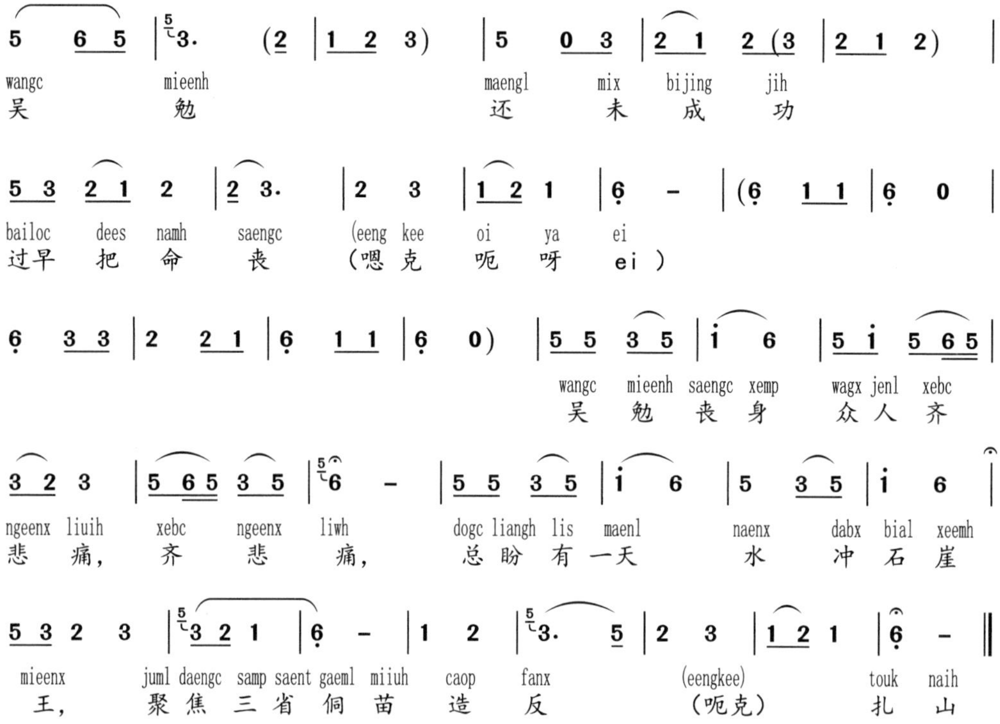
wangc mieenh maengl mix bijing jih
吴 勉 还 未 成 功
bailoc dees namh saengc (eeng kee oi ya ei
过早 把 命 丧 (嗯 克 呃 呀 ei)
wangc mieenh saengc xemp wagx jenl xebc
吴 勉 丧 身 众 人 齐
ngeenx liuih xebc ngeenx liwh dogc liangh lis maenl naenx dabx bial xeemh
悲 痛, 齐 悲 痛, 总 盼 有 一天 水 冲 石 崖
mieenx juml daengc samp saent gaeml miiuh caop fanx (eengkee) touk naih
王, 聚 焦 三 省 侗 苗 造 反 (呃克) 扎 山

（五） 其他侗歌部分

谱例 76：

飞月火烧山

（选自《珠郎娘美》娘美唱段）

1= $\frac{2}{4}\frac{3}{4}\frac{4}{4}$

梁华翠等演唱
梁 维 安译词
家 　 浚记谱

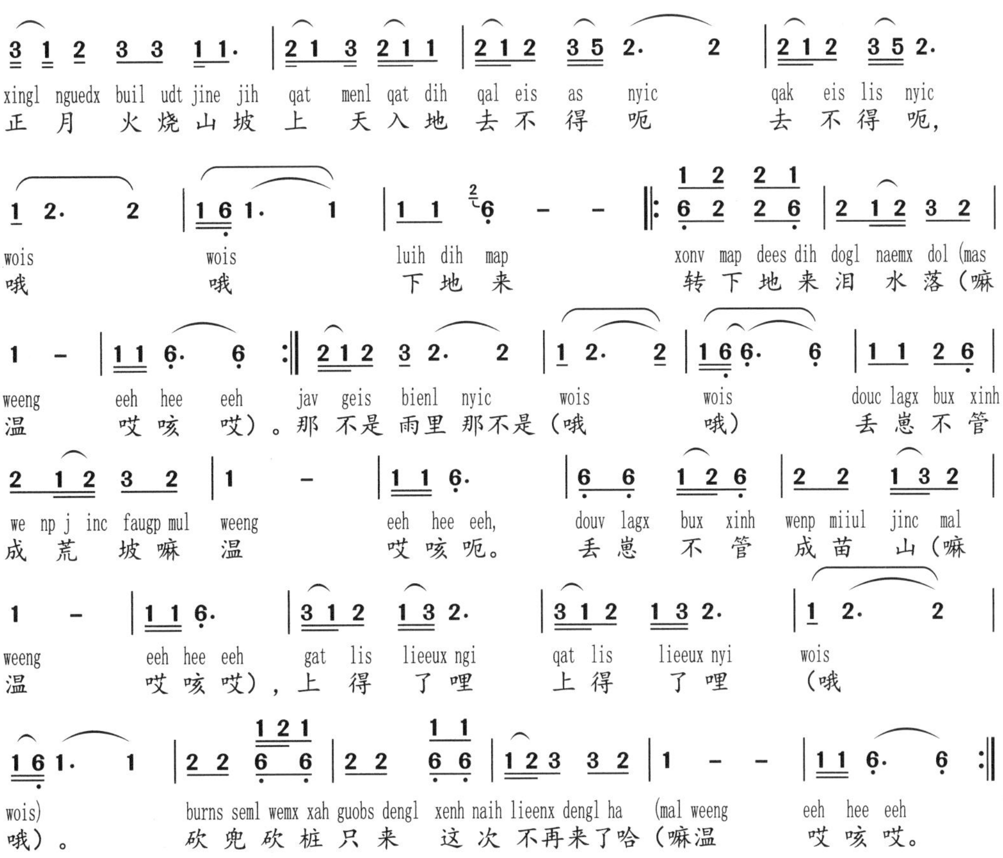

说明：这是娘美与珠郎出逃至半路，天下着雨，前途未卜，心情既兴奋又痛苦，由娘美领唱、合唱伴唱，以表现两人所处的复杂心情。录于 1957 年 1 月。

谱例 77：

约起情人逃

（选自《珠郎娘美》兰骂唱段）

1=♯F 2/4

梁　李　桃演唱
家浚、维安记谱

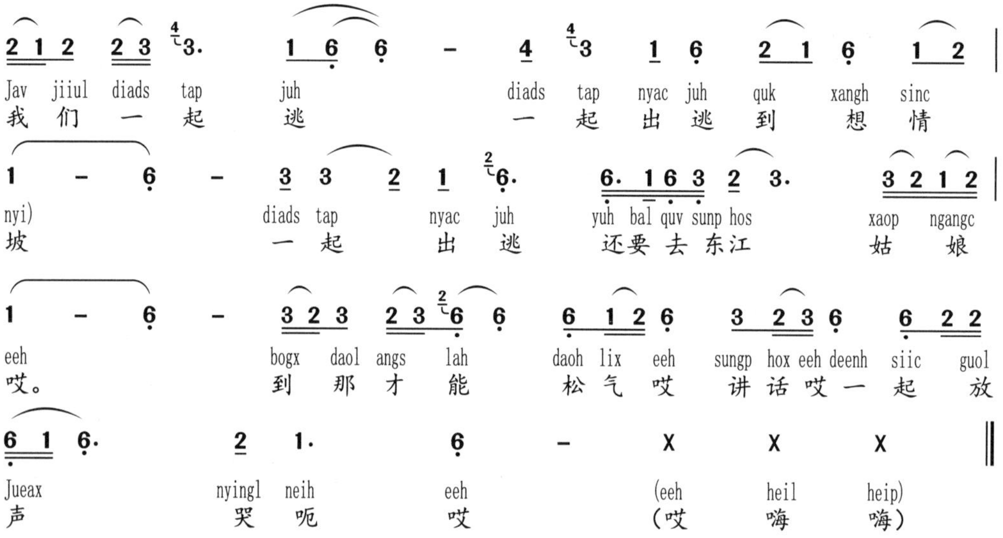

说明：兰骂送珠郎与娘美一起出逃，路过想情坡，兰骂安慰娘美时所唱。

谱例78：

歌儿到手我匆匆走

（选自《四艾传歌》四艾唱段）

1=

梁 普 安 演唱
家浚、维安 记谱

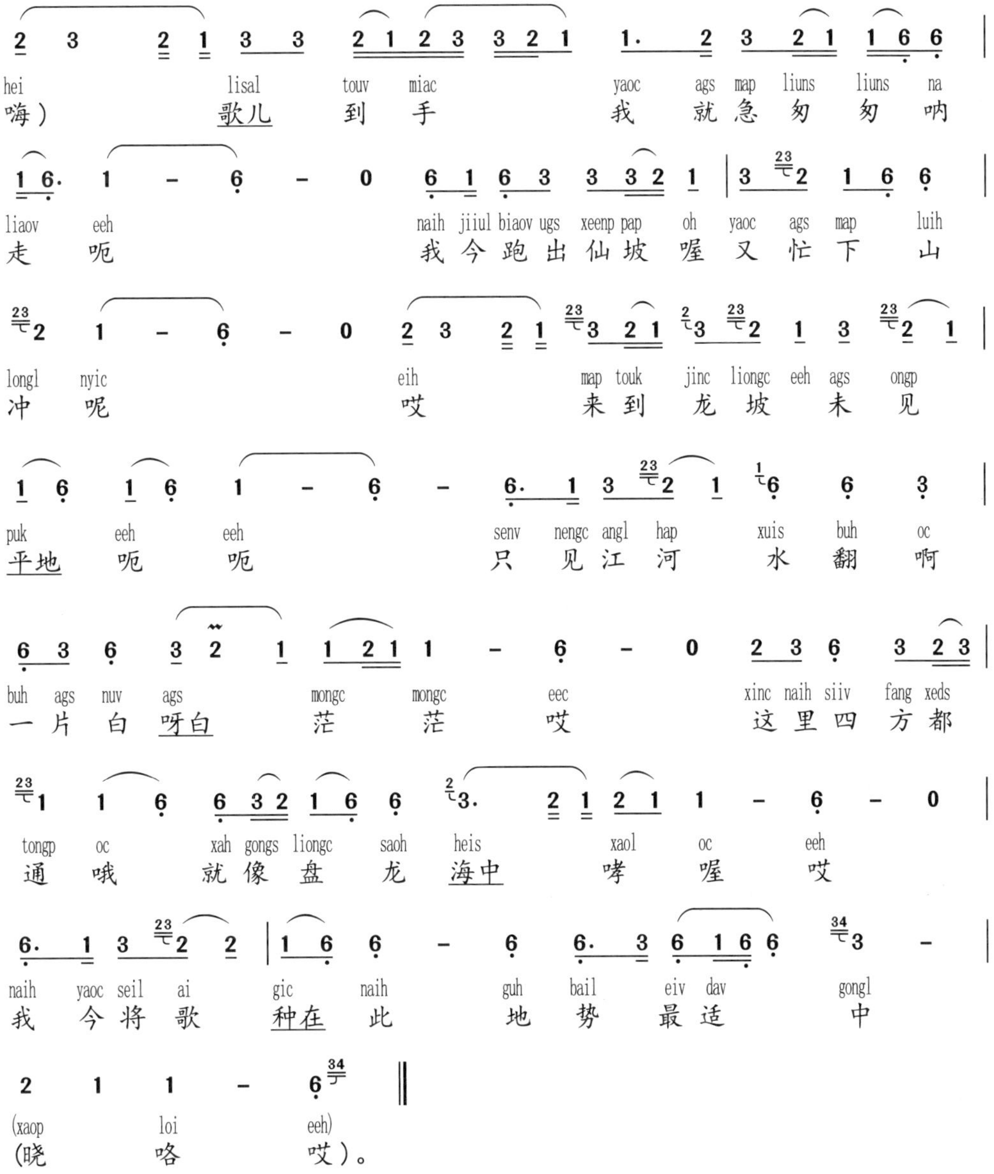

说明：四艾从仙山取得歌种回来，路上唱起了此山歌。

谱例79:

仙女歌

（选自《四也传歌》中的女声合唱）

1=#F 2/4 3/4

梁李桃演唱
家 浚记谱
梁普安词
梁维安记侗文

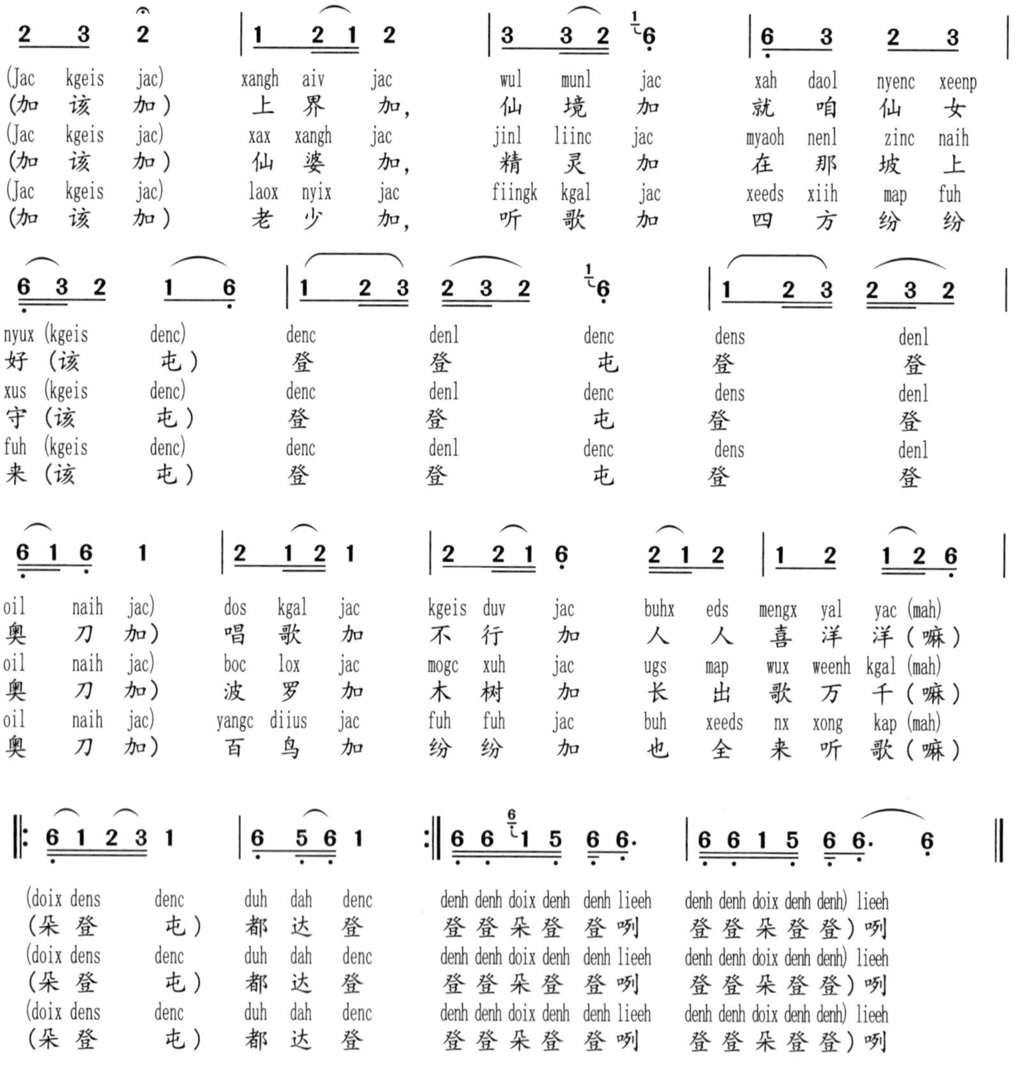

谱例 80：

采蕨歌

（选自《珠郎娘美》婢娘、娘美唱段）

1=♯F $\frac{2}{4}$ $\frac{3}{4}$

梁李桃演唱
梁维安记录

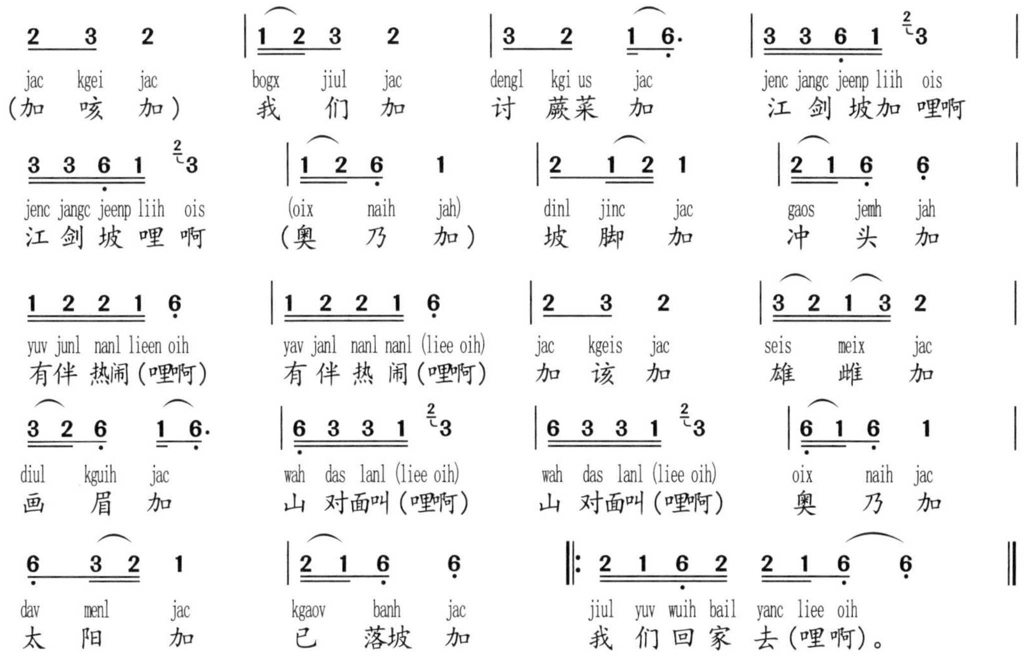

说明：这是剧中两个小姑娘在山上讨蕨菜时唱的歌。录于 1957 年 1 月。

谱例81：

我与你们做媒人

（选自《乃宁》中媒人唱段）

1=#F $\frac{2}{4}$

西山拱子子戏班演唱
陈　寿　汉编词曲

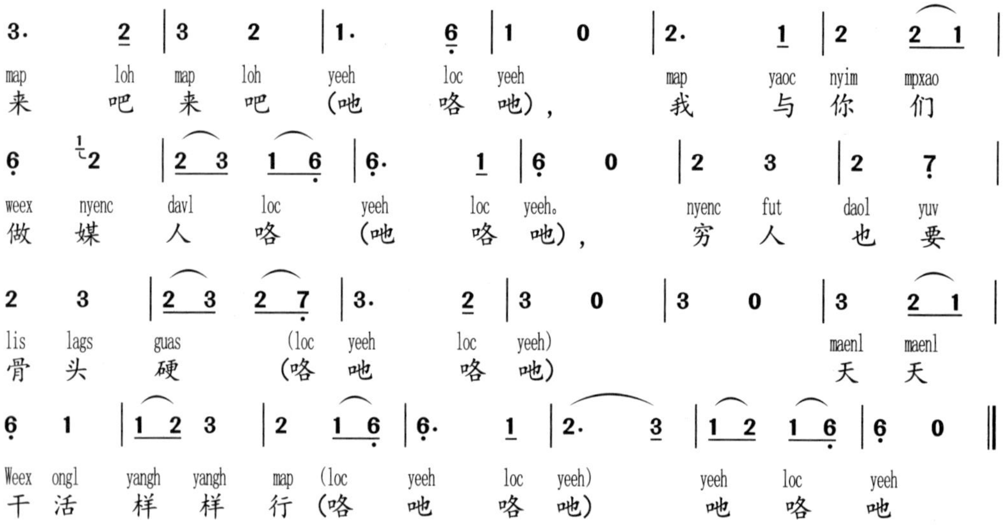

说明：这是剧中媒人与众逗笑唱的歌，调同拦路歌。

谱例 82：

姑妈姑妈来喝酒

（选自《乃宁》中的敬酒歌）

1=$^{\#}$F $\frac{2}{4}$

西山拱子子戏班
陈 寿 汉编词曲

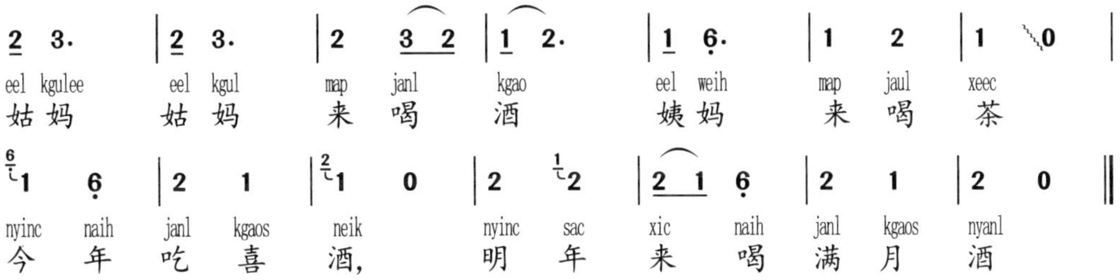

说明：本曲是从江县小黄一带的儿歌，用在终场，以表欢乐的气氛。

谱例 83：

打蕨菜

（选自《珠郎娘美》打蕨菜姑娘唱段）

1=G $\frac{2}{4}$ $\frac{3}{4}$

陆婢美演唱
普　虹记录

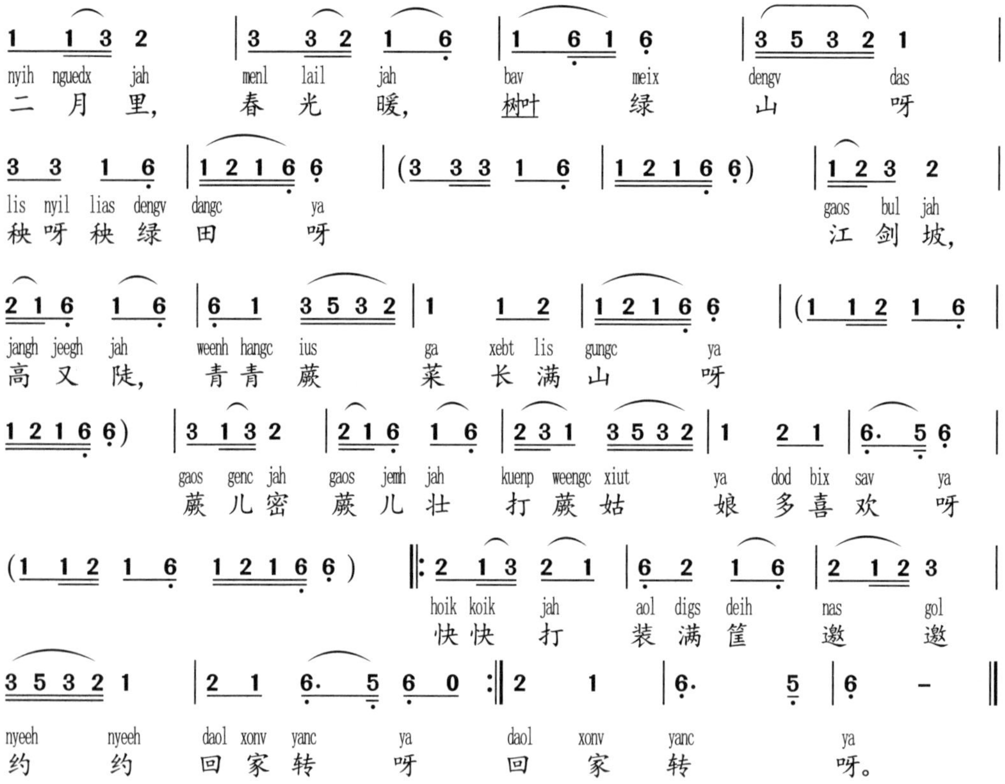

说明：这个唱腔，是从江县洛香一带流行的儿歌曲调，此唱段是小姑娘婢妹打蕨菜时唱的歌。

谱例 84：

侗家待客喜盈盈

（选自《抢秀才》婢美唱段）

1=E 2/4 3/4

杨艳红演唱
普虹词编曲

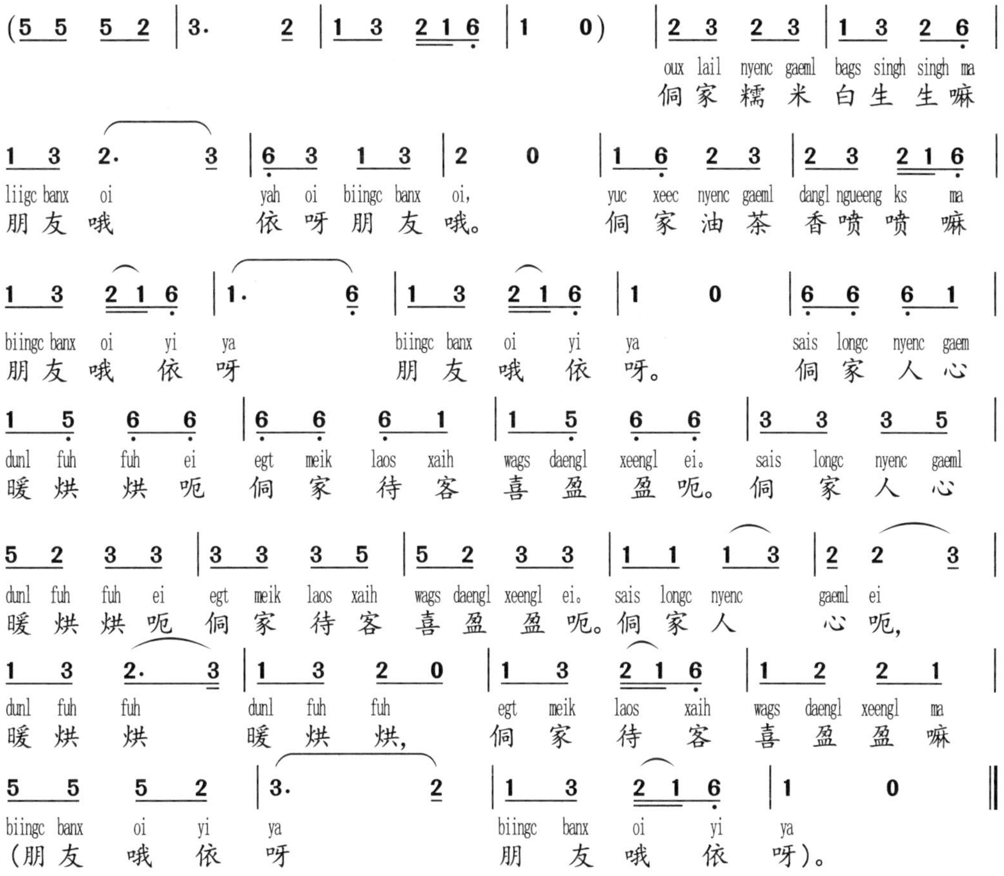

说明：本曲系根据黎平县新化一带的拦路歌改编，婢美与秀才逗趣时所唱。

谱例 85:

扎根侗乡“国旋拜”

（选自《抢秀才》对唱）

1=♭A $\frac{1}{4}$ $\frac{2}{4}$

杨三苏等演唱
普　虹词编曲

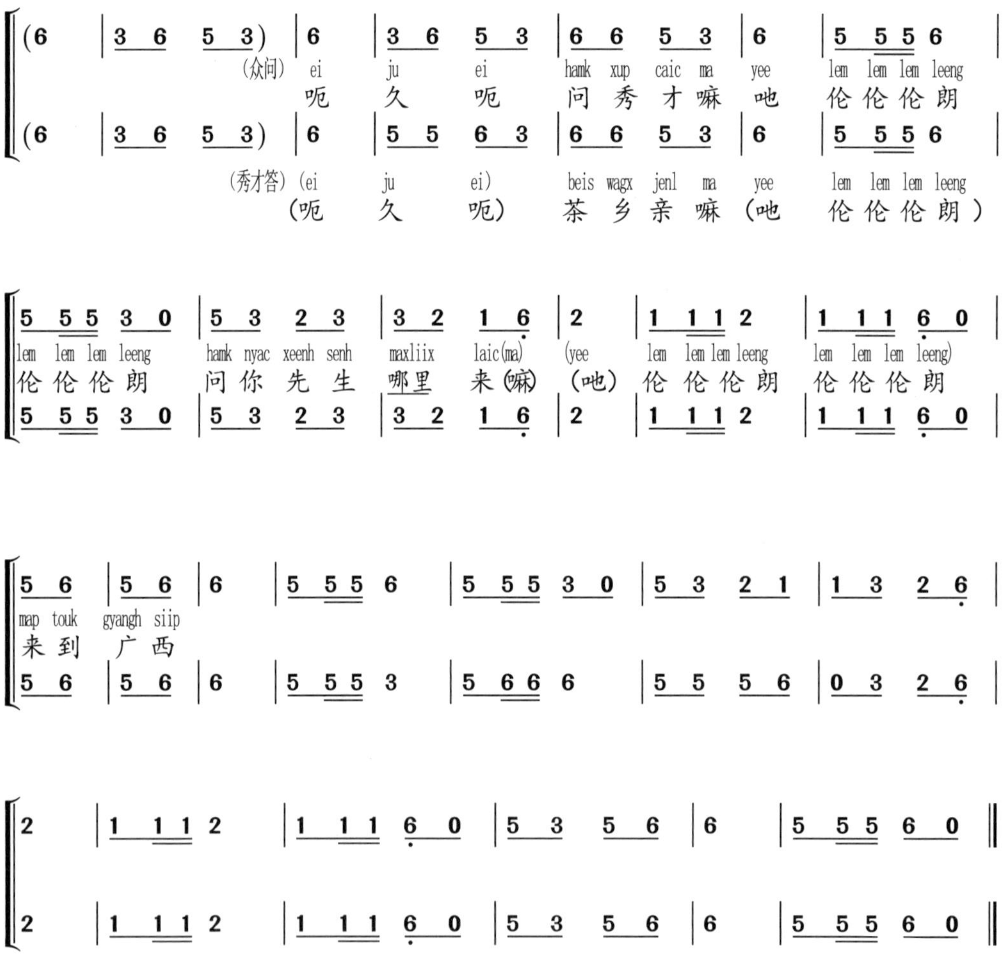

说明：此唱段是我堡寨侗族人民拦路迎接秀才，双方对唱的歌。

“国旋拜”系侗语，即“不回去”。

“希旋拜”系侗语，即“回不回去”。

谱例 86：

先生来到侗家欢

（选自《抢秀才》踩堂歌）

1=#F 2/4 3/4

东寨鼓楼文化站演唱
侗　　　　戏班
普　　　虹词编曲

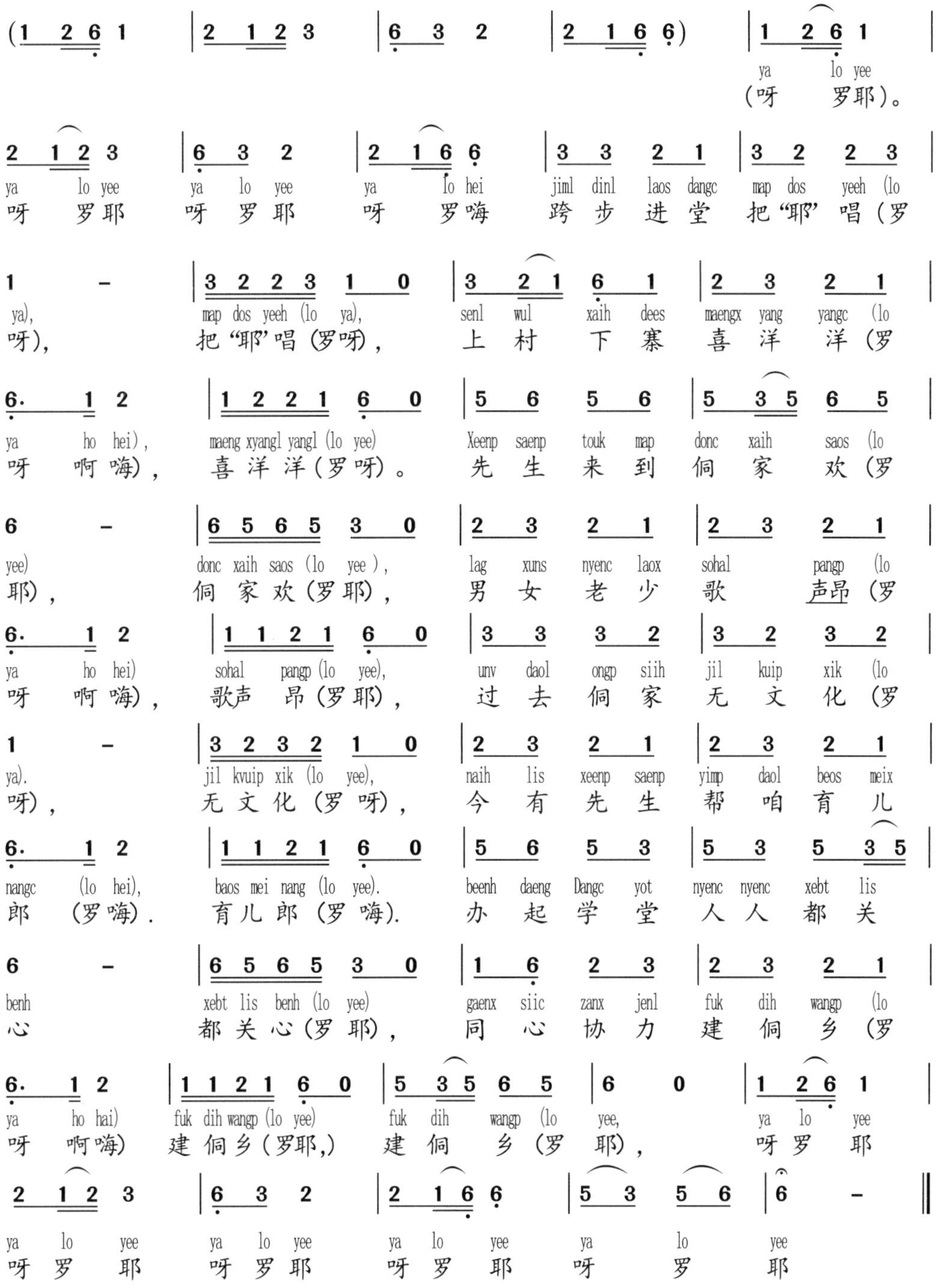

说明：这是侗族踩歌堂（al yee）曲调，载宝寨群众迎秀才进寨后唱的歌。

谱例 87：

多高兴

（选自《乃宁》大场踩歌堂合唱）

1=♯F $\frac{2}{4}$

潘德佩领唱
陈寿江记录

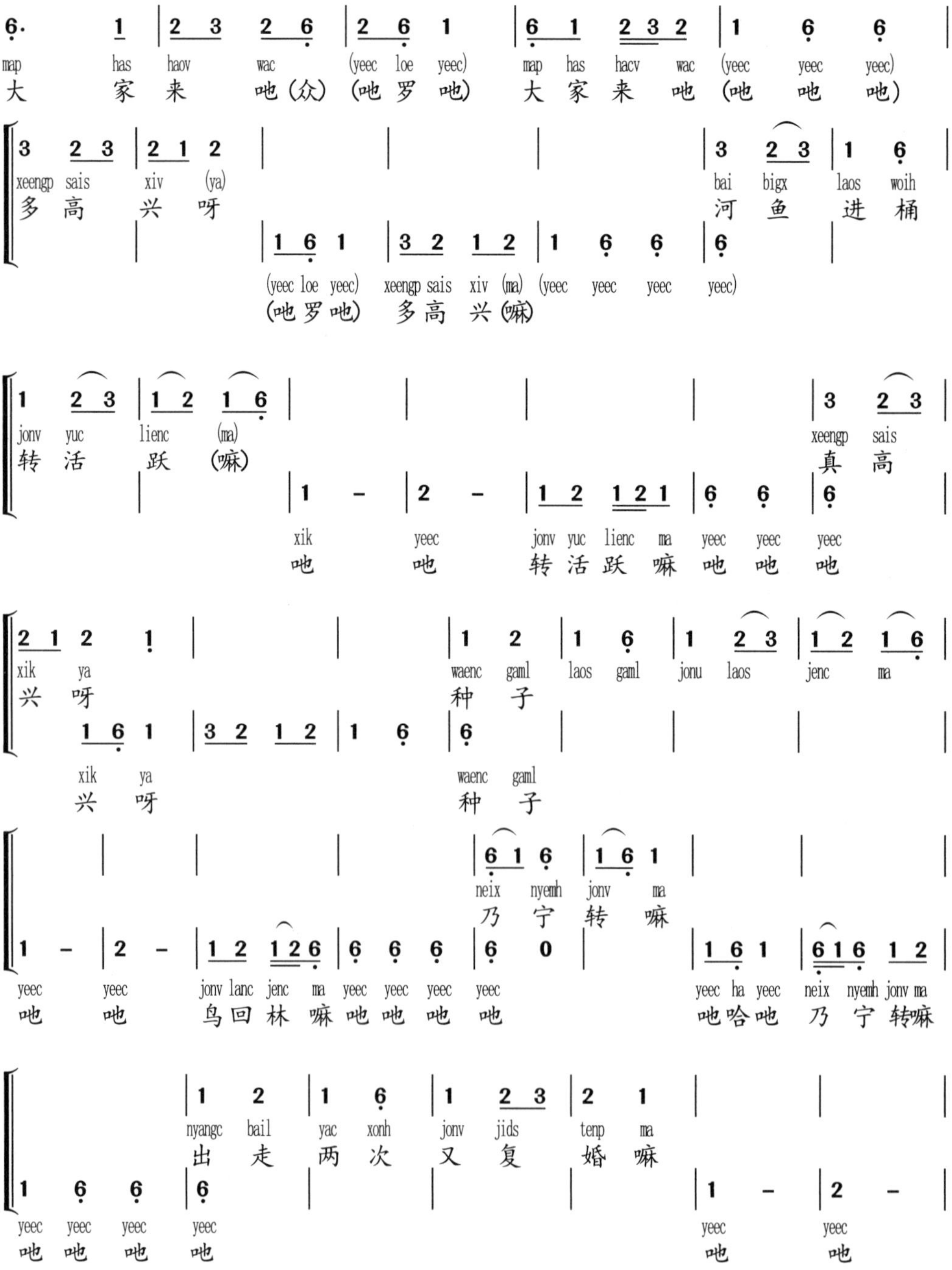

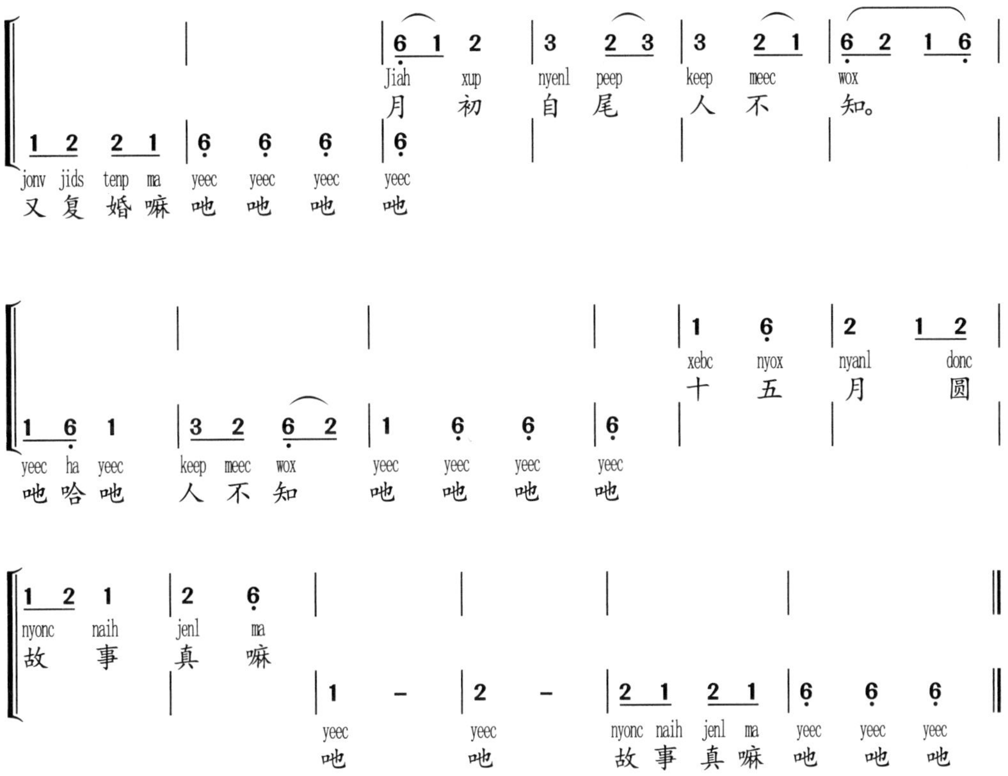

说明：这是剧终时，群众欢快的歌声，其中也包含了大家对乃宁的评价。

谱例 88：

万户侗家傍榕江

（选自《四也传歌》合唱）

1=♯F $\frac{2}{4}$ $\frac{3}{4}$

梁普安等演唱
梁 普 安词
家 浚记

说明：本曲系根据拉米木头歌改编，为除谭中鱼怪，村民们将小牯牛放入谭中作钓饵，放牛下网时众村民唱。

谱例 89：

进船了

（选自《元东》船唱段）

1=$^\#$F $\frac{2}{4}$ $\frac{3}{4}$ $\frac{4}{4}$

洛香侗戏队演唱
王承祖普虹记录

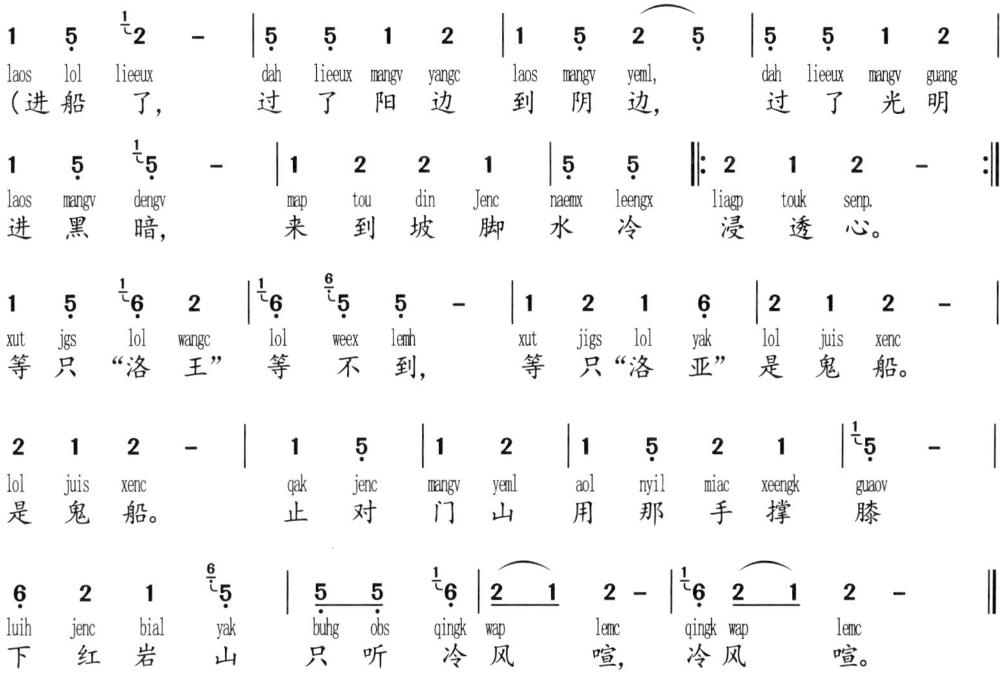

说明：刘美到阴间去寻找金汉时，在阴阳河口摆渡的老船工所唱。

谱例 90：

撑船下河滩接滩

（选自《乃宁》大场踩歌堂合唱）

1=♭B $\frac{4}{4}$

洛香侗戏队演唱
王承祖普虹记录

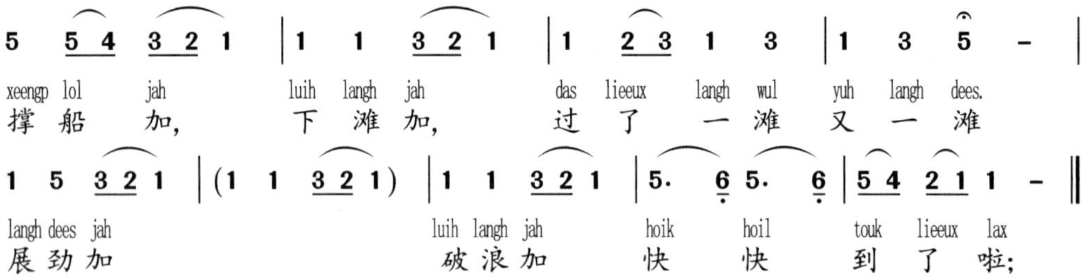

说明：阴阳河口摆渡的老船工，唱着歌送着过街人。

谱例91：

撑船下滩靠篙浆

（选自《元懂》船工唱段）

1=D $\frac{2}{4}$

洛香侗戏队演唱
王承祖普虹记录

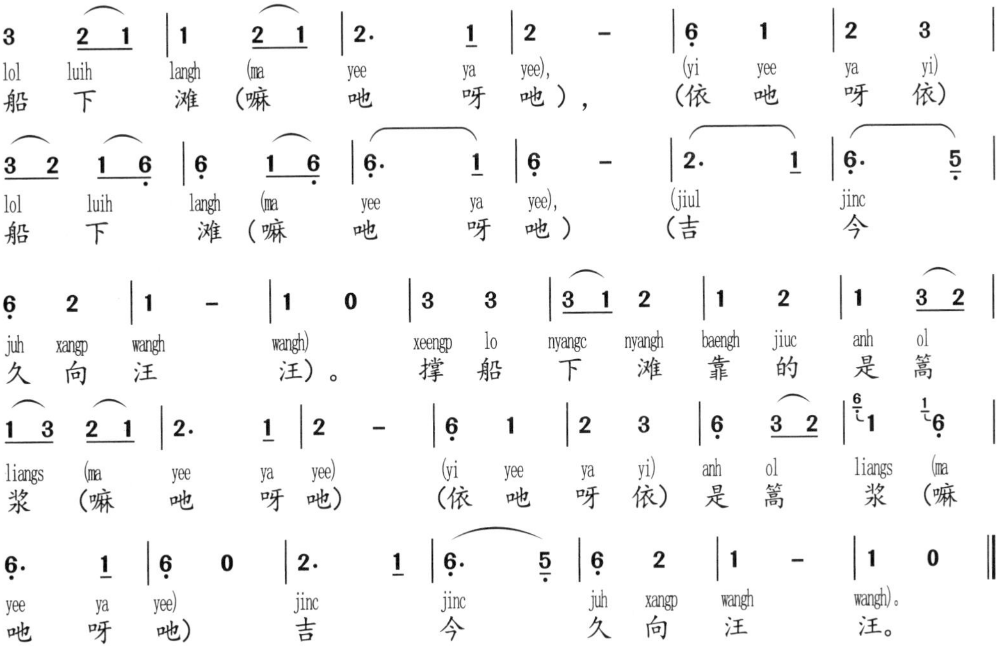

说明：这是江县洛香一带的侗族儿歌，为阴阳河口老船工所唱。

（六）客家调

谱例92：

我要跟你回古州

（选自《三郎五妹》黄小姐唱段）

1=C $\frac{2}{4}$ $\frac{3}{4}$ $\frac{4}{4}$

龙图侗戏班演唱
王承祖普虹记录

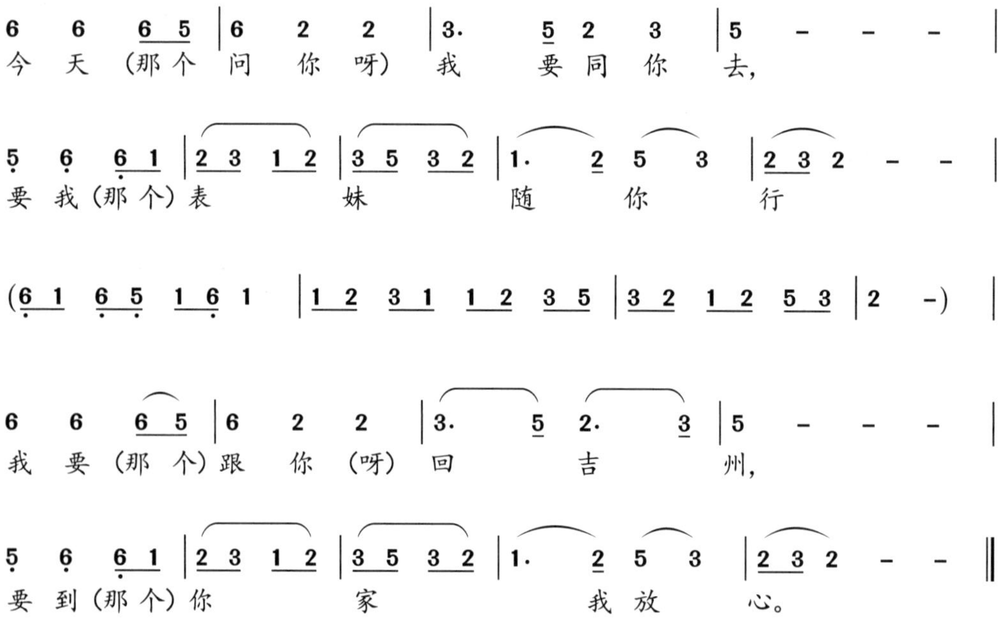

说明：此唱腔是流行于江县龙图一带的汉族房间小调。剧中黄小姐要求三郎带她回古州成亲对唱。

谱例93：

不知世尧在哪方

（选自《刘世芳》黄小姐等唱段）

1=C $\frac{2}{4}$ $\frac{3}{4}$

蒋海兰演唱
普　虹记录

说明：这是榕江县车寨的汉族小调，当地称“soh al gax”。演员手拿“金钱棍”，边唱编舞。剧中黄小姐等人在寻找刘世方的路上，歌舞要饭时演唱。

谱例94：

只怕难相会

（选自《刘世芳》黄云章唱段）

1=C $\frac{2}{4}$ $\frac{3}{4}$

蒋海兰演唱
普　虹记录

说明：此唱腔是黄小姐与刘世方相会后，把带志英东的情况向世尧诉说。

谱例95：

不知世宪在哪方

（选自《刘世芳》黄小姐等唱段）

1=D $\frac{2}{4}$ $\frac{3}{4}$

陆运培演唱
吴松泽记录

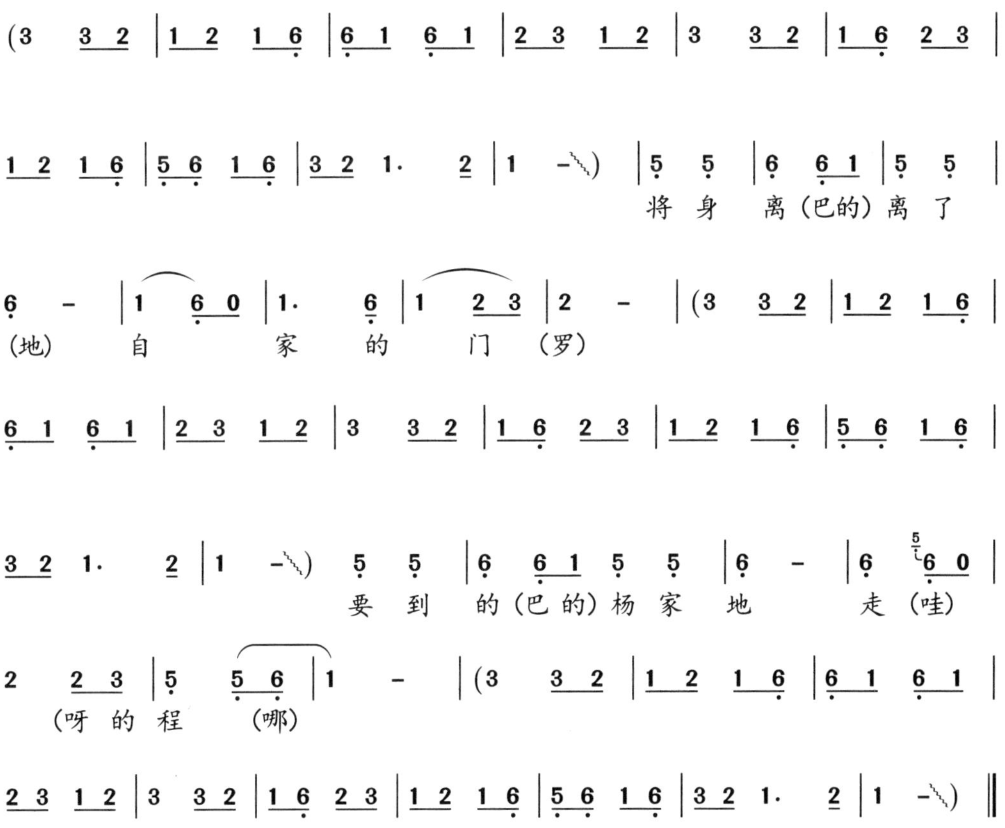

说明：此唱段为客家先生在去巨金家的路上所唱，其结构正玉【平腔】十分相近，当地称为【彩调】。侗戏演完后，戏班向观众要彩，唱起这类欢快的调子。

谱例96：

何日单线搓成索

（选自《抢秀才》婢美唱段）

1=G $\frac{2}{4}$

杨艳红演唱
普　虹词曲

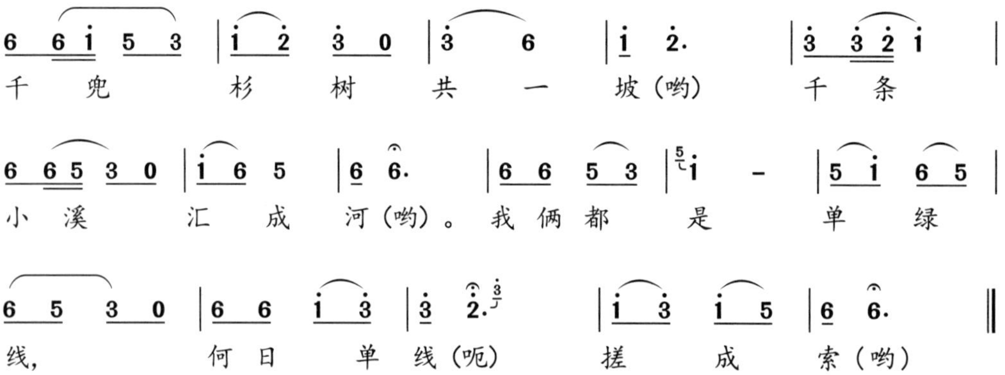

说明：此唱段是根据榕江一带汉族山歌改编。剧中汉族男装打扮的侗族姑娘婢美，为了隐蔽自己身份，而唱汉语山歌逗引秀才。

谱例 97：

侗家盼你好比鱼盼水

（选自《抢秀才》婢美唱段）

1=D $\frac{2}{4}$

杨艳红演唱
普　虹词曲

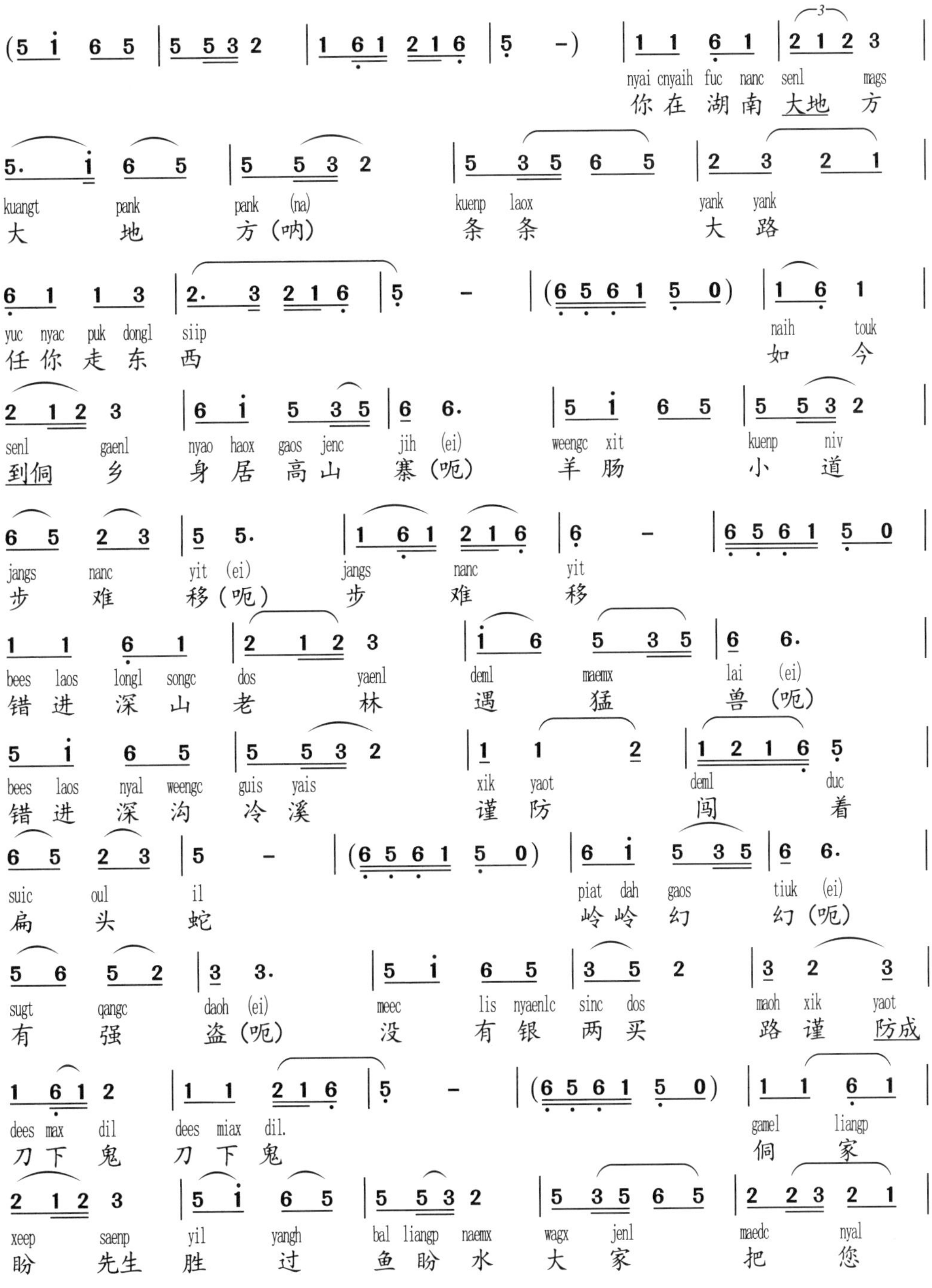

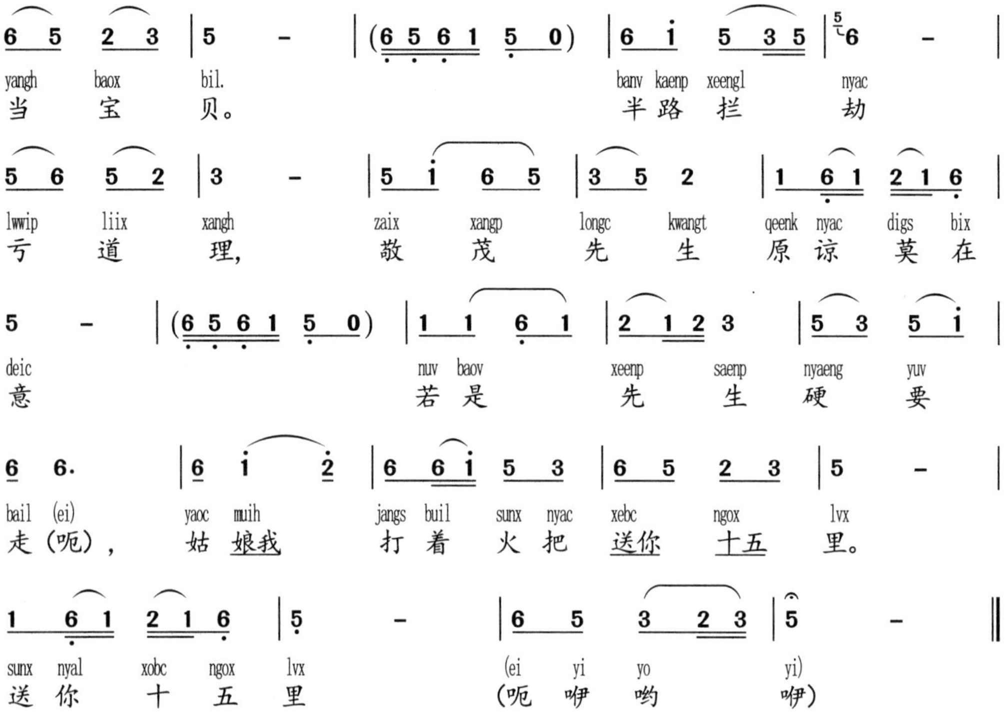

说明：此唱腔是根据流行在侗族地区的汉族民间小调改编，剧中婢美希望秀才对下来，向秀才表达了这番话。

谱例98：

大喊三声要缸补

（选自《金汉》中补锅匠与老板娘的对唱）

1=$^{\#}$F $\frac{2}{4}$

杨彦珠杨彦益演唱
家　　　浚记录

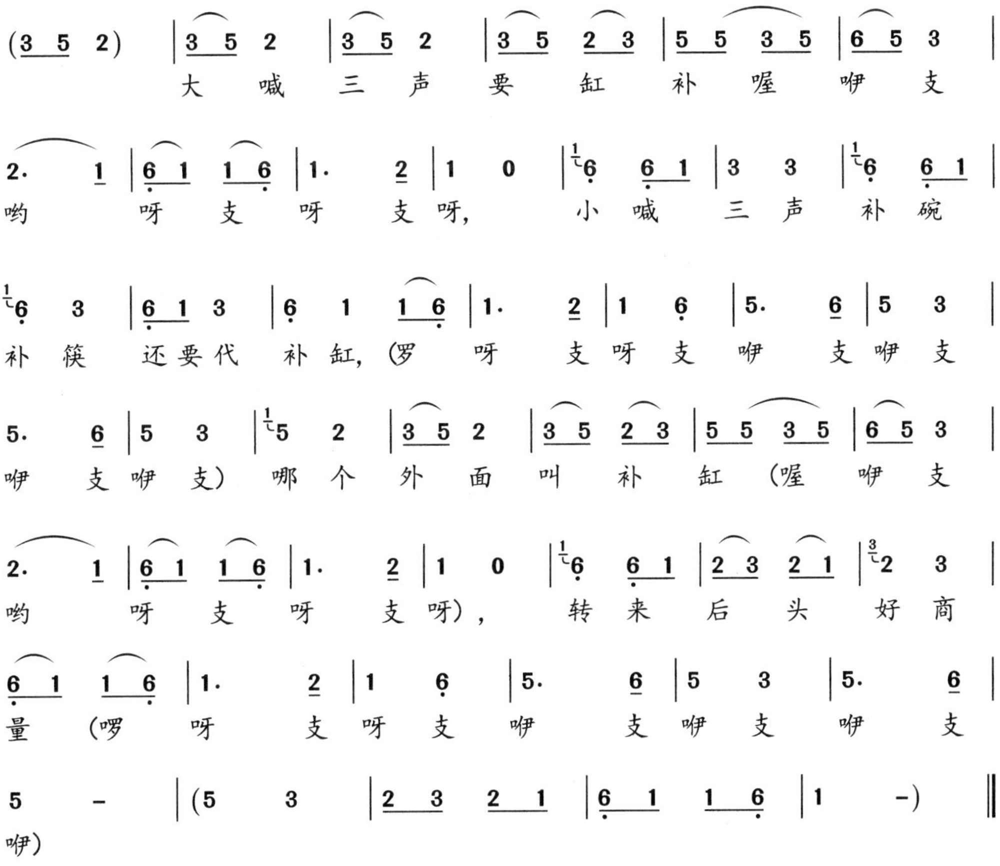

说明：说明：①此曲为从江县贯洞区腊阳井内戏班演唱，在侗戏发展的前期，即被运用在戏中。

②是我师傅叫补缸，转来后兴来补缸。

大缸要钱几多个，小缸要钱几十双？

③大缸要钱一百五，小缸要钱五十双。

大缸与你八十个，小缸与你四十双。

（七）新创作部分

谱例 99：

毛主席把阳光雨露洒满人间

（选自侗戏移植《龙江颂》盼水妈唱段）

1=$^{\#}$F $\frac{2}{4}$ $\frac{3}{4}$

杨金娥演唱
虹飞江翻译
普　虹编曲

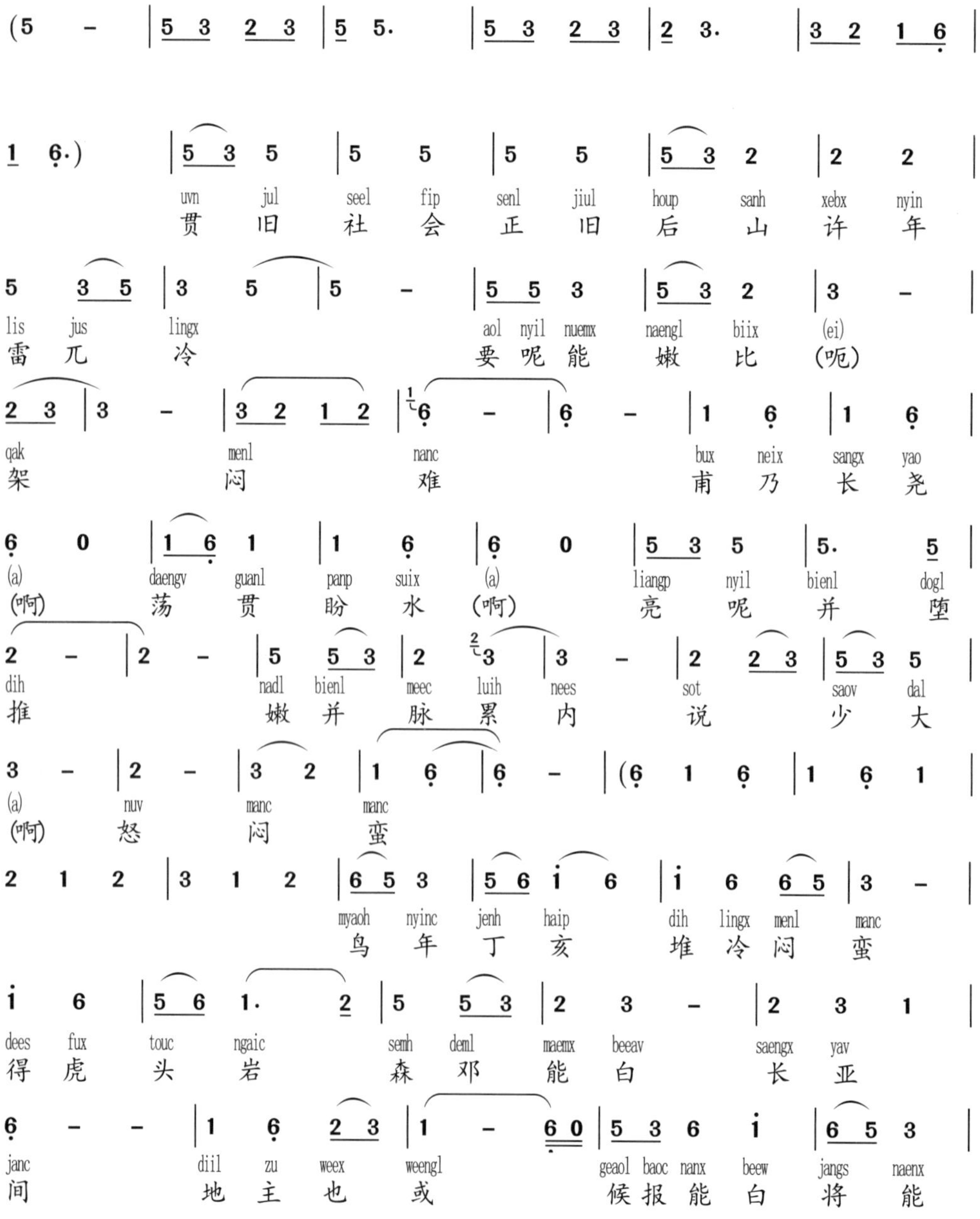

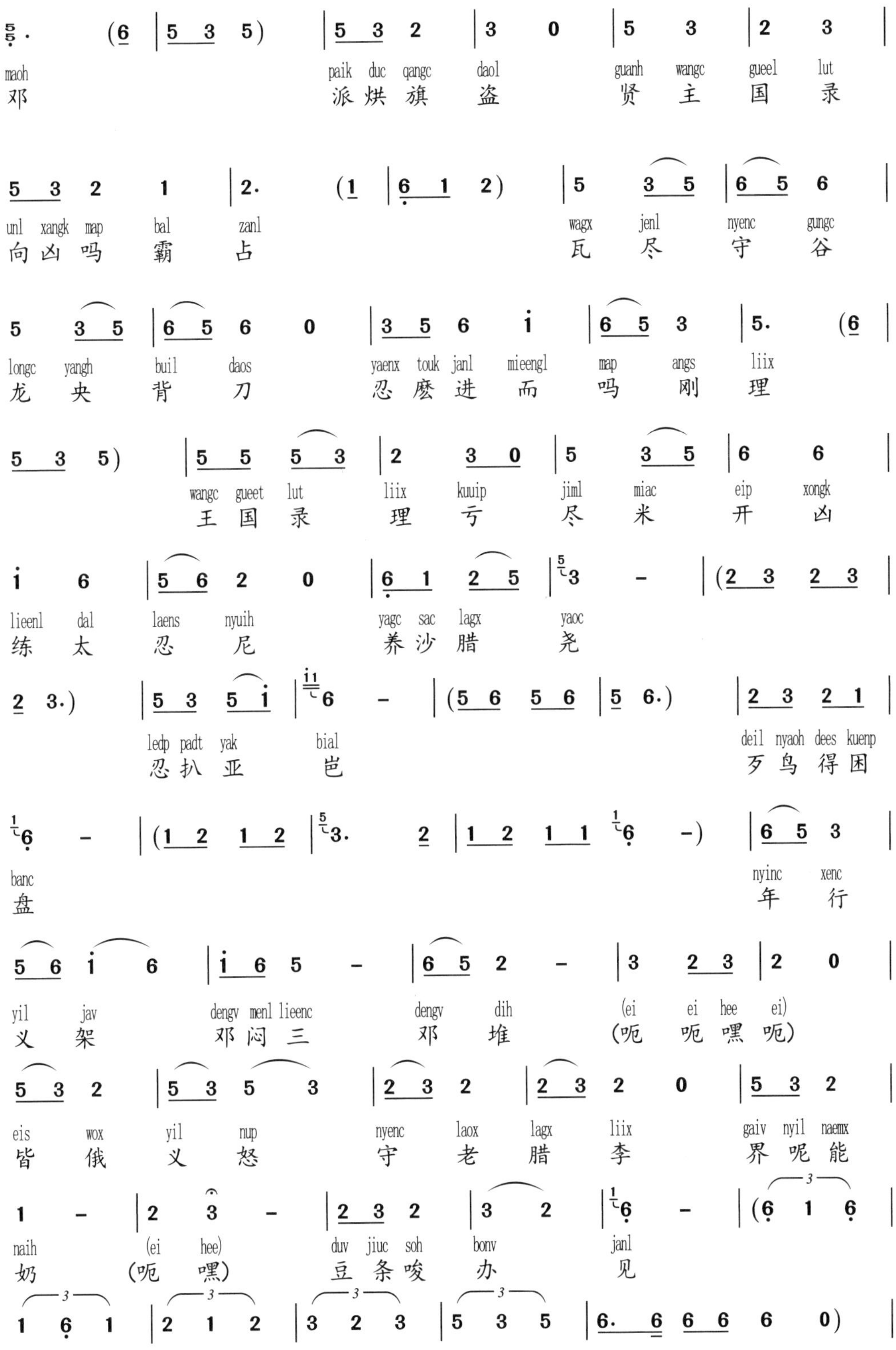
maoh
邓
paik duc qangc daol guanh wangc gueel lut
派烘旗盗贤主国录
unl xangk map bal zanl
向凶吗霸占
wagx jenl nyenc gungc
瓦尽守谷
longc yangh buil daos
龙央背刀
yaenx touk janl mieengl map angs liix
忍麽进而吗刚理
wangc gueet lut liix kuuip jiml miac eip xongk
王国录理亏尽米开凶
lieenl dal laens nyuih yagc sac lagx yaoc
练太忍尼养沙腊尧
ledp padt yak bial
忍扒亚岜
deil nyaoh dees kuenp
歹乌得困
banc
盘
nyinc xenc
年行
yil jav dengv menl lieenc dengv dih (ei ei hee ei)
义架邓闷三邓堆(呃呃嘿呃)
eis wox yil nup nyenc laox lagx liix gaiv nyil naemx
皆俄义怒守老腊李界呢能
naih (ei hee) duv jiuc soh bonv janl
奶(呃嘿)豆条唆办见

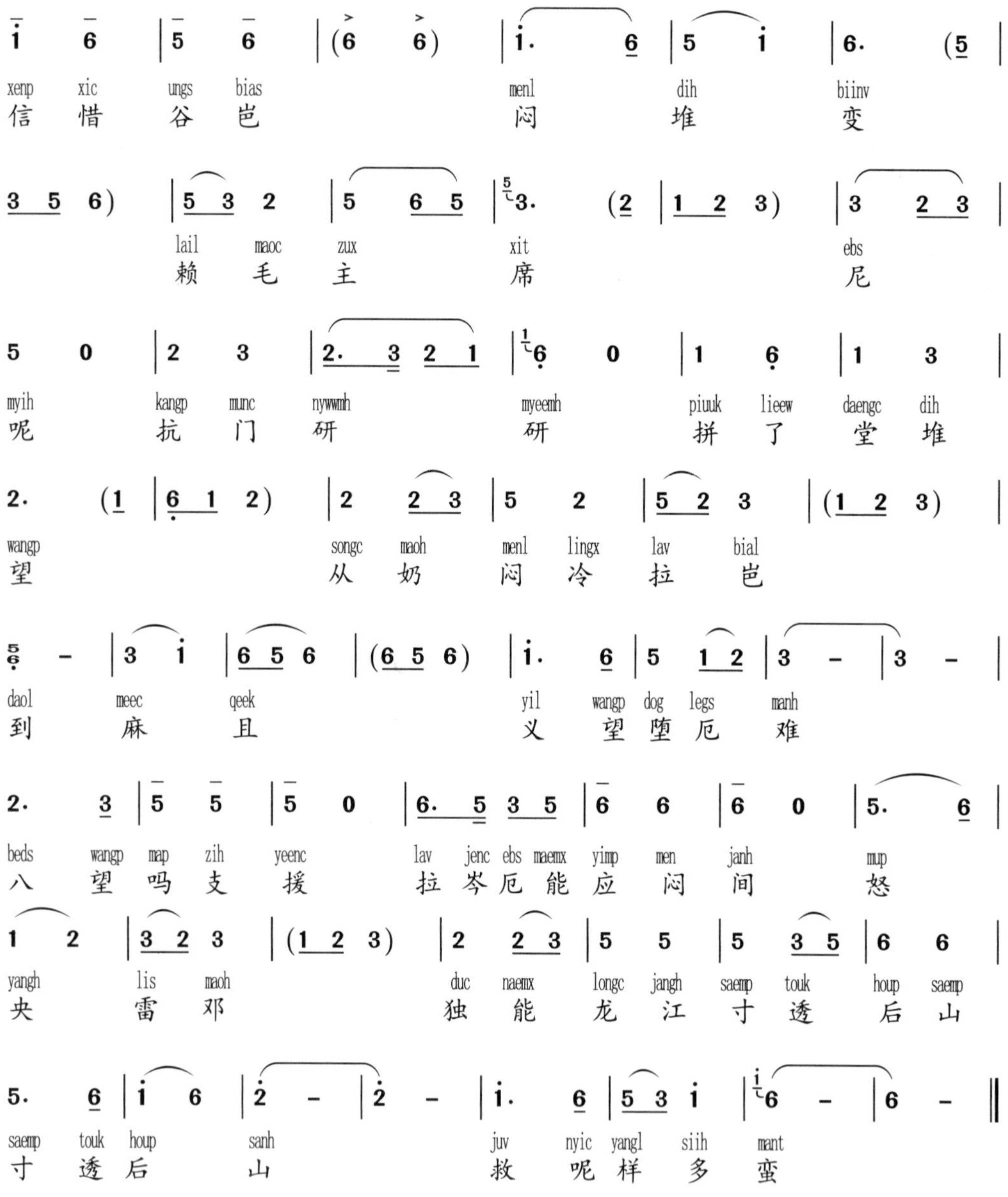

（原词）

旧社会咱后山十年九旱，要水更比上天难。我爹娘生下我取名盼水。丁亥年遇大旱，咱穷人缺水遭灾难，我的儿虎兴岩下找到水泉。狗地主将水源强行霸占。指派那王国禄把手泉边，乡亲们怒火满腔到此来争辩，王国禄手段毒辣横暴凶残，可怜我儿惨遭强杀血染山岩。那年月多少人为水死得惨，春雷响，天地变，毛主席把阳光雨露洒满人间。

说明：第二行词为汉字记侗音。这个唱段是盼水写回忆过来的苦难。

谱例 100:

只盼深山出太阳

（侗戏移植《智取威虎山》小常宝唱段）

1=$^{\#}$F $\frac{2}{4}$ $\frac{3}{4}$ $\frac{1}{4}$

杨爱英演唱
杨胜贵翻译
普　虹编曲

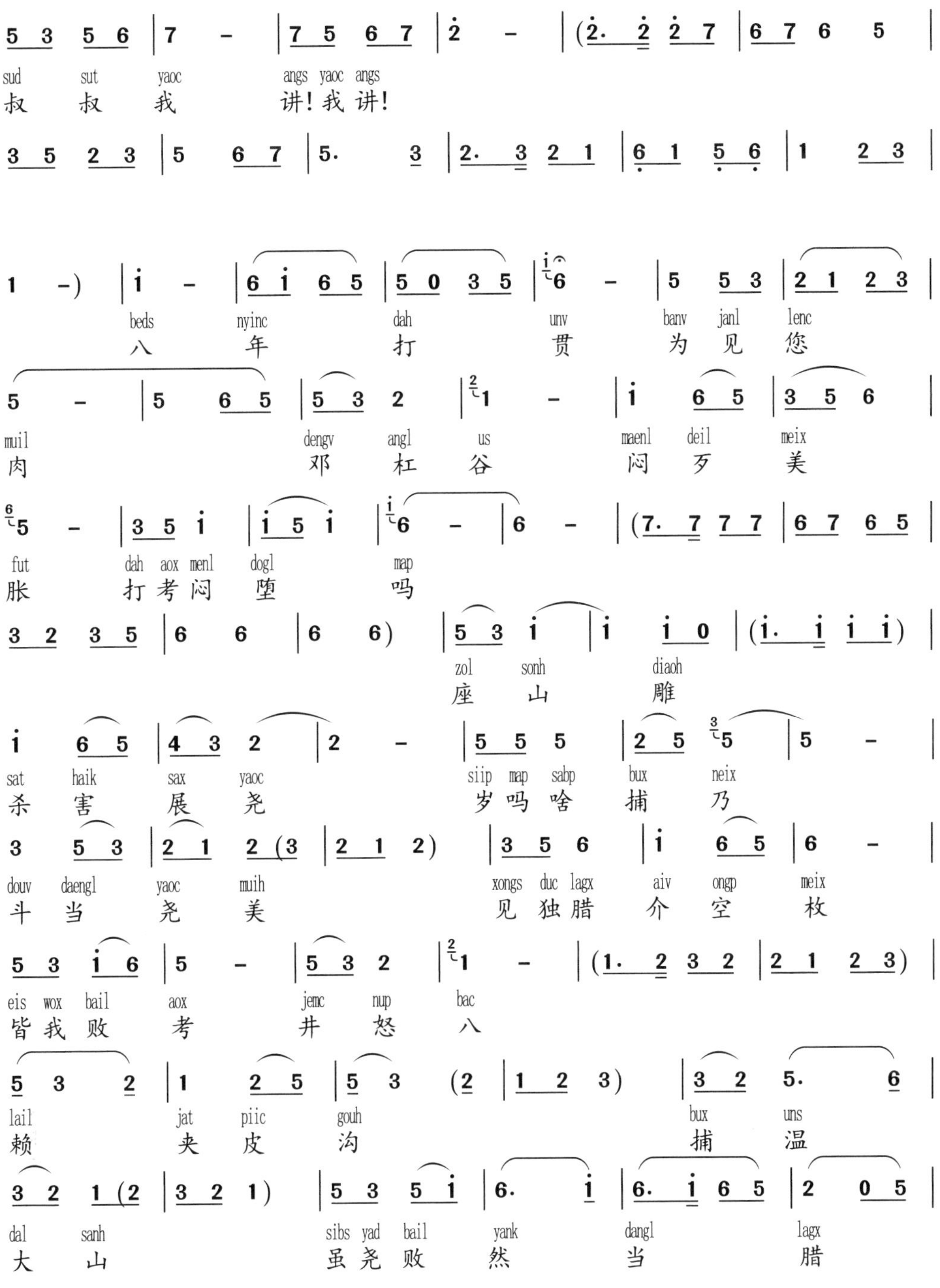

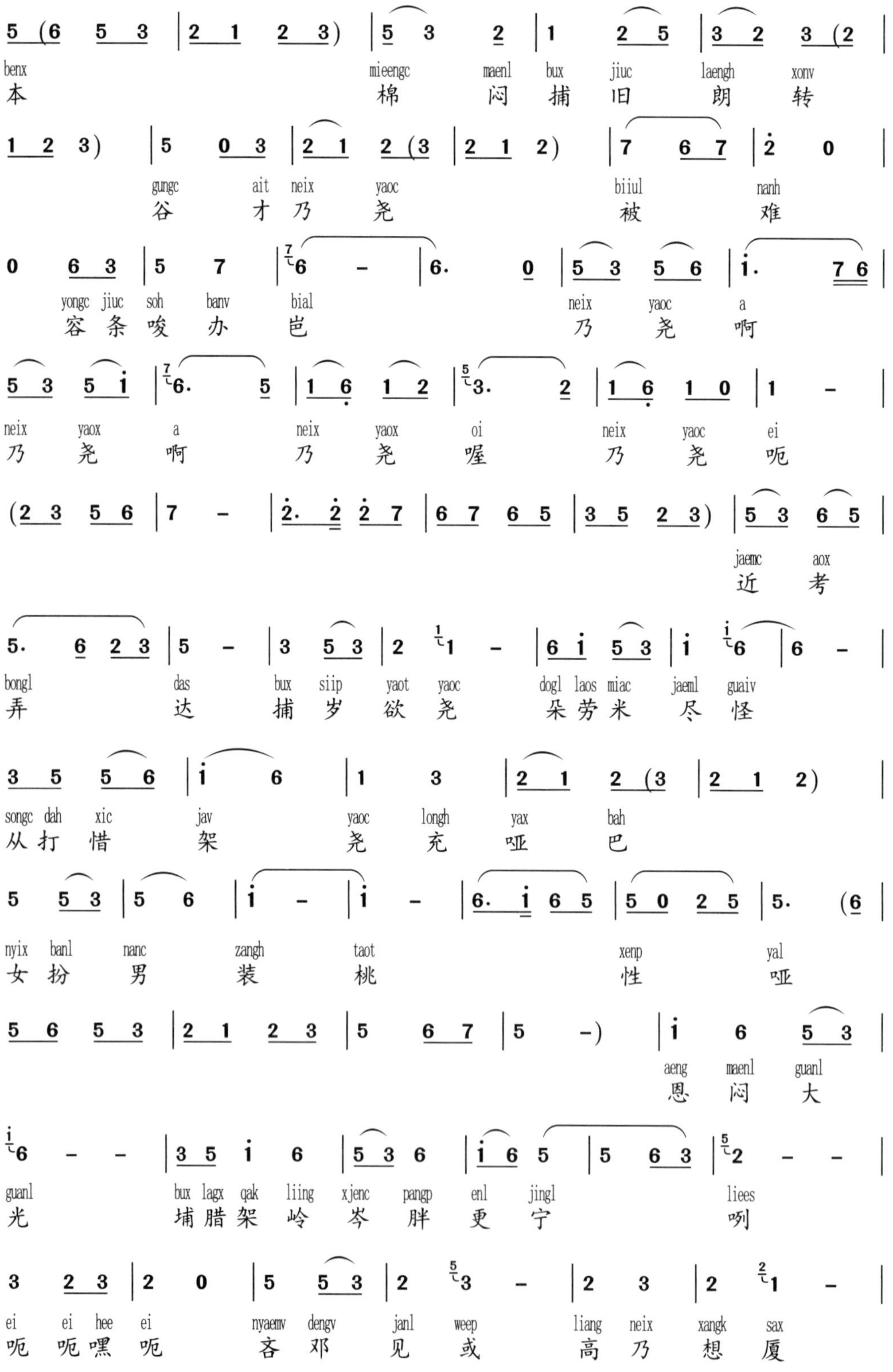
benx mieengc maenl bux jiuc laengh xonv
本 棉 闷 捕 旧 朗 转
gungc ait neix yaoc biiul nanh
谷 才 乃 尧 被 难
yongc jiuc soh banv bial neix yaoc a
容 条 唆 办 岜 乃 尧 啊
neix yaox a neix yaox oi neix yaoc ei
乃 尧 啊 乃 尧 喔 乃 尧 呃
jaemc aox
近 考
bongl das bux siip yaot yaoc dogl laos miac jaeml guaiv
弄 达 捕 岁 欲 尧 朵 劳 米 尽 怪
songc dah xic jav yaoc longh yax bah
从 打 惜 架 尧 充 哑 巴
nyix banl nanc zangh taot xenp yal
女 扮 男 装 桃 性 哑
aeng maenl guanl
恩 闷 大
guanl bux lagx qak liing xjenc pangp enl jingl liees
光 埔 腊 架 岭 岑 胖 更 宁 咧
ei ei hee ei nyaemv dengv janl weep liang neix xangk sax
呃 呃 嘿 呃 吝 邓 见 或 高 乃 想 厦

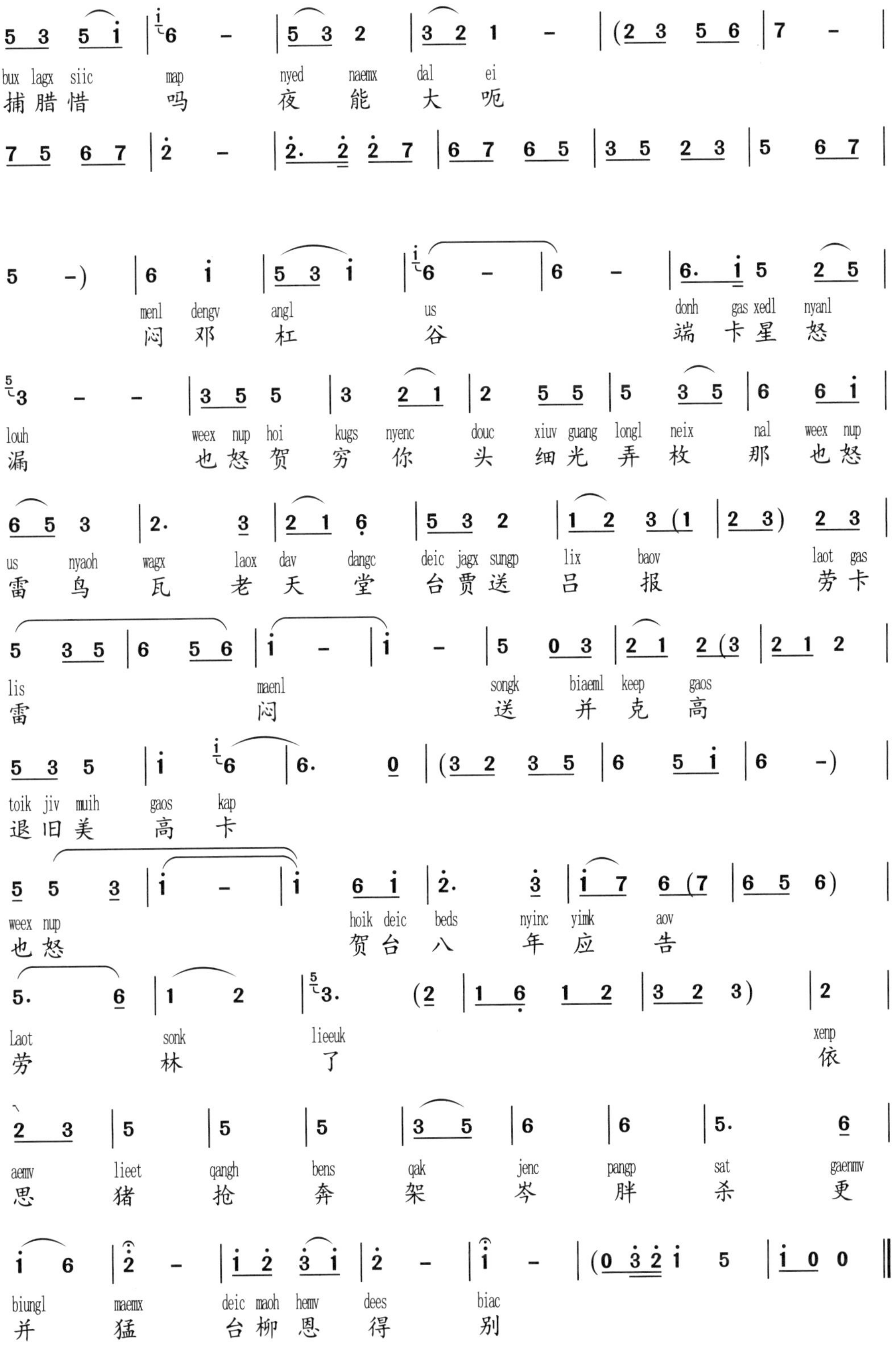
bux lagx siic map nyed naemx dal ei
捕腊惜 吗 夜 能 大 呃
menl dengv angl us donh gas xedl nyanl
闷 邓 杠 谷 端 卡 星 怒
louh weex nup hoi kugs nyenc douc xiuv guang longl neix nal weex nup
漏 也 怒 贺 穷 你 头 细 光 弄 枚 那 也 怒
us nyaoh wagx laox dav dangc deic jagx sungp lix baov laot gas
雷 乌 瓦 老 天 堂 台 贯 送 吕 报 劳 卡
lis maenl songk biaeml keep gaos
雷 闷 送 并 克 高
toik jiv muih gaos kap
退 旧 美 高 卡
weex nup hoik deic beds nyinc yimk aov
也 怒 贺 台 八 年 应 告
Laot sonk lieeuk xenp
劳 林 了 依
aemv lieet qangh bens qak jenc pangp sat gaenmv
思 猪 抢 奔 架 岑 胖 杀 更
biungl maemx deic maoh hemv dees biac
并 猛 台 柳 恩 得 别

（原词）

八年前风雪夜大祸天降，座山雕杀我祖母掳走爹娘。

夹皮沟大山叔将我收养，爹逃回我娘却跳涧身亡。

娘啊！避深山，爹怕我陷入魔掌。从此我充哑人女扮男装。

白日里父女打猎在峻岭上，到夜里爹想祖母我想娘。

盼星星盼月亮，只盼着深山出太阳，只盼着能在人前把话讲，只盼着早日还我女儿装。只盼讨清八年血泪账，恨不能生翅膀，持猎枪，飞上山岗，杀尽财狼！

说明：第二行词为汉字记侗音，此唱段为小常宝想亲人解放军哭诉土匪的罪恶。

谱例 101：

斗水歌

（选自《丁郎龙女》二牧童唱段）

1=♭E $\frac{2}{4}$

杨红平、杨金祥演唱
杨成林、普虹词
普虹编曲

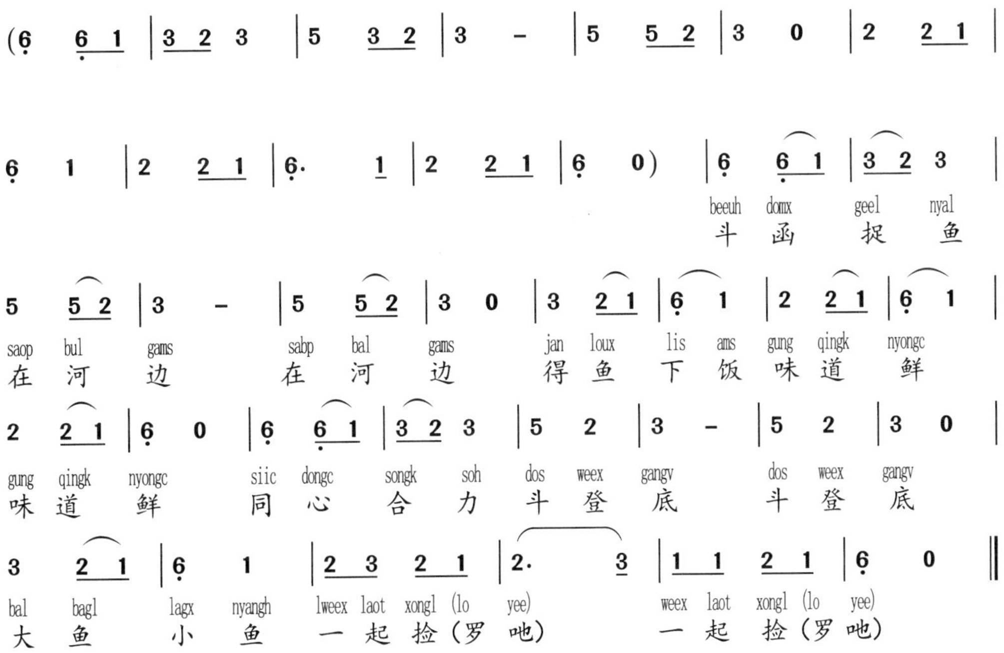

说明：词唱段是序幕中两个放牛娃斗水捉鱼所唱。

谱例102：

女儿回转心欢畅

（选自《丁郎龙女》龙女、龙母唱段）

1=♭E $\frac{2}{4}$

杨应刚、王立平演唱
杨成林、普　虹词
普　　　虹编曲

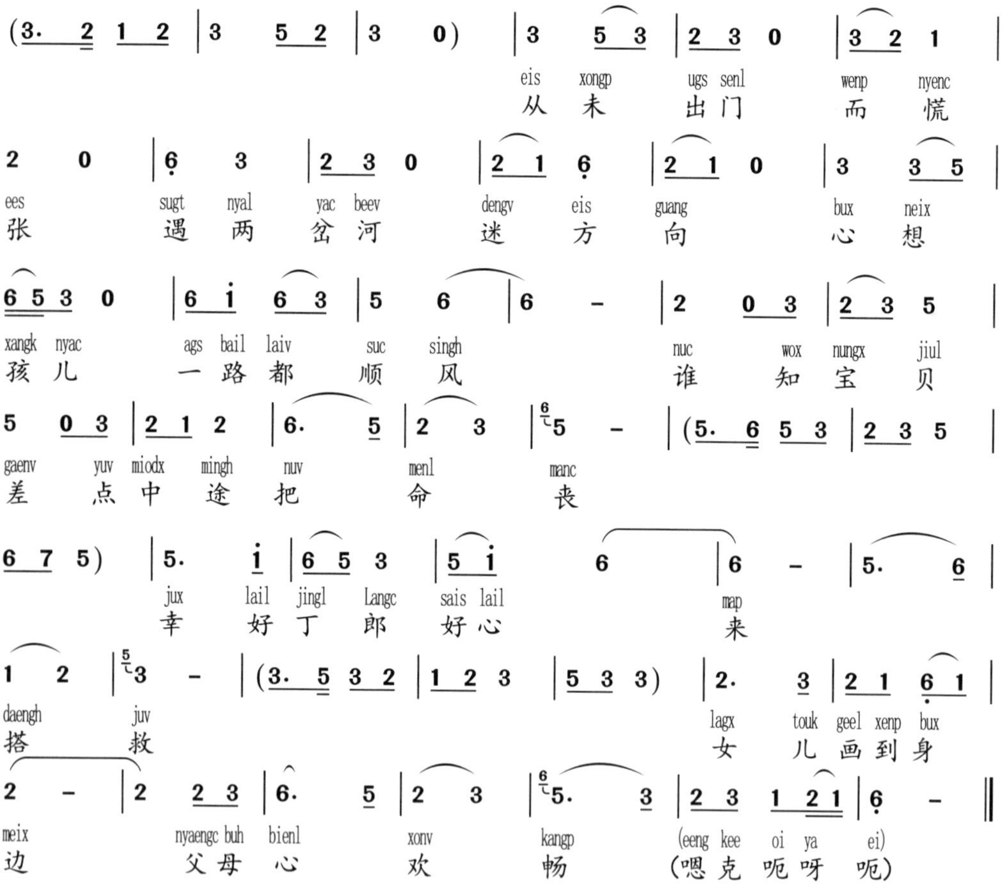

说明：龙父龙母见龙女回来，高兴万分，激动而唱。

谱例103：

铸个好名传千年

（选自《丁郎龙女》龙女、丁郎对唱）

杨应刚、王立平演唱
杨成林、普　虹词
普　　虹编曲

1=♭E 2/4

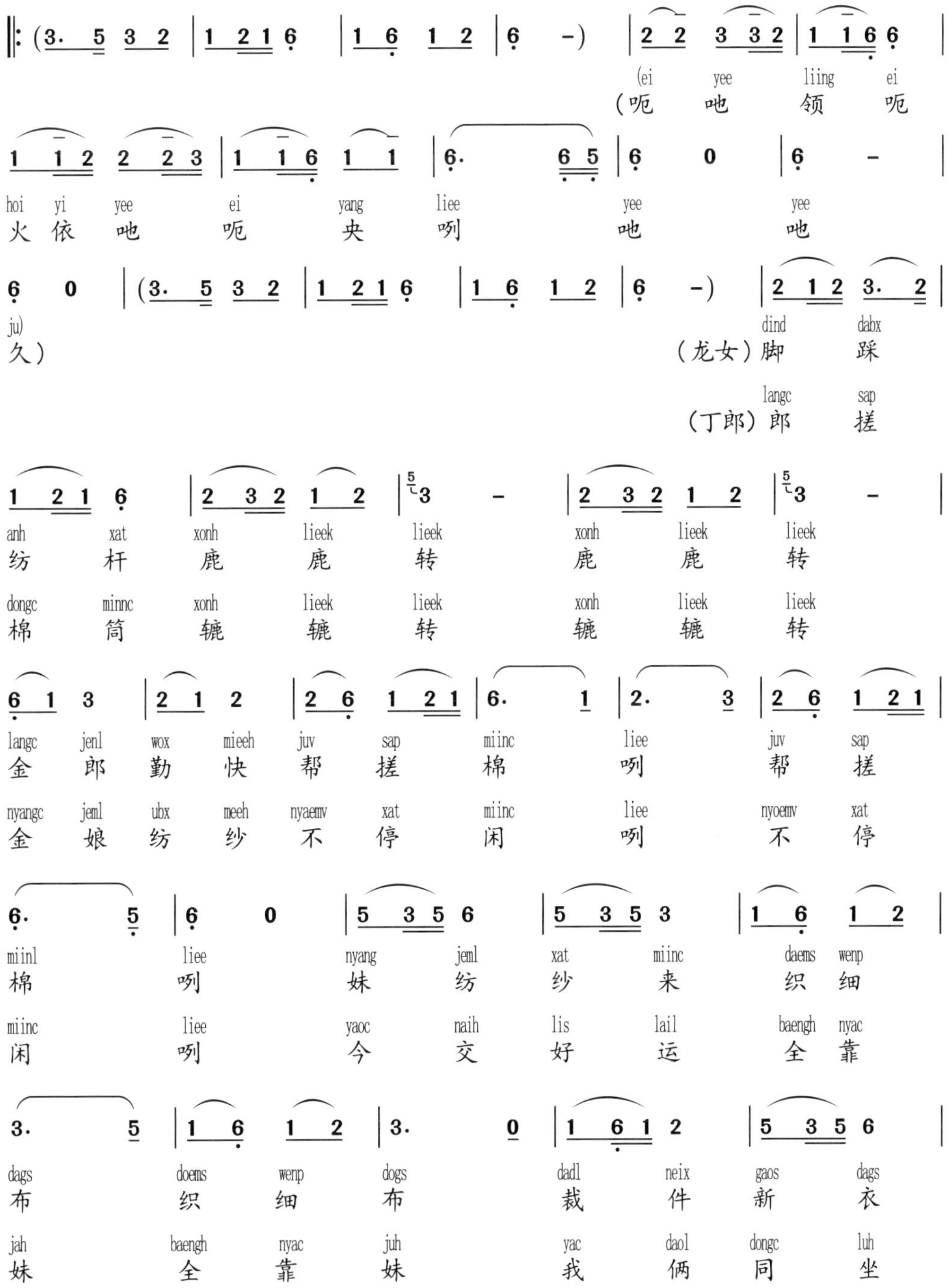

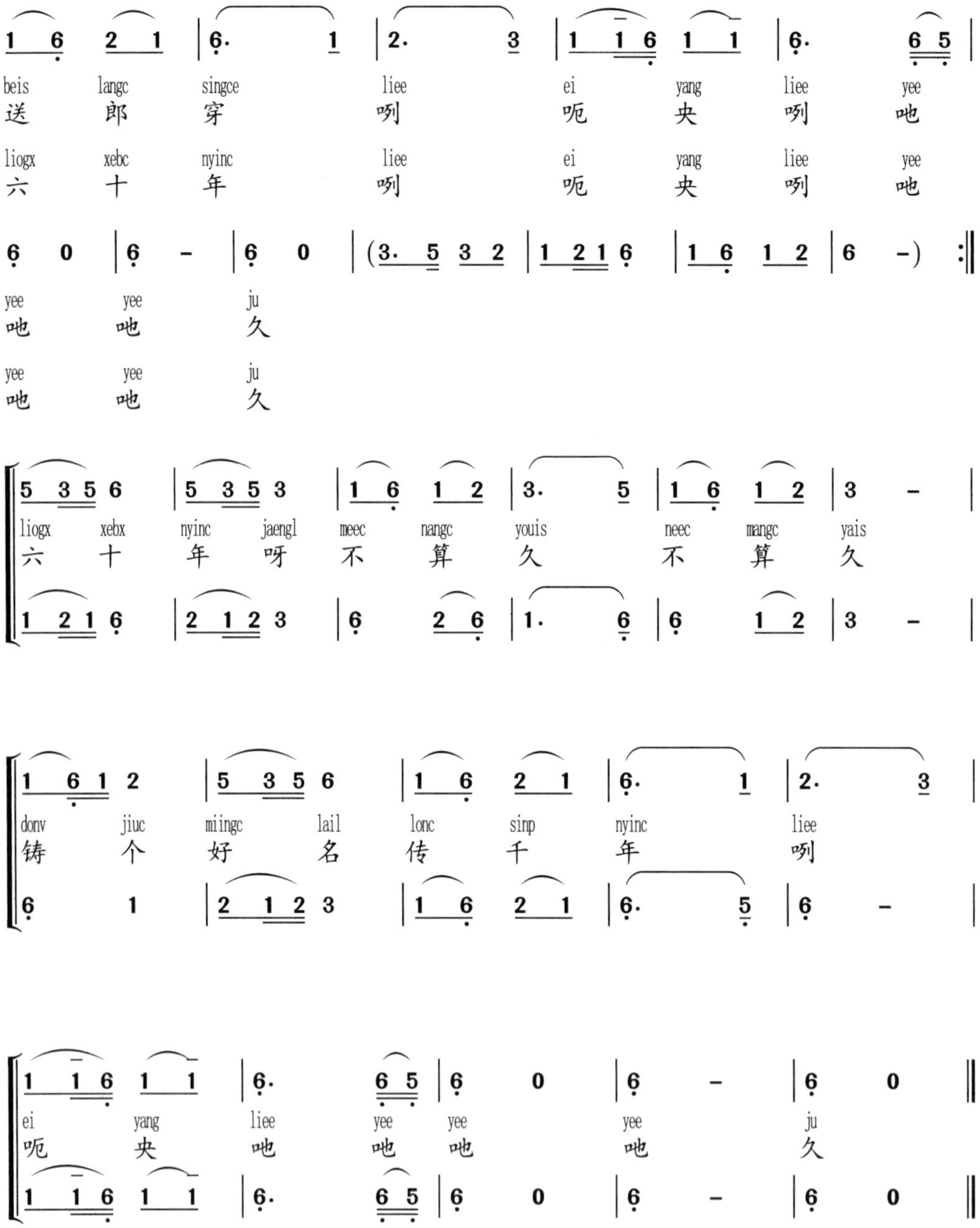

说明：这一唱腔，是根据流行于榕江地区的三宝侗族琵琶歌曲调改编发展的，展现了丁郎龙女婚后甜蜜生活。

谱例104：

你莫走

（选自《丁郎龙女》丁郎、索梅对唱）

1=A $\frac{2}{4}$

杨勇兰、杨立华演唱
杨成林、普　虹词
普　　　虹编曲

说明：索梅为了达到赶走龙女的目的，以断后来要换丁郎，此唱段为丁郎索梅对唱。

谱例 105：

过了季节不合林

（选自侗戏移植《买薄膜》老会计唱段）

1=$^{\#}$F $\frac{2}{4}$

成万昌演唱
李仕明编剧
普　虹设计

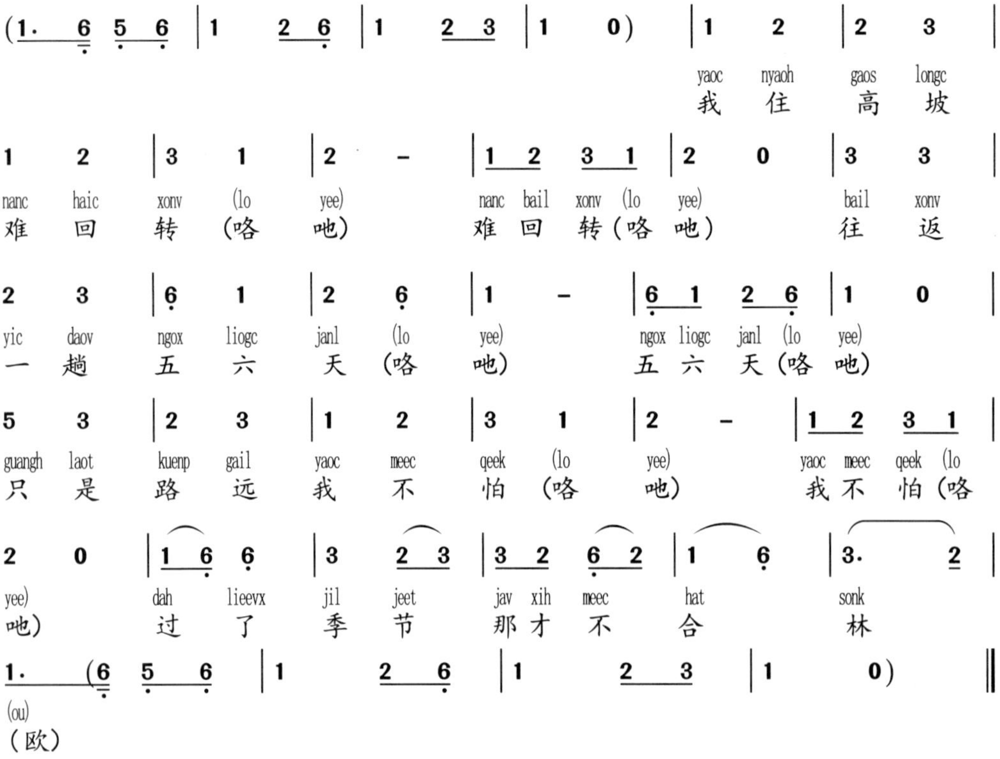

说明：老会计在城里卖薄膜的门市，求售货员支援。

谱例 106：

亲哥害妹下崖壁

（选自《芒岁流美》流美唱段）

1=♯F $\frac{2}{4}$

杨艳红演唱
周华荣等词
涛步先编曲

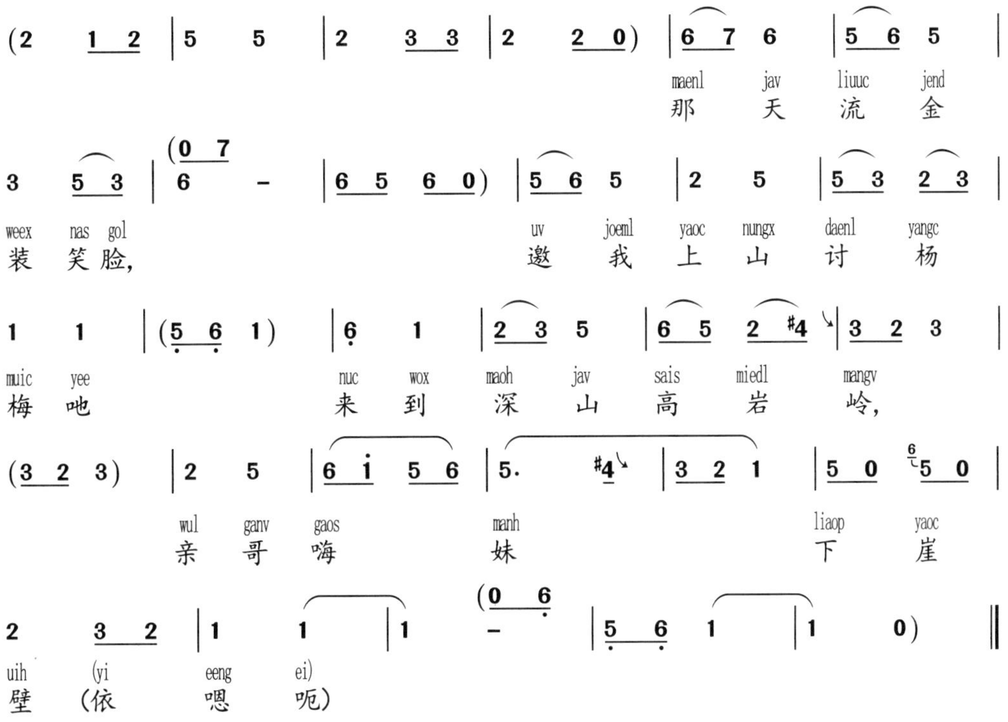

说明：这是根据流行于黎平、榕江两县交界侗乡的四十八寨琵琶歌曲调改编。此唱段是流美被芒岁救上悬崖后，哭诉亲兄妹的经过。

谱例 107：

天上升起一颗星

（选自《孤独的王乔里》众人唱段）

1=#F $\frac{2}{4}$

黎平民族文工队演唱
吴定国、赵永佳词
甚　贻　佑编曲

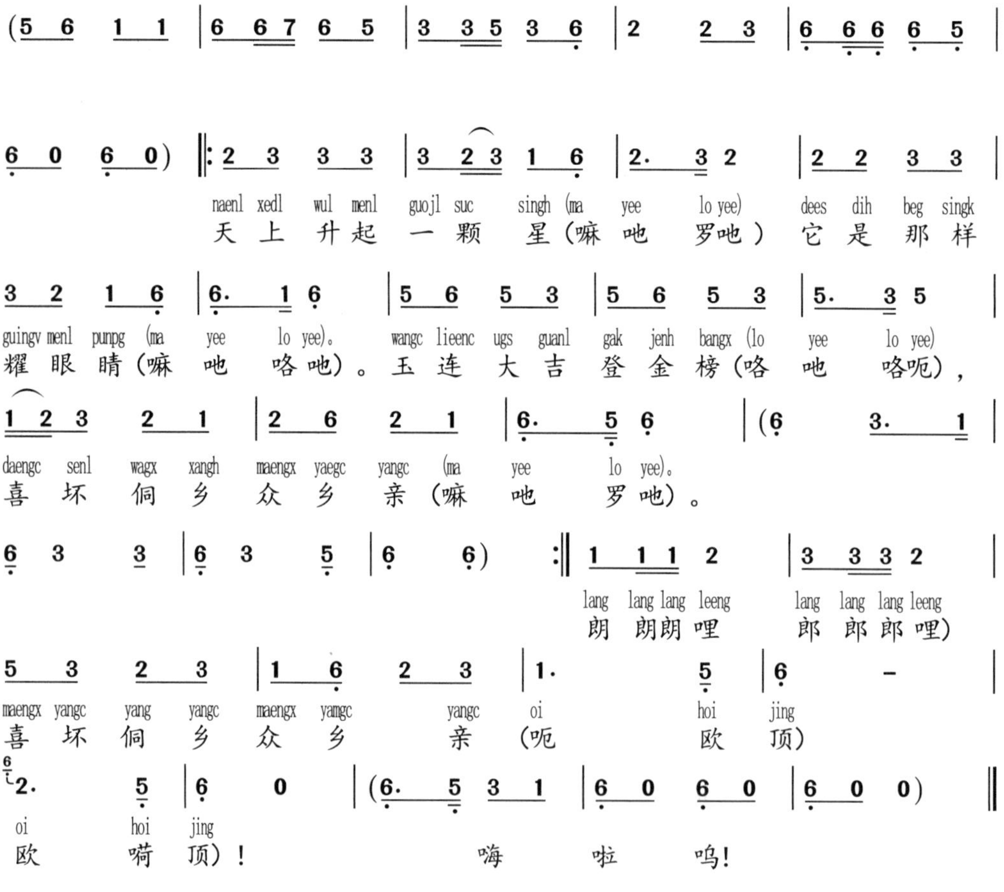

说明：王乔的儿子王莲苦登金榜，乡亲们高兴，尽情欢歌。

谱例108：

嫉妒害死父杀子

（选自《孤独的王乔星》群众、流美唱段）

1=F $\frac{2}{4}$ $\frac{3}{4}$

朱 桂 玉等演唱
吴定国赵家佳词
甚 贻 佑编曲

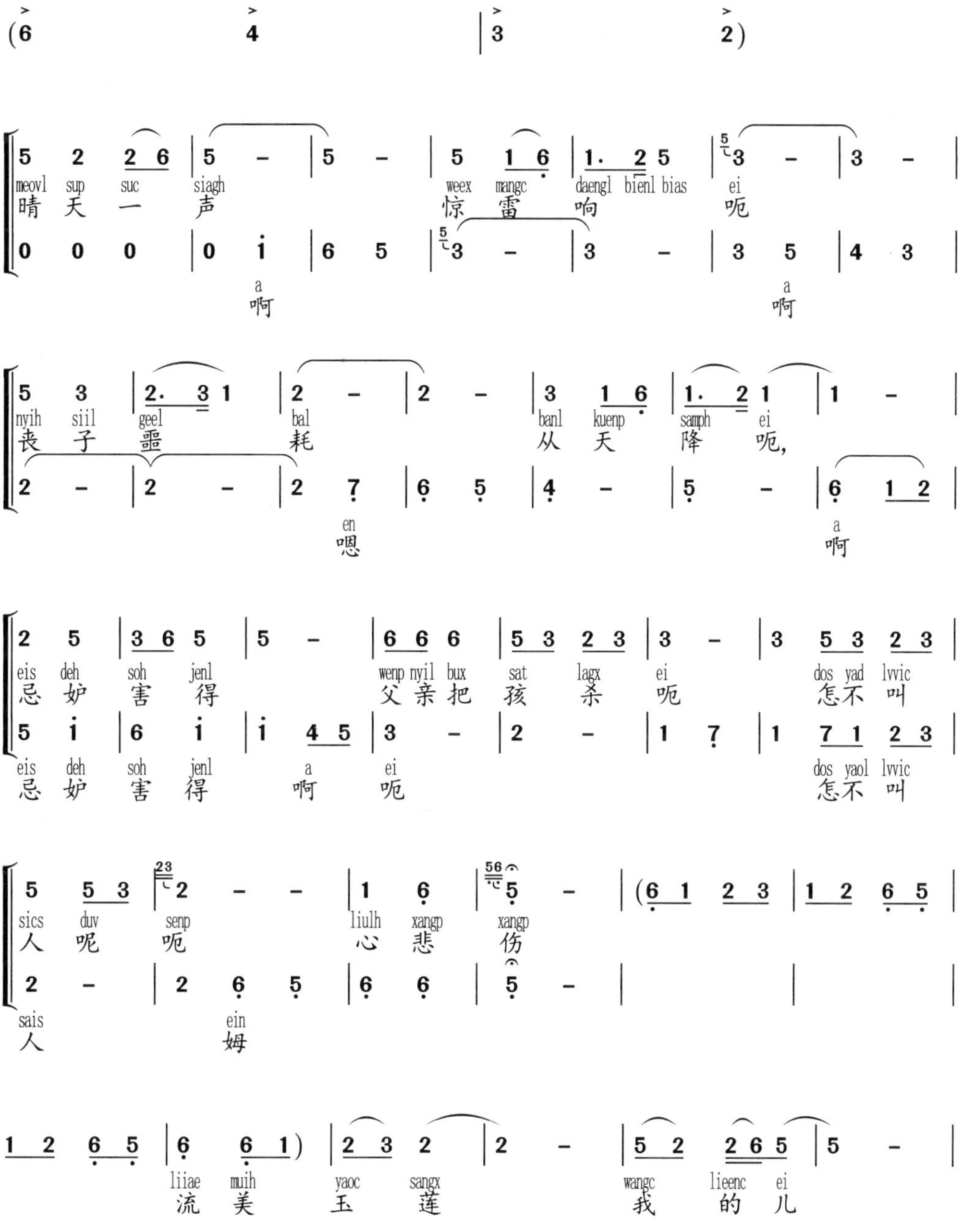

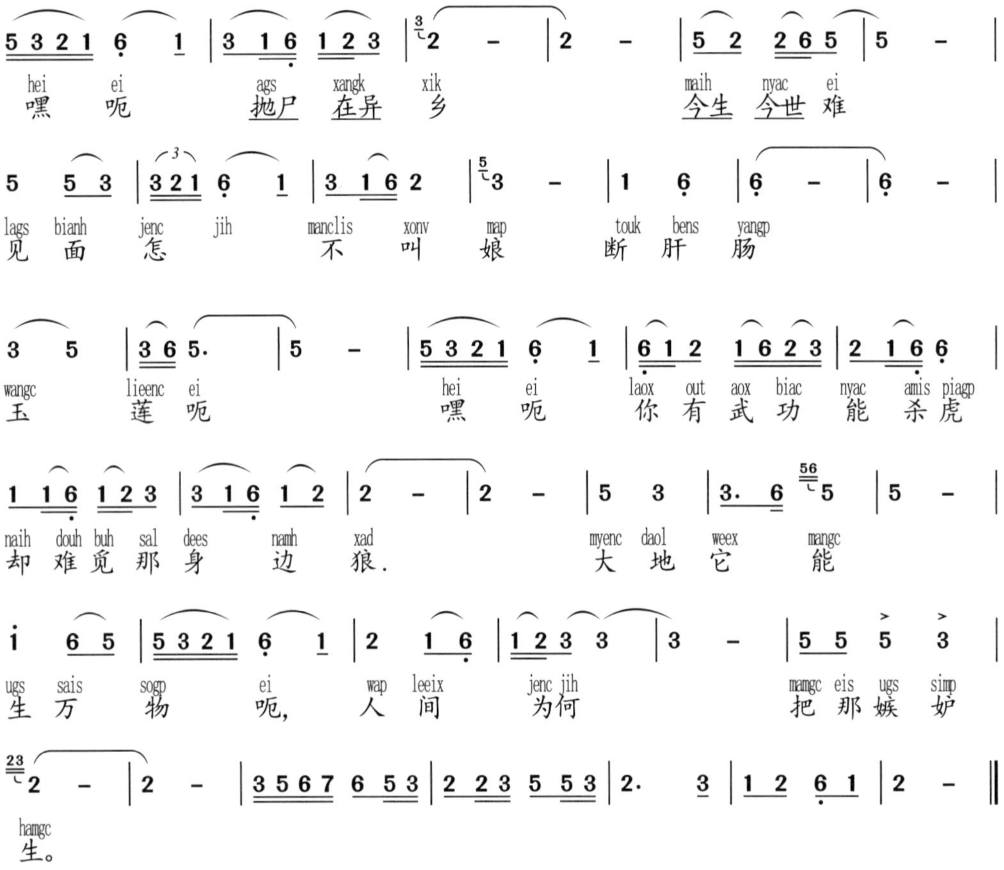

（白）

甜头总是落下西方，

屋檐水总是落在原地。

十八年前酿悲剧，

为何今日又开场。

别人走错了路会打转。

你故意杀人人头不再长。

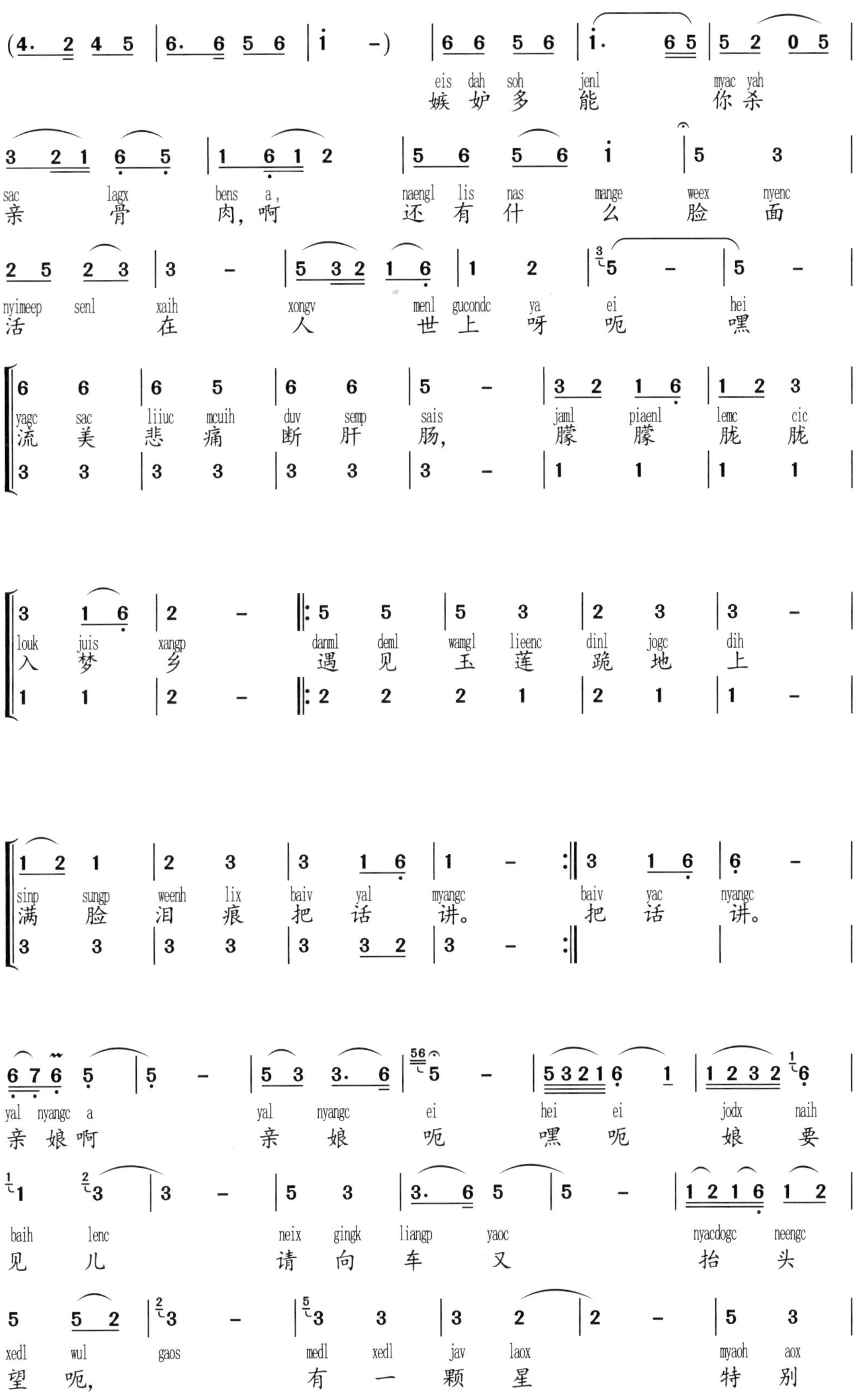
eis dah soh jenl myac yah
嫉妒多能你杀
sac lagx bens a, naengl lis nas mange weex nyenc
亲骨肉，啊 还有什么脸面
nyimeep senl xaih xongv menl gucondc ya ei hei
活在人世上呀呃嘿
yagc sac liiuc mcuih duv semp sais jaml piaenl lemc cic
流美悲痛断肝肠，朦朦胧胧
louk juis xangp danml deml wamgl lieenc dinl jogc dih
入梦乡 遇见玉莲跪地上
sinp sungp weenh lix baiv yal myangc baiv yac nyangc
满脸泪痕把话讲。把话讲。
yal nyangc a yal nyangc ei hei ei jodx naih
亲娘啊 亲娘呃 嘿呃 娘要
baih lenc neix gingk liangp yaoc nyacdogc neengc
见儿 请向车又 抬头
xedl wul gaos medl xedl jav laox myaoh aox
望呃，有一颗星 特别

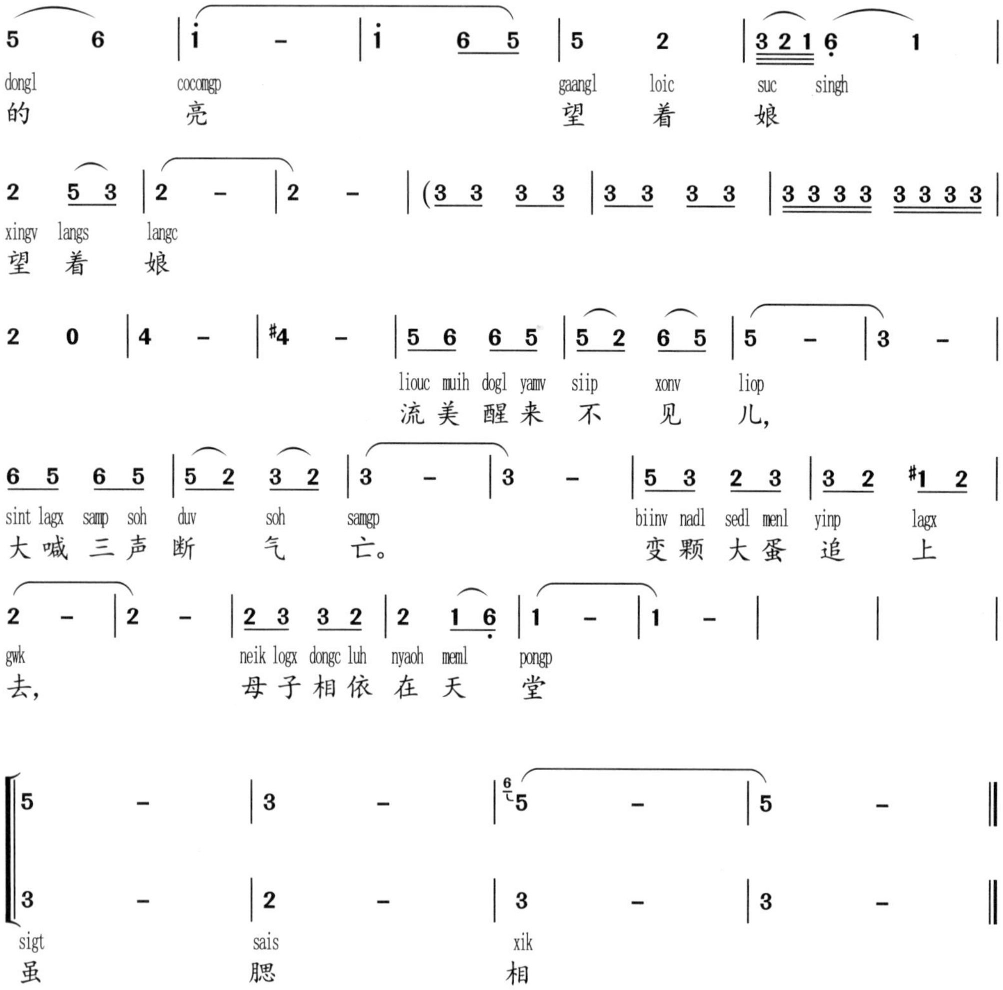

说明：流美听说王乔杀死儿子，悲愤的唱，群众也与她同样感慨。

谱例 109：

劝君莫学王乔样

（选自《孤独的王乔星》合唱）

1=E $\frac{2}{4}$ $\frac{3}{4}$ $\frac{5}{4}$

黎平民族文工队演唱
吴定国、赵永佳词
甚　贻　佑编曲

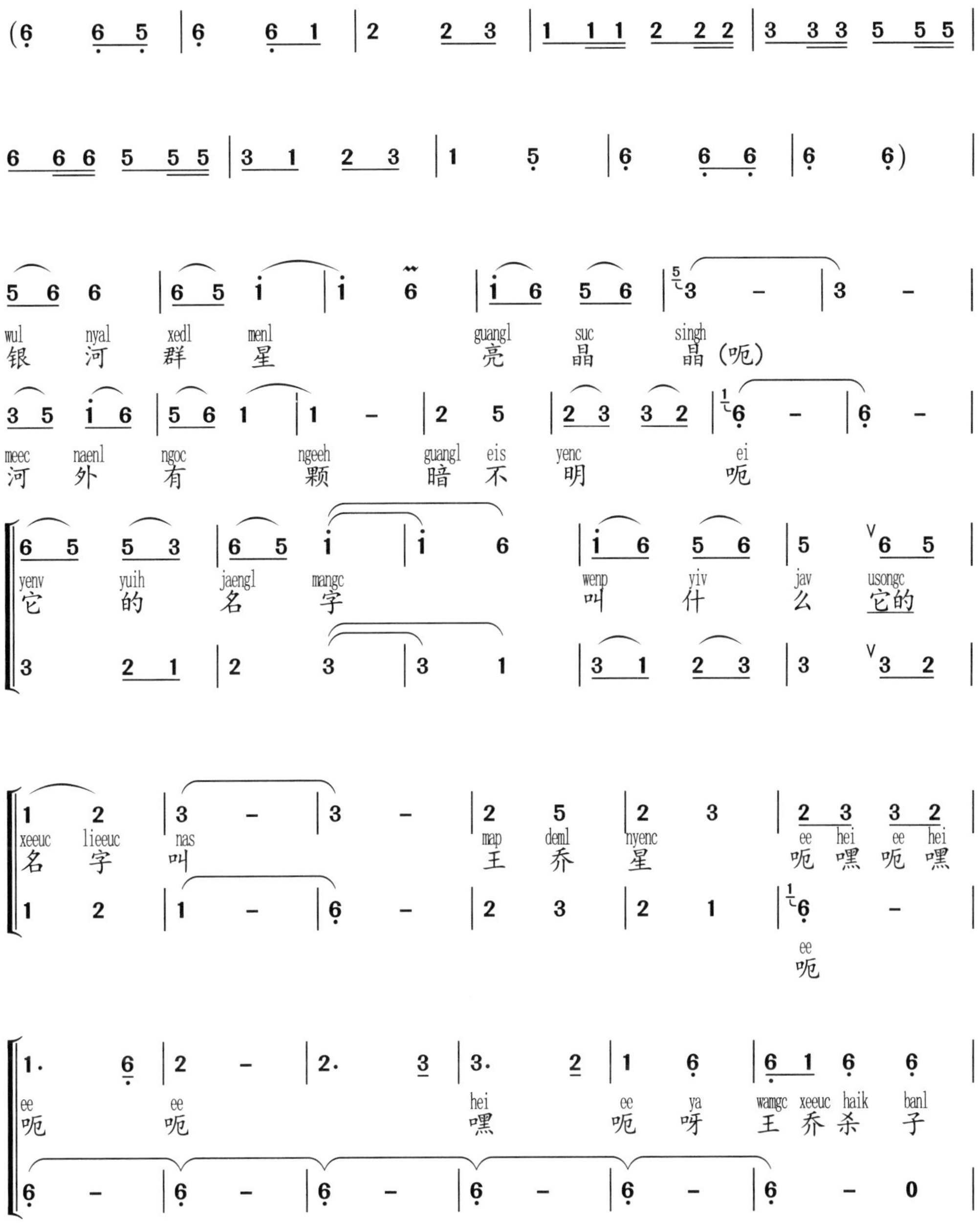

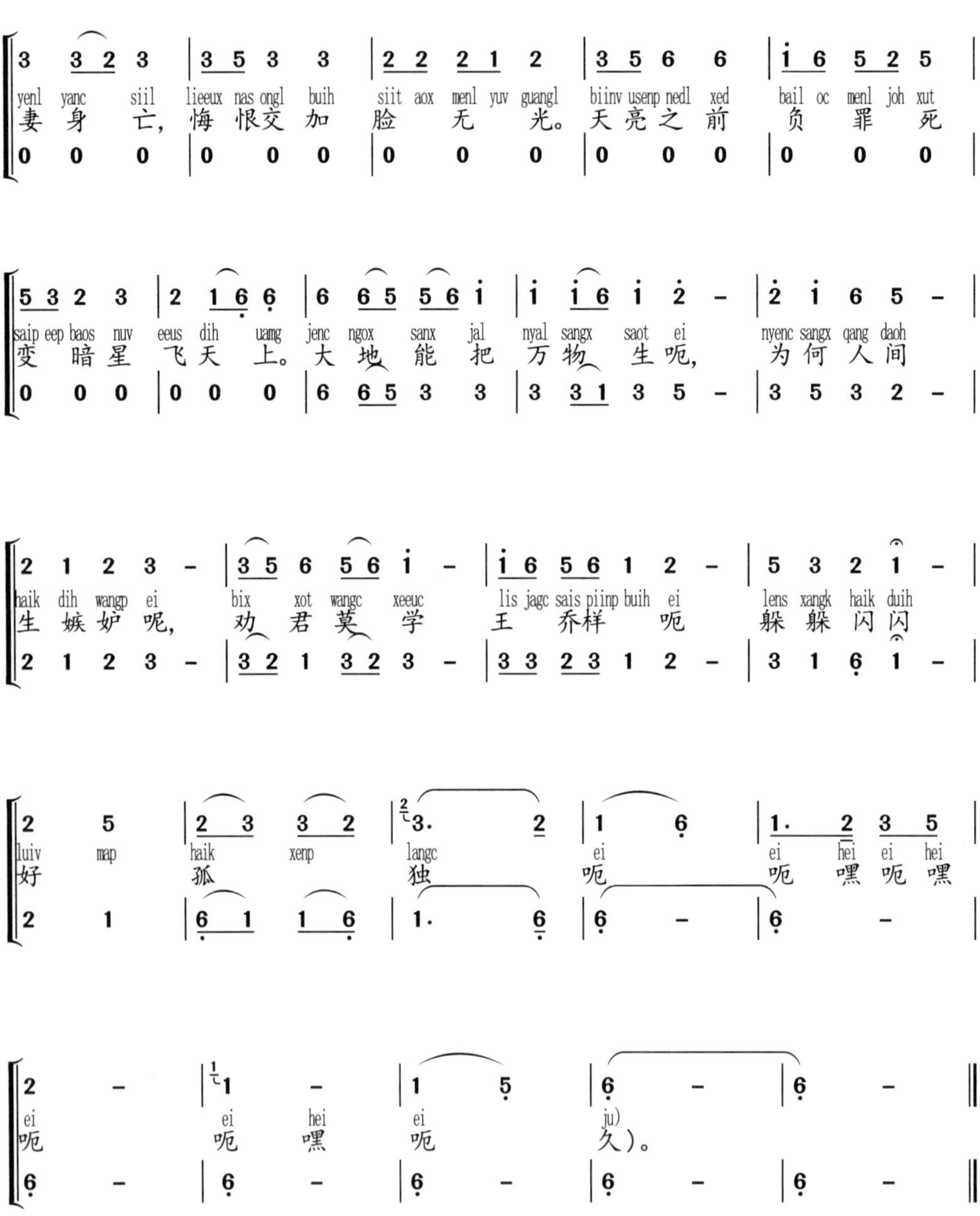

说明：词唱段是《孤独的王乔星》的尾声合唱。

谱例110：

天上难知地上事

（选自《善郎娥梅》善郎唱段）

1=G $\frac{2}{4}$ $\frac{3}{4}$

吴定伟演唱
吴 定 国词
甚贻佑编曲

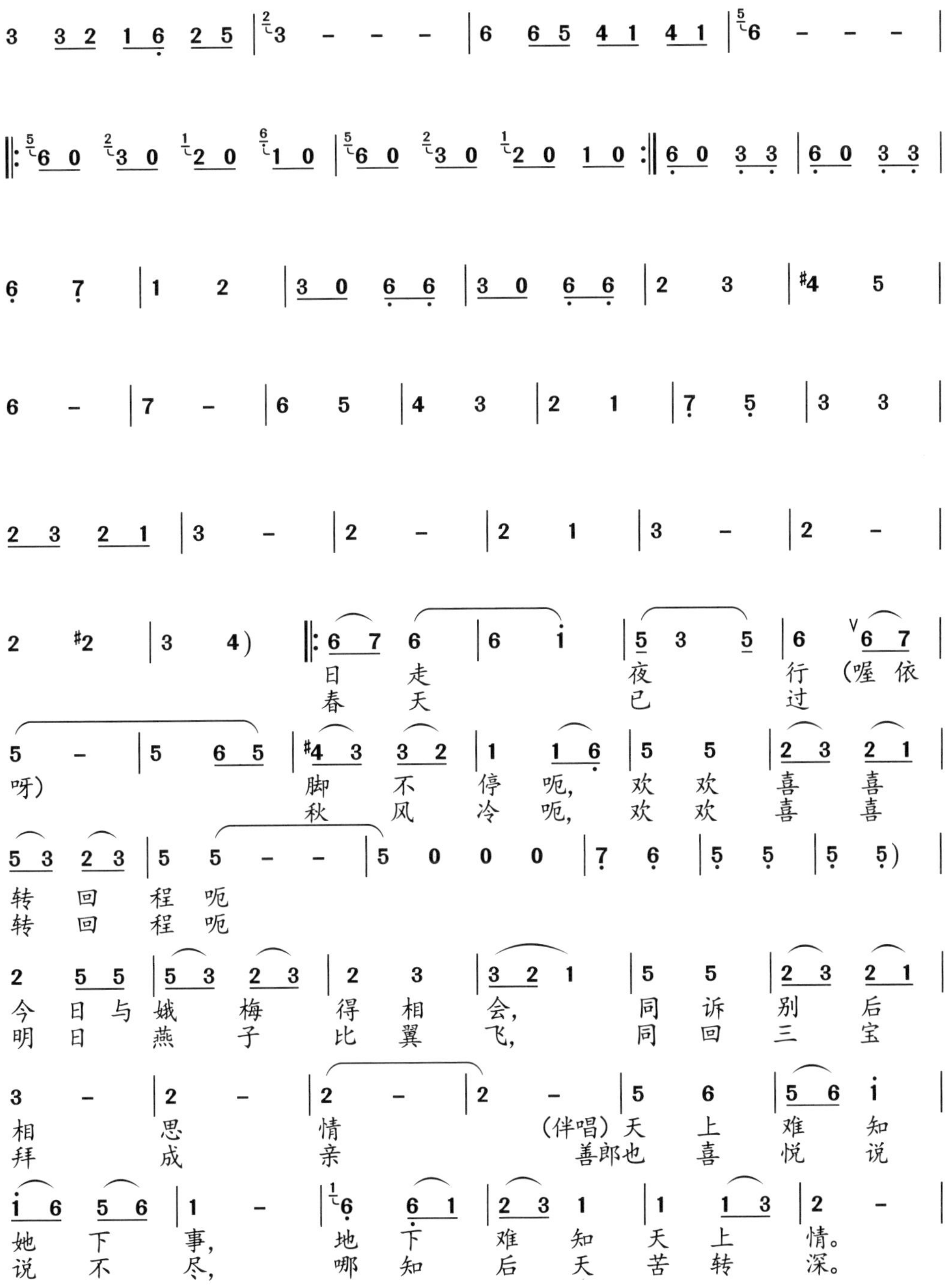

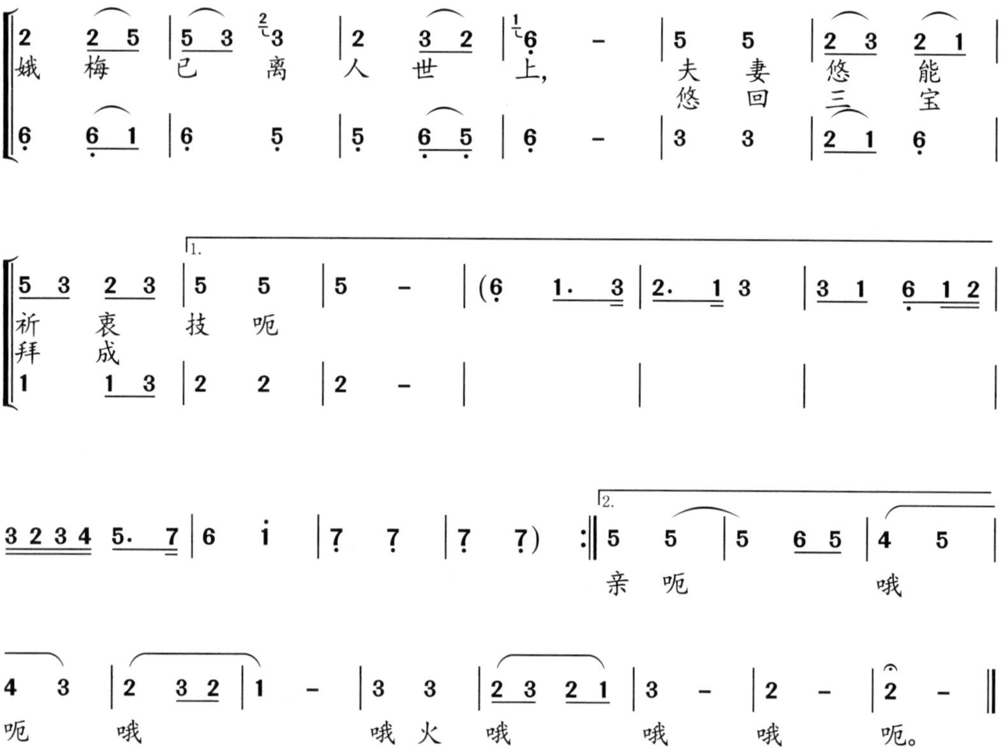

说明：善郎被谎赢陷害，刚养好伤，就和黄老二急着来找娥梅。此唱段为善郎在路上所唱。

谱例111：

动人的故事传遍融河

（选自《善郎娥梅》幕后伴唱）

1=♯F 2/4 3/4

黎平文艺队演唱
吴　定　国词
甚　贻　佑编曲

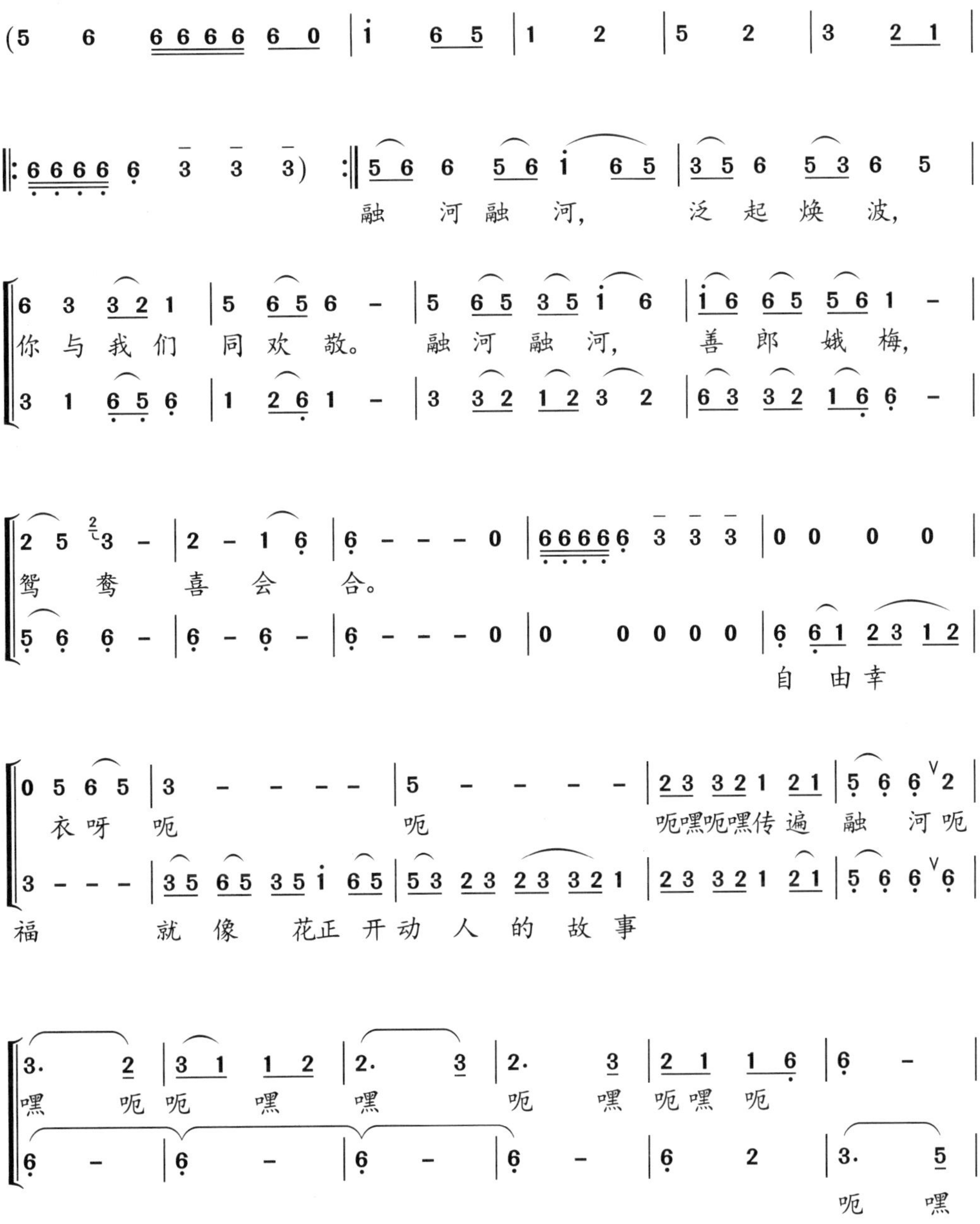

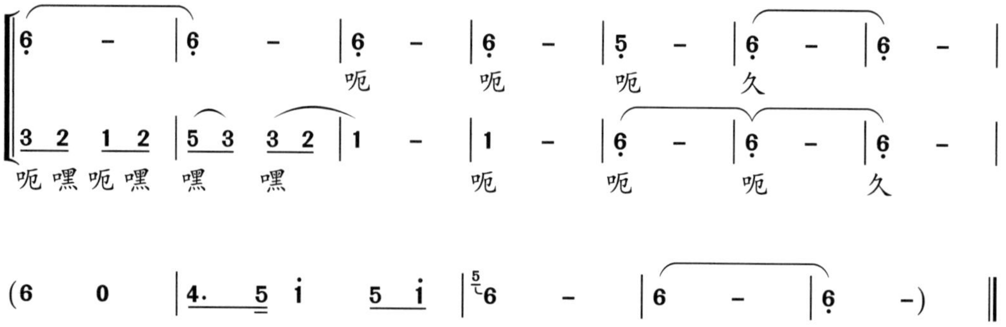

说明：善郎娥梅战胜邪恶，获得幸福。词唱段为幕后合唱，告诉观众。

谱例112：

你是月亮我是星星

（选自《良三传奇》中生月歌）

1=F $\frac{2}{4}$

石启雄演唱
周恒山词曲

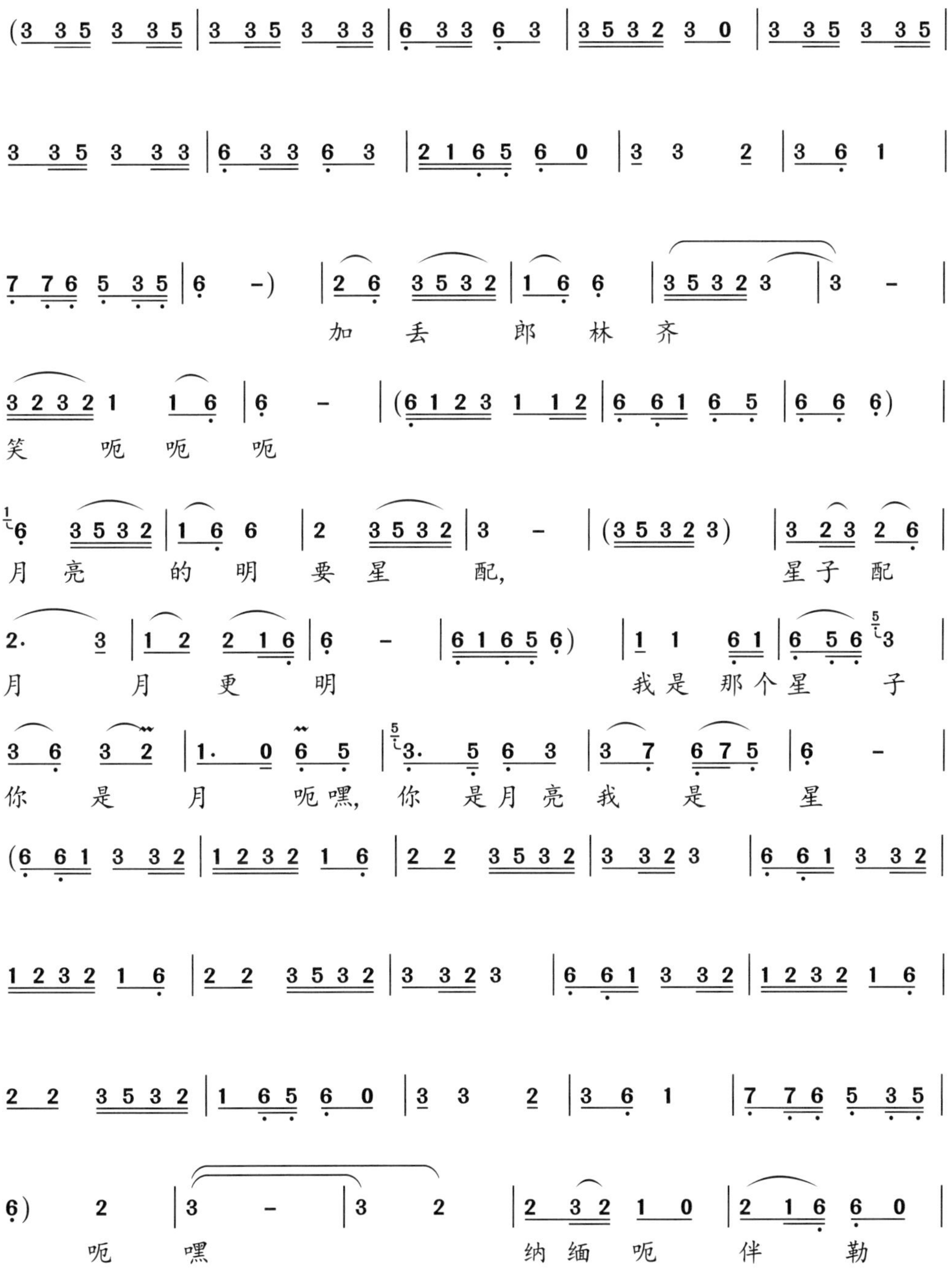

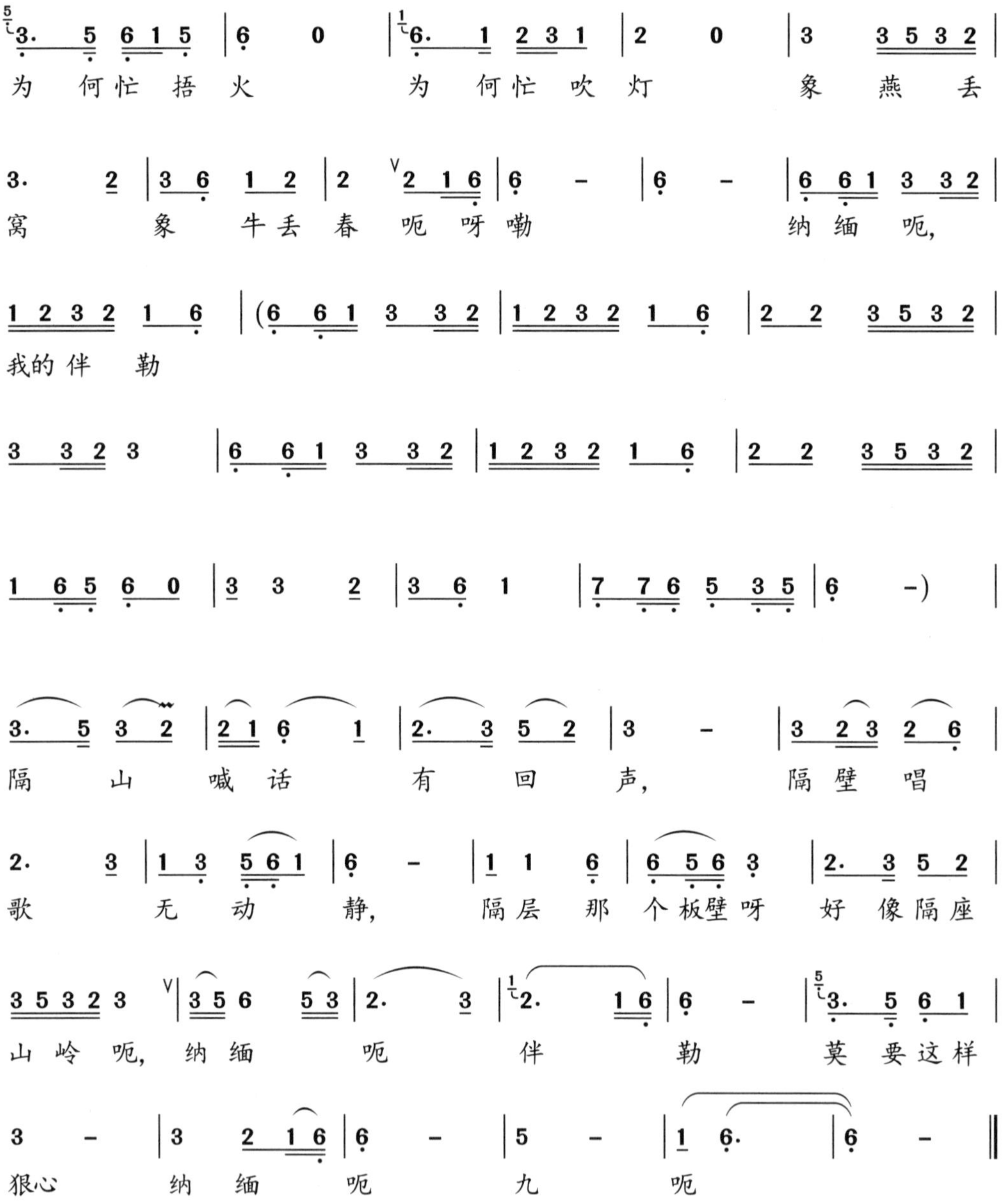
为何忙捂火 为何忙吹灯 象燕丢
窝 象牛丢春呃呀嘞 纳缅呃，
我的伴勒
隔山喊话有回声，隔壁唱
歌无动静，隔层那个板壁呀好像隔座
山岭呃，纳缅呃伴勒莫要这样
狠心纳缅呃九呃

谱例 113：

还望你等来相帮

（选自《良三传奇》吴勉唱段）

1=F $\frac{2}{4}$ $\frac{3}{4}$ $\frac{4}{4}$ $\frac{1}{4}$

石庆辉演唱
周画山词曲

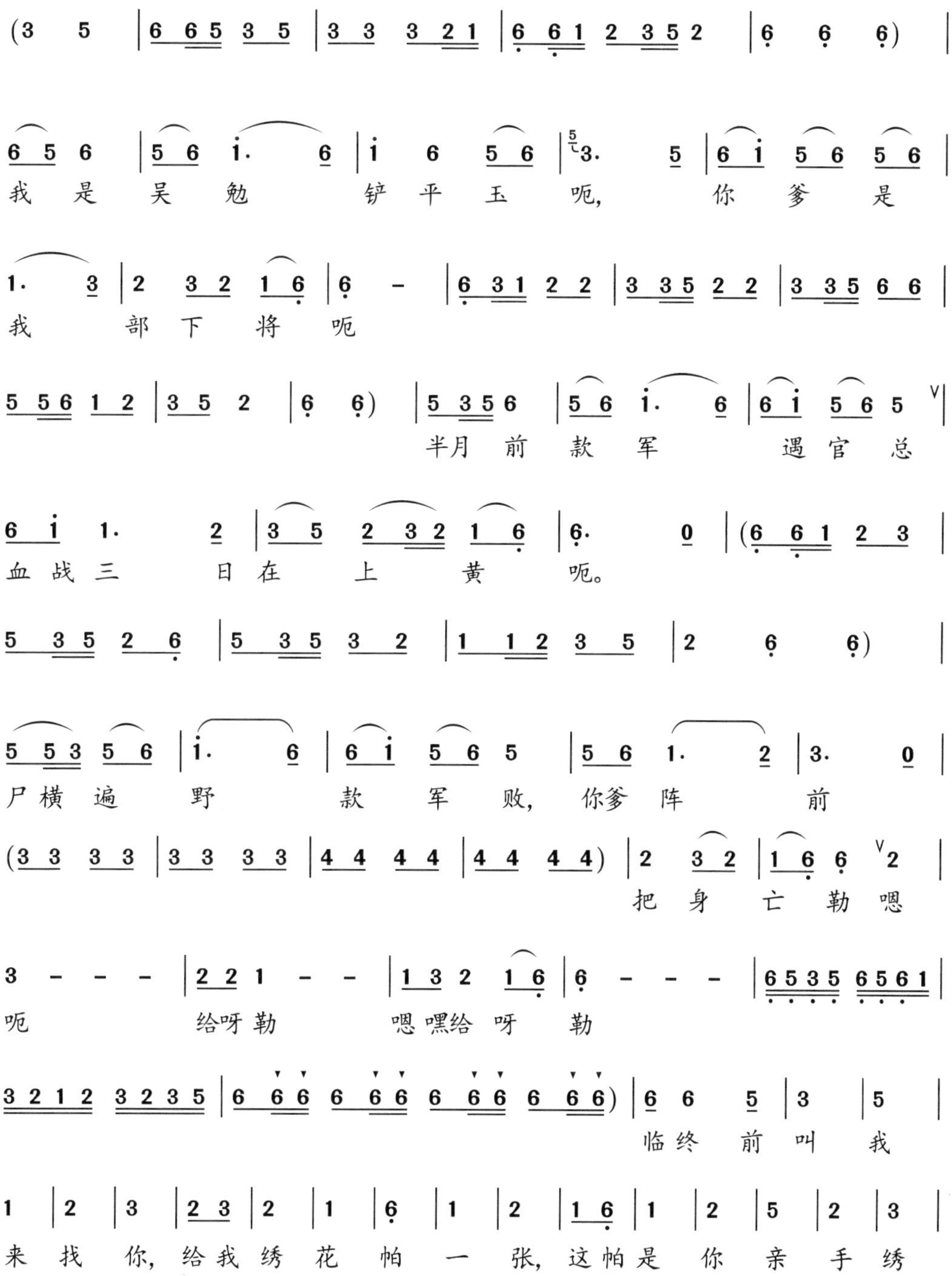

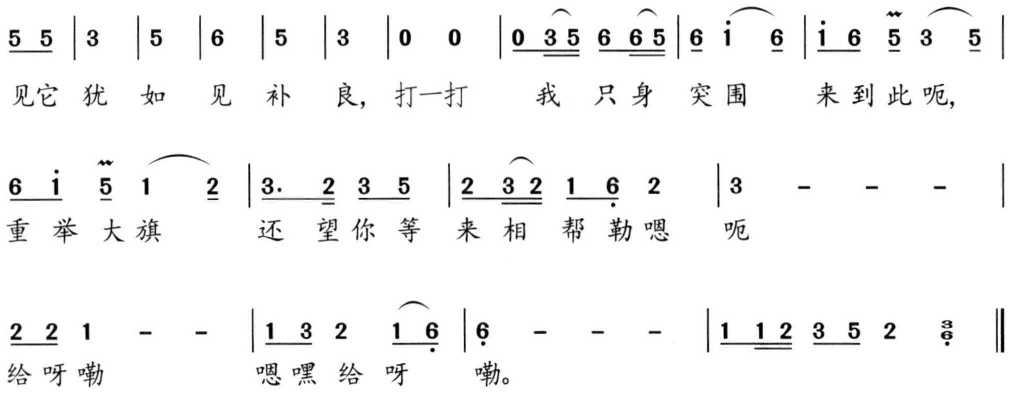
见它犹如见补良，打一打 我只身突围 来到此呃，
重举大旗 还望你等来相帮勒嗯 呃
给呀嘞 嗯嘿给呀 嘞。

谱例114：

风声紧，脚步急

（选自《良三传奇》良三唱段）

梁正贻演唱
周恒山词曲

1=♭B $\frac{2}{4}$

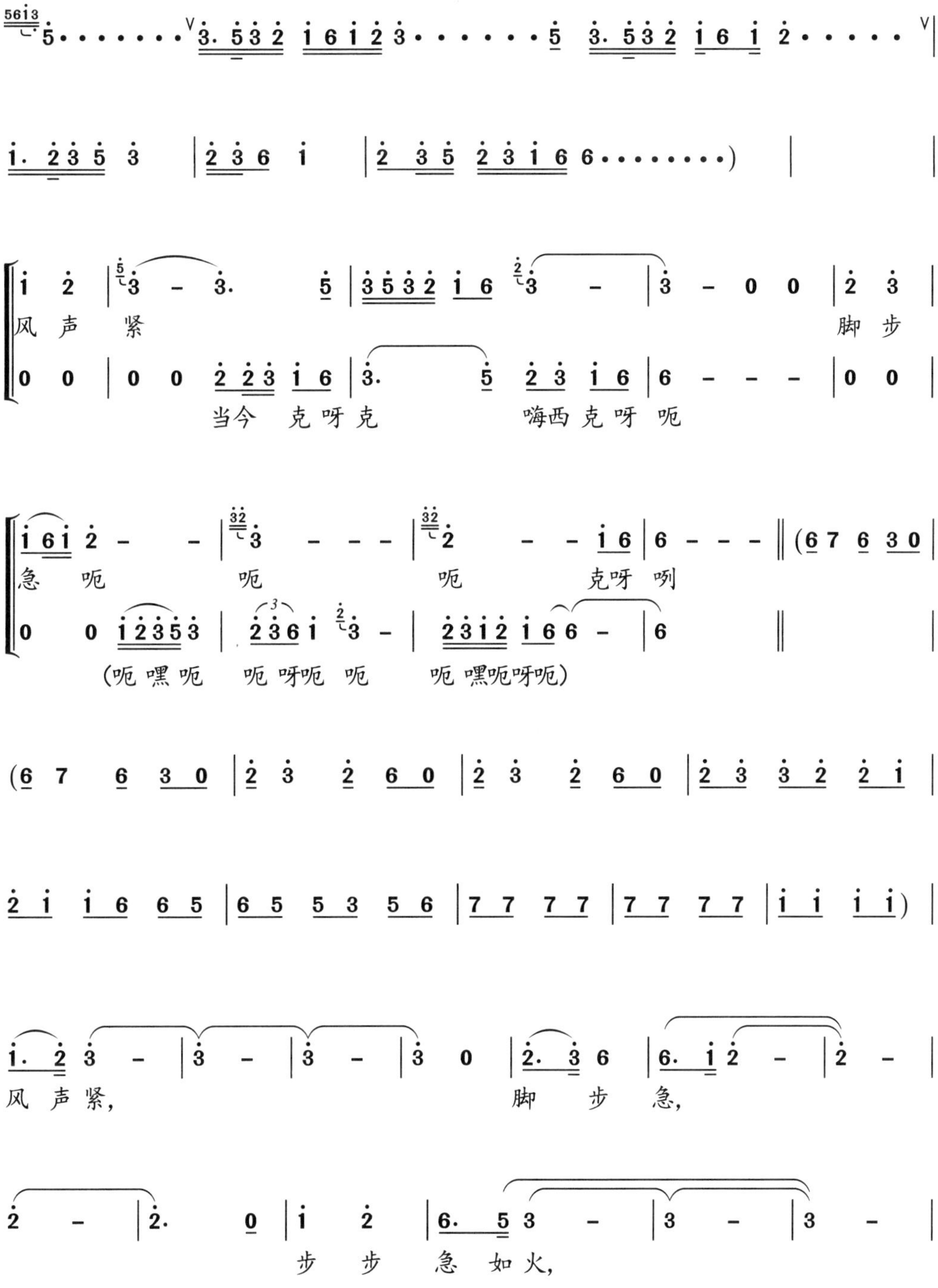

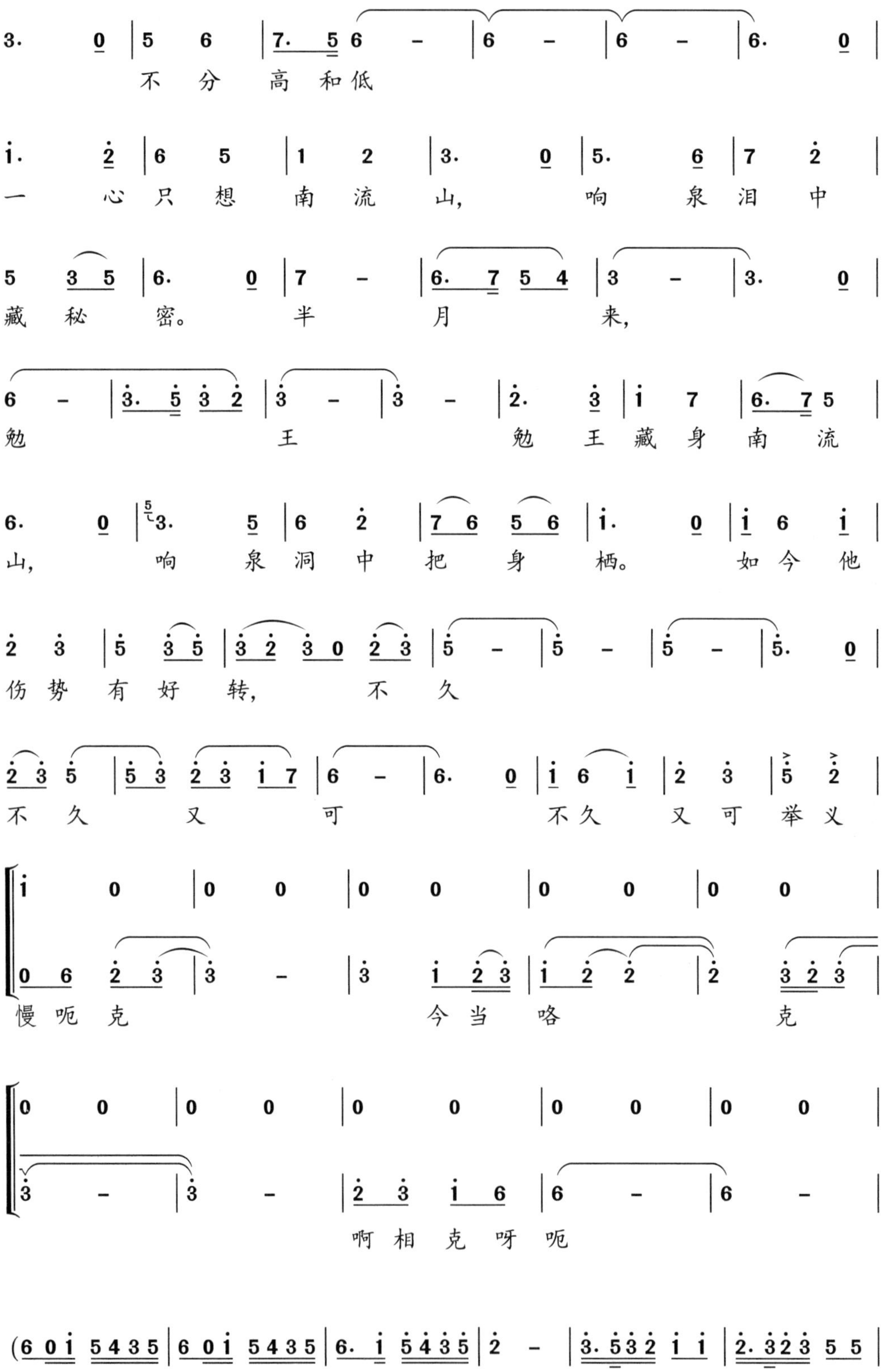
不 分 高 和 低
一 心 只 想 南 流 山， 响 泉 泪 中
藏 秘 密。 半 月 来，
勉 王 勉 王 藏 身 南 流
山， 响 泉 洞 中 把 身 栖。 如 今 他
伤 势 有 好 转， 不 久
不 久 又 可 不 久 又 可 举 义
慢 呃 克 今 当 咯 克
啊 相 克 呀 呃

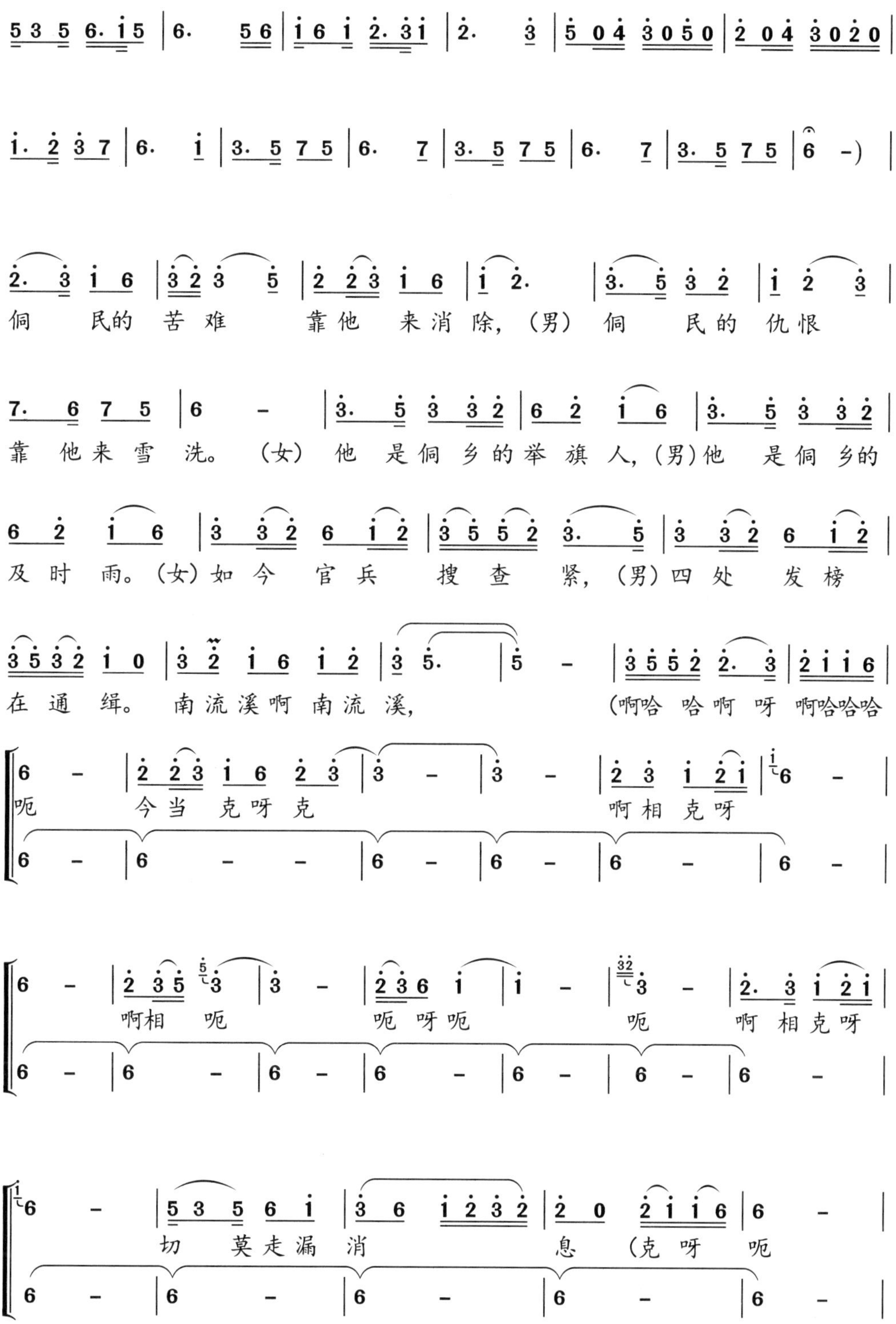
侗 民的 苦 难 靠 他 来 消 除，（男）侗 民 的 仇 恨
靠 他 来 雪 洗。（女）他 是 侗 乡 的 举 旗 人，（男）他 是 侗 乡 的
及 时 雨。（女）如 今 官 兵 搜 查 紧，（男）四 处 发 榜
在 通 缉。 南 流 溪 啊 南 流 溪， （啊哈 哈 啊 呀 啊哈哈哈
呃 今 当 克 呀 克 啊 相 克 呀
啊相 呃 呃 呀 呃 呃 啊 相 克 呀
切 莫 走 漏 消 息（克 呀 呃

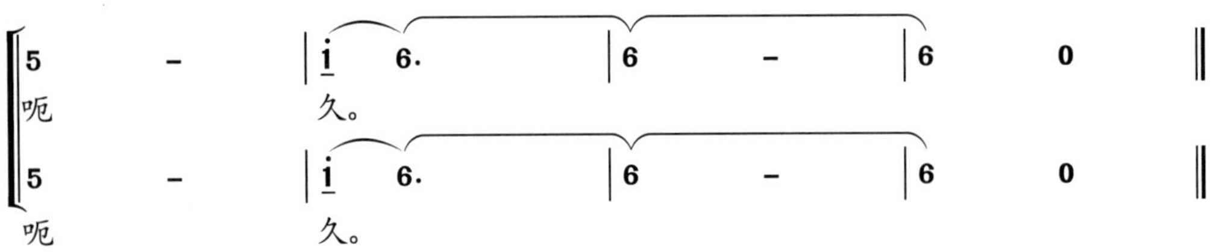
呃
久。
呃
久。

（八）器乐曲牌

闹合调（一）

2/4

榕江三宝
杨灿荣拉奏
邹福先记录

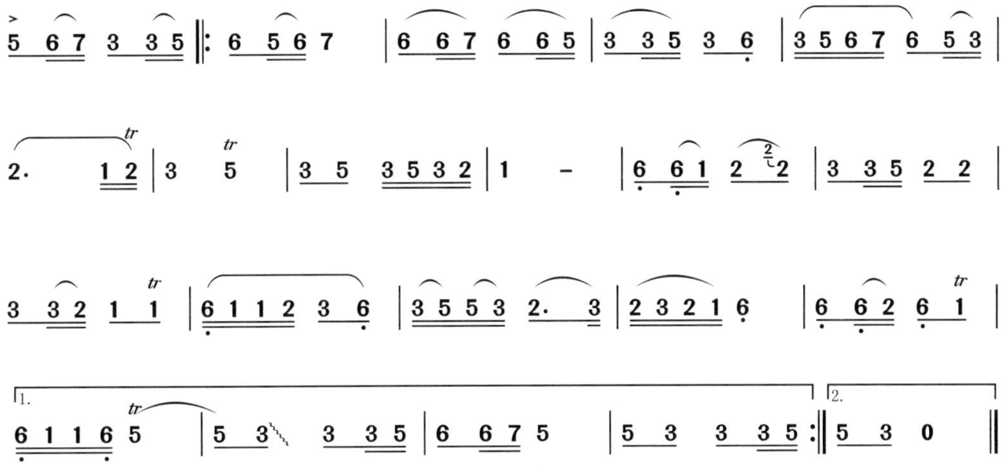

闹合调（二）

2/4 3/4

榕江三宝
杨灿荣拉奏
邹福先记录

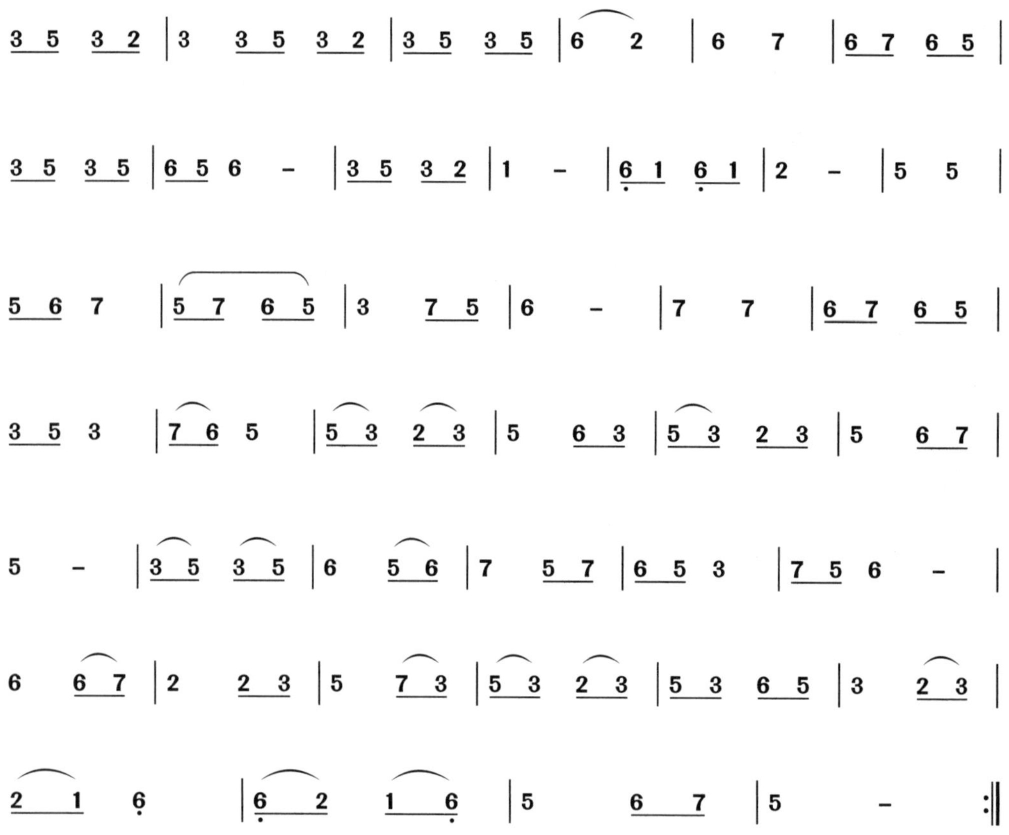

闹合调（三）

2/4

龙图侗戏班演奏
省侗戏工作组记录

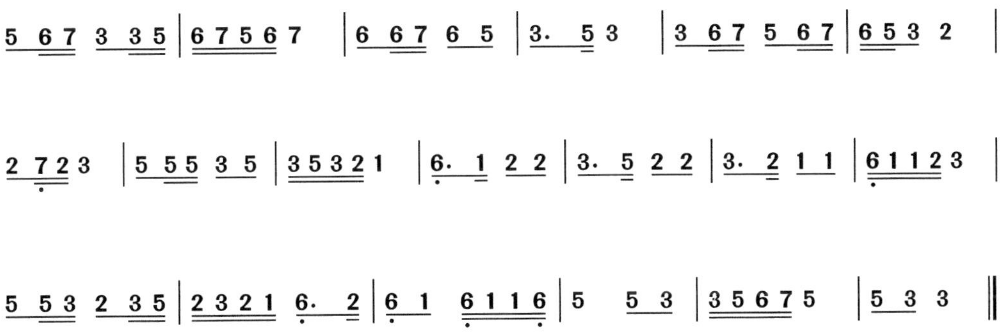

闹合调（四）

2/4 3/4

双江侗戏班演奏
省侗戏工作组记录

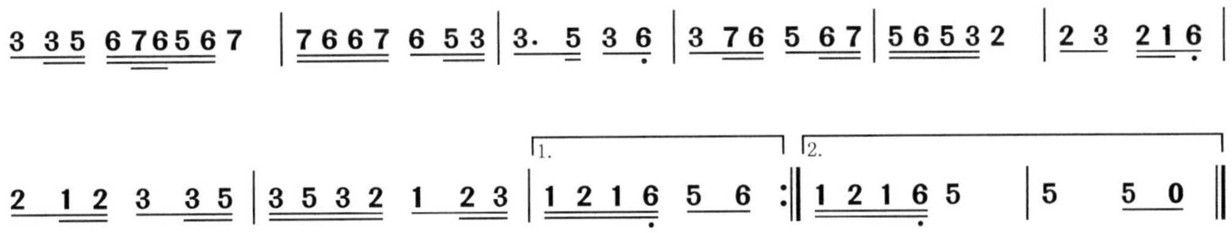

闹合调（五）

2/4

双江侗戏班演奏
省侗戏工作组记录

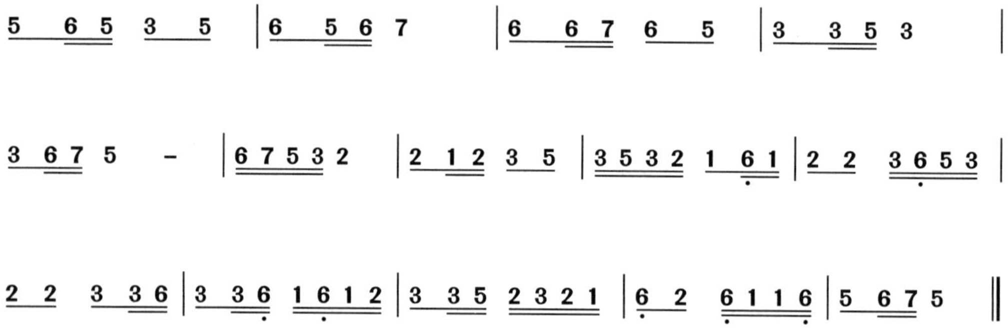

闹合调（六）

2/4

黎平民族方工队演奏
吴应隆记录

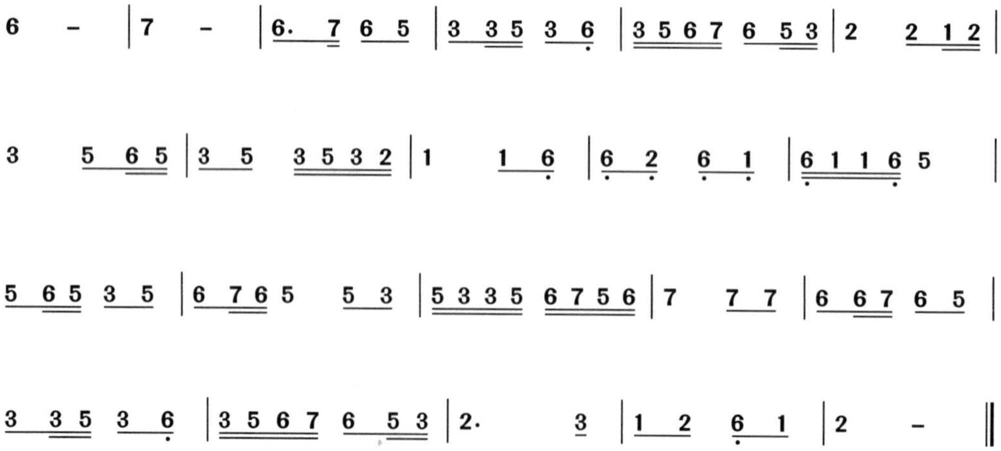

闹合调（七）

1=C $\frac{2}{4}$ $\frac{3}{4}$

榕江宰荡
罗根演奏
杨正玉记录

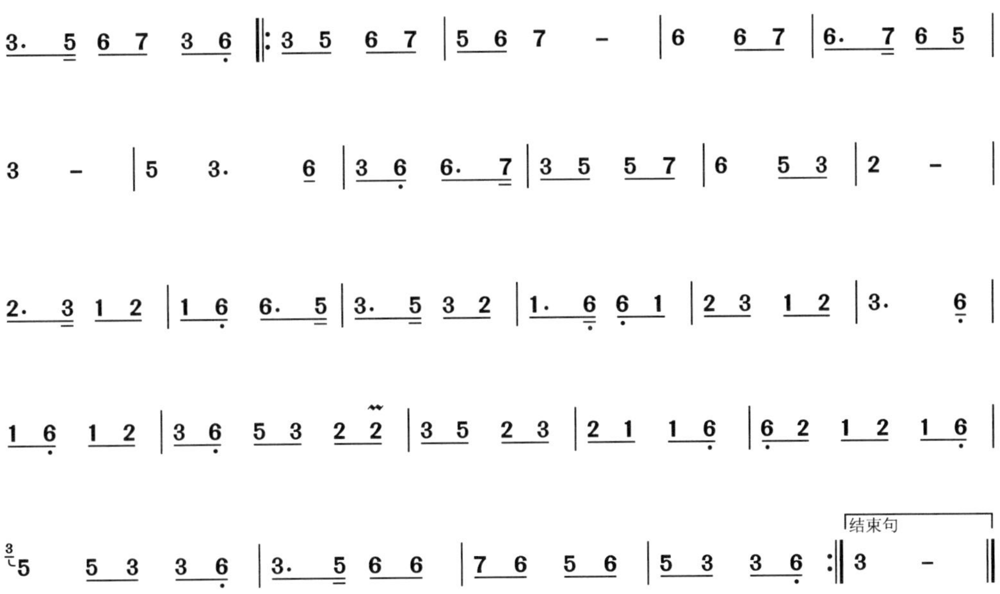

闹合调（八）

1=C $\frac{2}{4}$ $\frac{3}{4}$

腊洞侗戏班演奏
甚贻佑普虹搜集

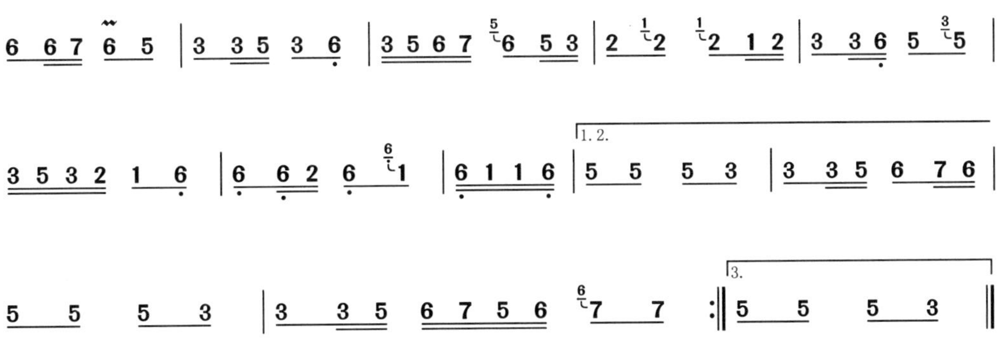

转合调（一）

$\frac{2}{4}$ $\frac{3}{4}$

腊洞侗戏班演奏
甚贻佑、普　虹搜集

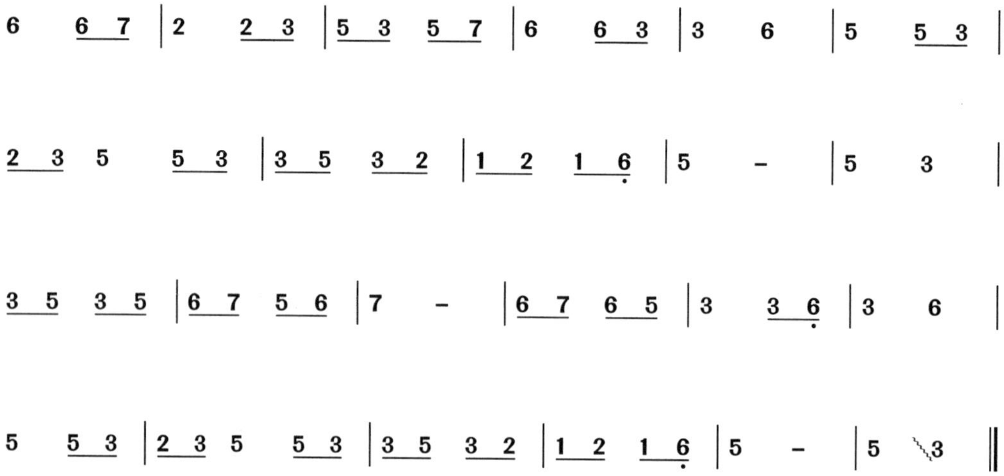

转合调（二）

$\frac{2}{4}$

述洞侗戏班演奏
甚贻佑普虹搜集

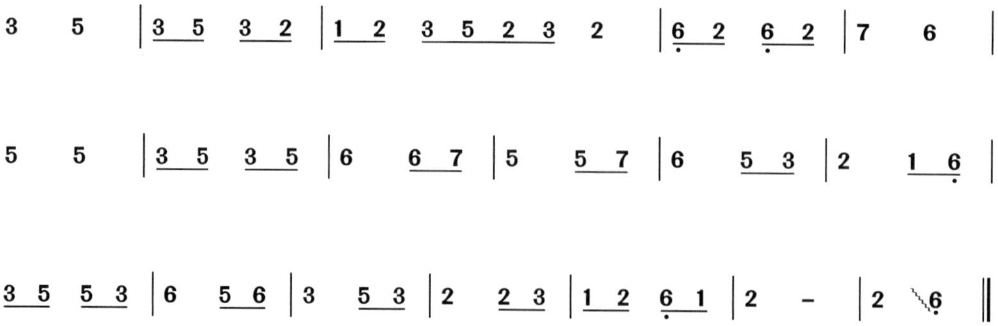

转合调（三）

2/4　　　　省侗戏工作组记录

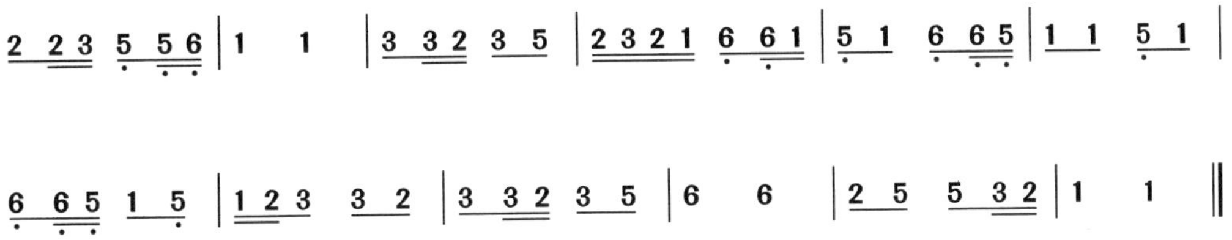

转合调（四）

2/4　　　　省侗戏工作组记录

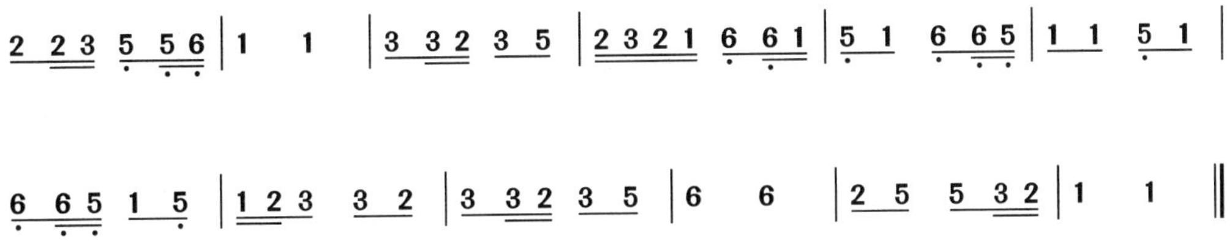

转合调（五）

2/4　　　　省侗戏工作组记录

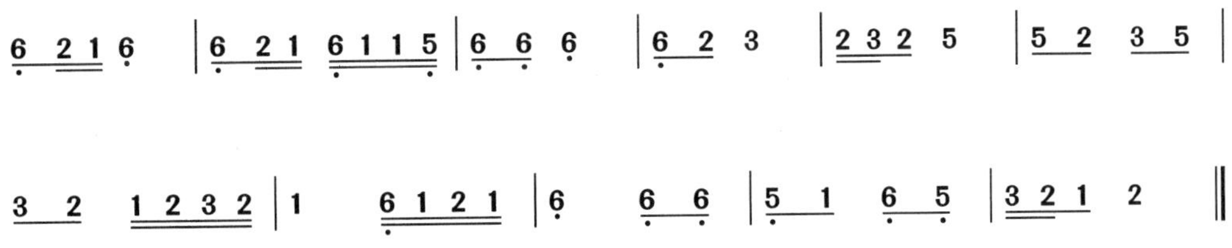

幕前曲

1=♯F $\frac{2}{4}$ $\frac{3}{4}$ $\frac{4}{4}$

榕江鼓楼文化站侗戏队演奏
蒋步先记录

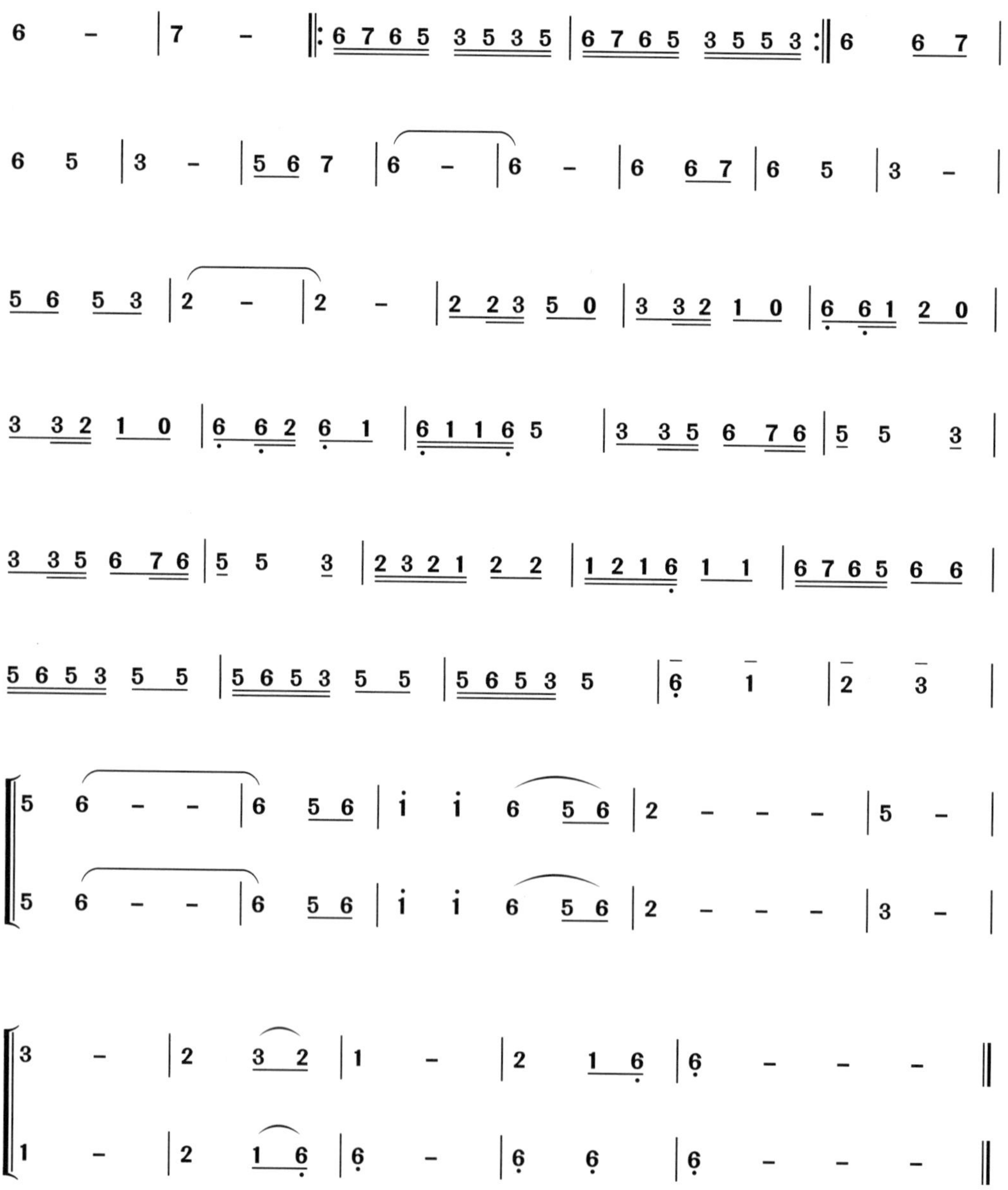

出合调（一）

$\frac{2}{4}$

曹利戏班演奏
家　　浚记录

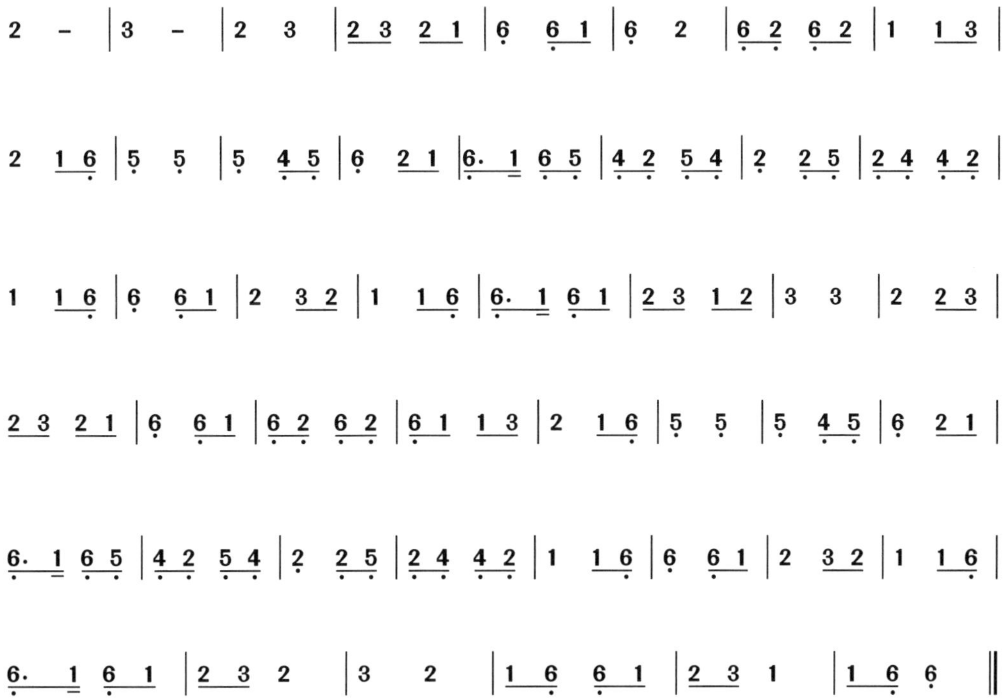

出合调（二）

$\frac{2}{4}$

黎平文工队
吴承光演奏
家浚记录

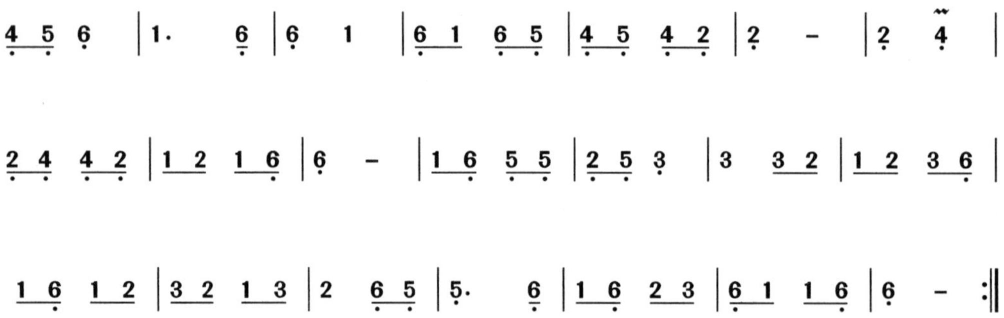

出合调（三）

$\frac{2}{4}$

黎平文工队
侯振声演奏
家浚记录

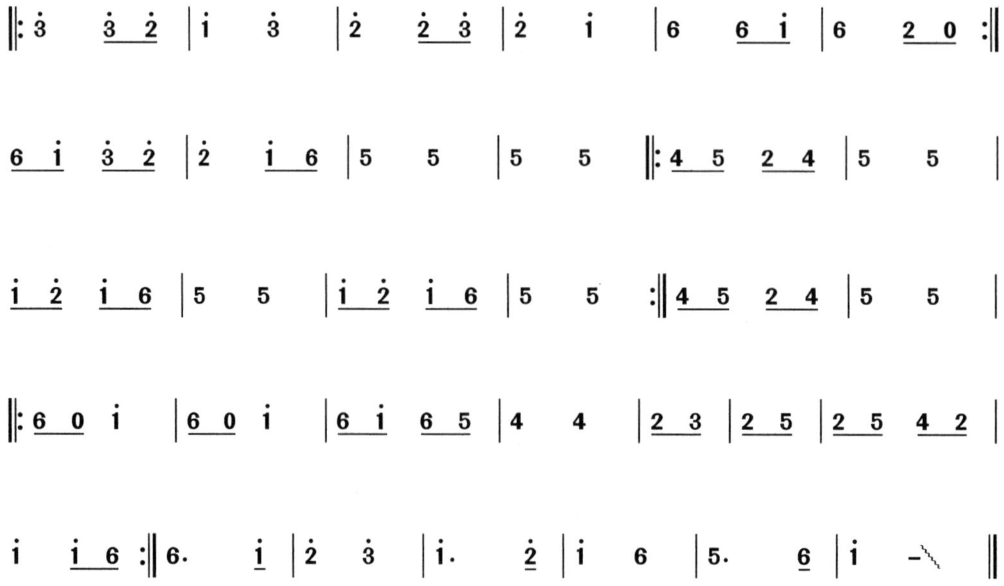

出合调（四）

2/4

榕江宰荡
罗根演奏
杨正玉记录

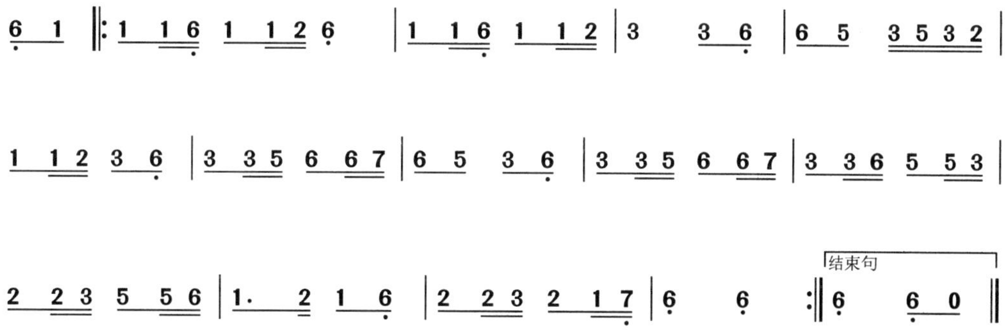

出合调（五）

2/4 3/4

榕江宰荡
罗根演奏
杨正玉记录

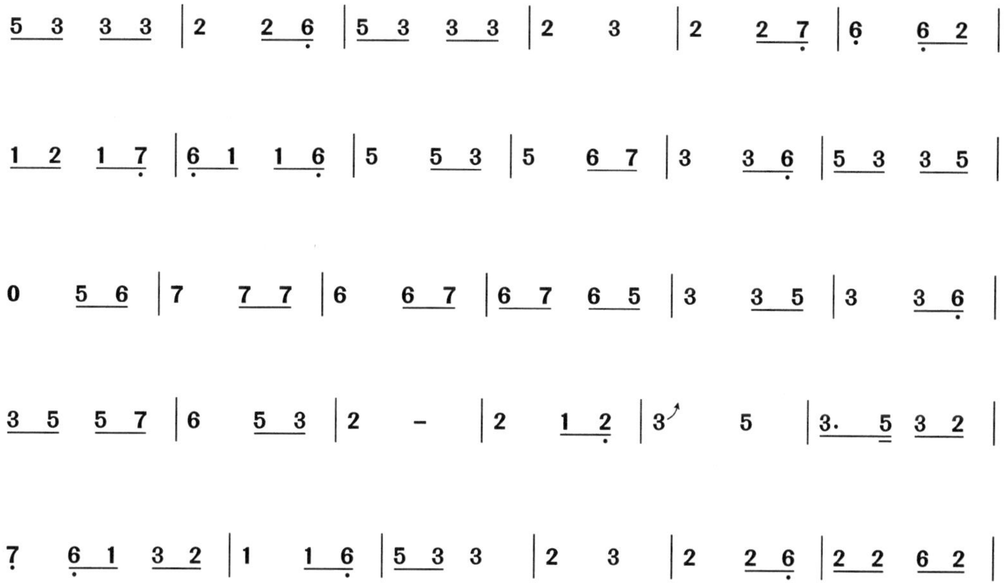

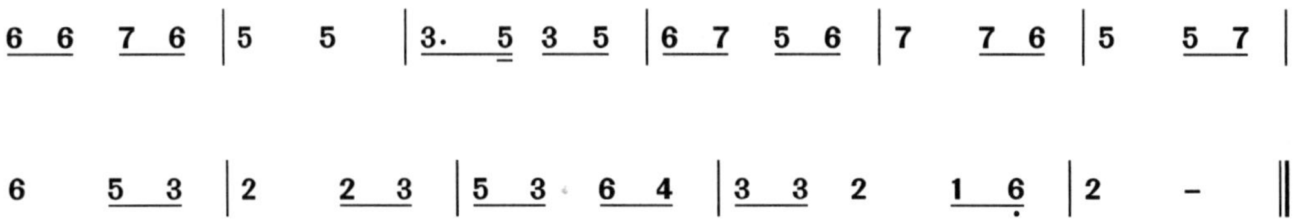

尖合调（六）

2/4

黎平民族文工队演奏
吴 远 隆记录

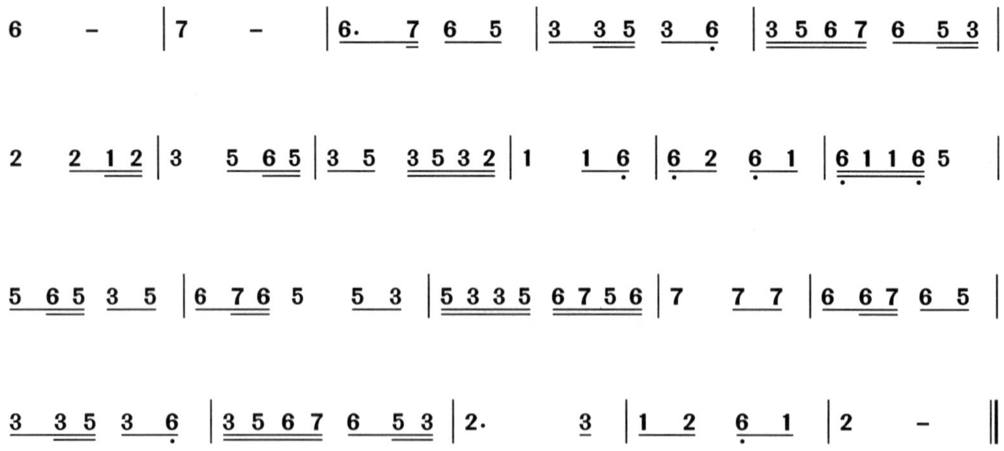

丑角出场调（一）

黎平民族文工队演奏
吴远隆记录

1=#F $\frac{2}{4}$

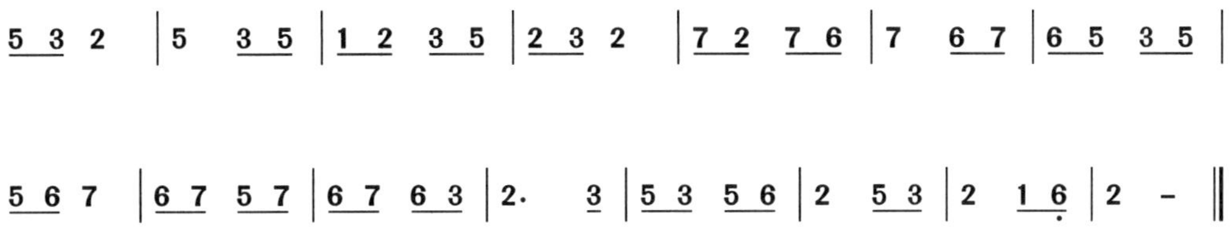

丑角出场调（二）

榕江县鼓楼文化站侗戏队演奏
普虹记录

1=#F $\frac{2}{4}$

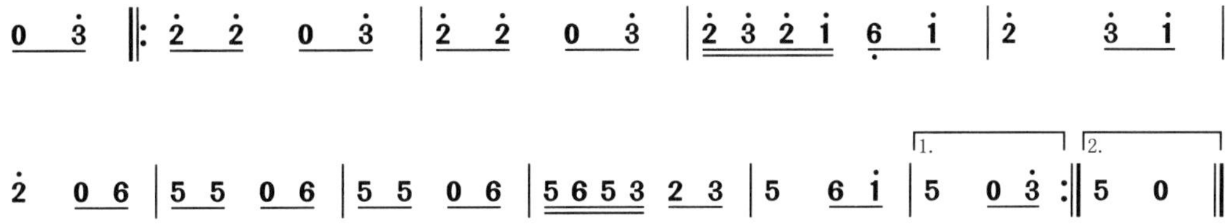

丑角出场调（三）

榕江县鼓楼文化站侗戏队演奏
蒋步先记录

1=#F $\frac{2}{4}$

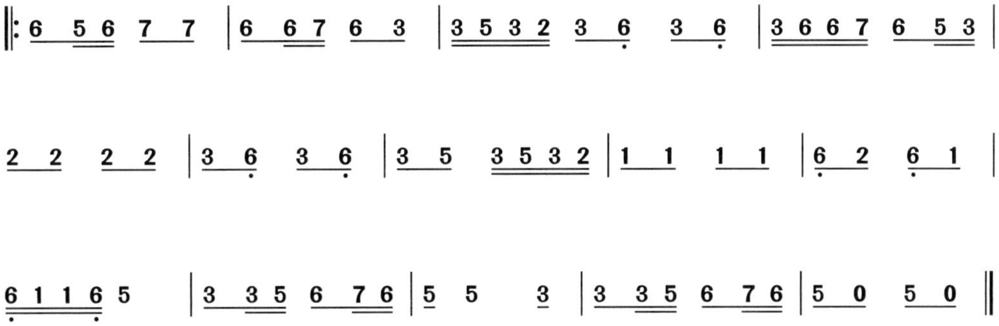

抬轿曲

2/4

榕江县鼓楼文化站侗戏队演奏
普虹记录

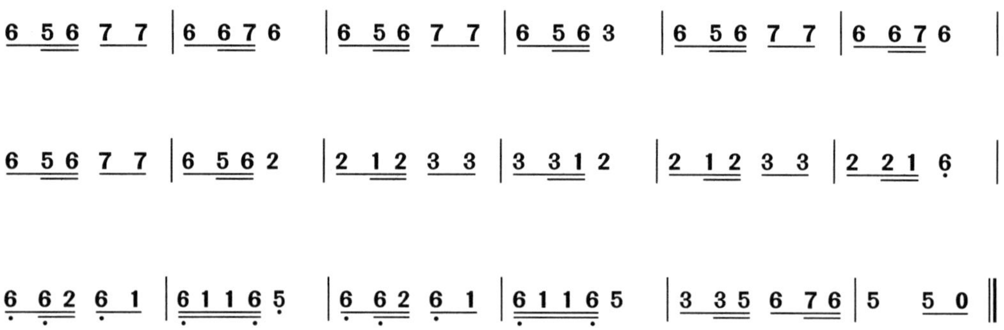

幕间曲

1=F 2/4

榕江县鼓楼文化站侗戏队演奏
蒋　　　步　　　先记录

（一）

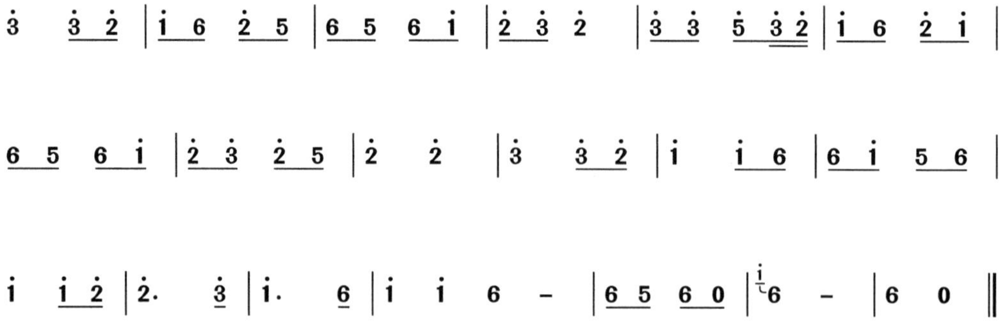

（二）

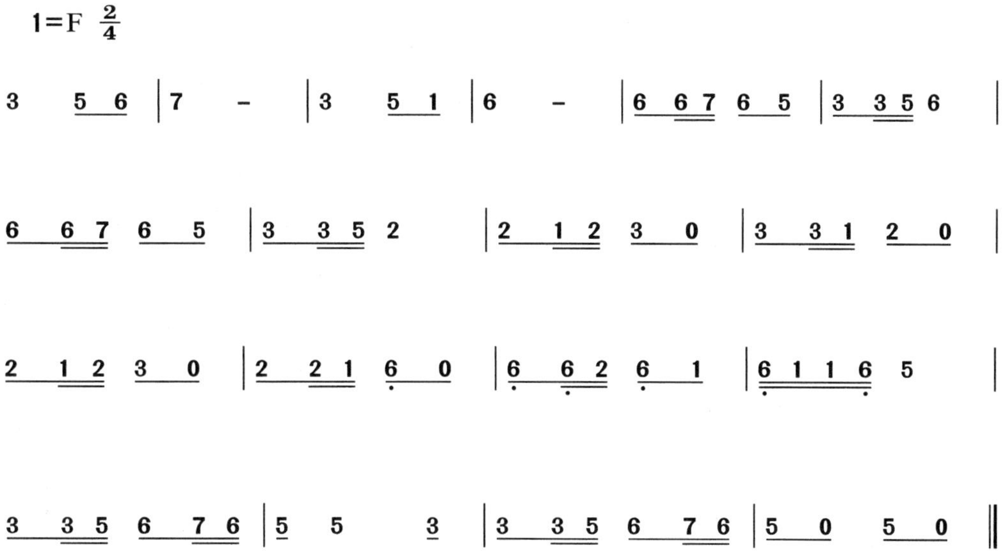

（三）

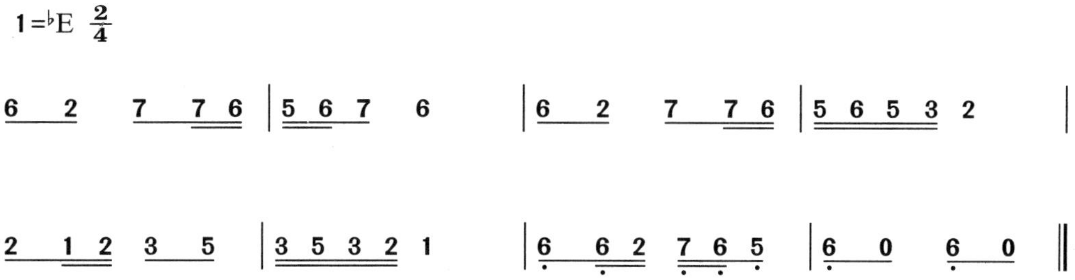

（四）

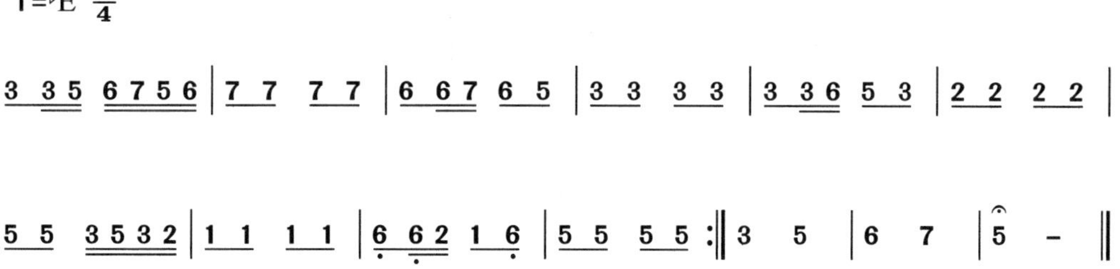

（九）打击乐

闹合锣鼓

1=$^{\#}$F $\frac{2}{4}$

榕江三宝
杨木森记录

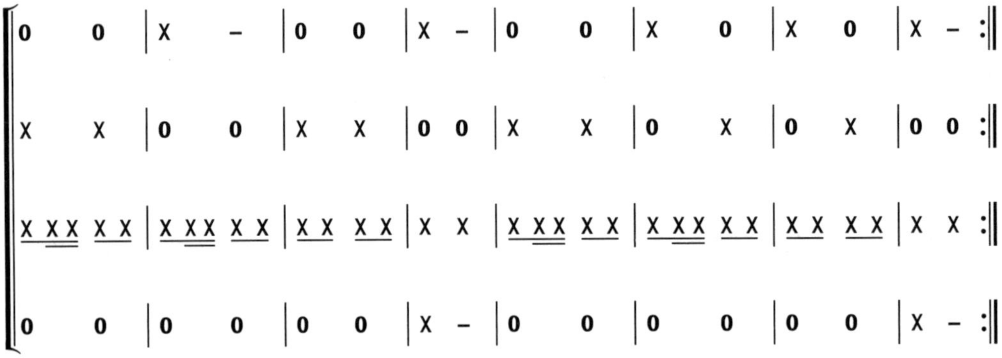

过门锣鼓

1=C $\frac{2}{4}$

杨木森记录

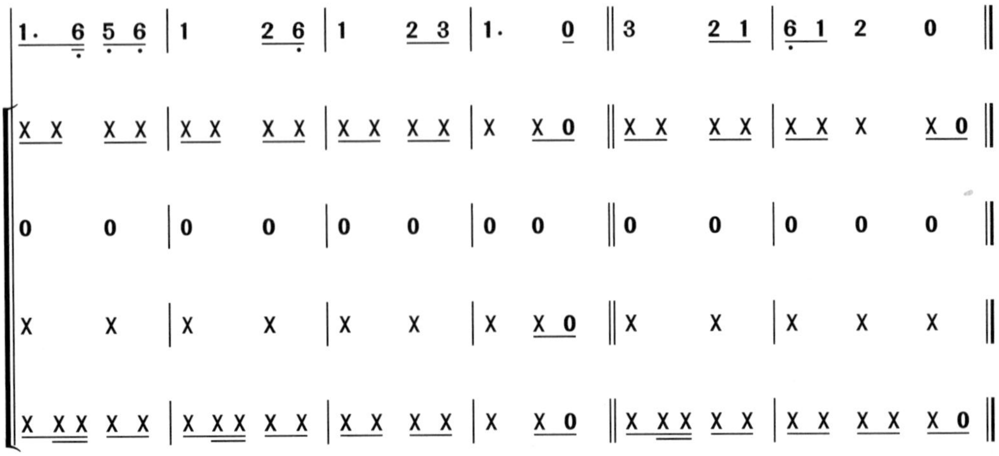

（下句过门）（同起板，略）

尾声锣鼓

1=C $\frac{2}{4}$

杨木森记录

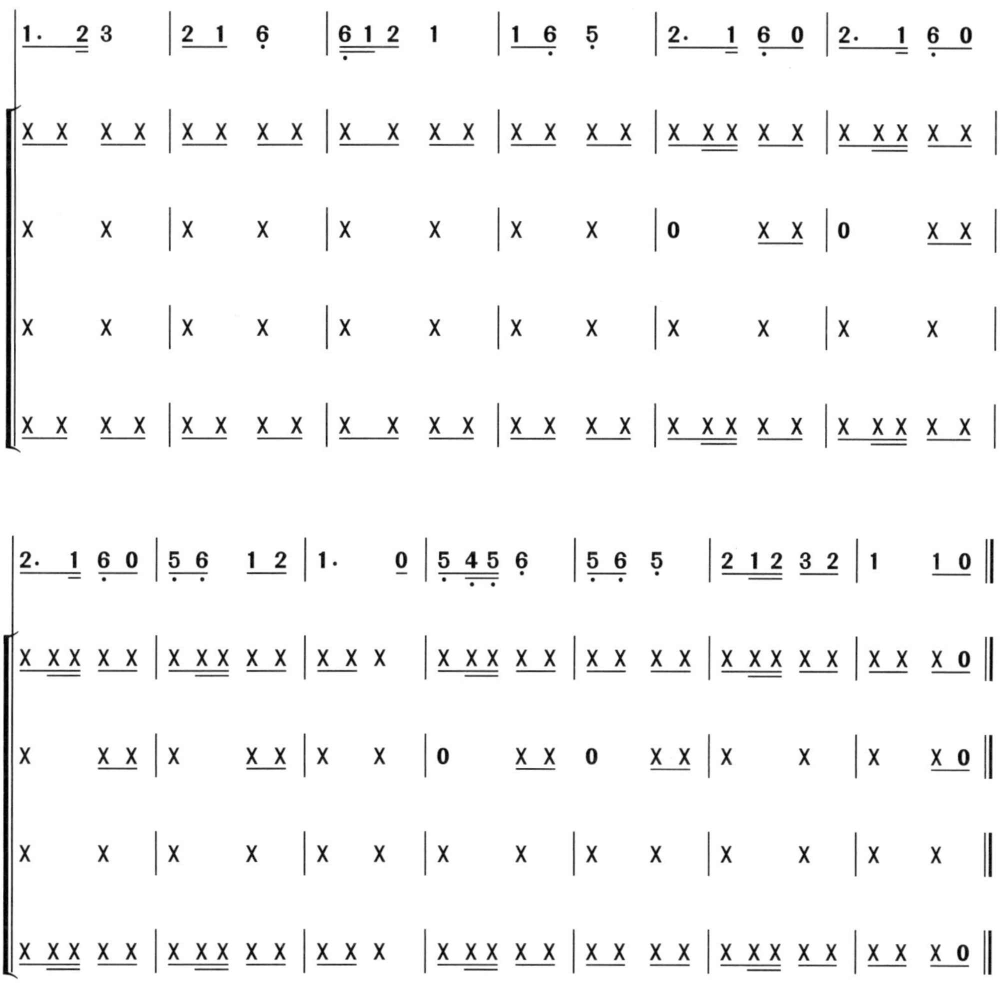

说明：“过门锣鼓”和“尾声锣鼓”选自《丁郎龙女》“金条鲤鱼实在美”一曲。

四、选场

《丁郎龙女》第二场“报恩赔情”

二幕前，龙女在音乐声中，肩托和装五色谷的口袋。

1=F $\frac{2}{4}$

杨成林编剧
普虹整理改编
张勇蒋步先音乐设计

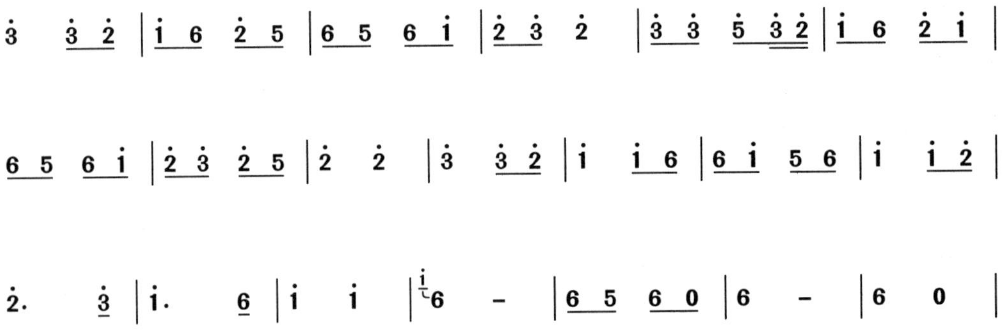

龙女：前面就是丁郎家！（转台）
二幕后。丁郎家，摆设简陋

龙女：到他家了，我进去看看！
龙女唱《随身带来五色米》

1=♭E $\frac{2}{4}$ $\frac{3}{4}$

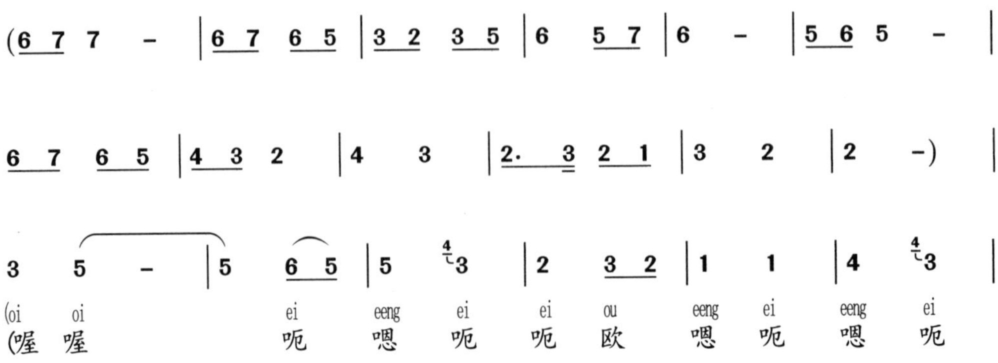

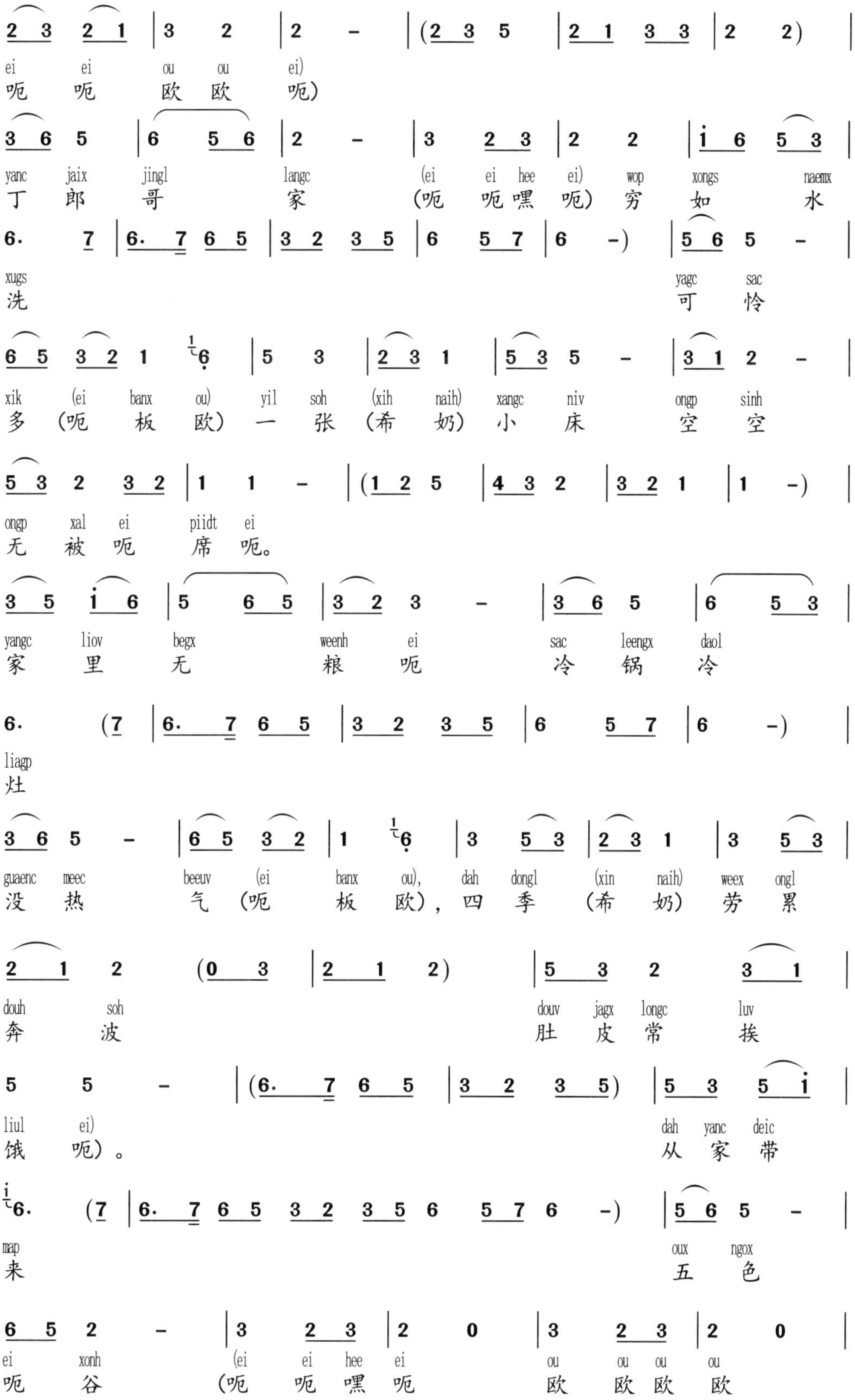
ei ei ou ou ei)
呃 呃 欧 欧 呃)
yanc jaix jingl langc (ei ei hee ei) wop xongs naemx
丁 郎 哥 家 (呃 呃嘿 呃) 穷 如 水
xugs yagc sac
洗 可 怜
xik (ei banx ou) yil soh (xih naih) xangc niv ongp sinh
多 (呃 板 欧) 一 张 (希 奶) 小 床 空 空
ongp xal ei piidt ei
无 被 呃 席 呃。
yangc liov begx weenh ei sac leengx daol
家 里 无 粮 呃 冷 锅 冷
liagp
灶
guaenc meec beeuv (ei banx ou), dah dongl (xin naih) weex ongl
没 热 气 (呃 板 欧), 四 季 (希 奶) 劳 累
douh soh douv jagx longc luv
奔 波 肚 皮 常 挨
liul ei) dah yanc deic
饿 呃)。 从 家 带
map oux ngox
来 五 色
ei xonh (ei ei hee ei ou ou ou ou
呃 谷 (呃 呃 嘿 呃 欧 欧 欧 欧

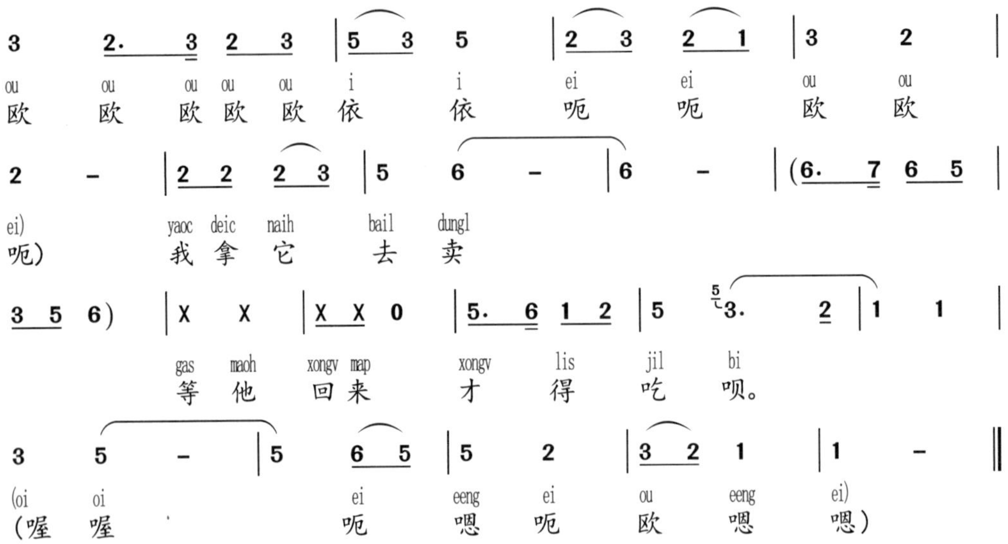

龙女：我去煮饭，等他回来吃。

（龙女料理家务。关嫂路过，发现家里有人。）

关嫂：丁郎都卖柴去了，怎么屋里有个媳妇？（思索）不对，找找丁郎去！（突然发现）呃，丁郎回来了！（向着丁郎来的方向喊）丁郎！丁郎！（下）

（龙女从想反的方向进。

（关嫂推丁郎上。丁郎扛空柴杠。

关嫂：丁郎啊丁郎，你讨了个媳妇都不跟嫂子说一声啊？

丁郎：（莫名其妙）大嫂，我几时讨得媳妇？你莫乱讲啊！

关嫂：不信？你去看！

（龙女出，丁郎从门缝偷看。龙女复下。

丁郎：（大惊）啊！确实有人！

关嫂：这还有假？

丁郎：（委屈地）大嫂，你看我穷成这个样子，谁愿意嫁给我？这恐怕是……

关嫂：怕是什么？进去看看再说！

丁郎：我怎么好进去！

关嫂：人家织布，只有扣袈裟，哪有袈裟扣 i，后生反而怕姑娘？（拉丁郎）来，我陪你去！

丁郎：你陪我去？

（丁郎推门，和关嫂进屋，无人。龙女复出，与丁郎对视。）

丁郎：（吞吞吐吐）你……你来……来这里做哪样？

关嫂：你怎么这样讲！

（关嫂走到龙女身边。

关嫂：（亲切地）我家就住在隔壁，这里是他家，他叫丁郎。姑娘，你叫什么名字，家住哪里？到这里来有哪样事？

龙女：我家住在山后唐龙寨，名叫龙女，到这里来看看！

丁郎：（壮起胆子）你莫是在家与丈夫吵架跑出来的吧？

龙女：（扑哧一笑）要是有丈夫吵架，我也不会到这里来喽！

关嫂：姑娘，告诉我你到这里来到底有哪样事？

龙女：关嫂啊，你听我说：

（唱《三宝是个好地方》）

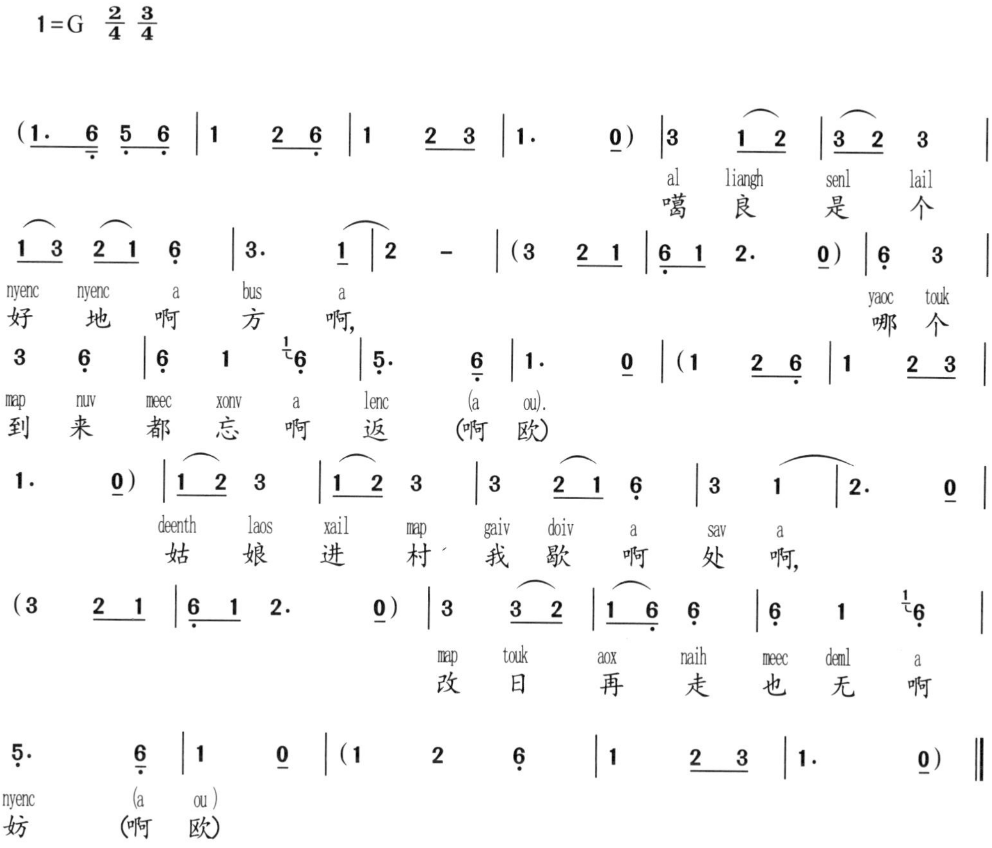

关嫂：是这样啊！

丁郎：村宽寨大，你为哪样不进别人家，偏偏钻到我这个单身汉家来，也不也不怕别人讲闲话？

龙女：怕哪样？脚正不怕草鞋歪，人正不怕影子斜嘛！

丁郎：你……

关嫂：好了好了，我这个人就是喜欢给独男独女们搭桥，穿针引线。你俩啊，一个聪明贤惠，一个憨厚勤劳，依我看，（对丁郎）你是独人，（对龙女）你也是独人。合起来做对人，你们赞成不赞成啊！

丁郎：（拉关嫂过一边）大嫂，你怎么信口乱说，张嘴乱讲啊！

关嫂：不是乱讲！（对龙女）龙女，你看好不好？

龙女：我到这里，人生地不熟，如果丁郎不嫌我是小地方来的人，就由大嫂做主吧！

关嫂：（对丁郎）丁郎，你看怎么样？

丁郎：我？（唱《郎穷多》）

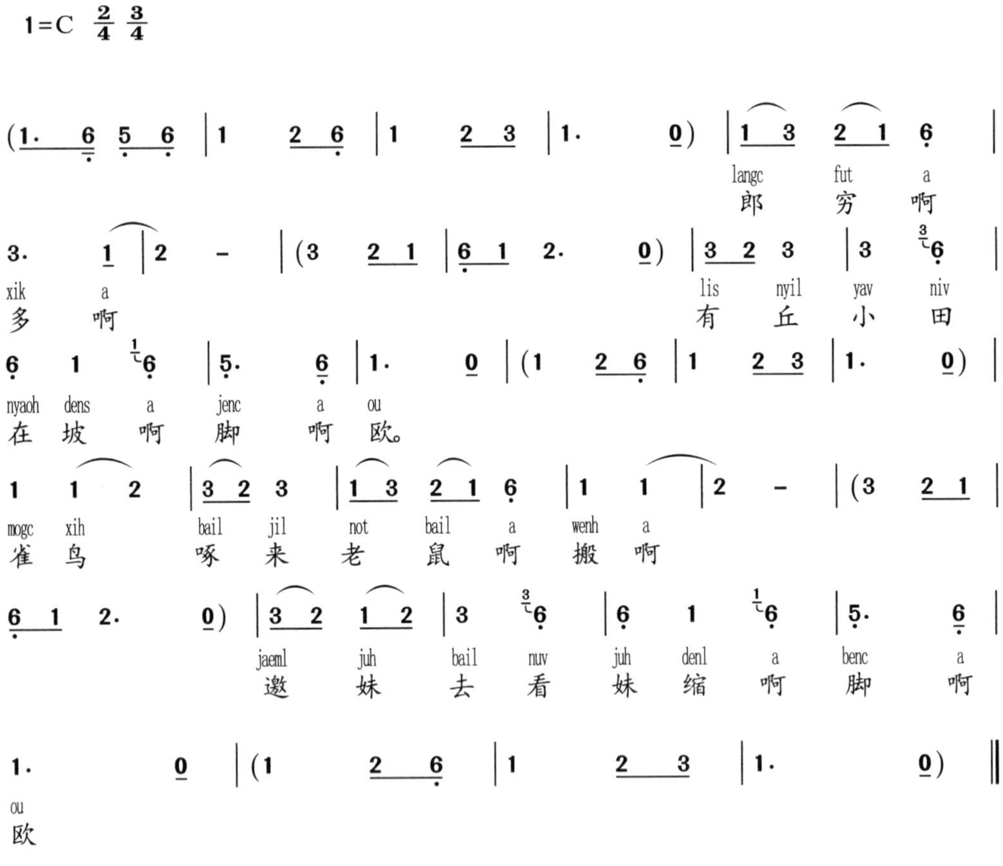

龙女：（唱《不怕穷》）

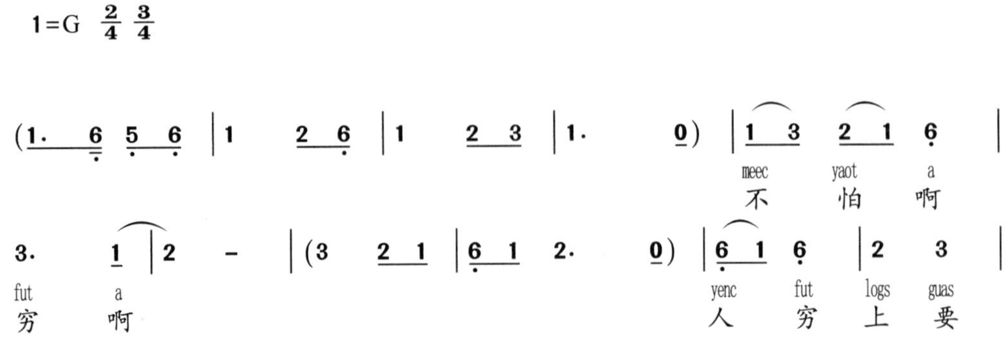

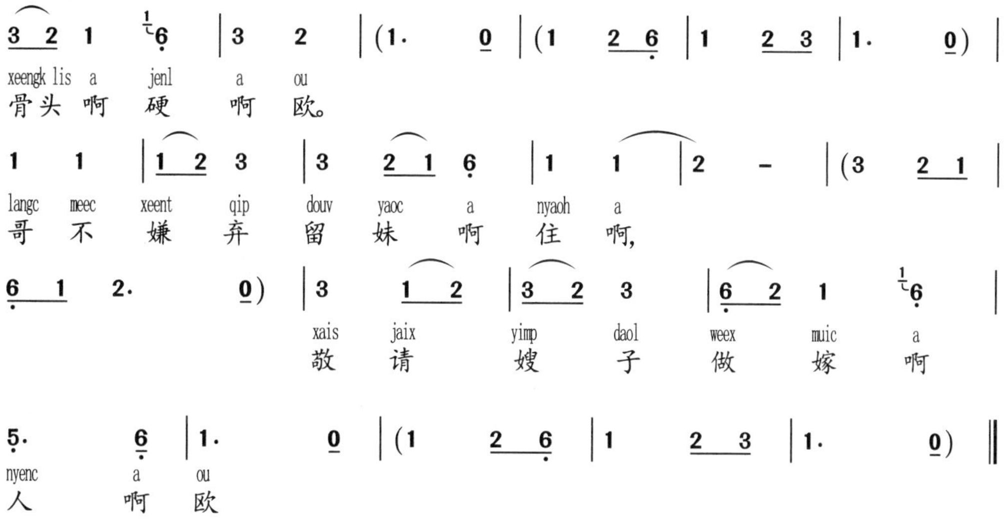

关嫂：丁郎，现在就看你了！

丁郎：（羞涩地）要是她不嫌我穷，包着晌午也难找啊！

（关嫂高高兴兴地拉丁郎龙女挨拢。）

关嫂：（唱《我当中人把话讲》）

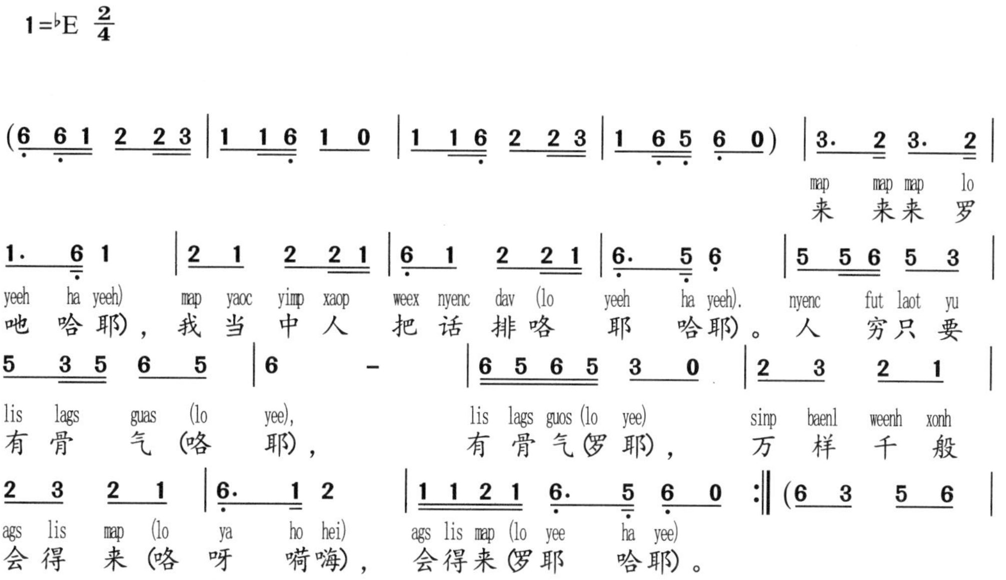

（二）来来来！

我当中人把话讲，

出村莫信人挑唆，

夫妻恩爱到一万。

（三）来来来！

我当中人把话讲。

大田栽秧望丰收，

明年抱个胖娃崽。

【丁郎龙女接唱，幕后伴唱。】

（第二遍比第一遍快）

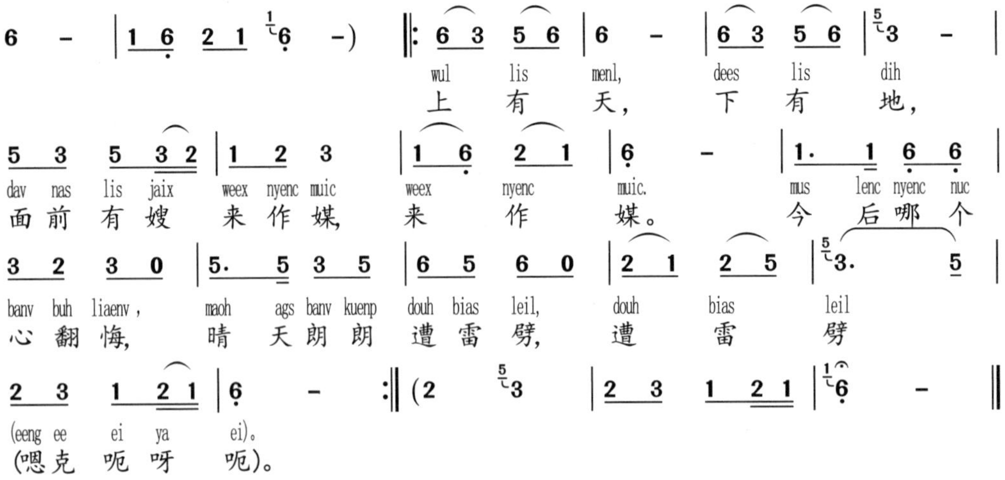

关嫂：好啦好啦，话就这样讲，从今往后怎样谋生，你俩要好好盘算，我们是邻居，有哪样困难，以后慢慢商量。太阳快登顶了，我上坡去啦！

龙女：大嫂，多谢你了！晚上来家坐！

（丁郎龙女目送关嫂下。）

（二人对视。龙女羞涩，低头到桌边坐下。丁郎欲语，不知说什么好，拿起锄头朝外走。龙女忙站起来拦住。

龙女：丁郎，你刚卖柴回来，又扛锄头去哪里？

丁郎：挖凼！

龙女：挖凼？

丁郎：屋下坎有个小水凼，挖深点好蓄水养鱼。

龙女：养鱼，那小水凼能养鱼？

丁郎：龙女啊！（唱《心灰意冷好孤单》）

1=C $\frac{2}{4}$ $\frac{3}{4}$

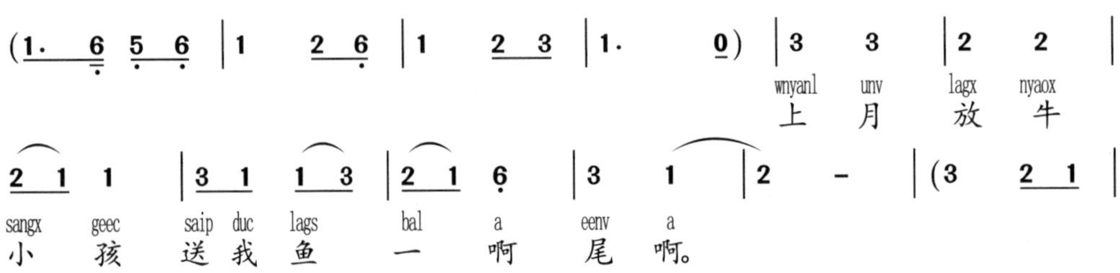

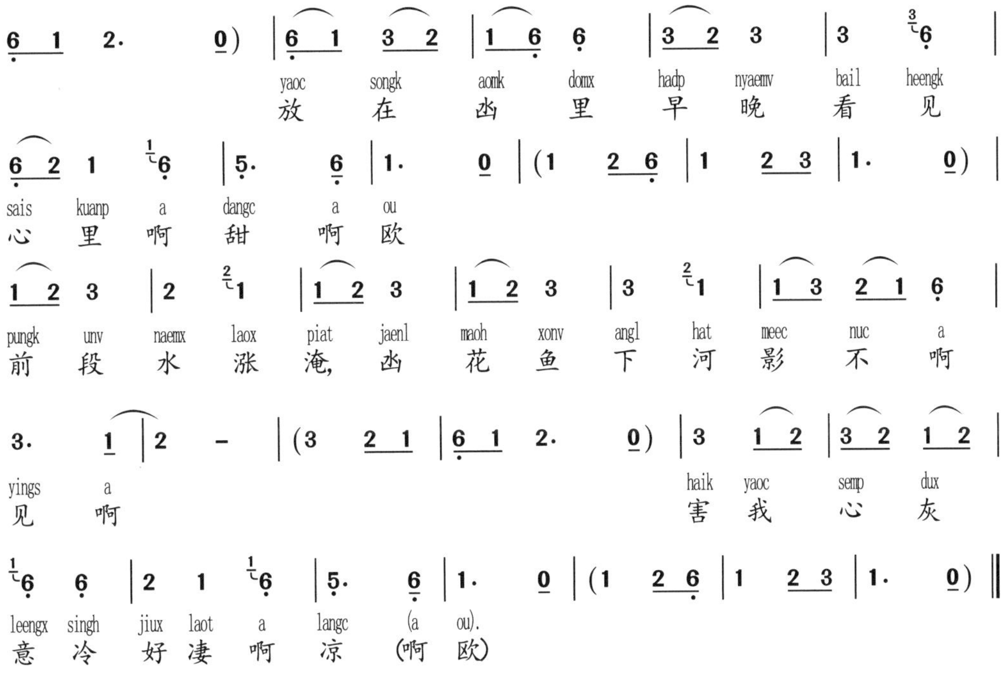

龙女：丁郎啊！（唱《哥莫愁》）

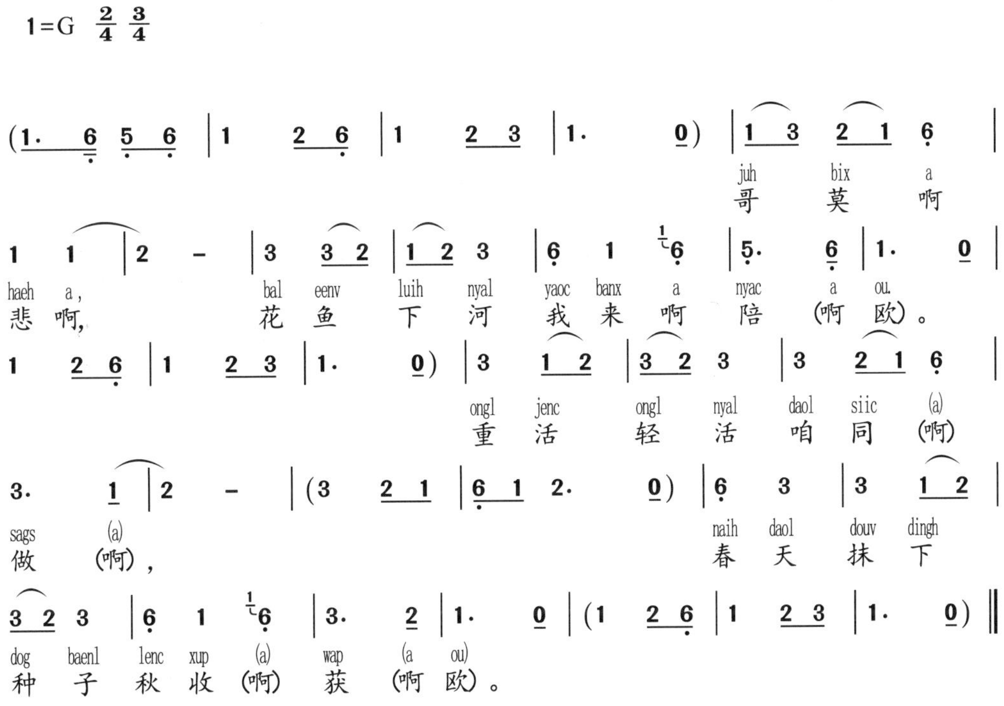

龙女：饭已经做好了！走，我们吃饭去！

丁郎：（怀疑地）你？……有来？

龙女：（深情地望丁郎一眼）你来看！（指谷种）

丁郎：这是……

龙女：五色谷。

（幕后伴唱《但愿长久像日月》）

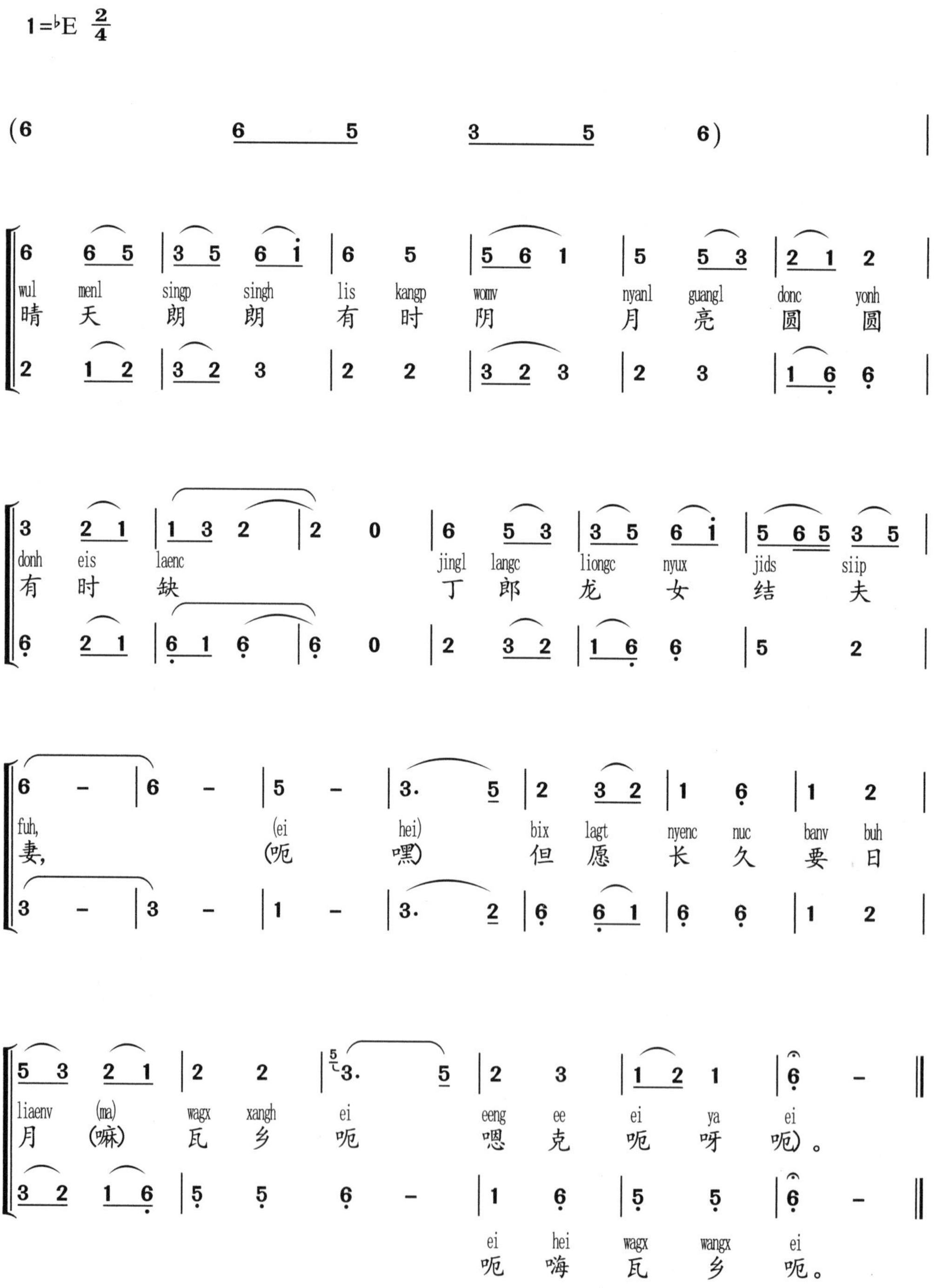

五、传记

吴文彩 黎平县腊洞寨人，生卒年代约为1798—1845年，小时候曾读过几年私塾，通汉文，酷爱唱歌，二十多岁时，即成了侗乡有名的编歌能手。所编的《两式银歌》《开天辟地》《劝世歌》《乡老贪官》等等侗歌，至今犹在侗族地区广为传唱，被人们誉为“歌王”，是侗族第一代文人诗歌、

青年时期，他曾四处出游，到过黎平、王寨（今锦屏）、古州（今榕江），他受到启发，下决心要创造一种能为侗族群众看得懂的戏剧，约在他三十至四十岁之间，他以汉族唱本为蓝本，改编出了用侗语道白和演唱的戏剧脚本《梅良玉》和《李旦凤娘》，借用汉字记侗音记录下来。并将【阳戏】中的【七字词】借用过来作为主要唱腔。从此，侗族有了自己的戏剧——侗戏，并随即在广大侗族聚居地区得到传播。

他所借用的汉戏唱腔，由于唱词改为侗语、采用侗韵，除了保留上、下腔句及每个腔句后面加一落音不同的过门这一框架外，在句幅、旋律进行等方面都有了明显的变动，所以它是汉戏声腔和侗族民歌的一种溶合。为本民族所乐于接受，侗戏音乐由此而得以肇始。这是他对侗戏音乐所作的杰出贡献。

吴文彩也因之被群众尊为侗戏戏祖，长期来，各地侗戏班在演出《梅良玉》《李旦凤姣》前，还进行请吴文彩师傅的仪式。

张鸿干 永从县（今从江县）贯洞人，生卒年代不详，约为十八世纪末至十九世纪中叶。贯洞是六洞地区的大寨之一。盛行鼓楼对歌和“刚君多君”（讲唱故事）等歌唱活动。张鸿干从小爱歌，八九岁学会弹琵琶，十五、六岁就是“行歌坐夜”的优秀歌手，二十岁左右就以说唱艺人闻名于六洞一带。侗戏《梅良玉》传到贯洞，他看后很感动，随即将他根据当地发生的一起爱情事件编成叙事歌的《金汉列美》改为侗戏演出。将侗戏生活题材编成侗戏的《金汉列美》是第一个。鸿干也因此而受到了群众的赞颂。在该剧中，他将侗族的叙事歌音调用在戏的开场和结尾，于是侗戏唱腔第一次出现了大歌腔。

梁绍华 从江县贯洞区新安乡晒洞村新寨人，生于1893年，卒于1978年。

他十三岁参加本寨戏班演出《元东》，十八、九岁就成为戏班的台柱。二十岁时，他和戏师梁耀庭听了本寨女歌师厦宣金讲的《珠郎娘美》的故事，就一起商量

根据故事编写。到1916年，《珠郎娘美》剧才编了七十多首歌词，梁耀庭即与世长辞。为了纪念同伴，绍华一人用了一年时间，把戏编导能演四天的篇幅，他带着戏班到黎平肇洞、地平等地演出，受到了群众的热烈欢迎。其后又经历了三十多年，到1953年，他才最后把《珠》剧编完，可演一个星期。在此期间，他先后向六洞地区十三个村寨的十四个侗戏班传授了此剧。此剧很快传到了三江、通道等地区，从而走向了全国。1956年，从江县龙图俱乐部以《珠》剧经省侗戏工作组办助黎、从、溶三县联合演出队排练、修改提高，出席了文化部在云南大理召开的西南区民族文化工作会议观摩演出，受到了戏剧节的好评。

《珠》剧的成功，又与绍华在戏中成功地运用了哭歌和坐夜歌等歌腔分不开，这两个歌种在侗戏中作为一个腔种得到确认和推广，是从《珠》剧开的头。

1959年榕江县侗戏实验剧团成立，他被聘为该团顾问，编写新的剧目，教唱、指挥音乐设计，1960年9月剧团下放，梁绍华返回家乡，继续传授侗戏。1978年在家病故。

杨昌全　侗名朴海。榕江县三宝侗乡车寨人，1916年出生于贫苦农民家庭，没读过书，小时就学会本地许多侗歌。青少年时期，随父亲撑船，上下于都柳江，又学了不少沿岸各地的侗歌和汉族的小调。成年后，他不仅是三宝掌握歌种最多的歌手，而且是远近闻名的“程君”（说唱艺人），1940年前后，他与好友吴枝林一道同本寨的侗戏师吴贵学了侗戏《三郎五妹》和《珠郎娘美》。并组织本寨青年排练演出，很受欢迎。后来，他又向九洞艺人普汪学《刘世尧》《捕桃乃桃》《芒岁流美》等戏，融合了两个地区的剧目和风格。由于他掌握的歌词多，所以凡是他执导的戏，唱腔都比较丰富。除袭用传统的【戏腔】和【哭腔】外，还配上不少的【歌腔】和【客家腔】。如他们演出的《刘世尧》剧，剧中刘母和黄小姐在寻找刘世尧的途上，打金钱棍要饭，唱的是【客家腔】，边唱边舞，舞台气氛活跃，观众为之叫好。

现在，年逾七旬的老戏师朴海仍在为侗戏的传播和发展献计出刀。

梁普安　侗族，从江县贯洞区龙图乡腊全寨人，1922年出生于贫苦的农民家庭，父母亲都是歌师，所以他从小就受到侗族民间文化艺术的熏陶。十一岁开始学唱侗歌，十八岁开始学演侗戏，二十五岁时已能独立掌薄传戏，进入了戏师的行列。

1958年，他以戏师身份协助省侗戏调查组工作，参与了《珠郎娘美》等剧目的整理工作，并出席了文化部在大理召开的民族文化工作会议。

五十年代以来，他共创作、改编了侗戏剧本《古老渊》《六洞起义》《萨岁》《郎夜》《四也传歌》等十余个，是侗族重要剧作家之一。在编戏同时，他还进行了而大量的音乐设计和传谱工作，将六洞一带流行的情歌、山歌、劳动歌曲、礼俗歌曲等歌种引用在戏里，以丰富侗戏唱腔的腔种和色彩。

由于他有机会参加各级文艺会演，观看各兄弟剧中的演出，视野较开阔，因此他设计和教唱的歌腔往往既来自传统，又有所变化，和剧中人物、剧情的需要结合较紧，演员容易上口，观众又感到新鲜。1979 年他被接纳为中国戏剧家协会贵州分会会员，并当选为理事。现为全国剧协和中国戏剧文学学会会员。

普虹　侗族。1939 年出生于榕江县三宝侗乡，中国少数民族戏剧学会、中国少数民族音乐学会、中国音乐家协会贵州分会会员，榕江县文化馆副馆研究馆员。1958 年毕业与都匀师范，1959 年开始发表歌曲作品。1962 年调榕江县文化馆工作后，经常深入侗乡拜民间艺人为师，学习侗歌、侗戏。1964 年，在将汉族小戏《送肥记》《新媳妇》翻译成侗戏的同时，创作了小侗戏《奴救赖》，组织民间侗戏班演出深受侗族人民欢迎。七十年代中期，他又将现代戏《龙江颂》（选场）、《智取威虎山》（选场）和《买薄膜》等移成侗戏，并设计了新的音乐唱腔，参加州、县文艺会演，打破了侗戏唱腔原有的框架，增加了散板等节拍形式，丰富唱腔的表现力。

1984 年以来，他先后改编和创作了《丁郎龙女》《抢秀才》《上学路上》《普桃》等多部侗戏，并亲自设计音乐唱腔，把侗族的优秀民歌改造发展引进侗戏，扩充了侗戏的唱腔腔种。并采用侗族乐器果给为主奏乐器，增强了侗戏的民族色彩。近年来，还发表了《侗戏的回顾与展望》《浅谈侗戏丁郎龙女的改革及初步尝试》《侗戏音乐的渊源及分类》等论文多篇。由他改编并设计音乐《与蒋步先合作》的侗戏《丁郎龙女》，1984 年出席中央在云南举行的全国少数民族戏曲剧种录像演出暨座谈会，荣获优秀剧目演出奖和创作奖。

顾　问： 梁旺贵（侗）　肖家驹　张人位（侗）
主　编： 袁家浚
副主编： 张　勇　李瑞歧

编　委（以姓氏笔划为序）：
王承祖（苗）　吴定国（侗）　杨培春（侗）
李瑞歧　张　勇（侗）　张士良（侗）
张中笑（侗）　袁家浚　梁普安（侗）

撰稿人： 张　勇　袁家浚
制　图： 陈学祯
摄　影： 司承喜

资料提供单位：
榕江县文化馆
榕江县民族文化艺术研究室
黎平县文化馆
黎平县民族文工队
从江县文化馆

后 记

上世纪70年代末，有“中国文化长城”之称的“十大文艺集成志书”编撰工作启动。其中《中国戏曲音乐集成·贵州卷》的编撰， 始于1987年，至1997年完成初稿并完成本卷编委自审，1999年完成国家复审和终审。

《中国戏曲音乐集成·贵州卷》在1987年组建编辑班子时，大部分地（当时的建制）、州、县均设立了集成志书编撰办公室。本《侗戏音乐分卷》就是在《中国戏曲音乐集成·贵州卷》编辑委员会、黔东南州七套集成领导小组办公室统一组织领导下编撰的“地、州、县卷本”之一。由《中国戏曲音乐集成·贵州卷》副主编袁家浚（已故）任主编，张勇、李瑞岐任副主编，撰稿为张勇、袁家浚。资料由榕江、黎平、从江三县文化馆和榕江县民族文化艺术研究室、黎平县民族文工队提供。在黎平、从江、榕江三县文化主管部门的通力合作下收集、整理、编撰而成。内容包括侗戏概述、侗戏音乐简析、侗戏音乐选例、代表性剧目选场、剧作家（人物）传记五个部分约30多万字。其中概述部分，分别从“民族”“剧种”分而述之；侗戏音乐简析则从侗戏音乐的分类、渊源、特征、演唱、乐队诸方面解析诠释；侗戏音乐选例遴选了侗戏传统唱腔音乐108例、新创作唱腔音乐16例、器乐曲牌7个、打击乐曲牌3个；代表性剧目《丁郎龙女》第二场“报恩赔情”选场及6个剧作家传记。音乐谱例入选《中国戏曲音乐集成·贵州卷》46个，人物传记入选6个。但限于集成志书篇幅等原因，迄今为止上述资料近三分之二未能及时出版发行以发挥应有作用。

上世纪80年代侗戏的人文生态与传统保持了较高的原生性及历时的年代性，因而具有极为珍贵的史料文献价值。现我单位将其列入“贵州省文化艺术研究院院藏资料丛书”之一整理编辑、出版发行，以飨读者。

编 者

2020年9月